ROBERT WITTE
ICH FOLGE DIR

Der Autor

Robert Witte, im deutschen Umbruchsjahr 1989 geboren, beginnt bereits in jungen Jahren, erste kleine Geschichten zu schreiben. Nach seinem Studienabschluss 2018 an der Universität Potsdam arbeitet er als Lehrer für die Fächer Englisch und Geschichte.

2021 erscheint sein erstes Sachbuch, ein erfolgreicher Ratgeber rund um das Thema Vintage-Rennräder, doch parallel entstehen bereits die ersten Zeilen von „Ich Folge Dir". Als Ehemann einer erfolgreichen deutschen Influencerin kennt er die Licht- und Schattenseiten einer Karriere in den sozialen Netzwerken, weshalb sein blutiges Thriller-Debüt nicht ohne Grund in die Abgründe der Social Media Glitzerwelt eintaucht.

ICH

FOLGE

DIR

Bibliografische Information der Deutschen Nationalbibliothek: Die Deutsche Nationalbibliothek verzeichnet diese Publikation in der Deutschen Nationalbibliografie; detaillierte bibliografische Daten sind im internet über http://dnb.dnbb.de abrufbar.

Verlag: BoD • Books on Demand GmbH, In de Tarpen 42, 22848 Norderstedt, bod@bod.de
Druck: Libri Plureos GmbH, Friedensallee 273, 22763 Hamburg

ISBN: 978-3-7597-5320-5

1

Er lauerte. Wartete geduldig. Er konnte nicht sagen, wie lange er bereits gewartet hatte. Es spielte auch keine Rolle. Wichtig war nur, dass er nun endlich da war; der entscheidende Moment. Der Augenblick, in dem er aus dem Schutz der unsichtbaren Masse hervorbrechen würde wie eine hungrige Bestie aus den Tiefen des Dschungels.

Der Moment kam immer. Auch bei ihr.

Ein Gefühl der Erregung durchflutete seinen Körper, als er das Textfenster öffnete und langsam zu tippen begann.

„Hey. Tolles Foto. Mehr davon."

Wenige Buchstaben nur, und doch so eine unerklärliche Anziehungskraft, die von ihnen ausgingen. Er musste an eine Spinne in ihrem Netz denken. Ein Netz aus sanften Komplimenten, zusammengehalten vom Drang nach Bestätigung des unwissenden Opfers. Die Vorstellung erregte ihn nur noch mehr.

Eine neue Nachricht riss ihn aus seinen Gedanken:

„Vielen Dank. Folgst du mir schon länger?"

Er musste lächeln. Wie hätte sie auch ahnen können, welch bittersüße Ironie in ihrer Frage lag. Schade, dass sie es erst verstehen würde, wenn es bereits zu spät war...

2

Es konnte nichts Gutes bedeuten. Wie auch? Niemand wird am ersten Tag in das Büro des Chefs gerufen. Niemand. Und dennoch konnte sich Ellie an nichts erinnern, das man ihr hätte vorwerfen können. Je länger sie darüber nachdachte, desto unsicherer wurde sie. Hatte sie einen Fehler gemacht?

Vorsichtig, ungewohnt zaghaft, klopfte sie an die Tür des leitenden Kriminaldirektors Weinreich und hielt instinktiv die Luft an, als ein dumpfes „Herein" durch das dünne Holz drang.

Kaum dass sie die Tür geöffnet hatte, wusste sie, dass es hier nicht um einen Fehler gehen konnte.

„Ah. Seidel. Gut, dass sie da sind." Weinreich saß lächelnd hinter seinem Schreibtisch, der unter der Last von unzähligen Akten und Ordnern durchzuhängen schien. Die massige Gestalt des Kriminaldirektors ließ den Rest des Raumes unnatürlich klein erscheinen.

„Guten Morgen, Herr Direktor." Ellie überlegte kurz, ob sie sich setzen sollte, entschied sich aber vorsichtshalber stehen zu bleiben. „Sie wollten mich sprechen?"

„Nur nicht so förmlich, Kollegin. Ich leite hier ja keinen Zirkus. Auch wenn sie schnell feststellen werden, dass die Unterschiede gar nicht so groß sind." Seinen Worten folgte ein tiefes dröhnendes Lachen und Ellie wusste nicht, ob sie mitlachen sollte. Sie rang sich zu einem unsicheren Lächeln durch. Sein Handzeichen in Richtung des verschlissenen Sessels rechts neben der Tür deutete sie jedoch als Aufforderung, sich zu setzen. Noch immer ein verkrampftes Lächeln auf den Lippen nahm sie zögerlich Platz.

„Nun, zuerst einmal ‚Willkommen im Team. Ich hoffe, sie werden sich bei uns schnell einfinden. Ihr guter Ruf eilt ihnen jedenfalls voraus. In ganz Berlin gibt es keinen Clan, dem sie noch nicht auf die Füße getreten sind, sagt man. Wobei ich finde, dass es nicht darauf ankommt, wie oft man zutritt, sondern mit wie viel Kraft." Erneut hallte sein Gelächter durch den Raum und Ellie überlegte fieberhaft, welcher Kollege aus ihrem alten Dezernat so eine plumpe Beschreibung von ihr abgeben würde. Ihr fiel niemand ein. Erst seit einer Woche war ihr lang ersehnter Wechsel vom Dezernat 41, der Abteilung für Bandenkriminalität zum Dezernat 11 des LKA offiziell. Seit sieben Tagen fieberte sie ihrem ersten Tag bei einer der acht Berliner Mordkommissionen entgegen und jetzt stand sie hier, unsicher wie bei ihrem Gedichtvortrag damals in der sechsten Klasse. Nie würde sie vergessen, wie die Angst vor dem Versagen wie eine dunkle Flutwelle über sie hereingebrochen war, wie die erwartungsvollen Blicke der anderen Kinder sich, unsichtbaren Händen gleich, auf ihre Lippen gelegt hatten und wie sie schweigend aus dem Raum gerannt war. Ihr Lehrer war ihr gefolgt. Zum Glück, denn seine Worte hatten sich bis zum heutigen Tage in ihr Gedächtnis eingebrannt.

„Wer seine eigene Größe unterschätzt, wird nie über sich hinauswachsen können." Damals hatte sie überhaupt nicht verstanden, was ihre 1,47m mit ihrer Übelkeit und den zittrigen Knien zu tun hatten, zumal sie sich immer, wenn ihr Vater sie am Türrahmen maß, heimlich ganz leicht auf ihre Zehenspitzen gestellt hatte. Die Stimme des Lehrers hatte jedoch einen so sanften und beruhigenden Ton, dass sie einmal tief Luft holte, sich die Tränen weg wischte und zurück ins Klassenzimmer ging, nur um dort fehlerfrei Zeile für Zeile vorzutragen. Erst viel später hatte sie begriffen, wie wichtig dieser Tag für ihr weiteres Leben gewesen war. Seitdem hatte sie nie wieder eine Gelegenheit ausgelassen, ihre Größe unter Beweis zu stellen. So stand sie nun hier, schluckte ihre Unsicherheit herunter und wartete, dass Weinreich endlich aufhörte, über seine eigenen Witze zu lachen.

„So. Schluss mit den Scherzen. Ich habe sie herbestellt, weil ich einen Fall für sie habe. Heute Morgen wurde die Leiche einer 19-jährigen Frau im Tropenhaus des Botanischen Gartens in Steglitz gefunden. Ich möchte, dass sie die Ermittlungen leiten. Sehen sie es als Bewährungsprobe. Da es ihr erster Fall bei uns ist, stelle ich ihnen zusätzlich Kollege Hasselberger zur Seite. Er ist bereits informiert."

„Der Hassler?" platzte es aus ihr heraus, bevor sie über ihre Worte nachdenken konnte. Verlegen biss sie sich auf die Lippe, doch es war bereits zu spät. Weinreichs Miene verfinsterte sich schlagartig und von dem eben noch heiteren Tonfall blieb nur das Echo seines Lachens

in ihrem Kopf, das plötzlich bedrohlich zu klingen schien.
„Ich denke, sie täten in ihrer Position gut daran, einem ranghöheren Kollegen mit dem nötigen Respekt zu begegnen. Kriminalhauptkommissar Hasselberger hat eine schwere Zeit hinter sich. Und trotzdem werden sie im Dezernat keinen besseren Ermittler finden."
„Es tut mir…"
„Sparen sie es sich und machen sie sich an die Arbeit."
„Jawohl, Herr Direktor."
Ellie war bereits halb zur Tür hinaus.
„Ach und Seidel, versauen sie es nicht. Ich möchte meine Entscheidung nicht bereuen müssen. Ein guter Ruf allein wird hier nicht reichen."

3

Nicht, dass Ellie etwas anderes erwartet hatte, doch die gnadenlose Einsilbigkeit ihres neuen Partners war noch beeindruckender als die Erzählungen der Kollegen es hätten vermuten lassen. Sie hatte sich ihm freundlich vorgestellt und zumindest so getan, als würde sie sich auf die Zusammenarbeit freuen. Er machte sich nicht einmal diese kleine Mühe und quittierte ihren Versuch der Kommunikation mit dem Ansatz eines Nickens. Vielleicht hatte sie sich selbst auch das nur eingebildet.

Die dreißig Minuten Fahrt von der Dienststelle zum Botanischen Garten im Südwesten der Stadt kamen ihr wie eine Ewigkeit vor. Als würde man in der Ringbahn neben einer fremden Person sitzen, die zufällig dasselbe Fahrtziel teilte. Nur dass die Szenerie statt von Straßenmusikern von austauschbaren Popsongs aus dem Autoradio untermalt wurde. Ellie hätte die Musik gern ausgeschaltet, um in Ruhe nachzudenken, befürchtete jedoch, dass jede Veränderung des Status Quo die friedliche Koexistenz im Innenraum des Wagens gefährden könnte.

Noch immer ärgerte sie sich über ihren unbedachten Kommentar in Weinreichs Büro. Jeder kannte den Spitznamen ihres neuen Partners. Eine Anspielung an das englische Wort „Hustler". Von Alkoholsucht und Schulden war die Rede. Es gab wohl sogar Stimmen, die ihn auf der falschen Seite des Gesetzes vermuteten. Beweise gab es hierfür natürlich keine, die Gerüchte hielten sich jedoch hartnäckig. Seine abweisende und kauzige Art tat ihr übriges.

Das große Haupttor der beliebten Gartenanlage stand offen und Ellie lenkte den Wagen hindurch in Richtung der weithin sichtbaren gläsernen Tropenhäuser. Das hektische Treiben auf dem Vorplatz bescherte ihr einen kurzen ungewohnten Anflug von Nervosität. Nichts konnte den Frieden eines Ortes schneller ruinieren als ein Haufen Kriminaltechniker in weißen Schutzanzügen.

„Was wissen wir über das Opfer?"

Die Frage traf sie so unerwartet, dass Ellie kurz überlegte, ob ihr Verstand ihr einen Streich spielte. Die fragend hochgezogene Augenbraue des Mannes auf dem Beifahrersitz überzeugte sie vom Gegenteil.

„Eine junge Frau. Mehr weiß ich leider auch noch nicht."

„Ok. Dann bleibe ich im Wagen."

„Was soll das heißen, Sie bleiben im Wagen?"

„Spreche ich so undeutlich? Das heißt, ich bleibe hier im klimatisierten Wagen auf diesem herrlich bequemen Kunstledersitz sitzen und Sie sehen sich den Tatort an. Ganz einfach"

„Vielleicht sind Sie, was Kommunikation betrifft, ein wenig aus der Übung, aber ich verstehe trotzdem nicht, wieso Sie als Ermittler an einem Tatort im Wagen warten wollen."

„Scheiße nochmal! Also Regel Nummer Eins: Meine Entscheidungen sind ganz allein meine Sache. Und wenn

Sie mit dem Fall jetzt schon überfordert sind und für alles einen Babysitter brauchen, dann sind Sie hier vielleicht doch falsch."

Ellie spürte, wie die Wut in ihr hochkochte. Aus der Magengegend bahnte sie sich ihren Weg nach oben. Kurz bevor sie als Antwort über ihre Lippen hinaus schwappte, öffnete sie die Wagentür und stieg ins Freie. Nur um sich im letzten Moment doch noch einmal umzudrehen.

„Schade, dass es bei Ihnen nur noch zum Babysitter reicht. Ein guter Ermittler wäre mir als Partner lieber gewesen."

Sie hasste und liebte es gleichermaßen, das letzte Wort zu haben. Während sie auf das gläserne Gebäude zustapfte, bereute sie ihren kleinen Ausbruch und die fehlende Selbstbeherrschung jedoch. Es würde die Zusammenarbeit mit Hassler nicht einfacher machen. Trotzdem, eine Erklärung für sein komisches Verhalten wäre ja wohl nicht zu viel verlangt gewesen.

Sie zeigte dem sichtbar nervösen Beamten am Eingang ihren Dienstausweis und betrat das Gewächshaus.

4

Ein Schwall warmer, feuchter Luft prallte ihr entgegen und raubte ihr für einen kurzen Moment den Atem. Obwohl sich das Wetter für Mitte März ungewöhnlich warm und sonnig zeigte, war das künstliche Klima im Inneren der Gewächshäuser ein kleiner Schock.

Das wiederkehrende Geräusch eines Kamerablitzes leitete ihr den Weg tiefer hinein in diese botanische Wunderwelt, vorbei an riesigen Bananenstauden und Palmen.

Sie war als Kind einige Male mit ihren Eltern hier gewesen und erinnerte sich gut an die Faszination dieses Ortes. In ihrer Fantasie wurde er damals zu einem Dschungel voller Gefahren und exotischer Tiere, die sich zwischen den Pflanzen versteckten.

Heute war die Magie verflogen. Eine bedrückende Stimmung hatte sich über die Szenerie gelegt und die Tatsache, dass hier tatsächlich eine tödliche Gefahr auf jemanden gelauert hatte, gab ihrem plötzlichen Hang zur Nostalgie einen faden Beigeschmack.

Im nördlichen Teil des Gewächshauskomplexes wartete bereits ein Mitarbeiter des Erkennungsdienstes. Der Blitz der Kamera tauchte die urwaldartige Umgebung immer wieder in gleißendes Licht, weshalb er in seinem strahlend weißen Anzug aussah, wie eine Figur aus einem Science-Fiction Film.

„Ah guten Morgen, Oberkommissarin Seidel. Ihr erster richtig? Und dann gleich sowas. Junge junge. Erlebt man auch nicht alle Tage, wa? Ja, also vielleicht gehen sie besser nicht weiter. Ich kann Ihnen auch so alles Wichtige berichten."

Dies war bereits das dritte Mal an diesem Tag, dass man offen an ihr zweifelte. Sie schaute dem Techniker tief in die Augen, wobei sie versuchte so viel Entschlossenheit und Härte in ihren Blick zu legen, wie möglich und schob sich kommentarlos an ihm vorbei. Im nächsten Augenblick bereute sie diese Entscheidung bereits, versuchte sich jedoch nichts anmerken zu lassen. Das Bild, das sich ihr bot, würde sie nie wieder loswerden.

Der nackte leblose Körper lehnte an einem der großen Kakteen im Raum, den rechten Arm über den Kopf hinweg um den Stamm der Pflanze gelegt und das linke Bein leicht angewinkelt - beinahe wie auf einem Urlaubsfoto. Die zentimeterlangen Dornen hielten die Leiche in ihrer Pose. Das geronnene Blut an den Einstichstellen zeugte von der Rücksichtslosigkeit, mit welcher die Körperteile auf den Kaktus gepresst wurden. Die Inszenierung hatte etwas verstörend Anmutiges und beinahe Schönes, wäre da nicht dieses eine Detail, welches in Ellie ein Anflug von Panik aufkommen ließ. So sehr sie es versuchte, konnte sie den Blick nicht vom Gesicht des Opfers abwenden. Wo eigentlich ein Paar lebloser Augen hätte sein müssen, klafften zwei blutig fleischige Löcher.

„Was haben wir?" Kaum hatte sie die Frage gestellt, ärgerte sie sich über die klischeehafte Wortwahl. Sie hatte bei ihrer ersten Mordermittlung unbedingt vermeiden wollen, wie eine billige Krimi-Figur aus dem Fernsehen zu klingen. Der Kriminaltechniker schien zum Glück völlig unbeeindruckt.

„Eine der Gärtnerinnen hat die Leiche heute Morgen entdeckt. Laut der Ausweise im Portemonnaie heißt das Opfer Annika Scheffler, neunzehn Jahre, Studentin aus Friedrichshain."

„Todeszeitpunkt? Und habt ihr schon was zur Ursache?"

„Das Klima hier drin hat die Totenstarre beschleunigt, aber anhand der Totenflecke erfolgte der Tod zwischen Mitternacht und zwei Uhr, vermutlich hervorgerufen durch mehrere Stiche mit einem scharfkantigen Gegenstand in den Unterleib und den daraus resultierten Blutverlust. Genaueres wird die Obduktion ergeben müssen."

Erst jetzt fielen Ellie die massiven Verletzungen am Körper der Frau auf. „Ein Messer?"

„Unwahrscheinlich. Dafür scheinen die Wundränder zu grob."

Ellie zwang sich, ein weiteres Mal hinzusehen. Für einen kurzen Moment hatte sie das Gefühl, als wäre eine Logik hinter dem Verlauf der braunen, fast schwarzen Blutspuren auf dem Bauch der Leiche. Irgendetwas schien nicht ins Bild zu passen. Ein weiterer Schwall grellen weißen Lichtes erleuchtete die Szene für den Bruchteil einer Sekunde. In dem kurzen Moment, als ihre Augen sich, vom Blitzlicht geblendet, wieder an die Umgebung gewöhnten, sah sie es. War da nicht ein Wort zu erkennen? Nein, kein Wort, eine Zahl. Plötzlich traten ihre dunkelroten Konturen deutlich hervor: 14612.

„Was zur Hölle ist das?" Ellie ging einen Schritt auf die Leiche zu. Ihre Beklommenheit hatte sich in pure Neugier gewandelt.

„Gute Frage. Das herauszufinden, ist dann wohl oder übel ihre Aufgabe. Der Täter hat es jedenfalls mit dem austretenden Blut des Opfers geschrieben. Den Fließspuren zu Folge, nachdem er die Leiche positioniert hatte."

„Oder die Täterin."

„Was?"

„Oder die Täterin! Wir können nicht ausschließen, dass wir es auch mit einer Frau zu tun haben könnten."

„Ach so ja. Oder Täterin halt."

„Irgendeine Idee, was die Ziffern bedeuten könnten?"

„Puh. Da bin ich überfragt. Vielleicht eine Postleitzahl?"

„Wäre eine Möglichkeit. Sonst noch etwas, das ich wissen müsste?"

„Eine Sache wäre da tatsächlich noch. Schauen sie mal hier. Vielleicht werden sie daraus schlau."

Er führte Ellie zu einem weiteren großen Kaktus neben der Leiche. Kurz glaubte sie, es ginge um die riesige schillernde Blüte der Pflanze, die in der grün-bräunlichen Umgebung wie ein Fremdkörper wirkte. Dann erkannte sie, worauf er hinaus wollte. Jemand hatte ein faustgroßes Herz in das Fleisch des Kaktus geritzt.

„Es ist noch frisch. Der Pflanzensaft ist noch feucht. Hier war scheinbar ein kleiner Romantiker am Werk." Der Kriminaltechniker blickte sie mit einem erwartungsvollen Lächeln an.

„Wie war nochmal Ihr Name?"

„Edgar, nur ohne Wallace. Aber meine Freunde dürfen mich Ed nennen. So wie das Eis früher."

„Hm, also *EDGAR*, wenn das hier für Sie romantisch ist, sollte ihre Frau sich Gedanken machen."

Sein Grinsen wurde nur noch breiter. „Welche Frau?"

5

Wieder im Freien wollte sie als erstes Hassler über die bisherigen Erkenntnisse ins Bild setzen, musste jedoch feststellen, dass der Wagen leer war. Ihr Blick glitt suchend über das weiträumige Gelände vor den Tropenhäusern, welche in der Sonne glänzten, als wären sie aus Kristall. Sie schirmte ihre Augen mit der Hand ab und entdeckte ihn an einem der Café-Tische vor dem Eingang der Häuser. Wie hatte sie ihn dort beim Herauskommen übersehen können? Genüsslich pustete er eine Rauchwolke in den Nachmittagshimmel. Sie spürte erneut eine Welle der Abneigung in ihr aufsteigen. Nicht nur, dass Ellie Rauchen an sich nicht ausstehen konnte, sie empfand insbesondere die zugehörigen Verhaltensmuster als abstoßend. Eine hinter das Ohr geklemmte Zigarette, das sinnlose Klopfen auf eine Zigarettenschachtel, das Anpusten der Zigarette vor dem Entzünden oder in Hasslers Fall das provokative Wegschnipsen einer Zigarettenkippe. Am liebsten hätte sie ihm den nun kraftlos im Gras qualmenden Stummel wieder in den Mund gedrückt.

„Wollten sie nicht im Wagen warten?", sprudelte es aus ihr heraus, noch während sie auf ihn zulief.

„Wollte ich, aber diese nervige Popmusik, die sie da hören, erträgt doch kein Mensch, ohne sich eine Kugel durch die Schläfe zu jagen. Außerdem rauche ich aus

Prinzip nicht im Auto."

Ellie verkniff sich ein Schmunzeln. Waren sie also zumindest bei der Musikauswahl einer Meinung. Immerhin ein Anfang.

Ihre absichtlich kurze Zusammenfassung der bisherigen Erkenntnisse quittierte er genau so, wie sie es erwartet hatte. Nämlich gar nicht. Oder sofern man in sein Schweigen etwas hineininterpretieren wollte, mit intensivem Nachdenken. Ihr war beides recht.

„Wir sollten mit den Mitarbeitern sprechen, ob Ihnen gestern Abend etwas aufgefallen ist. Außerdem brauchen wir schnellstmöglich die Aufnahmen aller Überwachungskameras."

„Nicht nötig. Während sie da drin waren, habe ich bereits mit dem Leiter des Gartenbetriebes gesprochen. Eine Liste mit den Angestellten, die gestern Dienst hatten, wird direkt ans Dezernat geschickt. Bei den Überwachungsbildern werden wir kein Glück haben. Anscheinend wird nur der Eingangsbereich der Gärten permanent gefilmt. Die Kameras im Gewächshaus sind beschissene Attrappen. Irgendwas von wegen zu hoher Luftfeuchtigkeit oder so."

„Aber dann muss der Täter ja zumindest beim Betreten des Parks aufgezeichnet worden sein. Das Opfer auch. Entweder kam sie freiwillig, weil sie mit dem Mörder verabredet war oder sie war zufällig zur falschen Zeit am falschen Ort."

„Möglich. Auf Grund des Wetters hat es wohl aber nahezu jeden, der schon einmal einen Gartenschlauch in der Hand hatte, hergeführt. Mir ist schleierhaft, was an Pflanzen so spannend ist, aber scheinbar haben das laut der Aussage des Gartenleiters dreihunderteinundfünfzig Menschen gestern anders empfunden. Viel Spaß beim Durchsehen der Videos."

Der spöttische Unterton, mit dem er seine fehlende Einsatzbereitschaft zum Ausdruck brachte, machte es für Ellie fast unmöglich, sich zu beherrschen. Am liebsten hätte sie ihn gepackt und geschüttelt, um ihrer Frustration Ausdruck zu verleihen.

„Sie können ja dann wieder im Wagen warten, während ich die Arbeit mache."

Hassler blieb von ihrer kleinen Spitze vollkommen unbeeindruckt.

„Was glauben sie, warum ausgerechnet hier? Wozu dieses große Risiko eingehen?"

„Nun, sie haben dieses morbide Stillleben da drin nicht gesehen, aber hier geht es meiner Meinung nach um mehr als nur das reine Töten. Hier sucht jemand nach der ganz großen Bühne, um eine Nachricht zu senden."

Das Wort „Nachricht" hallte kurz in ihrem Kopf nach und plötzlich wurde ihr klar, was ihr am Tatort aufgefallen war, ohne dass es sich einen Weg in ihr Bewusstsein gebahnt hatte. Kommentarlos ließ sie Hassler in der Sonne zurück und betrat abermals das Gewächshaus.

Beim zweiten Mal war sie auf die drückende Feuchte im Inneren vorbereitet. Der Körper des Opfers war in der Zwischenzeit abtransportiert worden. Lediglich eine dunkle Blutlache am Fuß des Kaktus zeugte noch von dem grausamen Schauspiel, das hier vergangene Nacht stattgefunden hatte. Ed war zum Glück noch vor Ort. Bevor er etwas sagen konnte, platzte es vor Aufregung aus ihr heraus: „Was ist mit dem Handy des Opfers?"

„Handy?"

„Ja. Handy! Smartphone! Telefon! Das kleine Ding, mit dem jeder normale Mensch heutzutage kommuniziert! Wo ist das verdammte Handy?"

Man konnte ihm beim Denken förmlich zusehen, so überfordert schien er mit ihrer überfallartigen Rückkehr. Sie wusste seine Antwort bereits, als er anfing zu sprechen.

„Mhm. Nee, ein Handy haben wir nicht gefunden. Tut mir leid."

6

Mit einem unsanften Ruckeln blieb das Garagentor auf dem Weg nach oben auf halber Höhe stehen. Wie jedes Mal. Wie seit knapp einem Jahr, ohne dass Gregor etwas dagegen unternommen hatte. Die Tatsache, dass sein Audi A7 gerade so durch das halb geöffnete Tor passte, machte den Defekt zu einem Problem, das nicht groß genug war, um es dringend lösen zu müssen, aber eben auch nicht so klein, dass er sich nicht doch täglich darüber ärgerte. Insbesondere wenn er wieder einmal mit dem Kopf daran hängen blieb und sich schwor, es umgehend reparieren zu lassen. Dabei war ihm oft der Gedanke gekommen, dass das Tor ein wenig wie sein eigenes Leben war. Es erfüllte seinen Zweck, stellte ihn letztlich aber auch nicht wirklich zufrieden.

Einen Knopfdruck später erlosch das leise Brummen des Dieselmotors und Gregor starrte auf die Garagenwand. In einem Metallregal verstaubten Eimer mit Farbresten, die er aufbewahrt hatte, falls die Gartenmöbel einmal einen neuen Anstrich benötigten. Jene Gartenmöbel, die inzwischen längst gegen neue Modelle ausgetauscht worden waren. Sein Blick fiel auf das mehrere Tausend Euro teure Rennrad, welches direkt daneben hing. Ein Geschoss aus modernster Carbon Technik, welches er ungefähr drei Mal gefahren war, nur um festzustellen, dass es ihm zu unbequem war. Er hatte in letzter Zeit überlegt, sich ein E-Bike zu kaufen, um sich wieder etwas mehr zu bewegen. Die Visitenkarte in der Ablage seiner Mittelkonsole erinnerte ihn jedoch daran, wieso er es bisher nicht getan hatte:

Gregor Berger - Finanzierungsexperte. Ihr Traum ist mein Ansporn.

Ein kurzes Lächeln durchzuckte seine Mundwinkel. Ein Lächeln ohne einen Funken Ehrlichkeit. Der Markt boomte. Kaum jemand, der aktuell nicht vom Eigenheim oder anderen Dingen träumte, für die man auf das Geld einer Bank angewiesen war. Während seine Kollegen sich jedoch vor Aufträgen kaum retten konnten, machte die Welt um ihn einen Bogen, als wäre er das Pissoir links oder rechts neben einem sich bereits erleichternden WC-Besucher. Er wurde übergangen. Nicht, dass seine Familie oder Freunde darüber Bescheid wussten. Für sie war er Gold-Gregor, vom Erfolg verwöhnt, vom Glück geküsst, einer, der es im Leben zu etwas gebracht hatte. Er hatte früh gelernt, den Schein zu wahren: Haus, Auto, Urlaub. Luxus, wohin man bei ihm auch schaute.

In Wahrheit kam seine treueste Kundin seit Jahren schon nicht mehr nur wegen seiner Finanzdienstleistungen. Ihr hatte er auch den Fleck auf dem Beifahrersitz zu verdanken, den er jetzt erfolglos versuchte, aus dem Polster zu reiben. Oft fragte er sich, seit wann sein Leben sich so gegen ihn gewandt hatte, doch seine Erinnerung reichte nicht weit genug zurück, um den entscheidenden Moment zu finden.

Es gab nur eine Sache, auf die er wirklich stolz war: seine

zwei Töchter. Für sie würde er alles tun, auch wenn dies bedeutete, die Trennlinie zwischen richtig und falsch gelegentlich zu überschreiten. Tatsächlich hatte er schon vor Jahren angefangen, diese Grenze als durchlässig zu betrachten. Als etwas, das individuell interpretiert und nicht allgemeingültig definiert werden konnte. Mit der Zeit war sein moralischer Kompass so völlig aus dem Gleichgewicht geraten. Alles, was ihm und seiner Familie nutzte, war notwendig und damit richtig. Die Stimme in seinem Kopf, die ihm anfangs gesagt hatte, dass es falsch war, was er tat, war dabei über die Jahre immer leiser geworden, bis sie schließlich verstummt war.

Frustriert griff er nach seinem Notebook auf der Rückbank, und klappte es auf. Zum Glück reichte das WLAN bis in die Garage. Der spezielle Browser war noch geöffnet, die VPN Verbindung aktiv: Willkommen im Darknet, der dunklen Seite des Internets. Schnell gab er die Website ein, die ihm vor knapp dreizehn Jahren das Leben, wie er es heute führte, ermöglicht hatte. Enttäuscht und wütend las er den letzten Forenbeitrag, wie er es so oft getan hatte in den letzten anderthalb Jahren. Es war die Antwort auf Gregors Beitrag, wie er ihn unzählige Male zuvor veröffentlicht hatte und der dennoch einen Schlussstrich unter seinen Erfolg gezogen hatte:

„@gold.greg Nix für ungut, aber niemand hier wird dir in Zukunft noch Bilder abkaufen. Instagram sei Dank mein Freund, gibt es das alles kostenlos. Ein Paradies! Diese Influencerschlampen halten ihre Babies in die Kamera, als wollten sie uns einladen zu „kommen", wenn du verstehst was ich meine? ;) Sorry Mann, aber gegen das All-You-Can-Eat-Buffet kommst du nicht an."

Null neue Kommentare. Keine Bestellungen. Nichts. Er hatte sich so viel Mühe gegeben, sich einen festen Kundenstamm aufgebaut, immer wieder neue Bilder angeboten, ein absolut sicheres Abwicklungssystem entwickelt und sogar ein Abo-Angebot zur Verfügung gestellt. Zwischenzeitlich hatte er so bis zu zehntausend Euro im Monat verdient. Gutes Geld. Leicht verdientes Geld. Bis Instagram und diese scheiß Influencer ihm alles kaputt gemacht haben. Ihm und seiner Familie. Ihm und seinen Töchtern. Keine Frage, er würde alles, wirklich alles für seine Mädchen tun und jahrelang haben auch sie alles für ihn getan. Nur dass sie davon nichts wussten.

7

Er hatte sie genau da, wo er sie haben wollte. Jede Nachricht, jedes Wort, jeder harmloser Emoji zog die Schlinge enger zu.

Chrissi, so hatte sie sich ihm inzwischen vorgestellt, sehnte sich so sehr nach dem, was er zu bieten hatte. Er wusste, was sie von ihm wollte. Und er gab es ihr tröpfchenweise.

Ihre Posts hatten inzwischen einen neuen Unterton bekommen. Ein absolut untrügliches Zeichen, dass ihr unausweichliches Ende in greifbare Nähe rückte.

Er hasste diese Phase so sehr. Es war jedes Mal das Gleiche. Wenn sie langsam anfingen, ihre öffentliche Zurschaustellung mit einer Mischung aus schlecht vorgetäuschtem Selbstbewusstsein und angeblichem Glück zu unterlegen. Ab diesem Punkt wurde es unerträglich, geduldig zu bleiben. Aber er rief sich immer wieder ins Gedächtnis, dass er warten musste, bis sie den entscheidenden Schritt machte. Den letzten, den entscheidenden Schritt in seine Richtung, eine Richtung, in der nur das Ende auf sie warten würde. Ein außergewöhnliches Ende. Ein glorreiches Ende. Ein schmerzhaftes Ende. Er hatte sich schon oft gefragt, ob sie im letzten Moment begriffen, warum er sie bestrafte. Aus diesem Grund hatte er sich angewöhnt, in ihren panischen Blicken nach einem Zeichen der Erkenntnis zu suchen. Ein kleines Zeichen nur, dass sie verstanden hatten, dass es ihm nicht darum ging, was sie waren, sondern darum, was sie so verzweifelt sein wollten. Er verabscheute diese durchschaubaren Versuche, mehr zu sein, als das, was das Schicksal für sie bestimmt hatte. Sie waren nichts, doch taten, als wären sie alles. Die Welt des Internets gab ihnen hierfür eine Bühne. Eine, die sie sich mit Millionen Menschen teilten. Und keinem fiel dabei das Dilemma auf: Wenn alle auf der Bühne stehen, wer sitzt dann noch im Publikum?

Er tat ihnen letztlich nur einen Gefallen, wenn er die Rollen neu verteilte. Er erfüllte ihre Sehnsucht danach, gesehen zu werden. Oh ja, man würde sie sehen. Alle würden sehen, wie belanglos ihr Streben letztlich war.

Er konnte seine Erregung kaum kontrollieren, wenn er daran dachte, wie er seine Finger in die warme Wunde drücken würde, um sie in Blut zu tränken. Und dann würde er sie ihr auf den Bauch schreiben. Ihre Zahl, Die klarste aller Botschaften. Denn am Ende war das alles, was sie sein wollten. Alles, was von ihnen blieb. Eine Zahl.

8

„Der Täter muss es haben." Ellie versuchte, ihre Aufregung unter Kontrolle zu bringen. Auch weil sie nicht wollte, dass Hassler merkte, wie der Fall sie schon jetzt emotional mit sich riss. Sie hatten die Handydaten des Opfers überprüfen lassen. Laut Telefongesellschaft hatte es sich letztmals um 22:56Uhr in einen Funkmast in der Nähe der Botanischen Gärten eingewählt. Danach verlor sich die Spur. Auch die Videoaufnahmen der Überwachungskameras hatten sich vorerst als Sackgasse herausgestellt. Oder wie der Techniker es nach über drei Stunden völlig entnervt formuliert hatte: „Das ist kein Überwachungsvideo, das ist eines dieser bescheuerten Wimmelbilder. Nur, dass keiner einem sagt, wonach man überhaupt suchen soll." Ellie teilte seine Ansicht. Ohne Anhaltspunkt, worauf sie achten mussten, waren die Aufnahmen wertlos.

‚Doch was will er damit?'

Ihre Gedanken kreisten einzig und allein um das fehlende Telefon. Seit Stunden hämmerte die Frage durch ihren Kopf.

„Wofür braucht er ihr scheiß Handy?" Dieses Mal hatte sie die Frage laut ausgesprochen.

„Nun, er wird damit wohl kaum telefonieren wollen. Vielleicht eine Art Trophäe?"

Sie hatte nicht damit gerechnet, eine Antwort zu

erhalten, denn im Gegensatz zu ihr maß Hassler dem fehlenden Smartphone scheinbar wenig Bedeutung bei und hatte sich bisher, wenn überhaupt, nur halbherzig an ihren Überlegungen beteiligt.

„Warum sollte er dafür einen so banalen Gegenstand auswählen, wenn er dem Opfer die Augäpfel entfernt?"

„Falkensee."

„Bitte was?"

Verwirrt blickte sie von ihren Notizen auf und sah fragend in seine Richtung. Er schien ihre Verwunderung nicht zu bemerken oder ignorierte sie gekonnt. „Falkensee! Die Zahl auf ihrem Bauch stimmt mit der Postleitzahl von Falkensee überein. Gibt es da eventuell eine geografische Verbindung zur Toten?"

Das neuerliche Gefühl, nicht ernst genommen zu werden, frustrierte sie. „Sie haben die gleiche Akte, wie ich. Lesen können sie doch oder?"

Sein Gesichtsausdruck zeigte ihr, dass sie dieses Mal einen Schritt zu weit gegangen war. Zumal sein Ansatz durchaus interessant war. Sie wollte gerade zu einer Entschuldigung ansetzen…

„Wenn sie glauben, die Weisheit mit dem Löffel gefressen zu haben, sind sie hier an der falschen Adresse, Seidel. Das hier ist nicht ihre kleine Detektiv-Show. Keiner applaudiert Ihnen hier für ihre tollen Ermittlungen, sondern nur für die richtigen Ergebnisse. Also sparen sie sich diese *‚Ich-muss-allen-etwas-beweisen-Nummer'* und konzentrieren sie sich auf das Wesentliche. Ich kann sie genauso wenig leiden, wie sie mich. Der Unterschied ist, dass es mir vollkommen egal ist, ob wir hier beste Freunde werden oder nicht, solang wir am Ende den Mörder fassen. Also warten sie gern darauf, dass das verschwundene Handy vielleicht irgendwann eingeschaltet wird. Ich nutze die Zeit sinnvoller, wenn es recht ist." Mit diesen Worten klemmte er sich die Unterlagen von seinem Schreibtisch unter den Arm und verließ den Raum. Zurück blieb Stille und das rhythmische Ticken der vergilbten Wanduhr, welche wie ein Metronom die Anspannung im Raum in kleine Teile zerschnitt,

„Scheiße!" Ihr Wutschrei hallte durch das leere Büro. Sie war froh, dass niemand mehr vor Ort war, um zu sehen wie ihr Tränen in die Augen schossen. Eine Flut von Gefühlen riss sie mit sich. Wut und Enttäuschung lieferten sich ein Kopf-an-Kopf-Rennen um ihr Gemüt. Sie begriff erst in diesem Augenblick, allein in diesem Büro, vor sich die bizarren Fotos vom Tatort und mit dem schwindenden Tageslicht vor dem Fenster, wieviel Druck sich im Laufe des Tages in ihr aufgestaut hatte. Druck den sie allein nicht loswerden würde können. Obwohl sie sich fest vorgenommen hatte, es nicht zu tun, zog sie ihr Handy aus der Tasche und scrollte durch ihre Kontakte, bis sie fand, wonach sie suchte. Kurz zögerte sie, bevor ihr Finger schließlich auf dem Namen „Tim X" landete.

9

Er nahm nicht sofort ab. Fast glaubte sie schon, er würde es gar nicht tun, als plötzlich ein zögerliches „Ellie?" ertönte. Sie konnte seine Skepsis nachvollziehen, hatte sie sich doch nach ihrem letzten Treffen vor zwei Monaten einfach nicht mehr gemeldet. Und angerufen hatte sie ihn sowieso nie. Wozu auch? Bereits nach den ersten wenigen Nachrichten bei Tinder waren sie sich sympathisch genug gewesen, um auf WhatsApp umzusteigen. Ohnehin hasste sie, zu telefonieren. Telefonate bereiteten ihr Unbehagen. Sie gaben ihr das Gefühl von Kontrollverlust. Nachrichten konnte sie kontrollieren. Sie konnte sie ignorieren. Sich ihre Antwort in aller Ruhe überlegen. Ihre Worte abwägen. Den Gesprächsverlauf vorhersehen. Telefonate jedoch waren unmittelbar, direkt, missverständlich. Sie bedeuteten Chaos. Und sie hasste Chaos.

„Seit wann rufst du denn einfach so an?"

Als könne er ihre Gedanken lesen. Sie versuchte, ihre Verlegenheit so gut es ging zu überspielen. „Vielleicht habe ich mich ja nur verwählt?"

„Wenn du eines nicht machst, dann etwas aus Versehen, Ellie. Also was willst du?" Obwohl sie damit hätte rechnen können, tat die Kälte in seiner Stimme überraschend weh.

„Hast du heute Abend schon etwas vor?"

„Wieso? Brauchst du Sex?"

„Tim, es tut mir leid ok? Ich wollte mich melden."

Die Lüge kam ihr erschreckend leicht über die Lippen.

„Aber irgendwie war so viel los in meinem Leben. Und ich wollte es nicht unnötig verkomplizieren. Irgendwann war es dann zu spät." Der Teil war ausnahmsweise nicht gelogen. Sie war tatsächlich mit ihrem alltäglichen Leben an jenem Punkt vorbei gerast, an dem sie den Kontakt hätte aufrecht erhalten können. Was sie ihm nicht sagte, war, dass sie es bewusst getan hatte und es ihr mehr oder weniger egal gewesen ist.

„Du warst auch schon mal überzeugender. Warum heute? Was hat sich denn geändert?" Auch wenn er versuchte, es zu verbergen, sie hatte die Veränderung in seiner Stimme mitbekommen. Ein Hauch von Interesse als Zwischenton in seinen Worten.

„Ich brauche heute dringend jemanden, bei dem ich mich wohl fühle. Und obwohl wir uns so lange nicht gesprochen haben, habe ich automatisch an dich gedacht. Und zwar nur an dich. Lass uns einfach was trinken gehen, bitte. Oder worauf auch immer du sonst Lust hast. "

„Da ist sie wieder. Die Ellie, die ich kenne. Die nur zu gut weiß, welche Knöpfe sie bei mir drücken muss. Nun, ich habe ja nichts zu verlieren, oder? Aber unter einer Bedingung."

Sie versuchte, möglichst cool zu bleiben, doch die pure Erleichterung durchflutete ihren Körper. „Ich höre?"

„Der Abend geht auf dich."

Sie musste lachen.

„Ihr Wunsch ist mir Befehl, Sir."

„Ach komm, die unterwürfige Nummer steht dir nun wirklich nicht. zwanzig Uhr Eberswalder?"

„Geht klar. Bis nachher. Ach und Tim?"

„Ja?"

„Danke."

„Lass mich meine Entscheidung nur nicht bereuen." Mit diesen Worten legte er auf und Ellie realisierte, dass sie dies heute schon zum zweiten Mal gehört hatte.

…

Als sie ihre Wohnungstür aufschloss, merkte sie es nicht sofort. In Gedanken vertieft, fiel es ihr erst auf, als die Tür bereits hinter ihr ins Schloss fiel. Das Scheppern der schweren Holztür riss sie je aus ihren Gedanken, als hätte das Donnern eines nahenden Gewitters ihre Sinne geschärft. Ein Gefühl von Panik stieg in ihr auf, als ihr klar wurde, dass die Tür nicht, wie eigentlich üblich doppelt abgeschlossen gewesen war. Das war sie immer. Ohne Ausnahme. Dies mehrfach zu kontrollieren war längst unumstößliche Routine, ja fast schon Zwang geworden, bevor sie das Haus verließ. Und dennoch hatte sie den Schlüssel soeben nur einmal im Schloss drehen müssen, bevor sich die Tür mit einem hörbaren Klicken öffnete. Instinktiv wanderte ihre Hand zu ihrer Dienstwaffe und löste die Sicherung am Holster.

„Hallo?"

Ihre Stimme hallte durch die scheinbar leere Wohnung und verlor sich in der Dunkelheit. Ellie betätigte den Lichtschalter und erwartete fast, dass das Licht ein Geheimnis preisgeben würde, auf das sie nicht vorbereitet war. Umso beunruhigender erschien ihr der gewöhnliche Anblick des Flurs, der sich nach dem Einschalten des Lichts vor ihr erstreckte. Alles wirkte völlig normal. Die sorgfältig aufgereihten Schuhe. Das Bild von ihrer Mutter und ihr als junges Mädchen, lachend auf einer Bank im Park. Der knallrote Windbreaker an der Garderobe, den sie noch nie getragen hatte. Es war alles an seinem Platz. Alles wie immer. Alles in Ordnung.

Trotzdem wurde sie das Gefühl einer unsichtbaren Bedrohung nicht los. Es war mit ihr über die Türschwelle getreten und hatte sie noch im selben Augenblick als Geisel genommen. Nun kontrollierte es ihre Gedanken und lenkte ihre Bewegungen. Sie zog ihre Waffe und trat einen weiteren Schritt in die Wohnung.

Sie bewegte sich auf den ersten Raum auf der linken Seite zu: das Bad. Ohne Vorwarnung tauchte in ihrer Fantasie das Bild eines zugezogenen Duschvorhangs auf und sie bekam Panik bei dem Gedanken, diesen zur Seite ziehen zu müssen. Im nächsten Moment fiel ihr jedoch ein, dass sie gar keinen Duschvorhang besaß. Ihr eigener Verstand begann, mit ihr Katz und Maus zu spielen. Bevor weitere Bilder sich in ihrem Kopf breit machen konnten, trat sie den letzten Schritt auf das Bad zu. So geräuschlos wie möglich drückte sie die Türklinke herunter. Ihre Finger umfassten den Griff als wäre er aus Glas. Mit einer schnellen Bewegung stieß sie die Tür auf. Nichts. Alles, was ihr in dem leeren Raum hätte Angst einjagen können, war ihr eigenes kreidebleiches, von Anspannung gezeichnetes Gesicht im Spiegel an der gegenüberliegenden Wand. Im Spiegelbild sah sie hinter sich die Tür zu ihrem Arbeitszimmer. Ein schwarzes Rechteck verbarg den Blick in den Raum wie ein dunkler Vorhang. Die Tür stand offen. Hatte sie diese wirklich aufgelassen, als sie ging? Nach ihrem Verstand stieg nun auch ihre Erinnerung in das Spiel mit ihren Nerven ein. Vorsichtig machte sie zwei zaghafte Schritte durch den Flur und schob ihre linke Hand um den Türrahmen herum in die Richtung, in der sie hoffte, den Lichtschalter zu ertasten. Sie rechnete damit, dass jeden Augenblick jemand ihren Arm packte und sie in die Dunkelheit zog. Ihre Finger tasteten panisch nach dem Lichtschalter und fanden ihn.

KLICK.

Die plötzliche Helligkeit blendete sie, doch ein verschwommener Blick reichte. Nichts.

Schnell drehte sie sich um, aus Angst, die Gefahr hätte sich in ihrem Rücken angeschlichen.

‚Reiß dich zusammen, Ellie!‘

Kurz musste sie lächeln, weil sie begriff, wie sinnlos diese selbst formulierten Aufmunterungsversuche aus Filmen waren. Die Furcht blieb erbarmungslos und würde ihr auch in den nächsten Raum folgen: die Küche.

Der Schein der Straßenlaternen vor dem Haus zeichnete

ein Wirrwarr aus Schatten auf den Fließenboden. Bereits aus einigen Metern Entfernung bemerkte sie es. Irgendetwas stimmte nicht. Irgendetwas war anders. Ihre Schritte kamen ihr wie in Zeitlupe vor. Lag da nicht etwas auf dem Tisch? Oder war es nur ein Schatten. Noch drei Schritte bis zur Küche. Dieses Mal war sie sich sicher, sie hatte dort definitiv nichts liegen lassen. Doch nur weil ihre Erinnerung wieder funktionierte, tat ihr Verstand dies noch lange nicht. Was wenn es eine Falle war? Eine Ablenkung. Der Küche gegenüber befand sich ihr Schlafzimmer. Die Tür war einen Spalt breit angelehnt. Ideal um sie aus der Dunkelheit heraus zu beobachten. Ihr Blick wanderte wieder zur Küche. Noch zwei Schritte. Das flache Rechteck auf dem Tisch schälte sich nun deutlich aus dem Schwarz der Umgebung heraus. Ein Zettel. Etwas größer als eine Postkarte. Sie konnte sich nicht länger zurückhalten und warf jede Vorsicht über Bord. Ein letzter, nun sehr hektischer Schritt. Ellie hielt instinktiv die Luft an und schaltete das Licht ein.

10

Auch nachdem sie ihre Waffe längst weggesteckt hatte, konnte sie nicht aufhören, zu lachen. Sie lachte über sich selbst. Sie lachte vor Erleichterung. Sie lachte aber auch aus Erschöpfung. Und sie lachte, weil sie nicht anders konnte. Vor ihr auf dem Tisch lag das Protokoll der jährlichen Heizkörper-Ablesung. Erst jetzt fiel ihr ein, dass sie der Nachbarin ihren Wohnungsschlüssel gegeben hatte, damit diese die Ableser hereinlassen konnte. Der erste Tag bei der Mordkommission hatte sie so in den Bann gezogen, dass für solch banale Dinge einfach kein Platz in ihrem Bewusstsein war. Kurz schämte sie sich für ihren krimireifen Einmarsch in die eigenen vier Wände, bevor sie die Absurdität der Situation ein weiteres Mal zum Lachen brachte. Auf dem Weg ins Schlafzimmer schwor sie sich, dass es den Vorfall schlicht nie gegeben haben würde. Wie hätte sie bitte auch erklären sollen, im Halbdunkel ihren eigenen Küchentisch mit einer Waffe in Schach gehalten zu haben?

Unter der Dusche spürte sie, wie das warme Wasser die Last des Tages von ihr abspülte und sich ihre Anspannung löste. Die bohrenden Fragen in ihrem Kopf wurde sie dennoch nicht los. Wie ein Grundrauschen begleiteten die rätselhaften Umstände des Falls all ihre Gedanken. Fing sie auch nur kurz an zuzuhören, wurde das Rauschen lauter und schwoll zu einem Sturm an. Die Zahl, das Handy, die Inszenierung, die Verstümmelungen der Augen, das Herz im Kaktus - Motiv, Tatwaffe, Täter, Opfer…

Ihr schwirrte der Kopf und sie zwang sich mit aller Macht, ihre Gedanken auf den bevorstehenden Abend zu lenken. Sie betrachtete sich im Spiegel. Zufrieden stellte sie fest, dass man ihr die innere Unruhe und das soeben Erlebte nicht allzu sehr ansah. Ob Tim sich ebenso leicht blenden ließ?

…

Er sah gut aus, wie er da so stand, als würde um ihn herum nicht ein für diese Ecke Berlins typisches Chaos herrschen. Menschenmassen zwischen Feierabend und Feiern bis in den Morgen hinein prallten hier wie selbstverständlich aufeinander. Die Luft war erfüllt vom typischen Klang der Stadt, das Klirren der Bierflaschen vor den Spätis, das brachiale Rattern der U2 über den Köpfen der Menschen hinweg untermalt von hupenden und fluchenden Autofahrern, die sich einen Weg über die Kreuzung bahnten.

„Sie sehen müde aus, Frau Kommissarin."

„Vorsicht Freundchen, ich habe schon Leute für weniger festgenommen. Und Beamtenbeleidigung macht sich schlecht im Führungszeugnis."

Beschwichtigend hob er die Hände. „Schon gut, schon gut. Ich bin zu sensibel für den Knast. Lass die

Handschellen stecken. Zumindest vorerst."

Sie mussten beide lachen. Die anfängliche Unsicherheit, wie sich das Wiedersehen anfühlen würde, war sofort verschwunden. Als wären die vergangenen zwei Monate nur eine kurze Werbepause gewesen, ein Stand-By, das ihnen erlaubte, nahtlos an das Bisherige anzuknüpfen. Dazu passte, dass sie sofort wusste, wohin sie gehen würden, als er „Bock auf Pizza?" sagte und den Arm um ihre Schulter legte.

In der kleinen, immer voll besetzten Pizzeria auf der Kastanienallee waren sie bei ihrem ersten Date gewesen. Ob er ihr damit etwas sagen wollte? Sie hatte jedenfalls nichts dagegen, wenn der Abend ähnlich verlaufen würde wie damals. Die Erinnerung jagte ihr einen kleinen Schauer über den Rücken.

Auch heute war das Restaurant brechend voll. Sie warteten am Eingang, dass ein Tisch frei wurde, als ihr Handy klingelte. Aus Ärger wurde Überraschung, als sie den Namen „Hasselberger" auf dem Display las und den Anruf verwundert entgegennahm.

Er ließ ihr nicht einmal Zeit für eine Begrüßung. „Seidel?"

„Ja?"

„Kommen sie umgehend auf die Dienststelle."

„Jetzt gleich?" Sie wartete auf eine Antwort, doch er hatte bereits aufgelegt.

11

Es gab nur einen Umstand, unter dem Fehler für ihn akzeptabel waren - wenn andere sie machten. Und sie hatte ihn endlich gemacht. Seine Geduld hatte sich bezahlt gemacht. Das Warten hatte ein Ende. Alles was nun noch kommen würde, wurde unausweichlich, in dem Moment, als sie die letzte Grenze zwischen Überleben und Sterben überschritten hatte: Sie hatte ihn nach einem Treffen gefragt.

Bei ihr hatte es länger gedauert, als bei den anderen. Sie schien vorsichtiger zu sein oder lag es nur an ihrer eigenen Unsicherheit? Es spielte keine Rolle mehr. Zweifel daran, dass auch sie letztlich in seine Falle tappen würde, hatte er ohnehin nie. Dafür war sein Angebot viel zu verlockend. Bestätigung. Aufmerksamkeit. Zuspruch. Und der Preis dafür? Das war ja das Schöne daran. Es gab keinen. Was sie von ihm bekam, war absolut kostenlos. Im Gegenteil, sie würde am Ende mehr von dem bekommen, was sie sich so sehr gewünscht hatte, als gedacht. Manch einer würde sagen, sie bekam mehr, als sie gewollt hätte, aber das hielt er für Unsinn. Er war sich sicher, er half ihr und all den anderen nur, ihren Traum zu leben. Wobei leben an der Stelle vielleicht nicht das richtige Wort war… Er lächelte in sich hinein.

Es war immer das Gleiche. Gib ihnen eine kleine Kostprobe von dem, wonach sie sich am meisten sehnen, ohne dafür etwas tun zu müssen und die Menschen werden blind vor Gier. Die Stimme der Vernunft wird zu einem Störgeräusch, dessen Lautstärke so weit herunter gedreht wird, bis man es endlich ignorieren kann. Es wurde erst wieder laut und brach mit maximalem Lärmpegel zurück ins Bewusstsein vor, wenn sie erkannten, dass nichts im Leben kostenlos war und es dieses Mal ihr Leben kosten würde.

Er wünschte sich oft, sie könnte noch sehen, was er für sie tat. Wie er versuchte, ihrem Schicksal eine Bedeutung zu verleihen. Wie er mit ganzer Kraft versuchte, diese heuchlerische Scheinwelt zu Fall zu bringen, die sie einst, von falschen Versprechen angelockt, betreten und nie wieder verlassen hatte. Sie hatte ihren Preis bezahlt, doch die Rechnung war noch lange nicht beglichen. Es war seine Aufgabe, dies zu ändern.

12

Ellie konnte nicht länger hinsehen. Ihre Fingerknöchel traten weiß hervor, so krampfhaft hielt sie sich am Tisch fest, um der Übelkeit keine Chance zu geben, die Kontrolle über ihren Körper zu gewinnen.

„Scheiße! Was zur Hölle ist das?" Sie verstand jetzt, wieso Hassler einige Meter Abstand zum Bildschirm des Kriminaltechnikers hielt.

„Sie wissen, was das ist, auch wenn Ihnen die Antwort nicht gefällt."

Er hatte recht. Bereits kurz nachdem der Techniker auf Play gedrückt und das verwackelte Standbild zum Leben erweckt hatte, wusste sie es. Der erste Stich drang tief ins Fleisch ein. Noch bevor das Blut hervorquellen konnte, erfolgte bereits der nächste Hieb. Jeder weitere brachte den sichtbaren Teil des Körpers zum Beben. Obwohl das Video keine Tonspur enthielt, meinte Ellie die Schmerzensschreie in ihrem Kopf hören zu können. In immer kürzeren Abständen und immer kraftvoller, unkontrolliert, wie in einer Art Rausch erfolgte ein Stich nach dem Anderen. Als sie schon glaubte, es würde niemals aufhören, stand das Bild plötzlich still. Lediglich das langsam aus den Wunden sickernde Blut sagte ihr, dass das Video noch nicht vorbei war. Plötzlich tauchte wie aus dem Nichts eine Hand am unteren Bildrand auf. Ganz langsam verschwanden Zeige- und Mittelfinger in einer der Wunden. Dunkelrot glänzend kamen sie wieder zum Vorschein und begannen zu schreiben. Ellie kannte die Nachricht bereits, war ihr die blutige Zahl doch seit heute Morgen nicht mehr aus dem Kopf gegangen. „Woher stammt das?"

Hassler nickte lediglich in die Richtung des Technikers, der unruhig in seinem Stuhl hin und her rutschte.

„Das wurde heute Abend um 20:15Uhr auf dem Instagram-Kanal des Opfers hochgeladen."

„Fuck. Ist es noch online?"

„Nein. Es wurde glücklicherweise schnell von Instagram als gefährlicher Content eingestuft und gelöscht. Was natürlich nicht heißt, dass es nicht doch irgendwo noch einmal auftauchen könnte."

„Gibt es irgendwelche brauchbaren Informationen für uns? Meta-Daten oder Ähnliches?"

„Wir sind dran, aber ich befürchte, da ist nicht viel zu holen."

„Was soll das heißen, da ist nicht viel zu holen, verdammt? Der Täter will uns eine Nachricht senden und sie sagen mir, wir können sie nicht entschlüsseln?"

Hassler war nun wieder einen Schritt an den Tisch herangetreten. „Langsam, Seidel. Glauben sie denn ernsthaft, dass sich die Nachricht in irgendwelchen Daten versteckt? Ich habe zwar keine Ahnung was Instagram ist, aber ich glaube wir sollten uns nicht fragen, wie er kommuniziert, sondern warum. Was will er?"

Kurz legte sich Stille über den Raum. Es dauerte einen

Augenblick bis seine Frage zu ihr durchgedrungen war und sie erkannte, dass er ausnahmsweise nicht Unrecht hatte. „Aufmerksamkeit. Der Mord war die große Show und das hier ist sein persönliches Making-Of."

Er legte die Stirn in Falten und sah Ellie an, wie ein Kind dem man zu erklären versuchte, dass die Welt ein böser Ort war. „Schön und gut, aber das ist mir als einzelnes Motiv zu dünn. Und ich glaube, sie wissen genauso wie ich, was ihre Theorie für den Fall bedeuten würde, nicht wahr?"

Ja. Sie wusste es. Die Erkenntnis hatte sie wie ein Schlag ins Gesicht getroffen. Ein Wirkungstreffer, denn das Video konnte nur eines bedeuten: Die Show hatte gerade erst begonnen.

13

Immerhin wusste sie jetzt, wieso das Handy des Opfers nicht am Tatort zu finden war. Er hatte es für diesen widerlichen Nachtrag zu seiner Tat benötigt. Ellie sah auf ihr eigenes Smartphone. Mehrere Nachrichten von Tim. Sie hatte sich auf den Abend gefreut, ja sie hatte ihn gebraucht. Nun saß sie kurz nach Mitternacht allein in ihrem Wagen auf dem Parkplatz der Dienststelle und versuchte erfolglos, ihre Enttäuschung und ihren Frust herunterzuschlucken. Die Stille bot ihren Gedanken so viel Raum, dass diese sich unkontrolliert ausbreiteten. Als hätte sie das Auto in einen See gelenkt und müsste nun hilflos mit ansehen, wie das Wageninnere langsam mit schmutzig trübem Wasser voll lief. Schweigend starrte sie in die Nacht und wartete, dass aus der Flut an Bildern eines herausbrach und sich greifen ließ. Doch der Strom riss nicht ab. Kontur- und klanglos prasselten die Szenen des Tages auf sie ein. Kurz bevor das Chaos an Eindrücken drohte, die letzte Luft zum Atmen aus dem Innenraum zu pressen, griff sie zu ihrem Handy.

‚Hey Tim, tut mir leid, dass ich dich sitzen lassen musste. Aber kalt schmeckt Pizza doch eh viel besser. Bist du noch wach?'

Kaum hatte sie die Nachricht getippt, löschte sie diese wieder. Ihr Wunsch nach etwas Ablenkung und ihre Lust auf Sex waren längst verflogen. Sie wollte ihr Handy schon wieder wegstecken und den Wagen starten, als ihr Finger aus Routine noch einmal nach links swipte und wie automatisch auf dem Instagram Icon landete. Anstatt wie sonst üblich, ein wenig durch die Stories zu klicken und das ein oder andere Bild zu liken, öffnete sie gezielt das Suchfenster und gab ‚miss_anni_bananni' ein. Sie war überrascht, dass sie sich an den Nutzernamen des Opfers bereits ohne einen Blick in die Akte erinnerte, obwohl der Techniker ihn nur kurz beiläufig erwähnt hatte.

Sie scrollte durch die geposteten Fotos, ohne zu wissen wonach sie suchte. Das Profil wirkte auf sie, wie jedes zweite bei Instagram. Hier ein Outfit of the Day, da ein angeblicher Schnappschuss vom letzten Spaziergang im Park. Dazwischen jede Menge perfektes Mädchen und heile Welt.

Enttäuscht schickte sie ihr Handy durch das Drücken einer der wenigen Knöpfe, die so ein Teil heutzutage noch besaß, zurück in den Ruhemodus. Als sich der Bildschirm verdunkelte und das Wageninnere wieder in schwarz versank, blieb für den winzigen Bruchteil einer Sekunde das Abbild des hellen Displays auf ihrer Netzhaut zurück. Im nächsten Moment hatten sich ihre Augen an die Umgebung gewöhnt und das Bild war verschwunden. Allerdings nicht unbemerkt. Im letzten Moment war ihr etwas aufgefallen. Eine Kleinigkeit, die ihr ein Kribbeln der Aufregung den Rücken hinauf jagte. Hektisch schaltete sie die Innenraumbeleuchtung ein, griff zur Akte auf dem Beifahrersitz und fing an, darin zu blättern. Könnte es sein? Sie war so aufgeregt, dass ihr einige der Tatortbilder herausrutschten und sich im Fußraum des Wagens verteilten. Fluchend schleuderte sie die Mappe zurück auf den Sitz und griff nach den Fotos zwischen ihren Füßen. Die entfernten Augäpfel. Das Herz im Kaktus. Eines nach dem anderen warf sie auf die Mappe neben ihr. Dann hatte sie, wonach sie gesucht hatte.

Die Blutziffer auf dem Bauch der Leiche: 14612.

Sie zitterte vor Aufregung, als sie wieder ihr Handy zur Hand nahm. Der schwarze Bildschirm erwachte zum Leben und bettelte darum, entsperrt zu werden. Sie brauchte zwei Versuche, um den richtigen Code einzugeben.

Als der Bildschirm aufleuchtete, hielt sie unbewusst die Luft an. Dort stand sie. Schwarz auf weiß. Groß und unübersehbar. Ganz oben natürlich. Für jeden sichtbar. Die wichtigste Zahl eines jeden Profils. Die Währung, in der auf Instagram und anderen Plattformen zwischen Erfolg und Misserfolg unterschieden wurde. Die Anzahl der Follower.

Ellies Augen wanderten hin und her - immer wieder abwechselnd von Foto zu Display und zurück. Und dann kam sie schließlich doch und brach mit voller Wucht über sie herein die Welle der Enttäuschung.

14621.

Die Zahlen stimmten nicht überein. Sie hatte sich geirrt. Dabei war sie sich so sicher gewesen. Eventuell hatte sie sich einfach so sehr nach einer echten Spur gesehnt, dass sie Zusammenhänge sah, wo es gar keine gab.

Ellie steckte den Schlüssel ins Zündschloss, hielt jedoch plötzlich inne. Oder etwa nicht?

Die anfängliche Frustration wich einer leisen Hoffnung. Wie wahrscheinlich war es, dass die beiden Zahlen sich nur so geringfügig unterschieden? Wie wahrscheinlich war es, dass der Mörder Instagram für sein perverses Spiel nutzte und dabei solche Zufälle auftraten? Wie wahrscheinlich war es, dass…

Je länger sie darüber nachdachte, desto stärker konnte sie es fühlen. Sie hatte eine erste Spur.

14

„Die Verhandlung ist hiermit geschlossen."

Als hätte jemand plötzlich die Lautstärke wieder aufgedreht, drangen die Geräusche der vielen Menschen im Raum auf einen Schlag wieder zu ihm hindurch. Eine Mischung aus aufgeregten Gesprächen, hastigen Schritten in Richtung Ausgang und dem Rascheln von Papier, welches schon bald in dicken Ordnern der Prozessakten Staub ansetzen würde. Jemand klopfte ihm anerkennend auf die Schulter und er merkte, dass sein Hemd an der Stelle, an welcher die Hand ihn berührt hatte, an seiner Haut kleben blieb. Er spürte, wie die Anspannung von ihm abfiel und zum ersten Mal seit langer Zeit ein Lächeln den Weg in sein Gesicht fand. Irgendjemand raunte ihm „Gut gemacht" ins Ohr, während er sich hastig dem Strom der Menschen anschloss, die es allesamt nach draußen drängte.

Seine Hoffnung auf etwas frische Luft und einen schnellen Heimweg wurden allerdings umgehend zunichte gemacht. Die Menge an Fotografen, Reportern und Kamerateams vor dem Gerichtsgebäude war überraschend, jedoch nicht ungewöhnlich. Die Tatsache, dass ein Großteil der Medienvertreter aber scheinbar nur auf ihn gewartet hatten, war vollkommen verrückt.

„Herr Kommissar! Herr Kommissar! Ein kurzes Statement bitte."

Mühsam versuchte er sich einen Weg durch die Menge zu bahnen. Von seiner ausbleibenden Antwort völlig unbeeindruckt, prasselten die Fragen auf ihn ein, begleitet von einem Stakkato aus grellem Blitzlicht.

„Sind Sie zufrieden mit dem Urteil?"

„Können Sie versichern, die richtige Person erwischt zu haben?"

„Wieso wurde der Angeklagte nur in zehn von dreizehn Fällen für schuldig erklärt?"

„Verspüren Sie so etwas wie Genugtuung?"

„Wieso mussten erst dreizehn Mädchen sterben, bevor der Täter gefasst werden konnte?"

„Was war an dem Fall so besonders?"

„Wieso konntest du es nicht verhindern, Papa?"

Nicht der Wortlaut der Frage ließ ihn abrupt stehen bleiben, es war die Stimme, die ihm einen kalten Schauer über den Rücken laufen ließ. Sie konnte nicht hier sein. Sie durfte nicht hier sein. Langsam drehte er sich in die Richtung, aus der die Frage gekommen war. Ohne es zu wollen, schloss er die Augen - als würde ihm die Angst behutsam die Augenlider nach unten drücken. Als er sie wieder öffnete stand sie vor ihm. Alle anderen Personen waren im selben Moment, wo er sie sah, verschwunden.

In ihrem Lieblingskleid stand sie dort, die Arme schlaff neben ihrem Körper baumelnd, den Kopf leicht gesenkt.

„Wieso, Papa?"

Langsam hob sie den Kopf und dieses dunkle Etwas, vor

dem er sich beim Klang ihrer Stimme sofort, wenn auch unbewusst gefürchtet hatte, traf ihn mit voller Wucht. Das Blut, das aus ihren leeren Augenhöhlen rann, tropfte auf den Boden. Jeder einzelne Tropfen - laut wie ein Hammerschlag in seinem Kopf - hämmerte ihm die gnadenlose Wahrheit ins Herz: seine Tochter konnte nicht hier sein, denn seine Tochter war tot.

Einen stummen Schrei auf den Lippen fuhr Hassler in seinem Bett hoch und schnappte nach Luft.

15

Selbst die dritte Tasse Kaffee konnte ihren Körper nicht darüber hinweg täuschen, dass sie kaum geschlafen hatte. Vielleicht lag es auch daran, dass sie für Kaffee nichts übrig hatte und unter normalen Umständen einen möglichst großen Bogen um dieses Lebenselixier der Getriebenen machte. Es war also mehr als nur ein Zeichen, wenn sie mehrere Portionen herunterwürgte, um in die Gänge zu kommen. Zu allem Überfluss war auch die Euphorie ihrer nächtlichen Erkenntnisse schon wieder verflogen.

Hassler zeigte sich ebenso wenig beeindruckt wie der Techniker, welcher bei Tageslicht wieder deutlich mehr Farbe im Gesicht hatte, als am Abend zuvor. Er versprach trotzdem die relevanten Follower-Statistiken des Opfers beim US-amerikanischen Mutterkonzern Facebook anzufordern.

Ellie ging gerade die Aussagen der Mitarbeiter des botanischen Gartens durch, als das Klingeln eines Telefons sie aus ihrer Konzentration riss. Nach dem dritten Klingeln wandte sie verärgert den Blick von den Dokumenten ab und suchte im Raum nach dem Kollegen, der es scheinbar nicht schaffte, an sein verdammtes Telefon zu gehen. Überrascht bemerkte sie, dass der nervig moderne Klingelton von ihrem eigenen Schreibtisch kam. Wie hatte sie nicht daran gedacht, dass sie natürlich auch in ihrer neuen Abteilung einen Dienstanschluss hatte. Hastig griff sie nach dem Hörer und warf dabei beinahe den kalten Rest ihres vierten Kaffees um. Nicht dass es um dieses Gesöff schade gewesen wäre, aber für einen kurzen panischen Augenblick sah sie die Fallakte in einem braunen Sturzbach versinken.

„LKA Berlin. Dezernat 11. Oberkommissarin Seidel. Guten Tag."

Die neue Dienstbezeichnung laut auszusprechen, fühlte sich unglaublich gut an.

„Guten Morgen, Frau Kommissarin. Dr. Papen hier. Ich wollte Ihnen nur kurz die Ergebnisse mitteilen."

„Ergebnisse wovon?"

„Erste oder zweite Bundesliga? Hertha oder Union? Wofür schlägt ihr Herz denn?"

„Bitte was?"

„Kleiner Scherz. Nichts für ungut. Sie müssen die Neue im Dezernat sein. Der alte Stiernacken hat schon von Ihnen geschwärmt."

Ellie verstand nur die Hälfte seiner Worte. War das ein Scherzanruf? Vielleicht war das ja irgendeine Art Einführungsritual des Kollegiums.

„Ähm. Stiernacken?"

„Na Weinreich, der große Häuptling."

Er lachte laut, ein herzliches und ansteckendes Lachen. Sie wusste zwar immer noch nicht, wer er war und ob er sie nicht doch verarschen wollte, aber dieser Typ war ihr irgendwie sympathisch. Bevor sie etwas erwidern konnte, fuhr er glucksend fort.

„Wenn Weinreich der Häuptling ist, bin ich quasi der Schamane, wenn sie verstehen, was ich meine. Schön, Sie kennenzulernen."

Sie hatte nach wie vor keinen blassen Schimmer, was er ihr sagen wollte.

„Also zum Autopsiebericht…"

Endlich fiel der Groschen. Dr. Papen war der zuständige Gerichtsmediziner. Verdammt, sie musste wie eine Idiotin auf ihn gewirkt haben. Schnell versuchte sie, die Situation bestmöglich zu überspielen.

„Irgendetwas Außergewöhnliches?"

Er stutzte hörbar.

„Das hängt davon ab, was sie als außergewöhnlich bezeichnen würden? Ich denke, dass sieben tiefe Messerstiche und massive innere Verletzungen niemals normal sein sollten. Die meisten Leichen, die auf meinem Tisch landen, haben üblicherweise auch noch Augäpfel im Schädel."

Na toll, jetzt hielt er sie nicht nur für eine Idiotin, sondern auch noch für eine unsensible Idiotin.

„Verzeihung, ich…"

„Aber so konnte mir wenigsten niemand bei der Arbeit auf die Finger gucken."

Sie benötigte einen Moment, um zu verarbeiten, dass er einen weiteren Witz gemacht hatte. Wäre er nicht wieder in sein recht eigenartiges Glucksen verfallen, hätte sie es vermutlich gar nicht mitbekommen.

„Keine Sorge, Frau Kommissarin. Ich habe ihre Frage

schon verstanden. Aber die kalte Endgültigkeit, mit der ich täglich in meinem Job konfrontiert werde, bekämpfe ich persönlich am liebsten mit der Wärme des Humors. Bitte sehen Sie es mir nach."

„Na Herr Doktor, ich will mal ein Auge zudrücken."

Er verstand sofort. Jetzt lachten sie beide und Ellie wusste sofort, dass sie sich auf die Zusammenarbeit mit ihm freuen konnte. Hassler, von ihrem Gelächter gestört, drehte sich am anderen Ende des Raumes um und runzelte die Stirn.

,Idiot. Ob er überhaupt lachen konnte?'

„Also zurück zum Wesentlichen. Leider habe ich wenig, das Ihnen weiterhelfen wird. Todesursache war der starke Blutverlust in Folge der Stichverletzungen am Unterleib. Hinsichtlich der Mordwaffe haben wir es mit einem ca. fünfzehn Zentimeter langen scharfkantigen und spitzem Gegenstand zu tun. Für ein Messer sind die Einstiche nicht sauber genug."

„Und die Augen?"

„Die Augen wurden mit roher Gewalt aus dem Schädel herausgetrennt. Die dabei entstandenen Spuren am Knochen der Augenhöhlen deuten auf den selben Gegenstand hin. Der Täter oder die Täterin ist sehr grob zu Werke gegangen. Ich vermute, dass die Tat mit intensiven Emotionen verbunden war."

Ellie war überrascht, dass er eine weibliche Person in Betracht zog.

„Also hat er sie getötet und anschließend die Augen entfernt?"

„Leider nein."

„Bitte?"

„Ja, ich fürchte, die Frau war noch am Leben, als die Verstümmelungen erfolgten."

Ellie musste schlucken. Sie hatte noch gelebt. Hatte die wütende Gewalt, die über sie hereinbrach bis zum letzten Schnitt spüren müssen. Was musste das für ein vernichtendes Gefühl sein, wenn sich das Grauen und die Todesangst in einem finalen Akt aus Schmerz und Dunkelheit auflösten? Eine plötzliche Übelkeit kroch Ellie den Magen hinauf. Nur dumpf nahm sie noch war, dass Dr. Papen weitersprach. War sie dem Ganzen vielleicht doch nicht gewachsen? Hatte sie sich bereits mit ihrem ersten Fall zu viel zugemutet? Trotzig wischte sie den Gedanken beiseite.

„Entschuldigung, Dr. Papen. Ich habe den letzten Punkt akustisch nicht verstanden. Mein Telefon scheint eine Macke zu haben.", log sie.

„Oh, ja natürlich. Also wir haben keine Anzeichen von Beruhigungsmitteln oder Drogen im Blut gefunden. Allerdings finden sich an der Leiche auch keine Kampf- oder Abwehrspuren."

„Also kannte das Opfer den Täter oder wurde von den Angriffen überrascht?"

„Möglich. Wobei sie den tödlichen Stichen sicher nicht zugestimmt haben wird, wenn Sie mich fragen."

„Hm. Hinweise auf ein sexuelles Motiv?"

„Keine Spuren einer Vergewaltigung, nein. Keine Samenspuren. Allerdings auch sonst keine Täterspuren. Tut mir leid."

„Verdammt. Also haben wir nichts."

„Nun, wir haben eine Leiche. Und ihrem Zustand nach zu urteilen, wäre der oder die Täterin nicht sehr erfreut, wenn wir das hier als *nichts* abtun, oder?"

„Nein, natürlich nicht. So meinte ich das auch gar..."

„Frau Kommissarin, kein Grund für lange Erklärungen. Wir spielen doch im selben Team und gemessen an den wenigen verbliebenen grauen Haaren auf meinem Kopf bin ich vor allem auf Grund meiner Erfahrung mit dabei. Wenn ich Ihnen also den ein oder anderen Denkanstoß mit auf den Weg geben kann, umso besser."

„Vielen Dank. Ich weiß das wirklich zu schätzen. Sollte noch etwas sein, melde ich mich wieder."

„Gern. Ich glaube aber, wir werden uns schneller wieder hören, als es Ihnen lieb ist. Ich schnipple ja nun schon ein paar Jahre an euren Kandidaten rum. Und ich bin mir ziemlich sicher, das hier wird kein Einzelfall bleiben."

„Hm, ich glaube, da könnten sie recht behalten."

„Nicht könnten, sondern werden, Frau Oberkommissarin. Ich werde recht behalten."

Er betonte das zweite Wort besonders stark. Ellie wusste, dass sich seine Prophezeiung erfüllen würde, wenn sie nicht schnell genug sein sollten.

„Hoffen wir das Gegenteil. Bis bald."

„Ich habe schon lange aufgehört, auf die Hoffnung zu setzen, aber gut."

Sie wollte das Gespräch gerade beenden, als er ein weiteres Mal das Wort ergriff. „Ach Frau Seidel, grüßen Sie

den Hasselberger von mir. Guter Mann. Bei unseren Rommé-Abenden hat er uns allen immer das letzte Hemd abgeknöpft, wobei das in meinem Fall wohl meistens am Wein gelegen hat. Schade, dass er sich seit der Geschichte damals so zurückgezogen hat. Naja, wie will man es ihm verübeln, oder? Alles Gute und bis die Tage."
Ellie hatte nicht die leiseste Ahnung, wovon er redete und von Neugier getrieben hakte sie nach.
„Die Geschichte damals? … Herr Dr. Papen?"
Das Freizeichen, war alles, was sie als Antwort erhielt. Er hatte bereits aufgelegt.

16

Wut. Nichts als blanke Wut, die seinen ruckartigen Bewegungen Antrieb verlieh. Immer wieder stach er zu. Immer wieder zuckte ihr Körper zusammen. Er wusste nicht, ob es an der Wucht seiner Hiebe lag oder ob sie tatsächlich noch auf die Stiche reagierte. Es war ihm auch gleichgültig. Sie war wie alle anderen vor ihr. Er hatte es gleich gesehen. Ihr Blick hatte sie verraten. Wie sie ihn gemustert hatte. Abschätzend. Fragend, ob er sich auf einem gemeinsamen Foto gut machen würde. Sicherlich hatte sie ihm augenblicklich eine Bewertung verpasst. Ob er ihr ein Like wert gewesen wäre?

Er hatte ihr den ultimativen Ort für ihre Instagram Story versprochen. Ein Date, das sie niemals vergessen würde und mit dem sie ihre Follower beeindrucken konnte. Und er hatte Wort gehalten. Es war ein besonderer Ort. Die Tatsache, dass es ein sehr einsamer Ort war, schien sie nicht gestört zu haben. Oder es war ihr gar nicht aufgefallen. Sie war begeistert und wie er erwartet hatte, war sie mehr damit beschäftigt, ihre Story zu füttern, als sich mit ihm zu beschäftigen. Schade. Vielleicht hätte sie sonst gesehen, wie die Wut sein Gesicht immer wieder zu einer grotesken Grimasse verformte. Wie seine rechte Hand immer wieder in seiner Jackentasche verschwand und nach dem Stechbeitel tastete. Das Gefühl des kalten Metalls der Schneidfläche fühlte sich vertraut an. Wenn sich seine Hand um den hölzernen Griff legte, ließ das Gefühl der Wut von ihm ab. Der Druck in seiner Brust, der kurz davor war, aus ihm herauszubrechen, löste sich dann immer etwas. Vorerst zumindest.

Damals hatte er ihr immer kleine Holzarbeiten mit nach Hause gebracht. Lange bevor sie begonnen hatte, mehr und mehr durch ihn hindurchzusehen. Bevor ihre Welt für ihn unerreichbar geworden war.

Sein Blick fiel auf das blutgetränkte Werkzeug in seiner Hand. Erst jetzt bemerkte er die befriedigende Stille um ihn herum. Er war überrascht, wie schnell er es dieses Mal nicht länger hatte kontrollieren können. Wie er nach ihrem Handy fragte - zitternd vor Erregung. Am Anfang hatte sie noch geschrien. Er hasste es, wenn sie schrien. Er hasste diesen letzten verzweifelten Ausbruch. Diesen letzten Versuch, gehört oder gar gesehen zu werden. Es machte ihn nur noch wütender.

Ein merkwürdiges Geräusch, fast wie der kleine Rest Wasser, der gluckernd im Abfluss verschwand, erinnerte ihn daran, dass er noch nicht fertig war mit ihr.
„Ich denke, du hast genug gesehen."
Langsam beugte er sich zu ihr herunter und setzte den Stechbeitel an der rechten Augenhöhle an.

17

„Sie hatten recht."

Ihr triumphierender Blick wurde von Hassler mit skeptisch hoch gezogenen Augenbrauen erwidert.

‚Scheiß auf ihn.'

Einzig um ihrer Genugtuung Nachdruck zu verleihen und ihm eins reinzuwürgen, hakte sie noch einmal nach.

„Also lag ich mit meiner Vermutung richtig, dass die Blutzahl mit den Instagram-Followern des Opfers zu tun hat?"

„In der Tat. Die Zahl stimmt mit der Anzahl ihrer Follower am Abend des Mordes überein."

Bastian, so hatte sich der Techniker ihr inzwischen mit einem schüchternen Lächeln vorgestellt, sah sie an, als erhoffte er sich eine Belohnung für seine Aussage. Ellie ignorierte seinen erwartungsvollen Blick.

„Dann wurde das Video auch nicht zufällig auf ihrem Kanal veröffentlicht. Instagram scheint eine zentrale Bedeutung für den Mörder zu spielen. Ich verstehe nur noch nicht, welche."

Hassler setzte geräuschvoll seine Kaffeetasse ab. „Dieses *Instagramm*, was genau ist das überhaupt?"

Bei ihm klang das Wort wie eine Vokabel aus dem Lateinbuch. Eigentlich hatte Ellie wenig Lust, ihn ins 21. Jahrhundert einzuführen, gleichzeitig genoss sie ihren Wissensvorsprung und ihre Überlegenheit.

„Es ist ein soziales Netzwerk. Sie müssen es sich wie ein digitales Fotoalbum vorstellen, das man über das Internet mit anderen teilt. Jeder kann, wenn man das denn möchte, reinschauen und die einzelnen Bilder oder Videos kommentieren oder auf „Gefällt Mir" klicken. Wenn einem ein Account besonders zusagt, kann man ihn abonnieren und ist dann ein so genannter Follower. Fragen Sie mal ihre Kinder. Die zeigen ihrem alten Herrn sicher gern, wie das funktioniert."

Sie grinste ihn an, doch sein Gesicht verfinsterte sich schlagartig. Sein auf sie gerichteter Blick war so kalt, dass Ellie erschrocken einen halben Schritt zurückwich.

„Was meine Kinder tun, geht sie einen verfickten Scheißdreck an. Haben wir uns da verstanden?"

Der bedrohliche Klang in seiner Stimme lähmte sie für einen kurzen Moment. Was zur Hölle hatte sie denn Schlimmes gesagt? Sie hatte inzwischen begriffen, dass er schwierig war, aber diese völlig unerklärliche Reaktion war ein ganz neues Level. Eine tickende Zeitbombe - das war er. Sie war jedoch nicht der Typ, der sich durch so etwas einschüchtern ließ. Im Gegenteil. Derartige Drohungen stachelten sie nur noch mehr an. Dies war schon immer ihr größtes Problem. Sah sie ein Feuer, versuchte sie es stets mit Öl zu löschen. Sie wollte ihn gerade fragen, was sein verdammtes Problem war, als Bastian, regungslos im Raum stehend, seinen ganzen Mut zusammennahm, um die Situation zu retten. „Der Täter muss ihr Profil gekannt haben. Wenn er nicht sogar einer ihrer Follower war."

Obwohl dieser Satz, trotz seiner inhaltlichen Sprengkraft in der angespannten Atmosphäre des Raumes verpuffte, nahm Ellie das Angebot eines Themenwechsels dankend an. Sollte Hassler seine Probleme mit sich selbst klären. Sie würde nicht als Prellbock für seinen angestauten Frust herhalten. Noch immer blickte sie ihn angriffslustig an, während sie beinahe provokant eine größtmögliche Portion Gelassenheit in ihre Stimme legte. „Das heißt, wir haben 14612 Verdächtige."

Hassler stieß ein verächtliches Schnauben aus. Als hätte jemand den Gong zur nächsten Runde geläutet. Sie hatte sich lange genug zurückgehalten. „Herr Kollege, wenn Sie etwas zu sagen haben, immer heraus damit. Lassen Sie uns gern an ihrer grenzenlosen Weisheit teilhaben, aber sparen sie sich doch bitte diese herablassende Art."

Einen kurzen Moment schien er tatsächlich beeindruckt, fing sich jedoch gleich wieder. „Man muss nicht besonders weise sein, um zu erkennen, dass der mögliche Täterkreis viel zu groß für eine tatsächliche Überprüfung ist. Wir brauchen konkrete Spuren und keine tausend Spinner, die sich im Internet an fremden Bildern aufgeilen."

Immerhin hatte er das Prinzip von Instagram verstanden, dachte Ellie. „Man muss aber auch kein Genie sein, um zu erkennen, dass es momentan unsere einzige Spur ist. Sofern sie also keine bessere Idee haben, würde ich sagen, wir beantragen Einsicht in die Nutzerdaten der Profile und hoffen, so einen Schritt weiter zu kommen."

„Das dürfte schwierig werden."

Sie hatte beinahe vergessen, dass Bastian nach wie vor anwesend war, so sehr hatte die Wut auf Hassler sie in ihren Bann gezogen. Deutlich gereizter, als beabsichtigt blaffte sie ihn an. „Und wieso das, wenn ich fragen darf?"

„Weil die Daten in den USA gelagert werden und wir keinen konkreten Tatverdacht haben."

„Es ist mir verflucht nochmal egal, wo die Daten gespeichert sind. Der Täter ist unter den Followern. Das ist doch offensichtlich!"

Hassler genoss ihre Frustration. „Hören Sie das? Das ist das Geräusch, wenn sich eine falsche Spur plötzlich in Luft auflöst."

Ellie versuchte, ihn zu ignorieren. Innerlich kochte sie jedoch. Sie war kurz davor, komplett die Fassung zu verlieren. „Besorg mir alles, was du über die Follower in Erfahrung bringen kannst, klar? Er muss Spuren auf ihrem Profil hinterlassen haben."

Bastian, inzwischen komplett eingeschüchtert, nickte nur.

„Und Sie", Ellie wandte sich ein weiteres Mal an ihren Partner, „Sie können mich mal kreuzweise. Machen Sie, was sie wollen. Feierabend. Urlaub. Oder am besten gleich Ruhestand. Soll mir recht sein. Ich brauche Sie nicht. Lieber arbeite ich allein, als mit so einem scheiß Partner und faulen Ermittler wie Ihnen."

Mit diesen Worten stürmte sie aus dem Raum und knallte die Tür geräuschvoll hinter sich zu.

„Arschloch!"

„Für Sie immer noch Herr Kriminaldirektor, Frau Seidel"

Erschrocken sah sie auf. Vor ihr stand Weinreich. Den halben Gang versperrend, lächelte er sie fragend an.

„Oh, Verzeihung. Sie waren natürlich nicht gemeint."

„Sondern?"

„Nicht so wichtig"

„Also Hasselberger."

Ihr überraschter Blick schien ihn zu belustigen. In seinen Augen lag ein Ausdruck von Verständnis und, was sie enorm ärgerte, eine Portion Mitleid. Sein Lächeln blieb davon jedoch unberührt.

„Hunger?"

18

Sie rutschte unbehaglich auf ihrem Stuhl hin und her. Die Situation war ihr trotz seiner betont lockeren Art irgendwie unangenehm. Mitten am Tag saß sie nun also mit ihrem Vorgesetzten an einem Tisch eines dieser hippen Berlin Mitte Restaurants und las die Speisekarte bereits zum dritten Mal, ohne sich entscheiden zu können. Sie hatte keinerlei Appetit, war der Einladung nur aus einem Gefühl der Pflichterfüllung gefolgt. Als wäre eine Absage gegenüber dem Chef eine Form von Befehlsverweigerung. Hatte sie es denn wirklich so nötig, in seiner Gunst zu stehen? Jetzt kam sie aus der Situation jedenfalls nicht mehr so schnell raus. Er würde garantiert wissen wollen, was zwischen ihr und Hassler vorgefallen war. Sie war sich nicht sicher, wie ehrlich sie in dieser Angelegenheit sein sollte, ohne dass er sie für ein Kollegenschwein hielt. Sie entschied sich schließlich für einen Salat und beobachtete das hektische Treiben des Ku'damms, bis er das Wort ergriff.

„Es ist zwar erst Mittag, aber sie sehen aus, als könnten sie einen Drink gebrauchen. Ich sage es niemandem, wenn auch sie nichts sagen, ok?"

Ellie wusste nicht, was sie an dieser Frage mehr ärgerte, seine ungefragte Beurteilung ihres Aussehens oder die Unprofessionalität seines Vorschlags. „Sie können sich gern einen Drink genehmigen. Ich trinke allerdings nicht.

Meine Mutter hat immer gesagt, Alkohol sei wie ein Freund mit einem Messer in der Tasche."

Ellie hatte Jahre später erst angefangen sich zu fragen, ob ihre Mutter ihr eine versteckte Botschaft hatte mitteilen wollen, wenn sie als Antwort auf ihre Frage, wo ihr Vater abends hingehe, zu hören bekam, dass er wieder mal mit seinen Freunden unterwegs sei. Dies würde zumindest erklären, wieso er das einzige Opfer des Autounfalls war, der sie und ihre Mutter allein zurückließ.

Weinreich war nach ihrer Erwiderung in sein typisches Gelächter ausgebrochen. „Dann ist ihre Mutter eine sehr clevere Frau. Und ich kann froh sein, dass wir für das Entwaffnen von Stichwaffen trainiert werden, würde ich sagen." Er lachte nun so laut, dass die Leute am Nachbartisch sich erschrocken umdrehten. Als die Kellnerin kam, bestellte er sich einen Cognac und zwinkerte Ellie dabei verschwörerisch zu. „Also was ist das Problem zwischen Ihnen und Hasselberger?"
Er kam direkt auf den Punkt. Ellie berichtete ihm von ihren unterschiedlichen Herangehensweisen, ließ jedoch ihre persönlichen Differenzen unerwähnt. Weinreich hörte ihr aufmerksam zu und nickte gelegentlich.
„Wissen sie, ich habe Ihnen einen so erfahrenen Kollegen nicht ohne Grund an die Seite gestellt. Sie sind neu und ich möchte nicht, dass die ganze Last eines solchen Falls allein auf ihren Schultern liegt."

„Ich hätte damit kein Problem", unterbrach sie ihn.

„Daran zweifle ich auch gar nicht, aber glauben Sie mir, es hilft, wenn da noch jemand ist, auf den man sich verlassen kann."

„Aber genau das ist doch das Problem. Ich habe das Gefühl, er und ich sprechen verschiedene Sprachen, als würden wir gegeneinander statt miteinander arbeiten."

„Verstehe. Ich will ehrlich mit Ihnen sein. Sie sind nicht die Erste, von der ich das höre, aber er war nicht immer so unzugänglich. Sie kennen ja sicher seine Geschichte."

„Seine Geschichte?" Nervös rutschte Ellie auf ihrem Stuhl einige Zentimeter nach vorn.

„Naja, ich sagte ja bereits, dass Hasselberger einer der erfahrensten Ermittler im Dezernat ist. Er war es nämlich auch, der vor sechs Jahren einen der spektakulärsten Mordserien Berlins aufgeklärt hat. Die Zeitungen hatten den Täter Mitternachtsmörder getauft. Der Kerl hat insgesamt dreizehn jungen Mädchen nach Partynächten auf dem Nachhauseweg aufgelauert und erdrosselt. Hasselberger hat ihn schließlich nach wochenlangen Ermittlungen an Hand von DNA-Spuren zur Strecke gebracht. Das war ein großer Triumph, nicht nur für ihn, sondern für die ganze Abteilung. Der Druck der Öffentlichkeit ist enorm gewesen. Sie können sich also vorstellen, wie froh alle waren, dass es vorbei war. Als endlich der Prozess begann, bekam er dann plötzlich Drohbriefe nach Hause geschickt, die sich gegen seine Familie richteten. Wir haben das so ernst genommen, wie nur möglich, aber es gab Hinweise auf einen

Trittbrettfahrer oder jemanden, der nur ein bisschen Aufmerksamkeit wollte."

„Aber?"

„Es stellte sich leider heraus, dass der Mörder die Taten nicht allein begangen hatte. Sie waren zu zweit. So gab es wenig später ein vierzehntes Opfer." Er unterbrach seinen Bericht kurz, als die Kellnerin ihm seinen Cognac brachte.

„Das heißt, er macht sich noch heute Vorwürfe, dass er ein weiteres Opfer nicht verhindern konnte?" Ellie konnte dies zwar nachempfinden, suchte jedoch trotzdem noch den Grund dafür, dass er sechs Jahre später so ein Arschloch geworden war.

„Nun, das war noch nicht alles. Das vierzehnte Opfer war Hasselbergers damals 17-jährige Tochter."

Der Lärm der Großstadt verstummte plötzlich und ließ Ellie mit ihren Gedanken zurück. Sie wusste jetzt, wieso er heute Morgen bei der Erwähnung seiner Kinder so ausgerastet war. Auch wenn sie es nicht hatte wissen können, kroch das schlechte Gewissen ihre Brust hinauf und schnürte ihr den Hals zu.

„Man hat daraufhin zwar auch den Komplizen überführt, aber das war natürlich nur ein schwacher Trost. Der Mann, den sie sicher nicht ganz ohne Grund ein Arschloch nennen, hat mit dem Kollegen den ich lange vor dem Fall damals kennenlernen durfte, nicht mehr viel gemeinsam."

In diesem Moment wurde ihr Essen serviert. Der letzte Rest Appetit war Ellie jedoch vergangen.

19

Genervt scrollte Finja durch die Fotogalerie ihres nagelneuen iPhone. Ihr Vater hatte es ihr letzte Woche geschenkt. Mit einem verschwörerischen Lächeln hatte er im Türrahmen gestanden und ihr gesagt, dass ein kommender Instagram Star auch das entsprechende Equipment benötigte. Als sie ihm vor Freude um den Hals gefallen war, hatte er noch leise „Aber sag's nicht Mama!" hinzugefügt. Nicht dass er die Bitte überhaupt hätte aussprechen müssen.

Inzwischen war die Euphorie verflogen. Eigentlich sollte sie gerade an ihren Hausaufgaben sitzen. Zumindest hatte sie sich mit dieser Begründung vorzeitig vom Abendbrot mit ihrer Familie verabschiedet. In Wahrheit flog ihr Daumen in Höchstgeschwindigkeit über das Display, statt in ihrem Geschichtsbuch zu blättern und die Ursprünge des Kalten Krieges herauszuarbeiten. Könnte jemand sie jetzt sehen, würde er oder sie wohl glauben, sie suche ein bestimmtes Bild, nur um festzustellen, dass die Bilder, welche sie von rechts nach links wischte, alle identisch waren. Finja wusste natürlich, dass dem nicht so war. Sie sah auf den ersten Blick die kleinen Unterschiede, die darüber entschieden, ob ein Bild brauchbar war oder nicht. Ein ungünstiger Schatten, ein doofer Gesichtsausdruck, zu viel Haut, zu wenig Haare. Am Ende musste alles passen, damit sie das Bild posten konnte. Für alles außer Perfektion war auf ihrem Profil kein Platz. Nichts anderes als Perfektion erwarteten ihre über 74.000 Follower. Und Finja lieferte. Immer.

Bereits mit vierzehn Jahren hatte sie angefangen, eigene Bilder auf Instagram zu posten. Sie kannte die Erfolgsgeschichten der berühmten Influencerinnen. Kostenlose Produkte, bezahlte Urlaube, die neusten Klamotten und Honorare, von denen andere nur träumen konnten. Ihr Lebenstraum hatte sich aus den quadratischen Schnappschüssen fremder Menschen herausgeschält und es sich in ihrem Kopf bequem gemacht.

Drei Jahre später lag sie hier auf ihrem Bett und fand letztlich doch das perfekte Bild für den morgigen Post und tippte sich durch die verschiedenen Filter. Sie hoffte, dass das Foto gut laufen würde, immerhin hatte ihr „GreenBean" siebenhundert Euro dafür gezahlt, dass sie den Fitness-Smoothie auf dem Bild in Szene setzte. Wenn die Likes und Kommentare stimmten, konnte sie mit der Firma eventuell eine langfristige Kooperation eingehen. Ihr Vater würde wie immer die Verhandlungen führen und das Beste für sie herausholen.

Zufrieden mit dem Entwurf speicherte sie ihn für morgen und klickte auf ihr Postfach. Die kleine rote Zahl Siebenundfünfzig auf dem Papierflieger-Symbol verriet ihr, dass es einiges nachzuholen gab. Oft kam sie bei der Fülle an Nachrichten nicht hinterher und las das meiste nur oberflächlich. Meistens hatte sie auch nicht das Gefühl, dass die Nachrichten mehr Aufmerksamkeit verdienten. Zwischen den vielen netten Nachrichten wartete der anstrengende Teil der anonymen Masse. Die einen versuchten, ihr ungefragt ihre Meinung zu irgendwas aufzudrücken, die anderen wollten nur wissen, woher welches Kleidungsstück oder Produkt war. Und dann gab es noch die Hassnachrichten. Finja hatte schnell gelernt, diese zu ignorieren und gar nicht erst an sich heranzulassen.

Sie wollte die App gerade schließen und doch noch nach ihrem Geschichtsbuch greifen, als aus der kleinen siebenundfünfzig plötzlich eine achtundfünfzig wurde. Gedankenlos klickte sie auf ihr Postfach. Scheinbar hatte ihr jemand geschrieben, der ihr noch nie zuvor eine Nachricht geschickt hatte, weshalb die Message unter „Nachrichtenanfragen" gelistet war. Neugierig tippte sie die Nachricht an, welche sich unmittelbar in einem neuen Fenster öffnete. Sie hatte schon öfter ekelhafte Anfragen erhalten und dennoch zog sich ihre Magen zusammen als sie zu lesen begann:

„Auch wenn du deinen saftigen Teenager Arsch noch so schön in die Kamera hältst, so geil wie damals wird er nie wieder, Süße."

Mit einem lauten Geräusch entwich die Luft aus ihren Lungen, welche sie unbemerkt angehalten hatte. Wovon redete der Typ? Irgendetwas an der Nachricht war anders als bei all den ekligen Messages, die sie zuvor schon mal erhalten hatte. Was meinte er mit „damals"? Kurz bevor die Verwirrung ihr endgültig die Gedanken verknoten konnte, erschien ein Bild im Chatfenster. Die kleine Vorschau, welche Instagram standardmäßig zeigte, war zu unscharf, um wirklich viel zu erkennen und doch war irgendetwas daran seltsam. Die Anspannung ließ Finja auf die Kante ihres Bettes rutschen, ohne zu wissen, warum. Ihr Finger zögerte kurz, bevor er zaghaft auf das Bild tippte, welches augenblicklich in den Vollbildmodus wechselte. Zunächst war sie erleichtert, im nächsten Moment verstört. Erst jetzt erkannte sie ein kleines Mädchen, vielleicht knapp zwei Jahre alt. Es saß nackt in einer Plastik-Badewanne und lachte glücklich an der Kamera vorbei. Finja wusste, dass ein solch privates Kinderbild nichts im Internet verloren hatte, entdeckte darin jedoch keine Gefahr für sich selbst. Sie hatte das Bild noch nie zuvor gesehen. Als sie den Chat schon schließen wollte, um den Absender der Nachricht zu blockieren und an Instagram zu melden, fiel ihr etwas auf, das ihr den Boden unter den Füßen wegriss und ihr das Gefühl gab, ins Nichts zu fallen.

Sie kannte das Bild nicht und auch das Baby schien ihr zunächst nichts zu sagen, doch während das Wort „damals" in ihrem Kopf nachhallte, erkannte sie etwas anderes auf dem Bild. Die cremefarbenen Fliesen im Hintergrund und eine hässliche blaue Bordüre, so wie sie in Bädern vor einigen Jahren sehr beliebt waren. Die Wand. Die Badewanne. Das Bad. Sie kannte es. Nur eine Wand trennte Finja gerade von dem Ort, an dem das Foto entstanden war. Übelkeit stieg in ihr auf, als sie zu begreifen begann: Das auf dem Foto war kein fremdes Baby, das auf dem Foto war sie selbst.

20

Zurück im Büro wusste Ellie nicht, wie sie sich Hassler gegenüber verhalten sollte. Sie entschied sich, ihm erst einmal weiter aus dem Weg zu gehen. Ihr Streit bot ihr dafür glücklicherweise eine glaubhafte Begründung. Nichtsdestotrotz ging ihr die Geschichte, die Weinreich ihr erzählt hatte, nicht aus dem Kopf. Sie versuchte mehrfach sich auf die Aussagen der Gartenmitarbeiter zu konzentrieren, doch ihre Gedanken schweiften immer wieder ab.

Seit dem Tod ihrer Mutter vor vier Jahren war sie auf sich allein gestellt. Der Verlust hatte sie in ein tiefes Loch geworfen, aus dem sie sich mühsam Stück für Stück wieder herausgearbeitet hatte. Zwei Dinge hatten ihr dabei geholfen: Ihr Job und das Versprechen, sich niemals wieder so stark an einen einzelnen Menschen zu binden. Sie hatte sich so immer mehr der Stadt angepasst, in der sie lebte. Berlin war das ideale Pflaster für ihre ruppige Einzelkämpfer-Mentalität. Die meisten Türen wurden hier nach wie vor am effektivsten mit dem Ellenbogen geöffnet. Es fiel ihr daher enorm schwer, sich vorzustellen, was in Hassler vor sich ging. Wie musste es sich anfühlen, die Verantwortung für den Tod eines geliebten Menschen zu tragen? War er bereits eingeknickt oder stemmte er sich nach wie vor gegen die Last?

„Frau Oberkommissarin, sind sie taub oder nur blind?"

Ellie wurde jäh aus ihren Gedanken gerissen. Hassler stand mit ungeduldigem Gesichtsausdruck vor ihr und fuchtelte mit einem Dokument herum.

„Was ist das?"

„Eine echte Spur."

„Eine Spur?"

„Nein, eine ECHTE Spur."

„Das heißt?"

„Das Tatort-Team hat einen Fingerabdruck sichergestellt. Er stammt von keinem der Mitarbeiter."

„Und woher wissen wir, dass er nicht zu einem der unzähligen Besucher gehört?"

„Ganz einfach. Weil er im Pflanzensaft des verletzten Kaktus gefunden wurde."

Plötzlich war Ellie hellwach. Ein Kribbeln der Aufregung ließ sie aus ihrem Stuhl hochfahren. „Ist er in der Datenbank?"

„Nun, ich dachte sie möchten vielleicht dabei sein, wenn wir das Teil durch das AFIS jagen, oder etwa nicht?"

Sie wusste nur zu gut, dass seine angebliche Rücksicht kein Friedensangebot war. Er wollte seinen möglichen Triumph nur maximal auskosten können, aber den Gefallen tat sie ihm gern, wenn es ihren Fall voran brachte.

„Absolut. Sehr aufmerksam, Herr Kollege."

Sie hoffte, er würde ihre Ironie hören können. Ohne einen weiteren Kommentar lief er zu seinem Schreibtisch und ließ sich schwerfällig in seinen Stuhl fallen.

„Na dann wollen wir mal." Mit beinahe lächerlicher

Theatralik bewegte er den Cursor über den Bildschirm und klickte nach einem letzten euphorischen Blick durch den Raum auf „Search".

Erwartungsvoll blickte Ellie über seine Schulter, ohne ihm dabei allzu nahe zu kommen. Sie wusste nicht warum, aber sie hatte das Gefühl, Abstand halten zu müssen. Es dauerte keine drei Sekunden, bis das Ergebnis angezeigt wurde.

„Hören Sie das, Herr Kollege? So klingt es, wenn sich eine ECHTE Spur in Luft auflöst." Tatsächlich überspielte Ellie nur ihre eigene Enttäuschung über die Nachricht auf dem Bildschirm:

„NO MATCHES FOUND".

Hassler hatte sich mit einer Art Brummen in seinem Sessel zurückgelehnt und die Arme vor der Brust verschränkt.

Um die Stimmung ein wenig aufzulockern, fügte sie hinzu: „Ich würde sagen, jetzt steht es unentschieden, was Sackgassen in unserem Fall angeht."

Er verzichtete auf eine Antwort und Ellie fühlte sich plötzlich sehr müde und erschöpft. Seine Niederlage war auch die ihre. Der Tag entpuppte sich als reine Zeitverschwendung. Sie beschloss daher ihre Unterlagen mit nach Hause zu nehmen.

Hassler reagierte auch nicht, als sie sich kurz vor der Tür noch einmal umdrehte, um sich zu verabschieden. Mit finsterem Blick starrte er weiter schweigend auf seinen Computer, so als würde der Täter sich darin verstecken und früher oder später doch noch herauskommen.

21

Als das Klingeln ihres Handys sie am nächsten Morgen aus dem Schlaf riss, fiel ihr Blick als erstes auf die diversen Dokumente, die um sie herum verstreut lagen. Sie konnte sich nur noch daran erinnern, wie sie sich auf ihre kleine Couch gesetzt und angefangen hatte, die bisherigen Informationen zu sichten und zu sortieren. Weiter schien sie nicht gekommen zu sein. Das Telefon klingelte erbarmungslos. Ellie hatte das Gefühl, als hätte ihr Standard Klingelton eine irgendwie bedrohliche Klangfarbe. Als würde die sonst so belanglose Melodie heute ein unbekanntes Unheil heraufbeschwören. Noch während sie den Gedanken als Unsinn abtat - tatsächlich hatte sie noch nie etwas für irgendwelchen Aberglauben übrig - verstummte das Telefon. Gut so. Wenn am anderen Ende der Leitung wirklich Unheil auf sie gewartet hätte, hätte es sicher nicht so schnell wieder aufgelegt, ging es ihr durch den Kopf, genau in dem Moment, als ihr Handy erneut anfing, zu klingeln.

Verdammt, was soll der Scheiß? Wie spät war es überhaupt? Als sie erschrocken den Namen des Kriminaldirektors auf dem Display las und den Anruf eilig entgegennahm, sah sie mit Entsetzen auch die Uhrzeit in der oberen rechten Ecke des Bildschirms. Es war bereits 8:22Uhr.

„Guten Morgen Herr Kriminaldirektor, ich wollte mich

gerade…"

„Es gibt ein weiteres Opfer."

„…auf den Weg…"

Erst langsam drangen seine Worte zu ihr durch. Mit einem Schlag war sie hellwach.

„Ich bin schon unterwegs."

„Na das will ich auch hoffen. Der Tatort befindet sich im ehemaligen Spreepark in Alt-Treptow. Bauarbeiter haben die Leiche heute früh in einer der Gondeln des alten Riesenrades gefunden. Kollege Hasselberger und ein Team von der Spurensicherung sind bereits vor Ort."

Ellie haderte damit, dass sie nicht rechtzeitig im Dezernat gewesen war und nun als Letzte auftauchen würde. Sie wollte auf keinen Fall als unprofessionell abgestempelt werden.

„Ich kann mich nur noch einmal entschuldigen, dass…"

„Sparen Sie sich das Gequatsche und machen Sie Ihren Job." Von dem vertrauten Verhältnis vom Tag zuvor schien nicht mehr viel übrig zu sein.

„Ja natürlich. Ich halte Sie auf dem Laufenden."

Kaum hatte sie aufgelegt, stürzte sie aus dem Zimmer. Ein kurzer Blick in den Spiegel überzeugte sie davon, ohne Umweg ins Badezimmer aufzubrechen. Nicht etwa weil sie frisch und erholt aussah, sondern vielmehr weil sie ein intensives Wellness Programm hätte veranstalten müssen, um die Spuren der vergangenen Tage aus ihrem Gesicht zu tilgen. Egal. Es gab aktuell wirklich Wichtigeres, zumal sie kein Problem damit hatte, dass man ihr ihre Hingabe für ihren Job ansehen konnte.

Weinreichs Anruf hatte diesen Nervenkitzel erweckt, den sie brauchte. Dieses Kribbeln, wegen dem sie ihren Beruf so liebte. Einen Kaugummi später - das Mindestmaß an Hygiene, das sie sich zugestehen wollte - saß sie in ihrem Dienstwagen und raste durch den Berliner Stadtverkehr.

...

Sie erinnerte sich, als Kind mit ihrer Mutter ein Mal hier gewesen zu sein. Leider war der Tag nicht viel mehr als eine verschwommene Erinnerung. Nur einzelne Bilder zuckten wie kurze Lichtblitze durch ihr Gedächtnis, als sie an den verfallenen Kassenhäuschen vorbei in Richtung des weithin sichtbaren Riesenrades ging. Wie ein gigantisches stählernes Spinnennetz ragte die ehemalige Hauptattraktion des Parks in den grauen Himmel. Eine seltsame Schwere umgab das Gelände. Der Vergnügungspark war 2001 geschlossen worden und seitdem dem Verfall ausgesetzt gewesen. Ellie wusste nicht warum, aber der Anblick der heruntergekommenen Fahrgeschäfte versetzte sie in eine unerwartet traurige Stimmung. Es fiel ihr schwer, zu begreifen, wieso das Berliner Leben so viele Jahre einen Bogen um einen Ort wie diesen gemacht hatte. Es schien, als hätte man ihn zum Sterben zurückgelassen. Ein schleichender, aber inzwischen allgegenwärtiger Tod. Bei dem Gedanken erschauderte sie, da das hektische Treiben vor dem Riesenrad sie an den Grund ihres Besuches erinnerte.

„Guten Morgen, Frau Kollegin. Besser spät, als nie."

Bevor sie sich über seine Bemerkung ärgern konnte, drückte Hassler ihr überraschenderweise mit einem Lächeln einen Kaffee in die Hand.

„Ich habe gesehen, dass Sie das Zeug trinken wie Wasser. Dachte also, es kann nicht schaden."

Na toll. Gut gemacht, Ellie. Trotz des Ekels, der sie bei dem Gedanken an die kalte braune Koffeinsuppe in dem Pappbecher in ihrer Hand überkam, freute sie sich über seine scheinbar ehrlich gemeinte Geste und tat so, als würde sie einen Schluck nehmen.

„Vielen Dank. Können Sie mich bereits ins Bild setzen?"

„Die beiden dort drüben haben die Leiche heute früh gefunden und direkt die Kollegen verständigt."

Er zeigte auf zwei sichtlich nervöse junge Männer in neonfarbenen Arbeitsjacken.

„Was hatten die hier zu suchen?"

„Wonach sieht es denn aus? Ein idyllisches Picknick? Sie sollten ab und zu die Zeitung lesen, Seidel. Der Park wird seit einiger Zeit saniert und soll irgendein Ort für Kultur oder sowas werden. Jedenfalls sind die Männer wegen der Arbeiten am Riesenrad hier. "

„Verstehe. Der selbe Täter?"

Sie kannte die Antwort bereits seitdem sie den Park betreten hatte. Eine perfektere Bühne für diese widerwärtige Show, die mit dem ersten Opfer ihren Auftakt genommen hatte, gab es nicht.

Hassler nickte: „Überzeugen Sie sich selbst."

Gemeinsam gingen sie in Richtung des eisernen Kolosses, der trotz seines zunehmenden Zerfalls nach wie vor wie ein stummer Wächter über den Park zu herrschen schien.

Ellie wusste in etwa, welcher Anblick sie erwarten würde. Dies bewahrte sie trotzdem nicht vor dem Schock, der sie traf, als sie die Szene in aller Grausamkeit vor sich sah. Die Leiche der jungen Frau saß nackt in der untersten Gondel. Der gelbe Lack blätterte an mehreren Stellen vom Metall und offenbarte den darunter liegenden Rost. Verschorfte Wunden, für die jede Hilfe zu spät kam. So wie für das Opfer. Beide Arme waren links und rechts auf den Rand der Gondel gelehnt - als würde sie für ein Foto posieren.

Ellie musste an ihre erste Fahrt mit einem Riesenrad denken. Sie dürfte acht oder neun gewesen sein und erinnerte sich noch gut an das Gefühl der Angst, welches mit jedem Meter, den sie sich vom Boden entfernte, kleiner statt größer wurde, bis sie schließlich staunend über die Dächer Berlins blicken konnte und ihre Furcht vergaß. "Mit der Furcht ist das so eine Sache", hatte ihre Mutter ihr erklärt. „Alle sagen immer, man müsse sich ihr stellen. Sie vergessen dabei aber, dass es auf den richtigen Zeitpunkt ankommt. Nur du selbst weißt, wann es Zeit ist, sich mit ihr auseinanderzusetzen. Du musst bereit sein."

Die junge Frau vor ihr war leider nicht bereit gewesen. Sie hatte die Konfrontation mit der Furcht auch nicht hinauszögern können. Im Gegenteil. Sie hatte sie vollkommen ahnungslos selbst mit an Bord der Gondel genommen.

Der Kopf der Leiche war in den Nacken gelegt, das Gesicht gen Himmel gerichtet. Ellie brauchte nicht genauer hinzusehen, um zu erkennen, dass auch dieser Frau die Augäpfel entfernt wurden. Hätte es noch eines weiteren Beweises für den selben Täter gebraucht, so fand er sich auf der zerschundenen Bauchdecke des Körpers. Zwischen den unzähligen blutverschmierten Wunden war eine Zahl zu lesen: 18789.

„Verdammte Scheiße."

Ihre Stimme war nicht mehr als ein Flüstern. Umso überraschter war sie, als Edgar, erneut von Kopf bis Fuß in seinem weißen Einweg-Overall steckend, neben sie trat und ihr mit einem leisen „Amen" beipflichtete.

22

Endlich. Mit jedem Schritt, den sie näher kam, wuchs die Erregung in ihm. Jeder Muskel in seinem Körper schien zu flimmern. Er wusste, dass es ein gefährliches Spiel war. Ein Spiel mit dem Feuer. Eines, das er jedoch schon viel zu oft gewonnen hatte, um noch Angst davor zu haben, sich zu verbrennen. Es ging nicht anders. So oder gar nicht. Der wahre Wert einer Nachricht ließ sich an der Reaktion des Empfängers immer noch am besten messen.

Und die Empfängerin seiner Nachricht war nun endlich da. Wild entschlossen hatte sie seine Bühne betreten, um sein neustes Werk zu bestaunen. Wie sie dort stand und versuchte, den Anblick zu verstehen. Er liebte es, sie bei der Arbeit zu sehen. Ob sie es begriff? Konnte sie seine Vision erkennen? Beinahe wäre ihm ein Lächeln über das Gesicht gehuscht. Schnell besann er sich und tauchte wieder in seine kleine Rolle, ohne den Blick von ihr abzuwenden. Ob sie nicht doch war wie die anderen? Hatte auch sie es nötig, sich der Welt zur Schau zu stellen, sich anzubieten wie eine billige Straßenhure? Könnte sie wirklich falsche Aufmerksamkeit mit echter Zuneigung verwechseln? Der Gedanke ließ die Wut in ihm wieder hochkochen. Reflexartig ballte er die Faust, dass die Knöchel weiß hervortraten. Nein, so eine bist du nicht. Oder etwa doch? Er musste es endlich wissen. Er musste wissen, ob auch sie unfähig war, zu sehen. Ob auch sie seine Hilfe brauchte, um die eine Wahrheit zu erkennen.

Seine Gedanken schienen sich wie feine Asche auf das hektische Treiben um ihn herum zu legen. Ein grauer Schleier, unter dem auch seine Euphorie erstickt wurde. Als im nächsten Moment die Leiche aus der Gondel gehoben und in einen Leichensack gelegt wurde, überkam ihn stattdessen ein Gefühl der Enttäuschung. Es fühlte sich an, als würde man in einem Theater die Kulissen abbauen, während das Stück noch lief. Es fühlte sich nicht richtig an. Sie hatten doch noch gar keine Chance gehabt, es zu begreifen. Offensichtlich wollten sie, dass er ihnen weitere Gelegenheiten dazu gab. Ein Wunsch, dem er nur zu gern nachkam.

Und dann würde es eine Frage der Zeit sein, bis auch Ellie ihn endlich sah. Zum ersten Mal würde ihr Blick nicht durch ihn hindurch gehen. Zum ersten Mal würde sie mit ihm reden, statt über ihn. Er konnte ihre Fragen kaum erwarten. Er hatte auch so viele an sie. Schade nur, dass sie immer noch nicht wusste, dass sie längst angefangen hatte, ihm die ersehnten Antworten zu liefern.

23

„Noch ein Herz?" Hassler sah sie mit ungläubigem Blick an. Ellie hatte ihn unweit des Riesenrades unter einem der alten Pavillons gefunden. Der Rauch seiner Zigarette hing noch in der Luft.

„Ja. Die Kollegen haben bestätigt, dass das Symbol frisch in den alten Lack der Gondel geritzt wurde."

„Aber was zur Hölle soll das bedeuten? Sind die Morde eine Art Liebesbeweis? Emotional motiviert? Oder will sich da einer nur über uns lustig machen?"

„Schwer zu sagen. Seine Taten folgen jedoch einer eindeutigen Methodik. Das Entfernen der Augen. Das Positionieren der Körper. Die Blutzahl. Und eben auch die Herz-Symbole. Das scheint eine Art Ritual zu sein."

„Glauben sie, der Täter hatte eine persönliche Bindung zu den Opfern? Eine Liebesbeziehung?"

„Ich denke, dafür sind die Morde zu inszeniert. Hier tötet jemand nicht aus Leidenschaft, sondern nach Plan. Die Herzen scheinen eine andere Bedeutung zu haben."

„Was ist mit der Zahl? Haben wir schon einen Namen? Und dieses Intergram?"

„Instagram?" Sie verkniff sich ein Lächeln. Immerhin hielt er ihren Ansatz scheinbar nicht mehr für komplett abwegig. „Die Kollegen sind dran. Leider fehlt erneut das Handy des Opfers, falls sie eines bei sich hatte. Sie wissen, was das heißt."

„Ein weiteres Video."

„Höchstwahrscheinlich, ja."

Bereits der Gedanke bescherte ihr ein flaues Gefühl im Magen. Vielleicht irrte sie sich ja doch, auch wenn sie selbst nicht daran glaubte.

„Verdammt. Können wir das nicht verhindern?"

„Eventuell. Sofern wir ihren User-Namen schnell genug herausfinden. Dann könnten wir den Account beim Betreiber melden und sperren lassen, aber ich fürchte bis dahin wird es zu spät sein."

Mit versteinerter Miene starrte er schweigend in Richtung Riesenrad und Ellie hörte das Knirschen seiner Zähne, so sehr presste er seine Kiefer zusammen.

„Ich weiß, es ist vielleicht nicht der richtige Zeitpunkt, aber es tut mir leid, dass ich gestern ihre Kinder erwähnt habe. Ich wusste nicht, was damals passiert war."

Er reagierte nicht. Sie glaubte schon, er würde ihren Kommentar ignorieren, als er mit leiser Stimme, ohne seine Kiefer zu lockern, eine Antwort hervorpresste.

„Sie haben recht."

Verunsichert suchte sie in seinem Gesicht nach einem Zeichen, wie sie dies zu verstehen hatte, fand jedoch nichts.

„Es *IST* nicht der richtige Zeitpunkt." Seine Betonung gab ihr unmissverständlich zu verstehen, dass sie sich immer noch an einer Grenze befand, die sie nicht überschreiten sollte - die er sie auch nicht überschreiten lassen würde. Ihre Entschuldigung war aufrichtig gewesen, allerdings auch nicht ohne einen gewissen Eigennutz formuliert.

Sie hatte gehofft, ihre Neugier stillen zu können, indem sie mehr von ihm über den Fall erfuhr. Zumal sie das Gefühl hatte, dass er langsam ein wenig Vertrauen zu ihr gefasst hatte. Sie wollte es sich nicht eingestehen, doch seine harsche Reaktion war enttäuschend und irgendwie schmerzhaft. So blieb ihre Zusammenarbeit ein fauler Kompromiss, nicht mehr als ein Waffenstillstand.

Das klickende Geräusch eines Feuerzeugs unterbrach ihre Gedanken. Hassler hatte sich eine weitere Zigarette angezündet und sah sie mit einem nun wesentlich sanfteren Gesichtsausdruck an. „Wir sollten zurück zur Dienststelle. Ich denke nicht, dass wir hier noch etwas ausrichten können. Die Kollegen suchen weiter nach eventuellen Augenzeugen und wir müssen mögliche Verbindungen zwischen den beiden Opfern finden."

„Die Verbindung liegt auf der Hand: ihre Aktivität auf Instagram!" Sie befürchtete, dass er drauf und dran war, die offensichtlichen Zusammenhänge erneut übergehen zu wollen. Er schien ihre Gedanken zu erraten. „Mag sein, aber wie passt der Täter da ins Bild? Lassen Sie uns das Ganze gründlich angehen und alle Möglichkeiten in Erwägung ziehen. Also nehmen Sie mich mit zum Dezernat? Ich bin vorhin mit einem Streifenwagen hierher mitgefahren."

„Aber keine Beschwerden über das Radioprogramm klar?"

„Das hängt ganz vom Programm ab."

24

Ein einziges großes Rauschen. Schwer. Drückend. Grau. Alles um sie herum wurde von diesem Rauschen mitgerissen und hinterließ eine kalte Leere, in der sich immer wieder das Bild eines kleinen nackten Mädchens in einer Badewanne hervortat. Finja hatte noch am selben Abend alte Fotoalben hervorgeholt, welche ihre Mutter angelegt hatte. Eingeklebte Bilder in einem dicken schweren Buch, in dem sich die ersten Seiten auf Grund der vielen Fotos bereits lösten. Ein Relikt aus einer Zeit vor iClouds, Datenbanken und digitalen Erinnerungen. Einer Zeit, in der das Festhalten schöner Momente noch mehr war als ein Klick, als Fotos noch einen größeren emotionalen Wert besaßen. Sie selbst wusste nicht, wann sie das letzte Mal ein Foto hatte ausdrucken lassen. Umso beeindruckter war sie beim Durchblättern der Bücher.

Das eine Foto hatte sie nicht gefunden, dafür jedoch unzählige andere, die keinen Zweifel zuließen. Das auf dem Bild aus der Nachricht war sie als Baby. Ein niedliches Kinderfoto, wie es sie von nahezu jedem Kind gibt, mit dem Unterschied, dass ihres den Weg ins Internet gefunden hatte und damit womöglich auf den Smartphones und Computern unzähliger perverser Widerlinge gelandet war. Längst kreisten ihre Gedanken um ein und die selbe Frage: Wie war das Bild ins

Internet gelangt? Wie hat dieser kranke Wichser es in die Finger bekommen?

„Finja, würdest du das bitte noch einmal wiederholen?"
Scheiße. Sie hatte nicht gemerkt, dass ihr das 'kranke Wichser' laut über die Lippen gekommen war. Zumindest laut genug, dass ihr Geschichtslehrer es verstanden hatte. „Tut mit leid, ich habe nur laut gedacht", antwortete sie wahrheitsgemäß.
„Das ist uns nicht entgangen. Es scheint als hättest du Stalin einen kranken Wichser genannt. Etwas polemisch, aber klär uns doch bitte einmal auf, was genau meinst du damit? Beziehst du dich dabei auf sein Verhalten auf der Potsdamer Konferenz?"
Die Situation überforderte Finja komplett. Weder wusste sie, was ihr Lehrer hören, noch was sie überhaupt sagen wollte. Erneut tauchte das Bild aus der Badewanne vor ihrem geistigen Auge auf. Übelkeit stieg ihr die Speiseröhre hinauf wie Kohlensäure in einer zu stark geschüttelten Flasche. Sie musste hier raus. Sofort.
Mit einem Ruck, dass die Lehne ihres Stuhls an den Tisch hinter ihr knallte, stand sie auf und hastete wortlos Richtung Tür. Sie konnte die verdutzten Blicke ihrer Mitschüler förmlich spüren, ganz zu schweigen von ihrem Lehrer, der offensichtlich versuchte, angemessen auf die Situation zu reagieren, jedoch in seiner Überforderung nur dazu in der Lage war, immer wieder ihren Namen auszurufen, als müsste er sich daran erinnern, wer sie war. Das vierte Mal ‚Finja' hörte sie so

bereits nur noch dumpf durch die geschlossene Tür hinter sich. Gerade rechtzeitig hatte sie es aus dem Raum geschafft, spürte sie doch, wie ihr die Tränen unaufhaltbar die Wangen herunterliefen.

Bevor ihr Lehrer seine Fassung wiedererlangen und ihr nachlaufen konnte, betrat sie die Mädchentoilette am Ende des Ganges. Sie atmete erleichtert auf, als sie sah, dass sie allein war. Denn nichts anderes wollte sie momentan sein: allein. Allein mit sich und der einen bohrenden Frage.

Erschöpft betrachtete sie sich im Spiegel. Im Schein der Neonleuchten ließ sich ihre innere Zerrissenheit kaum verbergen. Tiefe dunkle Augenringe als Preis einer schlaflosen Nacht umrahmten ihre Wangen wie ein Schlagschatten. Direkt darüber ein Blick, so voller Un-sicherheit, dass Finja sich selbst nicht erkannte. Zitternd nahm sie ihr Handy hervor. Ihr Sperrbildschirm, ihre jüngeren Schwestern und sie lachend am Strand, kam ihr vor wie eine Erinnerung, die an Farbe verloren hatte. Auf seltsame Weise löste der Anblick jedoch etwas in ihr aus. Sie würde nicht einfach so hinnehmen, dass ein Bild ihr bisheriges Leben in Frage stellte. Wütend öffnete sie Instagram:

„Woher?"

Bevor sie auf ‚Senden' klickte, löschte sie die Nachricht wieder und begann erneut:

„WOHER HAST DU WIDERLICHES ARSCHLOCH DAS BILD?"

Ein Gefühl der Genugtuung überkam sie und löste den

Knoten in ihrer Brust ein wenig. Ob es an der Frage oder der deutlichen Beleidigung lag, war ihr dabei erst einmal vollkommen egal. Finja wusste, dass ihre Nachricht sehr wahrscheinlich ohne Antwort bleiben würde. Dass es der verzweifelte Versuch war, etwas gegen dieses Gefühl der Hilflosigkeit zu unternehmen, welches das Bild in ihr hervorgerufen hatte. Sie konnte es nicht ungeschehen machen, aber sie konnte jemanden dafür verantwortlich machen.

In diesem Moment erschien das Wort ,Gesehen' in kleinen Buchstaben unterhalb ihrer Nachricht. Finjas Puls schnellte in die Höhe. Ihr Herz klopfte so laut, dass sie sich wunderte, dass man es im Spiegelbild nicht unter ihrer Brust schlagen sehen konnte. Dafür sah sie jedoch etwas anderes im Spiegel. Etwas, das ihr Angst machte, den Blick abzuwenden und nach unten zu schauen. Nur zufällig hatte sie die Veränderung wahrgenommen, während sie sich selbst betrachtet hatte. Im Display ihres Handys war plötzlich nicht mehr nur ihre Nachricht zu erkennen.

25

,_lieblingsmedchen_'

Verrückt, auf was für Namen die Leute im Internet kamen. Als der Kollege anrief und ihr den Usernamen des Opfers mitteilte, hatte Ellie vor Aufregung mehrere Versuche gebraucht, ihn richtig einzutippen. Inzwischen scrollte sie nervös durch das Leben eines jungen Mädchens - ein Leben, das vergangene Nacht ein jähes Ende genommen hatte. Die Erkenntnis traf sie aus dem Nichts. Ellie realisierte plötzlich, dass keine weiteren Posts hinzukommen würden. Eine simple Tatsache, eine banale Erkenntnis und doch wühlte sie der Gedanke auf. Mit dem Tod eines Menschen erlosch auch das Leben auf den digitalen Profilen. Was blieb, waren quadratische Erinnerungen, Momente, die es einst wert waren, mit der Welt geteilt zu werden, Zeugnisse einer Zeit jenseits der harten Endgültigkeit des eigenen Todes - Fotos, die niemals Staub fangen würden.

Sie fragte sich, welches Bild sie hochladen würde, wenn sie wüsste, dass es ihr letztes sein würde? Sie machte sich nicht wirklich viel aus sozialen Netzwerken, teilte gelegentlich mal einen Schnappschuss aus dem Urlaub, mehr nicht. Hier und jetzt jedoch schämte sie sich, dass jemand im Falle ihres Todes unverhofft auf ihrem Profil landen würde und dort nicht viel mehr an sie erinnerte, als ein Sonnenuntergang oder eine frische Kokosnuss mit einem Strohhalm darin an einem Strand auf Kho Samui. Sie konnte sich nicht so recht entscheiden, ob sie dies traurig oder lustig finden sollte.

Das Profil des Opfers, einer 19-jährigen Auszubildenden aus Berlin-Charlottenburg, war jedenfalls wesentlich umfangreicher, wenn auch nicht unbedingt viel aussagekräftiger. Ein Detail war Ellie auf den ersten Blick aufgefallen, die fünfstellige Zahl, deutlich sichtbar als zentrale Info des Profils: 18784. Eine Zahlenfolge so nah an der blutigen Ziffer vom Tatort, dass ein Zufall nahezu unmöglich erschien.

So viele Menschen, die sich für das Leben der jungen Frau interessiert hatten. So viele anonyme Zuschauer und einer darunter, der es sich zum Ziel gemacht hatte, dass keine weiteren Posts hinzukommen würden. Ellie war sich sicher, er oder sie war einer dieser Menschen. Sie tippte auf die Zahl und eine Liste aller Abonnenten öffnete sich. Ganz oben gab es eine Suchmaske. Sie tippte darauf und die Tastatur erschien. Wonach sollte sie suchen? Die Ideen, die ihr durch den Kopf schossen waren ebenso plump wie abwegig. Nachdem sie gefühlte fünf Minuten auf den blinkenden, auf ihre Eingabe wartenden Cursor gestarrt hatte, schloss sie das Fenster wieder. Ellie konnte ihre Frustration kaum zurückhalten. Bereits zwei Menschen waren gestorben und sie stocherte immer noch im Dunkeln der anonymen Masse des Internets herum. Sie ärgerte sich auch, dass das Profil noch online war. Auf Grund der Zeitverschiebung und sinnloser bürokratischer Hürden würde es noch dauern, bis in Kalifornien jemand dem Wunsch einer deutschen Strafverfolgungsbehörde nachkommen würde.

Sie wollte die App gerade schließen, als sie eine Veränderung auf dem Display wahrzunehmen schien. Zunächst wusste sie nicht, was genau sich verändert hatte, nur dass etwas anders war. Dann sah sie es. Der Kreis um das Profilbild des Opfers war plötzlich farbig hinterlegt. Selbst sie als Gelegenheitsnutzerin von Instagram wusste, was dies bedeutete: es wurde ein neues Bild oder Video in die Story hochgeladen, ab jenem Zeitpunkt für vierundzwanzig Stunden sichtbar. Nichts Ungewöhnliches, hätte es da nicht einen kleinen Haken gegeben: die Nutzerin des Profils lag in diesem Augenblick auf einem Seziertisch der Rechtsmedizin.

26

‚Geh ran, verdammt!'

Sie trommelte nervös mit den Fingern auf das Lenkrad, während sie mit eingeschaltetem Blaulicht versuchte, den Verkehr auf dem Berliner Ring zu dirigieren. Vergeblich. Der Abstand zwischen den Freizeichen schien mit jedem Mal immer länger zu werden. Wieso nahm er nicht ab? Er war immerhin im Dienst.

„Hasselberger"

So entspannt wie er klang, hatte er sie mit Absicht warten lassen.

„Haben Sie das Video gesehen?"

„Ihnen auch einen schönen guten Tag, Frau Kollegin."

Sie hatte keine Zeit für seine Spielchen.

„Das Video! Haben Sie es schon gesehen?"

Endich nahm er einen ernsteren Tonfall an. „Also hat er es wieder getan. Nein, ich habe es noch nicht gesehen."

„Dann sehen Sie es sich an. Sofort!"

Ein plötzlich ausscherender Motorradfahrer zwang sie beinahe zu einer Vollbremsung. Der Verkehr war wieder einmal so dicht, dass die Autos kaum die Chance hatten, ihr den Weg frei zu machen. Gott, wie sie diese Autobahn hasste.

„Wieso? Ist es anders als das Erste?"

Sie zögerte kurz. „Ja und nein. Sehen Sie es sich einfach an, verdammt. Und dann treffen wir uns am Spreepark.

Ich bin bereits auf dem Weg."

„Spreepark? Noch einmal? Was zur Hölle ist los? Wie wäre es, wenn Sie mich einfach kurz aufklären?"

„Er war noch da! Und jetzt sehen Sie es sich an." Mit diesen Worten legte sie auf und atmete tief durch. Er war noch da. Dies war der einzige Gedanke, zu dem sie in diesem Augenblick imstande war. Er war noch da. Wie ein Mantra hallten die Worte durch ihren Kopf und lähmten ihr Denken, während die typische Berliner Blechlawine links und rechts an ihr vorüber zog.

...

Das Schlimmste an dem Video, das den Bildschirm füllte, nachdem Ellie auf den Story-Button geklickt hatte, war der Ton. Das unbeschwerte Lachen des Opfers gab dem Video eine surreale Grausamkeit. Sie hatte selbst dann noch gelacht, als der erste Hieb auf sie niederging. Erst nachdem der Arm des Täters ein zweites und drittes Mal durch das Bild rauschte und mit voller Wucht auf den Körper der jungen Frau einprasselte, schien sie zu begreifen, was gerade passierte. Ellie hatte sich nach wenigen Sekunden von ihrem Handy abgewandt. Der Ton des Videos reichte vollkommen, um zu wissen, dass der gesamte Mord in all seiner unerträglichen Brutalität aufgenommen worden war. Wie aus dem Nichts verstummten die Geräusche. Das Video schien zu Ende zu sein. Ellie griff nach ihrem Handy, als plötzlich ein weiterer Clip startete. Dieses Mal jedoch ohne Ton.

Zunächst konnte sie nur das Riesenrad bei trübem Tageslicht erkennen. Aus vielleicht knapp dreihundert Metern Entfernung aufgenommen, sah man es in den grauen Berliner Himmel ragen.

Im nächsten Moment stockte ihr der Atem. Sie fühlte sich, als hätte ihr jemand einen wuchtigen Schlag in die Magengrube verpasst. Das konnte einfach nicht sein. Das war unmöglich. Nein, auf keinen Fall. Ihr Verstand musste ihr einen Streich spielen.

Bei genauerem Hinsehen hatte sie eine Gruppe von Personen entdeckt. Im ersten Moment verstand sie nicht, wieso ihr die Szene so bekannt vorkam. Plötzlich erschien eine weitere Person am linken Bildrand. Einen Becher in der Hand näherte sie sich den Menschen am Fuße des Riesenrades. Und auf einmal verstand Ellie, wieso ihr dies alles so vertraut vorkam. Sie kannte die Person. Sie hatte sie zuletzt im Spiegel ihres eigenen Bades gesehen.

‚Wer die Wahrheit hören will, sollte sicher sein, dass er sie ertragen kann. Also sag mir, kannst du sie ertragen, Finja?'

Regungslos starrte Finja auf ihr Handy. Wieder und wieder las sie die Nachricht und mit jedem Mal trat die unverhohlene Drohung, die sich zwischen den einzelnen Worten versteckte, deutlicher hervor. Wollte sie die Wahrheit wirklich wissen? Ihre wütende Entschlossenheit mit der sie eben noch das Gespräch begonnen hatte, war auf einen Schlag verflogen. Auf einmal hatte sie Angst, mit der Antwort auf ihre eigene Frage eine Tür zu öffnen, die sich nie wieder schließen ließe und durch die eventuell mehr in ihr Leben eindringen könnte, als ein ungewolltes Kindheitsfoto.

Und dennoch, sie konnte nicht anders. Hätte sie seine Gegenfrage laut beantworten müssen, wäre ihre Stimme nicht mehr als ein zittriges Flüstern gewesen. Ein brüchiges ‚Ja', dem es hörbar an Überzeugung fehlte. Das Eintippen der beiden Buchstaben fiel ihr da schon wesentlich leichter. Trotzdem stockte ihr Finger über dem Feld für das Versenden der Nachricht.

In diesem Moment hörte sie wie die Tür der Kabine direkt hinter ihr entriegelt wurde. Was zur Hölle? Sie hatte doch extra nachgesehen, als sie hereingekommen war. Außer ihr war niemand hier. Die sich öffnende

Kabinentür im Spiegelbild sagte jedoch etwas anderes. Die wachsende Panik in ihr verschwand ebenso schnell, wie sie gekommen war, als Emma, eine Mitschülerin lächelnd aus der Kabine kam. Erst jetzt nahm Finja den Zigarettengeruch wahr, der sich im gesamten Raum breit gemacht hatte.

„Ey Finja, ich schwöre, ich bring dich um, wenn du mich verpetzt."

Vollkommen überfordert mit der Situation schüttelte Finja reflexartig den Kopf und hoffte, Emma würde einfach verschwinden, ohne Fragen zu stellen. Diese hatte nämlich bereits begonnen, sie argwöhnisch zu mustern.

,Hau ab. Hau einfach ab und kümmere dich um deinen eigenen Scheiß man', dachte Finja und tat so, als wolle sie sich die Hände waschen.

„Danke. Korrekt von dir. Dass dein Gesicht den Farbton der Kacheln hat, weißt du ja? Was auch immer, dich so stresst, scheiß drauf." Mit diesen für Emma ungewöhnlich aufrichtigen Worten öffnete sie die Tür und ließ Finja noch verwirrter als ohnehin schon zurück. Sollte sie auf Emma hören? Vielleicht wäre es das Beste, das Foto zu vergessen und ihr Leben so weiterzuleben wie bisher? Warum sollte sie alles unnötig kompliziert machen?

Emma hatte recht. Sie würde dieses beschissene Foto vergessen, die Fragen, die sie hatte, herunterschlucken und es einfach hinter sich lassen. Plötzlich war auch ihre Entschlossenheit zurück. Bereit, den Chat mit einem „Fick dich!" ein für alle Mal zu beenden, entsperrte sie ihr iPhone, dessen Display sich in der Zwischenzeit längst wieder verdunkelt hatte.

An dieser Stelle hätte Finjas innere Qual ein Ende haben können, hätte ihr Finger nicht vor Schreck ganz leicht den Bildschirm berührt, als Emma eben unerwartet die Kabinentür entriegelt hatte. Ganz leicht nur und doch stark genug, um an der berührungsempfindlichen Oberfläche als Eingabesignal wahrgenommen zu werden. Ungewollt, doch exakt an jener Stelle des Bildschirms, an der ‚SENDEN' erschienen war, nachdem Finja zuvor das Wort ‚Ja' eingetippt hatte.

Als sie nun sprachlos auf den Screen des Handys starrte, war es nicht die Tatsache, dass sie aus Versehen ihre vorschnelle Antwort abgeschickt hatte, die sie aus der Fassung brachte. Es war die Tatsache, dass ihr anonymer Chatpartner ihr bereits eine neue Nachricht hinterlassen hatte.

Kein Text dieses Mal, sondern ein Bild. Eine Art Comic. Die Silhouette eines Berges vor einem karierten Hintergrund. So absurd und lächerlich wie ihr die Nachricht erschien, es war dieses kleine Bild, das ihr von nun an keine Ruhe mehr lassen würde. Denn irgendetwas sagte ihr, sie hatte es schon einmal gesehen…

„Das kranke Arschloch hat uns gefilmt.“

Hassler hatte bereits auf sie gewartet. Noch während er sich mühsam aus seinem Wagen hievte, knallte sie ihm bereits ihre Fassungslosigkeit unkontrolliert um die Ohren. Dabei hatte sie die dreißigminütige Fahrt versucht zu nutzen, um sich zu beruhigen, um irgendwie ihre Gedanken zu sortieren. Vergeblich. Spätestens als die letzten Häuser, welche links und rechts den Dammweg Richtung Spreepark säumten, dem Wald wichen und die Baumwipfel nach etwa einem halben Kilometer den Blick auf das Riesenrad freigaben, übernahm das Adrenalin die Kontrolle. Jeder Versuch, klar zu denken, zerschellte an ein und der selben Frage: ‚*Warum?*‘

Ohne ein weiteres Wort zu verlieren, lief sie los. Sie hatte das Video noch mehrere Male gesehen und wusste genau, wo sie hin musste. Hassler versuchte mit ihr Schritt zu halten. „Seidel, jetzt rennen Sie halt nicht so. Er wird wohl kaum noch dort sein und in Ruhe seine Kamera verstauen. Alles, was wir dort eventuell finden können, wird auch in dreißig Sekunden noch da sein.“

Sie wusste, dass er recht hatte, verlangsamte ihre Schritte jedoch kein bisschen.

„Warum hat er es getan?“ Die Frage, die seitdem sie das Video gesehen hatte, in ihrem Kopf Kreise zog.

„Uns zu filmen, meinen Sie? Scheinbar fühlt er sich uns

überlegen oder? Ich meine, warum sollte er dieses Risiko eingehen? Er spielt mit uns."

Dies war auch Ellies erster Gedanke gewesen. Und doch spürte sie, dass es mehr als nur ein Spiel sein musste. „Auf den ersten Blick vielleicht, aber ich denke, dem Täter geht es um eine Show, nicht um einen Wettbewerb. Er bestimmt, was passiert und welche Rolle wir dabei einnehmen. Und ich fürchte, wir sind nur als Zuschauer vorgesehen. Ich glaube, er spielt nicht. Er performt."

„Mhm." Sie hatte das Gefühl, Hassler wollte etwas erwidern, allerdings zwang seine Kurzatmigkeit bei ihrem Schritttempo ihn dazu, es nicht zu tun. Sie sah ihr Ziel bereits in einiger Entfernung. Einer der ehemaligen Imbissstände unweit des Riesenrades. Ein kleiner hellgrüner Pavillon, inzwischen nicht viel mehr als ein Gerippe aus rostigem Stahl. Der einzige Ort, der für die Perspektive des Videos als Ursprung in Frage kam.

Am Pavillon angekommen, überkam sie ein Gefühl der Enttäuschung. Sie wusste nicht, was sie erwartet hatte, allerdings war sie davon ausgegangen, etwas zu finden, das ihr sofort ins Auge springen würde. Stattdessen unterschied sich der ehemalige Kiosk kein bisschen vom Rest des Parks. Unkraut, Rost, Graffiti, Zerfall und Leere. Wie überall um sie herum.

Schwer atmend kam Hassler neben ihr zum Stehen, griff in seine Jackentasche und holte eine abgewetzte Packung Zigaretten heraus.

„Echt jetzt?"

„Was?"

„Sie keuchen wie nach einem Marathon und…“
„Und was? Unsere Regel Nummer Eins schon wieder vergessen? Meine Entscheidungen und so?“
Ellie wollte zu einer Antwort ansetzen, doch schloss den Mund rasch wieder. Sie hatte wirklich keine Lust auf dieses Gespräch und bereute es, überhaupt begonnen zu haben.
„Sagen Sie mir lieber, was wir hier finden sollen.“, zischte er durch den linken Mundwinkel, da im rechten bereits die Zigarette auf die Flamme seines Feuerzeugs wartete, während seine skeptischen Blicke suchend an den traurigen Resten des Pavillons entlang glitten.
„Wenn ich das wüsste. Aber von hier aus wurde das Video aufgenommen.“
„Was macht Sie da so sicher?“
„Das hier.“ Sie hatte ihr Telefon hervorgeholt und die Kamera eingeschaltet. „Sehen sie doch.“
Er stellte sich hinter sie und sah über ihre Schulter hinweg auf den Bildschirm: Die Perspektive stimmte exakt mit jener aus dem Video überein.
„Aber hier ist nichts.“
Er hatte Recht. Nichts hier sah aus, als wäre es in den letzten zwei Jahrzehnten auch nur ein einziges Mal berührt wurden. Die Schicht aus Dreck auf den alten Tresen hatte sich wie eine Decke über die Vergangenheit gelegt und war seit Ewigkeiten nicht mehr gelüftet worden. Nichts hinter dem Tresen. Nichts in den Schubfächern. Nichts in den Regalen.
„Scheiße!“

Hassler zuckte ob ihres kurzen Ausbruchs zusammen. Sie hatte wirklich gehofft, etwas zu finden, das sie voran bringen würde. Irgendetwas.

„Na Seidel, dann lade ich sie wenigstens auf ein Eis ein." Lächelnd stand er da und zeigte auf eine vergilbte Eiskarte, die schief und völlig ausgeblichen an einem der Tresen hing. Sie wusste nicht, ob er sie wirklich aufmuntern wollte oder ihre Frustration genoss. Es behagte ihr ganz und gar nicht, dass es ihr zunehmend schwerer fiel, ihn einzuschätzen. In dieser Hinsicht bevorzugte sie eindeutige Rollen. Mit Arschlöchern hatte sie in ihrem bisherigen Leben gelernt umzugehen, mit Teilzeit-Arschlöchern nicht. Während ihr diese Erkenntnis durch den Kopf schoss, blieb ihr Blick an der Eiskarte hängen.

„Moment mal." Mit drei langen Schritten hatte sie die Karte erreicht.

„Also doch ein Eis?"

„Erstens, die Rolle des Clowns steht Ihnen nicht und zweitens stimmt hier etwas nicht."

Ellie zeigte auf eine der Eissorten. Sie erinnerte sich noch gut daran: Ed von Schleck. Als Kind hatte sie es gemocht. Irgendwann wurde es aus dem Sortiment genommen. Zumindest hatte sie es bestimmt seit über zwanzig Jahren nicht mehr gesehen. Schnell holte sie einen Gummihandschuh heraus und zog ihn an. Hassler verfolgte ihre Bewegungen schweigend. Die Verwirrung war ihm ins Gesicht geschrieben. Vorsichtig schob Ellie Daumen und Zeigefinger in die durchsichtige Lasche unterhalb der Abbildung des Eises. In der Karte waren dort nach wie vor, wenn auch kaum noch lesbar, die damaligen Preise erkennbar. Das Schild, welches sie nun allerdings vorsichtig herauszog, war anders als die übrigen. Es war strahlend weiß, neu und deutlich lesbar.

„Das ist von ihm. Er wollte, dass wir es finden."

Hassler trat einen Schritt heran: „Und was haben wir gefunden?"

Ellie wusste es bereits, bevor sie das kleine Papier herausgezogen hatte. Die Nachricht war gut zu erkennen und noch leichter zu verstehen.

„Seine Visitenkarte."

„Wie meinen Sie das?"

„Er kündigt sein nächstes Opfer an."

Sie hielt Hassler das Stück Papier hin, damit auch er es sehen konnte. Die unverwechselbare Nachricht. Die versteckte Drohung. Das kleine Herz-Symbol und die Zahl 356.

Ellie hatte sich immer gefragt, wieso ihr die Dunkelheit eines Gewitters, so wie das, welches gerade vor dem Fenster in Weinreichs Büro die Stadt und all das Leben in ihr verschluckte, mehr Angst bereitete als die Dunkelheit der Nacht. Sie hatte schon als Kind das Gefühl gehabt, dass es eine andere Art von Dunkelheit war, weniger finster, dafür umso bedrohlicher - und am schlimmsten, nicht kontrollier - ja nicht einmal kalkulierbar.

Im nächsten Moment tauchte ein Blitz die Dächer der Stadt in ein gleißend grelles Licht und ließ den Kriminaldirektor als tiefschwarze Silhouette vor dem Fenster noch größer als sonst erscheinen. Ellie begann, die Sekunden zu zählen. 21, 22, 23, 24…

Ein mächtiges Donnern mischte sich unter die Worte des Polizeidirektors, wie der einsetzende Bass eines Songs. Etwas mehr als ein Kilometer also. Ihr Vater hatte ihr diese Faustregel beigebracht, als sie wieder einmal Angst gehabt hatte: „Du musst dir keine Sorgen machen, Ellie, solang du weißt, dass das was dir Angst macht, so weit weg ist, dass es dir nichts tun kann." Es war eine der wenigen Erinnerungen an ihn. Bereits einige Zeit danach hatte er begonnen, zu verblassen. Schleichend hatte der Alkohol ihn ausgehöhlt, bis ihr nicht viel mehr als eine leere Hülle, ein schwaches Abbild ihres Vaters geblieben war. Sie hatte es nach seinem Tod mit aller Macht versucht, doch nie wirklich verzeihen können. Bis heute musste sie bei jedem Gewitter an ihn denken. Wenn der Regen nachließ, die Wolken sich zurückzogen und das Licht zurückkehrte, blieb nichts zurück, denn mit dem Gewitter verschwand auch die Angst. Ohne es zu merken, hatte sich ein leichtes Lächeln auf ihre Lippen gelegt.

„Was gibt es da zu grinsen, Seidel?" Weinreich starrte sie ungläubig an, seine Hände auf der Tischplatte zu Fäusten geballt. Die Adern auf seinem Handrücken traten so stark hervor, als wären es Baumwurzeln, die sich auf den wenigen Radwegen der Stadt mit grenzenloser Kraft durch den Asphalt drückten. Sie wusste, dass er nur seinen Frust an ihr abzuladen versuchte, dennoch war es ihr peinlich, dass er ihre fehlende Konzentration bemerkt hatte.

„Verzeihung. Gar nichts."

„Wissen Sie, was nichts ist, Seidel? Ihre bisherigen Ermittlungsergebnisse."

„Aber Chef...", versuchte Hassler ihr zu ihrer eigenen Verwunderung beizustehen.

„Nein, Hasselberger. Das betrifft auch Sie. Wir müssen voran kommen. Es kann doch nicht sein, dass so ein Psycho Frauen verstümmelt und Videos davon ins Internet stellt, während wir eine Schnitzeljagd nach irgendwelchen kleinen Herzchensymbolen veranstalten. Sie ermitteln von nun an als Sondereinheit in dem Fall. Nennt sie, wie ihr wollt. Von mir aus „SoKo Instagram" oder weiß der Kuckuck. Ich stelle auch noch einige

Kollegen frei, die sich Ihnen beiden anschließen werden. Ach und nehmen Sie sich noch einen von den Computer-Nerds. Aber geben Sie mir gefälligst bald was, womit ich arbeiten kann. Befragen Sie jeden, der etwas gesehen haben könnte. Und zwar wirklich gesehen, mit eigenen Augen und nicht in irgendeiner Bilder-App, klar? Noch Fragen?"

Ja, Ellie hätte ihn gern gefragt, ob er überhaupt verstanden hatte, was sie ihm zuvor versucht hatten, zu erklären, beließ es zunächst aber bei einem stummen Nicken. Sie sah zu Hassler hinüber, der ihr mit einem Blick zu verstehen gab, dass sie, was immer ihr auf der Zunge lag, besser herunterschlucken solle.

Kaum hatten sie die Tür hinter sich geschlossen, konnte Ellie ihre Wut nicht länger zurückhalten.

„Er hat überhaupt nicht verstanden, worum es hier geht. Hat er mir überhaupt zugehört? ‚Nehmen sie sich einen von den Computer-Nerds?!' Ich meine ernsthaft? Was soll der Scheiß?"

„Aber er hat recht."

„Bitte was hat er? Wollen Sie mir jetzt etwa auch erzählen, dass wir den falschen Spuren nachgehen?"

„Nein, aber sofern Sie mir nicht sagen können, wer oder was sich hinter der Zahl dreihundertirgendwas verbirgt, hilft uns das nicht weiter."

„Dreihundertsechsundfünfzig!" Sie wusste nicht wieso, aber sie hatte sich die Zahl sofort gemerkt.

Hassler ließ sich genervt in seinen Stuhl fallen. „Schön

und was machen wir damit jetzt? Was, wenn es nicht die Zahl der Follower seines nächsten Opfers ist? Was, wenn es nur irgendeine zufällige Zahl ist, weil dieses Arschloch sich einen Spaß auf unsere Kosten erlaubt?"

„So ein Risiko für ein wenig Spaß? Sie wissen genauso wie ich, dass das Schwachsinn ist."

„Ich weiß gar nichts, nur dass wir so wie bisher nicht weiterkommen. Vielleicht sollten wir doch lieber…"
Glücklicherweise unterbrach das Klingeln des Telefons auf Ellies Schreibtisch seinen Gedanken. Sie wollte nämlich nicht schon wieder hören, dass sie im Grunde gar nichts hatten.

Dr. Papen war in ähnlich guter Stimmung wie vier Tage zuvor. Sein Tonfall änderte sich jedoch schnell, als er auf die Leiche zu sprechen kam.

„Wir haben dasselbe Muster wie beim ersten Opfer. Insgesamt acht Einstiche. Extremer Blutverlust, der schließlich zum Tod geführt hat. Entfernung der Augäpfel ante mortem. Keinerlei Fremdspuren."

„Scheiße." Sie hatte zwar mit nichts anderem gerechnet, aber der bisherige Tag war eine einzige große Frustration, die sich nicht länger unterdrücken ließ.

„Sie sagen es. Leider war das aber noch nicht alles."
„Inwiefern?"

„Nun, ich vermute das Opfer hatte es selbst noch nicht gewusst, aber die Frau war schwanger."
Instinktiv verkrampfte sich Ellies Hand, welche den Hörer hielt und sie wunderte sich, dass dieser nicht in tausend Teile zersplitterte. Sie war selbst erschrocken, welch

immense Wut diese Information in ihr weckte. Schlimmer noch, die Tatsache, dass die Ermittlungen feststeckten, wurde vor dem Hintergrund noch unerträglicher. Einige Sekunden verstrichen, ohne dass einer von beiden etwas sagte. Ellie hatte Angst, dass die Stille irgendwann kein Zurück mehr in ein Gespräch zulassen würde, doch es war Papen, der das Wort ergriff.

„Tut mir leid."

Ellie war überfordert, wusste nichts zu erwidern. Sie konnte nicht einmal so richtig sagen, was ihm leid tat, rechnete ihm seinen Versuch jedoch hoch an.

„Wenn Ihnen doch noch etwas auffällt, lassen Sie es mich wissen. Danke, Doktor." Hastig legte sie auf und hoffte, er würde es nicht persönlich nehmen.

Hassler blickte sie vom anderen Ende des Raumes an. Auf seinem Gesicht lag ein Ausdruck von Neugier. In ihrem Kopf jedoch tobte das Chaos. Wut. Zweifel. Frust. Ratlosigkeit. Enttäuschung. Angst. Zu viel, um damit in einem stickigen, von grellen Leuchtstoffröhren erhellten Büro umzugehen. Sie griff nach ihrer Jacke und wandte sich Richtung Tür. Hasslers neugieriger Blick folgte ihr. Sie hatte jetzt keinen Nerv für Diskussionen. Mit der Hand bereits auf der Türklinke wandte sie sich noch einmal um: „Liebe Grüße von Dr. Papen."

Im letzten Moment meinte sie den Anflug eines überraschten Lächelns in seinem Gesicht erkannt zu haben, etwas zu dem sie heute nicht mehr in der Lage sein würde.

30

Idiot' dachte sie und schloss die Messenger App, in der soeben Tims Nachricht eingegangen war: ‚Sorry keine Zeit. Bin heute Abend schon verplant.' Sein Pech! Sie wusste genau, dass es nicht er war, der Pech hatte, wenn sie sich heute Abend nicht trafen. Zuzugeben, dass es sie mehr traf als ihn, war jedoch keine Option.

In diesem Moment vibrierte ihr Handy.

Also doch.' Ohne hinzusehen nahm sie den Anruf an. Der Triumph in ihrer Stimme war kaum zu überhören.

„Na, hast du es dir anders überlegt? Ich wusste doch, du kannst mir nicht widerstehen." Grinsend wartete sie auf seine Reaktion, doch die Leitung blieb still. Hatte sie ihn jetzt verärgert? Sie hatte nur versucht, einen Witz zu machen.

„Halloooo?" Sie hörte, dass er am anderen Ende war. Wieso sagte er nichts? „Ey Tim, tut mir leid, das war nur ein Witz. Ich bin einfach nur froh, dass du anrufst."

Keine Antwort. Sie wollte ihn gerade zur Sau machen, wieso er dieses Spielchen mit ihr spielte, als er sich räusperte. Irgendetwas daran klang jedoch ungewohnt.

„Guten Abend, Frau Seidel. Bitte entschuldigen Sie die späte Störung, aber ich habe da etwas, das sie vielleicht interessieren könnte."

Bitte was? Im ersten Moment glich Ellies Kopf einem Flipperautomaten. Sie wollte etwas sagen, doch ihre

Gedanken schossen kreuz und quer und stolperten übereinander, als würden sie sich darum drängeln, als erstes den Weg über ihre Lippen nach draußen zu finden. Alles was sie letztlich herausbrachte, war ein „Sorry, aber wer ist da?"

„Kommissar Lüdeke"

Immer noch vollkommen ahnungslos nahm sie ihr Handy vom Ohr und sah auf das Display.

‚Bastian (IT)'

„Mensch Bastian, was soll der Quatsch? Sag doch gleich, dass du es bist." Ihre Anspannung löste sich in Luft auf.

„Nun ja. Ich hatte das Gefühl, dass du eine andere Art von Anruf erwartet hattest. Und naja, ich wusste halt nicht...Also..."

Erst jetzt begriff Ellie, wie unangenehm der Beginn des Telefonats gewesen war. Wie peinlich. Was er jetzt wohl von ihr dachte?

„Oh Gott. Tut mir leid. Ich habe tatsächlich einen anderen Anruf erwartet,..." Am liebsten wäre sie im Boden versunken. Schnell versuchte sie das Gespräch ein wenig aufzulockern: „...aber Hasselberger ruft heute wohl nicht mehr zurück."

„Achso, ja, na gut, ich ähm..."

„Mensch, das war ein Scherz. Der würde mich nicht mal anrufen, wenn das Präsidium brennt. Aber gut, ich merke schon, wir lassen das mit den Witzen und vergessen am besten das bisherige Telefonat. Also was ist denn so dringend?"

Man konnte spüren wie er sich entspannte, als er anfing

zu berichten. „Ich habe überprüfen wollen, ob es einen Zusammenhang zwischen den beiden Fundorten der Leichen gibt und habe diese mal durch sämtliche Suchmaschinen gejagt. Dabei bin ich auf etwas Interessantes gestoßen. Ich meine, es könnte auch nur Zufall sein, aber…"

„Bastian, los raus damit!" Sie konnte es nicht ausstehen, wenn jemand nicht auf den Punkt kam, insbesondere wenn es um ihre Ermittlungen ging.

„Ok ja, also an beiden Orten hat es einen recht Aufsehen erregenden Suizid gegeben. 1992 hat sich eine Frau im ehemaligen Spreepark aus bis heute unbekannten Gründen aus dem Riesenrad in den Tod gestürzt."

Er machte eine kurze Pause und das Klicken seiner Computermaus verriet ihr, dass er auf seinem Bildschirm die Tabs wechselte.

Ellie war wie elektrisiert. „Und im Botanischen Garten?"

„Im Jahr 2012, also exakt zwanzig Jahre später, hat ein junger Mann in Kreuzberg Selbstmord begangen."

„Und was hat das mit den Gärten zu tun?"

„Er stand unter Drogen und hat sich bedingt durch Halluzinationen in Panik vom Balkon gestürzt."

„Ich sehe immer noch keinen Zusammenhang."

„Nun, er hatte so genannte Bio-Drogen konsumiert. Genauer gesagt, Blüten der Engelstrompete. Laut der Ermittlungsakten hatte er diese in den botanischen Gärten gepflückt."

Ihre anfängliche Euphorie wich der Ernüchterung.

„Und was sagst du?"

Sie konnte den Stolz in seiner Stimme hören.

„Ich würde sagen, wir behalten das auf jeden Fall im Hinterkopf, aber gibt es schon etwas zur Zahl, die wir gefunden haben?"

Er schien sofort zu verstehen, dass sie nur versucht hatte, nett zu formulieren, dass sie seine Theorie nicht teilte. Sein Tonfall war plötzlich wesentlich ruhiger: „Nichts. Das ist wie ein Nagel im Heuhaufen."

„Nadel."

„Was? Achso ja, wie auch immer. Wir sehen uns dann morgen. Gute Nacht"

„Gute Nacht." Schnell schob sie ein „Danke für deine Mühen." hinterher, doch er hatte schon aufgelegt. So saß sie da. Allein auf ihrem Sofa. Umgeben von Fragen, auf die sie keine Antwort wusste und dem Gefühl, es niemandem Recht machen zu können.

31

Ein Traum. Er wusste sofort, dass es ein Traum war. Auch wenn er sich nichts sehnlicher wünschte, als dass es wirklich seine Josi war, die ihn ganz aufgeregt an seiner Hand über den Rummelplatz in Richtung Riesenrad zerrte.

Er war als Jugendlicher auf Grund seiner Albträume in Therapie gewesen. Wirklich geholfen hatte es ihm nicht, war er die Träume doch nie los geworden. Allerdings hatte er gelernt, aus ihnen luzide Träume zu machen. Klarträume, in denen er wusste, dass er sich in einem Traum befand. Er hatte die Techniken des so genannten Reality Checks, die ihm sein stets nach einer Mischung aus Pfefferminz und Schweiß riechender Therapeut näher gebracht hatte, wieder und wieder trainiert. Jeden Abend hatte er im Bett gelegen und war die gleichen Schritte durchgegangen, um irgendwann in der Lage zu sein, diese auch im Traum durchzuführen. Anfangs hatte er seinem Therapeuten - er wünschte, er könnte sich noch an seinen Namen erinnern, stattdessen war alles, was ihm in Erinnerung geblieben war, dieses riesen Muttermal auf seiner Oberlippe, vor dem er sich als 14-jähriger immer geekelt hatte - kein Wort geglaubt, als dieser davon sprach, im Traum die eigenen Finger zu zählen. Doch auch wenn er nicht allzu gern an die

Therapiestunden zurückdachte, es hatte funktioniert. Er beherrschte seitdem verschiedene Reality Checks, die er bewusst in Träumen durchführte.

Kaum hatte sie seine Hand gegriffen, hatte er instinktiv die Finger der anderen gezählt. Als er bei sieben immer noch nicht fertig war mit Zählen, kroch die Enttäuschung in ihn hinein wie ein ungebetener Gast, der eine leicht angelehnte Tür als Einladung verstanden hatte.
Dies war nicht echt und er war keineswegs in einem Vergnügungspark. Nichts hier würde ein Vergnügen sein. Genauso wenig, wie er hier war, war es seine Tochter, denn Josi war tot. Ermordet, weil er nicht gründlich genug gewesen war. Erdrosselt durch zwei Hände, denen er versäumt hatte, rechtzeitig Handschellen anzulegen. Er hasste sich dafür.
Als könnte sie seine Gedanken lesen, blieb sie abrupt stehen, ohne sich jedoch zu ihm umzudrehen. Sie sagte etwas, doch auf Grund des Lärms der Gäste und Fahrgeschäfte um sie herum verhallten ihre Worte im Nichts.
„Wie bitte, Schatz?"
Er wusste natürlich, dass er sich nicht auf den Traum einlassen sollte, doch die Sehnsucht nach seiner Tochter war stärker als die Angst vor dem unausweichlichen Ende der Illusion. Erneut schien sie etwas zu sagen und erneut verstand er kein Wort. Wenn doch die Leute hier leiser...
Erst jetzt ließ er den Blick das erste Mal über das Gelände schweifen. Die Musik der Fahrgeschäfte, das Jauchzen

und ekstatische Schreien der Besucher, das Rattern der Achterbahn in einigen hundert Metern Entfernung füllten den Ort mit Leben, - Leben, das es nicht gab. Sie waren allein. Die Fahrgeschäfte längst verfallen, die Gehwege von Pflanzen überwuchert. Nur Josi, er und die graue Tristesse eines vergessenen Ortes.

Auf einmal konnte er sie klar und deutlich verstehen. Während sie sprach und sich die Worte wie Nadelstiche in seinen Kopf bohrten, drehte sie sich langsam um.

„Möchtest du den Preis wirklich zahlen, Papa?"

Sprach sie von der Fahrt mit dem Riesenrad? Er war verwirrt. Mit ganzer Kraft zwang er sich, ihr nicht ins Gesicht zu schauen. Zu oft hatte er in den vergangen Nächten in ihre zerschundenen leeren Augenhöhlen geblickt. Nicht heute. Nicht schon wieder. Vielleicht hätte der Traum dieses Mal ein anderes Ende als einen stummen Schrei der Verzweiflung finden können, wäre sein Blick nicht auf den Bauch seiner Tochter gefallen. Auf das frische Blut. Auf die tiefen Schnitte quer über die Bauchdecke. Und auf die Zahl.

Als Hasselberger Schweiß gebadet aufwachte, zeichnete sich noch immer die dunkle Kontur der Ziffer vor seinen Augen ab, als hätte sie sich in die Netzhaut gebrannt. Vierzehn.

Der Preis, den er gezahlt hatte. Seine Tochter. Opfer Nummer Vierzehn. Das Opfer, das es eigentlich nie hätte geben dürfen.

32

„Die Zeit läuft…"

Die Worte, eigentlich vollkommen harmlos, fühlten sich an wie Gift, das sich tröpfchenweise den Weg durch Ellies Brust hin zu ihrem Herzen bahnte. Regungslos stand sie da und las den Satz wieder und wieder. Mit jedem Mal wurde es deutlicher, klarer, beinahe greifbar - bis sie es endlich erkannte: das Gefühl, versagt zu haben. Das Hupen eines Autos riss sie schließlich aus ihren Gedanken und eiste ihren Blick von dem Werbeplakat für die neue Fernseh-Gamingshow los, deren Slogan sich wie ein drohender Schatten in ihrem Kopf eingenistet hatte und dort eine bittere Wahrheit zurückließ: Ihnen lief die Zeit davon.

Mehrere Tage waren vergangen und sie waren keinen Schritt weiter. Hassler hatte sich von einer Haustür zur nächsten durchgefragt, sie hatten alle Verkehrskameras in der Umgebung der Tatorte gesichtet, die Forensiker hatten jede noch so kleine Faser untersucht und Bastian schlief mittlerweile im Büro. Zumindest sah er morgens so aus. Und doch stand sie hier nun, am Eingang des Heidefriedhofes und versuchte ihre Schuldgefühle zu besänftigen.

Sie konnte tatsächlich nicht sagen, wieso sie heute hergekommen war. Vermutlich hatte sie es deshalb auch niemandem erzählt. Aus Angst, dass keiner es verstehen würde, dass es komisch wirken würde, dass es falsch wäre, aber irgendwie hatte es sich richtig angefühlt. Jetzt war sie sich dessen allerdings nicht mehr so sicher.

Die Staatsanwaltschaft hatte die Leiche des ersten Opfers auf Drängen der Familie hin trotz der laufenden Ermittlungen freigegeben. Sie hatte Bedenken geäußert, doch Papen hatte ihr mehrfach versichert, dass er keine Untersuchung ausgelassen hatte und die Sicherstellung der Leiche nicht länger nötig wäre. Sie hoffte nur, er irrte sich nicht..

Ellie knöpfte ihren Mantel zu und blickte über das Gelände. Es war ein Tag, der sich auf seltsame Weise nicht in den Kalender einordnen ließ. Als würde er zwischen Winter und Frühling feststecken, bereit, jeden Moment in die eine oder andere Richtung zu kippen. In einiger Entfernung sah sie den Grund für ihren Besuch. Mehrere Personen standen abseits des Weges, teilweise abgeschirmt durch einen gewaltigen Rhododendron, dessen Blätter sich noch zum Schutz vor Kälte eingerollt hatten und so den Blick hinter den Busch freigaben. Es waren weniger Trauergäste, als Ellie erwartet hatte. Sofort schämte sie sich, dass sie überhaupt eine Erwartungshaltung gehabt hatte.

Sie ging einige Schritte auf die Gruppe zu, ohne dieser so nahe zu kommen, dass man sie bemerken würde. War es richtig, hier zu sein? Oder war es nicht doch nur eine voyeuristische Neugier, die sie zu befriedigen versuchte und als Teil ihres Jobs ausgab, um vor allem ihr eigenes

Gewissen zu beruhigen? Bevor die Zweifel sie zu übermannen drohten, sah sie, wie der Sarg, ein heller Fleck im Dunkelgrau der Umgebung, heruntergelassen wurde und wusste plötzlich, dass sie nicht wegen des Opfers hier war. Sie war ihrer selbst wegen hier. Sie hatte in den letzten Tagen gespürt, wie der Fall an ihr zehrte, wie der Stillstand in den Ermittlungen zur Last wurde und vor allem, wie immer mehr die Hoffnung schwand, weitere Zusammenkünfte von Menschen wie diesen dort drüben an Orten wie diesem hier zu verhindern. Es war richtig gewesen, herzukommen. Denn hier und jetzt begriff sie, dass ihr neuer Job bei der Mordkommission eben nicht dem Tod gewidmet war, sondern dem Leben. Erschrocken sah sie, wie einige der Trauernden sich plötzlich in ihre Richtung umdrehten. Rasch drehte sie sich weg. Wieso haben die Leute sie so angestarrt? Erst jetzt , herausgerissen aus ihrer Gedankenwelt, nahm sie den Klingelton ihres Handys aus ihrer Jackentasche war, welcher weit hörbar über den sonst stillen Friedhof schallte.

‚Scheiße!'

Hastig holte sie es heraus und nahm den Anruf an. Hassler brauchte nur einen Satz, um den Gedanken an das Leben in ihrem Kopf wieder auszulöschen und den Tod hierher zurückzuholen, wo er hin gehörte. Ein Satz. Fünf kleine Worte.

„Er hat es wieder getan."

33

Nicht hier. Das ist unmöglich.

Geräuschlos bewegten sich die beiden Ketten im Wind leicht hin und her. Die abgewetzte Sitzfläche war heute ausnahmsweise leer. Ein seltener Anblick und nur möglich, da das Gelände bereits weiträumig abgesperrt worden war. Ellie ging die Wand oberhalb des Geländes entlang, ohne den vielen bunten Graffiti darauf einen Blick zu widmen. Sie war ewig nicht mehr hier gewesen. Die zunehmenden Touristenmassen hatten sie in den letzten Jahren einen großen Bogen um diesenGraffiti Fleck Berlins machen lassen. Für sie war es der letzte Ort, den man als Berliner freiwillig besuchte. Die Spuren der Menschen, die den Park sonst tagein tagaus bevölkerten, ließen ihn ohne diese merkwürdig falsch erscheinen. Wie etwas, das es eigentlich gar nicht geben dürfte. Beinahe hatte sie das Gefühl, dass das Gelände dank der durch die Polizei erzwungene Absperrung aufatmete, da dafür sonst keine Gelegenheit blieb.

Nachdem sie zwei weitere hinter sich gelassen hatte, erreichte sie schließlich den Grund ihres Besuchs: die letzte der berühmten Mauerpark-Schaukeln. Nur dass diese hier nicht leer war. Der nackte Körper der Frau saß aufrecht auf dem Schaukelbrett. Die herabhängenden Beine waren gerade so lang, dass die Zehenspitzen die kalte Erde leicht berührten. Kabelbinder fixierten die

Hände an den beiden Ketten der Schaukel, sodass sich rötlich-violette Druckstellen an den Handgelenken abzeichneten. Der Kopf war nach hinten gekippt und blickte in Richtung des grauen Himmels. Ellie war beinahe erleichtert darüber, deuteten doch so nur die verkrusteten Blutspuren auf den Wangen auf die erneuten Verstümmelungen hin. Sie versuchte gerade, die Zahl zu entziffern, welche auch diesem Opfer auf die Bauchdecke gemalt worden war, als eine unangenehm laute Stimme ihre Aufmerksamkeit auf sich zog.

„Dit is Berlin, wa? Ick meen, da wunderste dir über nüscht mehr."

Verwundert drehte sie sich um. Ihr Blick fiel zunächst auf die riesige englische Bulldogge, die hechelnd neben einem Mann saß, der neugierig die Schaukel anstarrte. Seine Uncle Sam Jogginghose wies ihn eindeutig als Nicht-Mitglied der Einsatzkräfte aus.

,Was zur Hölle?!'

„Könnte vielleicht irgendjemand mal den Typen hier wegschaffen?"

„Der Mann hat die Leiche gefunden und uns informiert." Ein Kollege vom Streifendienst zu ihrer Linken hatte sich beim Sprechen mit stolzem Gesichtsausdruck zu ihr umgedreht.

„Und als Dankeschön gibt es einen Logenplatz am Tatort oder was? Wollen Sie mich eigentlich verarschen? Nehmen Sie seine Personalien auf oder bringen Sie ihn aufs Revier, verdammt."

Sein zufriedenes Lächeln fiel in sich zusammen wie ein

Kartenhaus. „Ja natürlich, Frau Oberkommissarin."

Sie blickte ihnen hinterher und sah noch wie der Hund einen der Leitkegel markierte, an denen das Absperrband des Tatorts befestigt war. Sie ärgerte sich über die Unprofessionalität ihrer Kollegen, als ihr plötzlich ein Gedanke kam. Hektisch ließ sie ihren Blick über die Umgebung schweifen. Dort hinter dem Zaun die staubige Schotter- und Betonfläche, auf der jeden Sonntag Berlins berühmtester Flohmarkt stattfand. Direkt vor ihr das kleine Amphitheater, wo sonst diverse Straßenkünstler versuchten, den Touristen den ein oder anderen Euro zu entlocken. Der Basketballplatz. Die Wiese. Der Weg in den hinteren Teil des Parks.

„Nicht nötig, Seidel."

Sie hatte gar nicht gemerkt, dass Hassler neben sie getreten war.

„Was ist nicht nötig?"

„Ach kommen Sie. Als ob ich nicht auch schon längst auf die Idee gekommen wäre. Sie glauben, er könnte uns wieder beobachten oder filmen."

„Ja und?"

„Falls er das tut, finden wir die Kamera. Die Kollegen sind bereits ausgeschwärmt."

Sie schluckte ihre Überraschung herunter und bedachte ihn mit einem zufriedenen Nicken, während sie sich wieder der Leiche zuwandte. Ein Kriminaltechniker war gerade dabei, die Einblutungen an den Handgelenken zu untersuchen. Als er bemerkte, dass sie ihn ansah, kam er mit einem breiten Lächeln auf sie zu.

„Guten Morgen, Frau Oberkommissarin."
Erst jetzt erkannte sie ihn wieder.
„Guten Morgen, Edgar."
„Immer wieder schön, bekannte Gesichter zu treffen oder? Wenn das so weitergeht, sehen wir uns demnächst regelmäßig."
Sie hoffte, dass ihr Schweigen ihm Antwort genug war, schob jedoch sicherheitshalber ein „Wie wäre es bitte einfach mit einem kurzen Bericht?" hinterher.
„Ja natürlich. Im Grunde dasselbe Bild, wie in den bisherigen Fällen. Tod durch Verbluten nach mehreren tiefen Stichen. Auf den ersten Blick zähle ich acht. Gewaltsam entfernte Augäpfel und eine Zahl aus Blut auf dem Bauch der Leiche."
„21819?" Ellie bemühte sich, das Muster aus blutigen Linien zu durchdringen.
„21319."
„Sonst irgendetwas, das ich wissen muss?"
„Na aber sicher doch. Sehen sie die Fließspuren des Bluts?"
„Ja wieso?"
„Sie verlaufen entlang der Bauchdecke in verschiedene Richtungen. Auf das Opfer wurde also im Liegen eingestochen. Und da…"
„Hier sonst nirgends Blutspuren zu sehen sind, wurde das Opfer erst nach der Tat hierher gebracht, nehme ich an?"
„Wow. Ich bin beeindruckt."
„Mhm. Alles andere wäre wohl auch zu riskant. Gibt es

denn hier überhaupt mal einen Moment, wo man allein und unbeobachtet ist? Ich meine, wie hatte er die Leiche überhaupt so arrangieren können, ohne entdeckt zu werden?"

Die Fragen galten nicht ihm, Ellie dachte einfach nur laut. Er antwortete ihr trotzdem.

„Wohl wahr. Man muss schon Glück haben, hier keine Touristen oder angeheiterte Liebespaare anzutreffen. Wobei wir letzte Nacht Temperaturen knapp über Null und Nieselregen hatten. Nicht unbedingt verlockende Voraussetzungen für etwas Zweisamkeit an der frischen Luft."

Sie überhörte ihn, da etwas anderes ihre Neugier geweckt hatte.

„Was ist das für ein rotes Zeug?" Rund um die Schaukel war der Boden rot gefärbt. Auch die Sohlen ihrer Schuhe waren knallrot.

„Vermutlich gefärbtes Maismehl. Ein Überbleibsel dieses nervigen Holy-Festival-Trends vor einigen Jahren."

„Stammt es vom Täter?"

„Wohl kaum, es hat sich bereits zu sehr mit dem Erdboden vermischt. Das Zeug liegt hier also schon länger. Bestimmt wieder so ein Möchtegern-Hobby-Fotograf, der junge Mädchen über das Internet zu einem Shooting überredet. Die armen Dinger denken dann immer, sie kommen groß raus, wenn sie hier als angebliches Model für so einen Typen knapp bekleidet auf der nassen Schaukel sitzen und Mehl in die Luft schmeißen." Sein verächtliches Schnauben ließ ihn für Ellie sogar noch unsympathischer werden als bisher. Sie hätte ihm für seine Überheblichkeit gern einen Spruch gedrückt, war jedoch ohne Vorwarnung von einem Gedanken weggetrieben worden. Ein Gedanke, der so öfter sie ihn in ihrem Kopf kreisen ließ, immer greifbarer wurde: junge Mädchen, Shooting, Fotograf, Social Media … Berühmtheit. Beliebtheit. Bewunderung. Und ganz leise schlich sich in Ellies Kopf immer wieder das Wort ‚Tod‘ in diese Aufzählung mit ein.

34

Beinahe tat ihr Bastian leid. Sie hatte gleich gewusst, dass er nicht begeistert sein würde, wenn er begriff, welche Aufgabe ihm durch ihre Theorie zukam.

„Es gibt tausende solcher Typen auf Instagram!"

„Ja, das ist mir klar, aber du sollst ja nur prüfen, ob einer *dieser Typen* allen drei Opfern folgt."

„So blöd kann doch niemand sein. Er wird ihnen spätestens nach dem Tod entfolgt sein, um keine Verbindung zu den Opfern zu haben. Das ist ja das Problem dieser Medien. Bedeutungslose Klicks. Heute Freunde, morgen Fremde."

„Bastian, ich weiß doch, aber wenn nur die klitzekleine Chance besteht, dass wir etwas finden, müssen wir es probieren."

„Ok nehmen wir an, du liegst richtig. Unser Täter ist Hobby-Fotograf und lockt so über Instagram junge Frauen, die sich nach mehr öffentlicher Aufmerksamkeit sehnen, in seine Falle, was macht dich so sicher, dass er auch wirklich Fotograf ist? Ich meine, jeder von uns könnte sich online als Fotograf ausgeben oder nicht?"

„Guter Einwand, aber die Fundorte der Leichen sagen mir, dass er sich auskennt. Alle drei Orte sind typische Foto-Locations. Das weiß selbst ich, und ich kriege nicht mal ein Handyfoto hin, ohne den Daumen auf der Linse zu haben."

„Okay. Ich habe ja eh keine Wahl oder?"

„Nö. Augen auf bei der Berufswahl. Aber ich schulde dir dann einen Drink ok?"

Noch während er sich umdrehte und seinen Schreibtisch ansteuerte, hörte sie ihn etwas murmeln, das verdächtig nach „scheiß Deal" klang. Hassler hatte die Situation grinsend über die Tische hinweg beobachtet und rief mit spöttischem Unterton zu ihr rüber: „Haben Sie denn gar kein Herz, Seidel? Der Arme überarbeitet sich noch."

„Es wäre mir neu, dass sie hier so etwas wie der Experte für Herzensangelegenheiten sind, Herr Kollege. Und wenn Sie sich um ihn sorgen, freut er sich sicher über etwas Hilfe. Nur zu."

Sein Grinsen erlosch.

Eins zu null für mich' dachte Ellie als ein plötzlicher Gedanke ihr Triumphgefühl zum Abriss freigab.

Fuck'

„Apropos Herz, Herr Kollege"

„Ja, ich weiß, ich habe keins blablabla." Hassler winkte ab, während er affektiert die Augen verdrehte.

„Das auch, aber darum geht es mir gerade nicht. Ich frage mich nur, warum wir dieses Mal kein Herz-Symbol am Tatort gefunden haben. Oder hat einer der Kollegen es irgendwo entdeckt? "

„Nicht dass ich wüsste, aber Niedermeier hat uns die Tatortfotos bereits rübergeschickt. Vielleicht haben wir es übersehen."

„Niedermeier?"

„Ach kommen Sie, Seidel. Ich weiß, Sie sind nur hier, um

Karriere zu machen, aber sie sollten zumindest die Namen ihrer Mitarbeiter kennen. Ich glaube, sie zwei sind sich inzwischen oft genug begegnet oder?"

Er hatte einen wunden Punkt getroffen. Zu ihrer Überraschung traf sie seine Kritik zum ersten Mal spürbar, weil sie feststellte, wie viel Wahrheit darin lag. Mit dem Ziel, seine Worte zu widerlegen und in der Hoffnung, sich dabei nicht völlig zu blamieren, folgte sie ihrer ersten Vermutung: „Ja natürlich, Edward, der etwas skurrile Kollege vom Erkennungsdienst. Dann gehe ich die Fotos mal durch."

Erleichtert nahm sie sein stummes Nicken wahr, was wohl bedeutete, dass sie richtig gelegen hatte.

...

Ihre Augen klebten am Bildschirm, als sie sich durch den Ordner mit den Fotos klickte. Mit jedem Foto ließ ihre Euphorie jedoch nach. Nichts. Klick. Nichts. Klick. Nichts. Nirgends konnte sie die typische Signatur des Mörders entdecken.

Auf den letzten Bildern, welche die Mauer hinter der Schaukel zeigten, musste sie vor Anstrengung die Augen zusammenkneifen. Sie versuchte erst gar nicht, die eigentlichen Bilder zu erkennen, die großflächigen Schriftzüge und knallbunten Abbildungen. Stattdessen suchte sie im Wirrwarr aus Farben, Linien und Formen nach einem winzig kleinen Herz. Schnell fühlten sich ihre müden Augen wie gefangen in einem Kaleidoskop. Die

Farben verschwammen zu einem grellen Matsch. Auf dieser scheiß Mauer war alles, nur kein verdammtes Herz. Frustriert knallte sie ihren Laptop zu, den sie statt des Steinzeit-PCs nutzte, der hier im Dezernat scheinbar zur Standardausrüstung gehörte. Ebenso wie das Telefon daneben, welches scheinbar darauf gewartet hatte, dass sie ihre Suche aufgab und in diesem Moment zu klingeln anfing. Die Nummer im kaum noch lesbaren Display kannte sie inzwischen.

„Ich würde ja sagen, schön, von Ihnen zu hören, aber ich vermute, dass Ihr Anruf eher unerfreulicher Natur ist, oder?"

„Nun Frau Seidel, das kommt darauf an."

„Worauf denn?"

„Ob Sie eventuell auf der Suche nach der Liebe sind."

„Bitte was?"

Sie hatte sich ja an Papens schrullige Art gewöhnt, aber wollte er sie hier gerade wirklich anbaggern?

„Keine Sorge. Meine Frau kennt mich. Für sie wäre es sicherlich ok, wenn ich Ihnen ein Herz anbiete. Es gibt da nur ein Problem."

Bei dem Wort ‚Herz' war Ellie zum wiederholten Mal am heutigen Tag hellhörig geworden, konnte sich auf sein Geschwafel jedoch immer noch keinen Reim machen. Sie entschloss sich, trotzdem mitzuspielen.

„Problem?"

„Ja. Das kleine Ding ist auf die Innenseite der Unterlippe des Leichnams tätowiert, den sie mir rübergeschickt haben…"

35

Stolz betrachtete er sein kleines Kunstwerk. An einigen Stellen war die dunkle Linie aus Tinte zwar leicht verrutscht, aber wie sollte es auch anders sein, wenn die Leinwand noch gelegentlich zuckte und einen Schwall Blut über die Hand des Künstlers spuckte?

Eigentlich hasste er Tattoos. Für ihn waren sie Ausdruck eines völlig aus dem Ruder gelaufenen Körperkultes. Weder ästhetisch, noch bedeutungsvoll, so wie immer gern behauptet wurde. Ein Stigma der Unzufriedenen. Ein Ausdruck fehlender Selbstliebe. Ein widerlicher Trend. Selbstverstümmelung. Nicht mehr und nicht weniger waren Tätowierungen.

Eventuell war es gerade das, was ihn so daran erregt hatte, sein kleines Erkennungsmerkmal mit einer Nadel in ihr zu verewigen. Er hatte lange überlegt, welche Stelle ihres Körpers für seine Nachricht am Geeignetsten schien. Als er sie so vor sich hatte liegen sehen, einen letzten Funken Leben in den noch vorhandenen Augen und die Lippen zu einem verzweifelten Flehen verformt, hatte er leise lachen müssen. Es war so offensichtlich. So einfach. Gab es doch eine Stelle an ihr, die bereits zuvor Bekanntschaft mit der Nadel gemacht hatte. Mit dem Wissen, dass ihr Wahn sie am Ende hierher auf eine fünf mal fünf Meter große Plastikplane führen würde, hätte sie auf das Botox in ihren Lippen sicherlich verzichtet.

Es war schön, dass er sich dieses Mal Zeit nehmen konnte. Er hatte den perfekten Ort für ihren Auftritt gefunden. Allerdings wäre das Risiko, sie dort für die Show vorzubereiten, einfach zu groß. Er würde es hier tun müssen, und sie erst später auf die Bühne bringen.

Langsam hatte er sich auf ihren Brustkorb gekniet und die Wärme ihres Blutes durch seine Hose hindurch gespürt, als würde ihr Leben langsam an den Innenseiten seiner Oberschenkel hinabfließen. Eigentlich war sie für die Rolle in seinem Stück gar nicht vorgesehen, aber seine Hauptdarstellerin hatte immer noch nicht begriffen, dass sie längst gecastet worden war.

Nur deshalb, und weil es immer noch zu viele dieser abartigen Prophetinnen der Oberflächlichkeit gab, wich hier gerade das Leben aus ihr, während er das leicht kratzende Geräusch genoss, das der Einsatz seines Stechbeitels am Knochen ihrer Augenhöhle erzeugte.

36

Ellie hatte sich ihren Ausflug in die Rechtsmedizin wesentlich erkenntnisreicher vorgestellt. Es gab bessere Zeitvertreibe an einem Freitag Nachmittag, als sich quer durch Berlins Zentrum nach Moabit zu begeben, nur um ein schlecht gestochenes Tattoo zu bestaunen. Das kleine in die Unterlippe des Opfers gestochene Herz hatte ihr rein gar nichts verraten, auch wenn Dr. Papen scherzhaft angemerkt hatte, dass man auf Grund der Qualität der Tätowierung jetzt zumindest professionelle Tätowierer aus dem Täterkreis ausschließen könne. Aus Anstand hatte sie sich zu einem Lächeln durchgerungen, auch wenn sie seinen Humor in jenem Moment ausnahmsweise mal nicht teilen konnte. Zu tief saß der Frust, dass hier bereits das dritte Opfer auf dem kalten Edelstahltisch lag, der Körper übersät mit geheimen Botschaften eines Wahnsinnigen und dass sie deren Entschlüsselung nach wie vor nicht wirklich näher kamen, geschweige denn dem Absender.

...

Auf dem Weg zurück ins Dezernat überlegte Ellie fieberhaft, wieso der Täter sein Vorgehen geändert hatte. „Wolltest du es genau so? Oder konntest du nicht so wie sonst, du Stück Scheiße?", fragte sie laut in das Wageninnere hinein während sie mit Blick auf die Siegessäule darauf wartete, dass die Ampel auf grün sprang. Fügte man alle Details des dritten Mordes zusammen, blieb nur eine Erklärung übrig: Er schien sich des Risikos bewusst gewesen zu sein, welches der gewählte Ablage-ort mit sich gebracht hatte. Er hatte wenig Zeit. Musste sein Opfer so schnell wie möglich in Szene setzen. Keine Zeit für unnötige Tätigkeiten. Daher die Tätowierung und die Bewegung der Leiche post mortem. Kalkül, nichts anderes steckte dahinter. Doch auch wenn er sich entsprechend angepasst hatte, schien sich eine gewisse Portion Übermut in seine Taten einzuschleichen. Ellie konnte dies nur recht sein. Übermut war gut, denn Übermut bedeutete Fehler. Früher oder später würde er sich überschätzen und einen machen. Darauf warten konnte sie jedoch nicht.

...

Hassler saß immer noch an seinem Schreibtisch und lieferte sich ein grimmiges Wettstarren mit seinem Bildschirm. Seine hochgezogene rechte Augenbraue interpretierte sie als Frage, ob es etwas Neues gäbe.
„Leider nein. Nichts, was uns weiterhilft."
„Schade. Aber vielleicht hat ja unser Internet-Hilfssheriff etwas gefunden?"
Da war er wieder: der Moment, in dem sie ihm am liebsten eine reingehauen hätte. Zur Hälfte aus Frust und zur Hälfte als Reaktion auf sein Verhalten. Sie versuchte

immer noch, sich daran zu gewöhnen, dass er ihr gegenüber konsequent auf einem schmalen Grat zwischen
halbwegs verträglichem Sonderling und polemischen
Arschloch wanderte und ganz bewusst immer mal
wieder hin und her sprang.
„Erzählen Sie mir nochmal etwas über den Respekt vor
Kollegen.", fauchte sie ihm entgegen, während sie den
Nebenraum betrat, in dem Bastian vor seinen drei
miteinander synchronisierten Bildschirmen saß - ein
Anblick, als würde er im Kontrollzentrum einer inter-
nationalen Weltraummission arbeiten. Er hatte, wie
immer, überdimensional große Kopfhörer auf und
trotzdem konnte Ellie mehr als deutlich die stampfenden
Drum'N'Base Rhythmen hören, die er sich durch den
Gehörgang schoss. Wie konnte er sich bei diesem
Gehämmer nur konzentrieren, verdammt?
Als sie direkt hinter ihm stand - er hatte sie immer noch
nicht bemerkt - fiel ihr Blick auf seinen Bildschirm und
augenblicklich kochte Wut in ihr hoch. Auf dem Screen
sah sie sich selbst. Ellie im Urlaub. Ellie beim Essen. Ellie
beim Sport. Sie kannte die Bilder. Sie selbst hatte sie in
den vergangenen Jahren hochgeladen. Es schien als
würde Bastian sich gerade fröhlich durch ihr Instagram
Profil scrollen. Wütend riss sie ihm von hinten die
Kopfhörer herunter. „Willst du mich verarschen? Was soll
die Scheiße?"
Hastig drehte er sich herum. Die Überraschung war ihm
förmlich ins Gesicht geschrieben. Bevor er zu einer Antwort ansetzen konnte, ahnte Ellie jedoch bereits, dass

die Panik in seinem Blick nicht auf ihr plötzliches Erscheinen zurückzuführen war. Während sie versuchte diesem unguten Gefühl auf den Grund zu gehen, fand er seine Sprache wieder. Die Musik aus den Kopfhörern dröhnte nun ohne seinen Kopf dazwischen noch lauter als zuvor, weshalb Ellie sicherheitshalber noch einmal nachhakte, ob sie ihn gerade richtig verstanden hatte. Tatsächlich hoffte sie, dass sie sich verhört hatte. Doch selbst wenn er es noch zehn Mal wiederholt hätte, das Entsetzen, das seine Worte entfesselt hatten, würde sich dadurch nicht wieder einfangen lassen:
„Ich glaube, er hat es auf dich abgesehen."

37

„Keine Dummheiten jetzt, Seidel!"

Ellie hatte ihr Handy gezückt und Hasselberger schien zu ahnen, was sie vorhatte. Er hatte gehört, wie sie Bastian angeschnauzt hatte und war in den Raum getreten, als dieser in eine nervöse Mischung aus Rechtfertigung und Erklärung verfallen war.

,Wie hatte ihr das nur entgehen können?' schoss es ihr durch den Kopf während Bastian beteuerte, dass ihm nur zufällig aufgefallen war, dass die Zahl, die sie auf dem Zettel im ehemaligen Spreepark gefunden hatten, exakt mit der Anzahl an Ellies Instagram-Followern übereinstimmte: 356. Sie hatte sich nie wirklich Gedanken darüber gemacht, wer ihr Profil besuchte und aus welchen Gründen auch immer auf „Folgen" klickte. In diesem Moment jedoch wurden die über dreihundert mehr oder weniger unbekannten Follower zu einer Bedrohung, zu einer Gefahr, die sie nicht hatte kommen sehen. Sie hatte sich so sehr auf die Jagd nach dem Täter versteift, ohne zu erkennen, wie schnell aus der Jägerin die Gejagte werden konnte.

Als Bastian fertig war, wurde es verstörend still im Raum. Es schien, als hätten sie alle drei Angst davor, das Offensichtliche auszusprechen, nämlich dass dies kein Zufall sein konnte. Starr vor Schreck hatte Ellie sogar vergessen, Bastian noch einmal zu fragen, wie genau er durch Zufall auf ihr Profil gekommen war. Dringendere Gedanken raubten diesem Impuls den Platz, als eine Mischung aus Angst, Wut und Trotz ihren Kopf auf ‚*Mute*' stellte und ihre Hände zu ihrem Handy wandern ließ.

„Seidel, verdammt. Hören Sie schwer, oder was? Seien sie vernünftig. Was wir jetzt nicht brauchen, ist eine Kurzschlussreaktion der leitenden Ermittlerin!"

Zu ihrer Überraschung sah sie Bastian zaghaft nicken, als würde er Hassler beipflichten wollen. Sie wusste, dass die beiden womöglich recht hatten, aber was wussten sie schon? Sie hatten leicht reden, immerhin hatten sie soeben nicht erfahren, dass man sie beobachtete, verfolgte, ja dass man scheinbar ihren Tod wollte. Nein, das hier war gerade von einer beruflichen Verpflichtung zu einer persönlichen Angelegenheit geworden.

„Was ich mache, ist meine Sache, klar? Er möchte mir etwas mitteilen. Schön. Ich ihm nämlich auch."

Mit leicht zitterndem Finger - sie wusste nicht ob aus Wut oder Nervosität - öffnete sie die Instagram-App. Hassler quittierte dies mit einem verächtlichen Schnauben, bevor er mit leiser, beinahe eiskalter Stimme zum Konter ausholte: „Wissen Sie, bisher habe ich Sie nur für krampfhaft karrieregeil gehalten, aber scheinbar sind Sie mindestens genauso egoistisch und selbstgefällig. Aber hey nur zu, spielen Sie sein Spiel und reden sich ein, Sie könnten es gewinnen. Kein Problem! Was ist schon dabei, wenn Sie damit unseren momentan größten, nein halt, UNSEREN EINZIGEN Ermittlungsvorteil für Ihren lächerlichen Stolz opfern."

Er starrte ihr mit unverhohlenem Abscheu in die Augen. Wütend erwiderte sie seinen Blick. So standen sie sich gegenüber und fixierten sich gegenseitig. Nicht bereit, den Blick als erstes zu senken. Zu ihrer beider Überraschung fasste sich Bastian ein Herz: „Ich denke auch, dass es ermittlungstechnisch schlauer wäre, diese Entdeckung zunächst für uns zu behalten. Er wartet vermutlich nur auf eine Reaktion."

Seine Worte schoben sich wie eine unsichtbare Barriere zwischen die beiden und löste die Spannung im Raum ein wenig. Zumindest vorerst.

„Aber was ist, wenn wir ihn nur so aus der Deckung locken können? Ich meine, wir wissen jetzt, dass ich eine Rolle für ihn spiele, aber wir wissen nicht, welche. Wir brauchen mehr als nur diese Zahl", sagte Ellie und bemühte sich, daran zu glauben, dass es ihr um die Ermittlung und nicht um sich selbst ging.

Auch Hassler schien sich beruhigt zu haben. „Was wir brauchen sind konkrete Spuren. Und das hier ist eine, aber nur wenn Sie diese nicht gleich in blindem Aktionismus zerstören. Er hat einen Fehler gemacht, denn jetzt ist klar, dass er seine Opfer nicht wahllos aussucht. Und wir wissen auch, dass er scheinbar einen Narren an Ihnen gefressen hat." Er wandte sich an Bastian: „Kann jeder das Profil der Kollegin sehen oder muss man sich dafür irgendwie registrieren?"

„Nein, leider ist das Profil öffentlich. Jeder kann es einsehen ohne Einschränkung und ohne digitale Spuren zu hinterlassen, falls es das ist, was sie meinen."

Hasslers Blick in ihre Richtung verriet ihr deutlich, was er davon hielt, dass sie ihr Privatleben mit der ganzen Welt teilte.

„Und genau deshalb müssen wir einen Köder auslegen.", fuhr sie dazwischen, „und ich habe auch eine Idee."

„Na da bin ich ja mal gespannt. Lassen Sie hören."

„Das würde jetzt zu lange dauern. Vertrauen Sie mir."

„Seidel, ich schwöre Ihnen, wenn Sie jetzt Mist bauen, gehe ich zu Weinreich und fordere, dass man Sie vom Fall abzieht. Lassen Sie sich da jetzt nicht emotional reinziehen, sonst bleibt mir keine Wahl."

Bastian hatte währenddessen die Stirn in Falten gelegt und murmelte leise vor sich hin: „…eine Story…wer zuschaut…egal ob Follower…" Im nächsten Moment drückte die Erkenntnis ein wissendes Lächeln in sein Gesicht. „Du willst eine Story posten, denn dort kann man nachvollziehen, wer diese gesehen hat, egal ob Follower oder nicht. Und wenn er reagiert, in welcher Form auch immer, muss er unter den Personen gewesen sein. Das ist clever. Das ist verdammt clever, Ellie."

„Danke, ich…"

„Sie wollen was? Kann mir das mal einer übersetzen?"

Sie hatte vergessen, dass Instagram für Hassler eine fremde Welt war und er nicht wissen konnte, dass ein Story-Post eine kurze Momentaufnahme war, die nur für vierundzwanzig Stunden online blieb und bei der man genau einsehen konnte, wer sich das Bild oder das kurze Video innerhalb dieses Zeitraums angesehen hatte. Sie hatte allerdings wenig bis gar keine Lust ihm das jetzt zu erklären. In den letzten knapp sechzig Minuten war so viel auf sie eingeprasselt, dass sie eine Auszeit brauchte, um sich zu sammeln. „Das erkläre ich Ihnen, wenn es funktioniert hat." Und mit diesen Worten drehte sie sich um und beeilte sich, an die frische Luft zu kommen. Seine Schimpftirade nahm sie kaum wahr, obwohl diese sie freundlicherweise bis zur Tür begleitete.

Kaum hatte sie die Autotür hinter sich geschlossen und ein Mal tief Luft geholt, zog sie erneut ihr Handy hervor. Ellie hatte die Worte sofort im Kopf gehabt. Die Nachricht war klar und unmissverständlich. Er würde sie verstehen.
,ICH WEIß, DASS DU DA DRAUSSEN BIST UND ICH WERDE DICH KRIEGEN'
Die weißen Buchstaben auf schwarzem Hintergrund entfalteten auf ihrem Display eine drohende Wirkung, dass sie selbst einen kurzen Augenblick lang davon eingeschüchtert wurde, bevor sie den Satz schließlich mit einem Klick in ihrer Story teilte. Wie auf Knopfdruck brach es aus Ellie heraus, ihre Gefühle überwältigten sie, der Druck der sich still und leise angestaut hatte, entlud sich mit einem ohrenbetäubenden Knall. Sie hatte sich immer für ihre Tränen geschämt. Auch jetzt. Auch hier. Allein in ihrem Auto. Allein mit ihrer Schwäche. Allein mit der Angst, sich auf etwas einzulassen, dem sie nicht gewachsen war. Sie wollte nicht allein sein. Nicht heute Nacht. Blieb nur zu hoffen, dass Tim dieses Mal rangehen würde…

38

Für den Moment hatte Ellie erfolgreich verdrängt, dass sie vor einigen Stunden einem Serienmörder in ihrer Instagram Story eine Nachricht übermittelt hatte.

Wie sie hier in Tims Arm lag, seinen unverkennbaren Geruch in der Nase und an die Decke starrte, kroch die Furcht vor einer möglichen Antwort allerdings so schnell durchs dunkle Zimmer wieder an sie heran, wie sie während des Sex verschwunden war. Sie speiste sich nicht aus dem Gedanken einer möglichen Bedrohung. Im Gegenteil, Ellie fürchtete sich nicht vor ihm, ihre Furcht lebte von der blanken Ungewissheit. Nichts bereitete ihr mehr Angst, als nicht zu wissen, ob Angst angebracht war. Und während Tims Atmung neben ihr immer tiefer und gleichmäßiger wurde, legte sich die Furcht auf sie wie eine Decke aus Blei, drückte sie immer tiefer in die Matratze und die Luft erbarmungslos aus ihr heraus. Sie erinnerte sich an früher, als Panikattacken täglicher Begleiter ihres 17-jährigen Ichs gewesen waren und spürte, dass sie kurz davor war, wieder von einer solchen fast vergessenen Attacke heimgesucht zu werden.

„STOPP!"

Die Lautstärke, mit der sie den Schub in die Dunkelheit zurückschickte, ließ Tim neben ihr im Schlaf zusammenzucken. Was sie jetzt brauchte war ein Glas Wasser und eine Hand voll davon in ihrem Gesicht, um einen klaren Kopf zu bekommen. Vorsichtig schob sie seinen Arm bei Seite und stand auf. Sie war erst ein paar Mal hier gewesen, doch nie über Nacht geblieben. Er war selbst ganz verwundert gewesen, als sie ihn mit einem kaum hörbaren Flehen in der Stimme gefragt hatte, ob sie zu ihm kommen könne. Jetzt stand sie hier in seiner Wohnung und versuchte, sich zu orientieren.

‚Wo verdammt war hier nochmal die Küche?‘

Während sie sich umblickte, fiel ihr Blick auf ihre Schuhe neben der Eingangstür, die nach wie vor von der Sohle aufwärts in rot gefärbten Dreck getaucht waren. Im Zimmer gegenüber fing der Kühlschrank laut hörbar an zu brummen. Kaum hatte sie den ersten Schritt in Richtung Küche gemacht, blieb sie wie angewurzelt stehen.

Sie drehte sich ein weiteres Mal zu den ehemals weißen Adidas Sneakern um. Sie wirkten seltsam groß. Auch das Modell kam ihr unbekannt vor. Und vor allem erinnerte sie sich, dass sie ihre eigenen Schuhe draußen vor der Wohnungstür ausgezogen hatte…

39

Er hatte irgendwann mal etwas über einen Serienmörder gelesen, der die Körper seiner Opfer bei sich zu Hause lagerte. Erst als die Spuren der Verwesung unerträglich wurden, zerteilte er die Leichen und versuchte sie in Stücken im Klo herunterzuspülen. Die verstopften Abwasserrohre des Mietshauses kosteten diesem Idioten schließlich die Freiheit.

Er hasste die Geschichte. Sie machte ihn wütend. Sie ekelte ihn an. Nicht etwa, weil er ein Problem mit dem Zerteilen menschlicher Körper hatte. Im Gegenteil, er liebte das Gefühl einer gut geschärften Klinge in der Hand. Ob sie nun Muskeln durchtrennte oder Gemüse zerkleinerte, machte da für ihn keinen Unterschied. Was ihn an der Geschichte so rasend machte, war die Dummheit und fehlende Vorsicht. Töten war einfach. Jeder Trottel konnte einem anderen Menschen das Leben nehmen. Es ging um das Wie. Es musste gefälligst ordentlich passieren, nach klaren Regeln. Nach Plan. Für den Zufall war beim Töten kein Platz. Niemals. Töten war natürlich eine Kunst, aber in erster Linie war Töten ein Handwerk. Ein Handwerk, das Präzision und Disziplin erforderte.

Umso ärgerlicher, dass dieser Trottel ihm sein Werk beinahe verpfuscht hätte. Welcher Psychopath geht denn auch bitte um drei Uhr nachts joggen? Jedes Kind wusste doch, dass es nachts draußen sehr gefährlich sein konnte, vor allem in einer Großstadt wie Berlin. Er schmunzelte, weil er sich der bitterbösen Ironie seiner Gedanken bewusst war. Nur dass er alles andere als ein Psychopath war. Er tat das alles nicht für sich. Er tat es für sie. Für das, was von ihr bleiben sollte. Als der Typ im Dunkeln völlig unerwartet in ihn gekracht war, hatte er das erste Mal seit all das angefangen hatte so etwas wie Panik verspürt und blind reagiert. Er konnte immer noch fühlen, wie der Kehlkopf des Unbekannten unter dem Druck seiner Daumen von der Luftröhre abriss und erneut kroch die Scham aus der dunkelsten Ecke seiner Gefühlswelt hervor, um ihn zu verhöhnen: grundlos, planlos, sinnlos. Sein eigentliches Werk war von einer schäbigen Improvisation beschmutzt worden.

Während er seinen inneren Monolog führte, als würde er ein öffentliches Plädoyer für das fachgerechte Morden halten, wurde er durch die wiederkehrende Vibration seines Handys in der Hosentasche unterbrochen. Neue Nachrichten. Er wusste, dies konnte nur bedeuten, dass seine Dienste als Handwerker benötigt wurden, immerhin benutzte er das Telefon nur für seine Kundinnen. Schade, dass sie nie ahnten, worum sie ihn baten, wenn sie sich ihm Stück für Stück anvertrauten. Aber würden sie selbst erkennen, wie sehr sie sich Heuchelei und fremder Manipulation verschrieben hatten, müsste er ihnen die Augen auch nicht öffnen. Denn im Gegensatz zu vielen vor ihm, jeder einzelne von ihnen verachtenswert, würde er niemals aus niederen Motiven zum Messer greifen. Nicht aus Wut. Nicht aus Lust. Nicht aus Rache.

Wenn er mit seiner Arbeit begann, dann nur aus einem Grund: Er hatte eine Nachricht. Und diese Nachricht verdiente maximale Aufmerksamkeit. Selbige widmete er nun seinem Telefon. Sein Sperrbildschirm war mit unzähligen neuen Mitteilungen zuplakatiert, sodass das belanglose Standard-Hintergrundbild einer unbekannten Bergsilhouette kaum noch zu erkennen war. Mehrere Nachrichten ein und der selben Person ließen ihn zufrieden grinsen. Sie war ein besonderer Fall. Er würde sich sehr viel Zeit für sie nehmen. Mit ihren sechzehn Jahren würde er es behutsam angehen lassen. So jung und schon so verrottet. Schmutzig. Verdorben. Verführt.

,feelin.fineja'

Gerade als er ihre Nachrichten öffnen wollte, blieb sein Blick an etwas anderem hängen. Sein Puls schoss in die Höhe und er merkte, wie sich seine Finger vor Aufregung leicht verkrampften. Im oberen Bereich des Instagram-Screens warteten kleine Kreise, mit den Profilbildern der zugehörigen Accounts hinterlegt, darauf, angeklickt zu werden. An vorderster Stelle lachte ihn das kreisrunde Bild einer Frau an. Einer Frau, die ewig keine Story gepostet hatte. Einer Frau, die ihm nicht erst seit ihrer Begegnung unterm Riesenrad nicht mehr aus dem Kopf ging.

40

Flucht.

Ihr erster Impuls war ebenso stark wie unsinnig. Nachdem Ellie einige Male tief Luft geholt hatte, um ihre Aufregung in den Griff zu bekommen, vergewisserte sie sich mit einem kurzen Blick zurück ins Schlafzimmer, dass Tim nach wie vor den Tiefschlaf genoss, den der Orgasmus vor knapp einer Stunde ihm jetzt bescherte. Der Gedanke an den gemeinsamen Sex beschämte sie. Als hätte sie selbst sich etwas zu Schulden kommen lassen. Etwas, das ihr als Polizistin nicht passieren dürfte. Sie wusste, dass dies Unsinn war, was ihr schlechtes Gewissen jedoch nicht wirklich davon abhielt, sich tröpfchenweise in ihrem Kopf auszubreiten.

Sie hoffte immer noch, sich zu täuschen, doch die roten Verschmutzungen an den Schuhen sahen exakt so aus wie jene Spuren, die der Tatort heute Vormittag an ihren eigenen zurückgelassen hatte. Leise öffnete sie die Eingangstür, griff nach ihren Sneakern und hielt sie neben Tims Exemplare, sorgfältig darauf achtend, dass sie diese nicht berührte, um mögliche Spuren nicht zu verunreinigen.

Kein Zweifel. Die Sohlen der beiden Schuhpaare hatten den selben Untergrund berührt. Die Übelkeit kam so plötzlich, dass Ellie sich reflexartig die freie Hand vor den Mund hielt. Augenblicklich nahm sie den Geruch seiner

Haare wahr, in die sie sich vor wenigen Stunden noch leidenschaftlich gekrallt hatte. Nie hätte sie gedacht, sich jemals so sehr davor zu ekeln.

Die Erkenntnis, dass sie gerade drauf und dran war, vollkommen unbewaffnet das Gespräch mit einem potentiellen Serienmörder zu suchen, kam Ellie erst, als sie bereits dabei war, Tim äußerst unsanft zu schütteln. Sie konnte nicht anders. Die Stimme, die ihr sagte, dass sie sich nie und nimmer so sehr in ihm täuschen könnte, war lauter als jene, die ihr vorwarf, das Bett mit einem Killer geteilt zu haben und ihr zurief, dass sie sich hier und jetzt in Lebensgefahr befand.

„Tim?" Sein schlaftrunkenes Grunzen ließ Ellie vor Wut noch heftiger an ihm rütteln.

„Tim!"

„Mhm, was denn los?" Er wirkte immer noch höchstens zur Hälfte geistig anwesend, doch Ellie brauchte dringend Antworten auf ihre Fragen. Sie beschloss, nicht direkt mit der Tür ins Haus zu fallen.

„Wo kommt der Dreck an deinen Schuhen im Flur her? Wo warst du damit?"

„Was für Schuhe? Ellie, verdammt was soll der Scheiß? Wovon redest du?"

„Ich glaube, du weißt ganz gut, wovon ich rede. Von deinen Sneakern im Flur und dem rot verfärbten Dreck an ihnen. Wo kommt der her?"

„Sag mal bist du übergeschnappt? Lass uns schlafen. Deine Schuhe können wir morgen putzen oder was auch immer." Genervt drehte er sich von ihr weg und war drauf und dran, sich wieder seinem Schlaf zu widmen.

„Ok, pass auf. Den roten Dreck an deinen Schuhen habe ich heute schon einmal gesehen. Am Fundort einer verstümmelten Frauenleiche. Wie wäre es also, wenn du mir jetzt erklärst, wieso du Spuren von einem Tatort in deinem Flur stehen hast, mhm?"

Schlagartig war er hellwach.

„Jetzt mal langsam. Welche Schuhe?"

„Die Adidas Sneaker im Flur."

„Ich habe keine Adidas Sneaker."

„Und ich habe keine Zeit für den Quatsch. Ich rufe jetzt die Kollegen von der Spurensicherung und du kannst dir nochmal in Ruhe überlegen, wie die Schuhe, die du nicht hast, in deine Wohnung gekommen sind, ok?"

Wütend stand sie auf und bemerkte, dass sie nach wie vor nichts als ihre Unterwäsche trug. Ihr Blick glitt durch den Raum auf der Suche nach ihren Klamotten und ihrem Handy.

„Ellie, warte. Die Schuhe könnten Konstantin gehören."

„Konstantin?"

„Meinem Mitbewohner."

„Deinem Mitbewohner?"

„Ja oder willst du mir sagen, dass dir in all der Zeit nicht aufgefallen ist, dass ich in einer WG wohne? Echt jetzt?"

Erst jetzt fiel es Ellie auf. Die verschlossene Tür am Ende des Flurs. Die unnötig vielen Kosmetikartikel im Bad, der Großteil in doppelter Ausführung. Tims Wunsch, die Abende bei ihr zu verbringen, weil sie dort mehr Ruhe hätten. Sie hatte all das zwar mitbekommen, aber nie darüber nachgedacht. Sie war sich sogar sicher, dass Tim es ihr gleich beim ersten Kennenlernen erzählt haben musste, sie ihm aber aus mangelndem Interesse an seinem Leben nicht zugehört hatte. Sie hatte ihn zu Beginn nur für den Sex gebraucht. Bevor sich ein schwaches Schamgefühl Bahn brechen konnte, lenkte sie ihre Gedanken wieder auf das Wesentliche. Die Vorstellung, dass der Mörder hier direkt vor ihrer Nase auf sie wartete, elektrisierte sie. Hatte er sie so aus-gekundschaftet? Ihren Instagram Account entdeckt? Sie für sein Spiel auserkoren?

„Erzähl mir mehr über ihn. Nein, erzähl mir alles!"

„Puh, so viel gibt es da gar nicht. Er wohnt erst seit acht Monaten hier. Er war ein Freund meiner Schwester."

Für den Bruchteil einer Sekunde schien ein dunkler Schatten über sein Gesicht zu huschen. Im nächsten Moment war er wieder verschwunden.

„Was soll ich sagen? Er schien ganz nett, ruhig, etwas schüchtern. Und naja, ich wollte unbedingt jemand Pflegeleichtes."

„Schon klar. Aber was weißt du denn nun über ihn?"

„Er heißt Konstantin, Konstantin Hirsch, studiert Medizin oder so. Ansonsten weiß ich ehrlich gesagt nicht viel. Ich höre und sehe sehr wenig von ihm. Zwei Mal die Woche hilft er glaube in der Obdachlosenhilfe aus."

„Also hast du eigentlich keine Ahnung, mit wem du hier zusammenwohnst?"

„Naja, so würde ich es jetzt nicht sagen…"

„Egal! Lass uns lieber mal herausfinden, ob der gute Konstantin zu Hause ist."

Ellie hatte sich inzwischen wieder angezogen und bevor Tim auch nur ein Wort erwidern konnte, stand Ellie vor der einzigen verschlossenen Tür in der Wohnung.

„Konstantin? Konstantin bist du da?"

Sie klopfte schwungvoll auf das billiger Holzfurnier der Tür und lauschte gespannt auf mögliche Geräusche dahinter. Nichts rührte sich. Tim war mittlerweile neben sie getreten.

„Meintest du nicht etwas von einem Mordfall? Solltest du da nicht zusätzliche Einsatzkräfte anfordern oder so?"

Er klang nervös. Ohne auf seine Bemerkung einzugehen, klopfte sie ein weiteres Mal - erneut mit ausbleibender Reaktion von der anderen Seite.

Entschlossen griff Ellie nach der Klinke, in der Hoffnung hinter der Tür etwas zu finden, das man unter normalen Umständen nicht finden wollte. Ihre Hoffnung wurde von dem Sperrbolzen zerstört, der beim Abschließen einer Tür in die dafür vorgesehene Öffnung rutschte und seinen Zweck bestens erfüllte: Die Tür war verschlossen.

Frustriert holte Ellie ihr Handy hervor. Bastian nahm so schnell ab, als hätte er auf ihren Anruf gewartet.

„Ellie, ich wollte…"

„Nicht jetzt. Ich brauche einen Fahndungsaufruf für Konstantin Hirsch, Medizin-Student hier aus Berlin. Und außerdem noch einen Durchsuchungsbefehl für seine Wohnung in der Paul-Rebeson-Straße 17. Beides so schnell wie möglich. Und schickt den ED vorbei. Der muss hier ein paar Schuhe sichern. Ich erkläre es dir später ok?" Sie konnte beinahe hören, wie sich ein dickes fettes Fragezeichen in seinem Kopf formte.

„Ja gut okay. Ich kümmere mich. Erkennungsdienst sollte kein Problem sein. Mit einem Durchsuchungsbefehl wird es aber heute Abend nichts mehr. Schon gar nicht ohne Erklärung."

„Probier es bitte einfach. Ich habe einen dringend Tatverdächtigen. Mehr musst du erst einmal nicht wissen."

„Ich bin dran, aber Ellie, da wäre noch etwas."

Sie hatte gerade wenig Lust über andere Dinge als ihre Entdeckung zu reden, weshalb ihr ihre harsche Reaktion fast schon Leid tat. „Was denn?"

„Hast du was mit deinem Instagram Profil gemacht?"

„Ich? Was? Nein, wieso? Müssen wir das denn jetzt besprechen?"

„Naja sieh vielleicht mal kurz nach."

Jetzt hatte er ihre Aufmerksamkeit.

„Ok bleib kurz dran."

Sie öffnete die App und klickte unten rechts auf das Symbol für die Übersicht ihres eigenen Profils.

„Was zur Hölle?"

Wo heute Morgen noch die Zahl 356 zu lesen war, stand jetzt 15.766. Sie hatte innerhalb eines Tages ein halbes Fußballstadion an Followern dazu gewonnen, leider ohne zu wissen, wie und vor allem warum.

41

Einen Traum als solchen zu erkennen, war die eine Sache, ihn aus eigener Kraft heraus zu steuern, eine ganz andere. Manchmal hatte er sich daher gewünscht, Traum und Realität eben nicht unterscheiden zu können. Denn zu wissen, dass etwas zwar nicht real, aber trotzdem unausweichlich war, erschien ihm oft um ein Vielfaches schlimmer als die naive Leere der Unwissenheit. So als würde jemand einem die Augen mit Gewalt aufreißen, obwohl man den Blick dringend von dem Horror, den die Welt einem vor die Füße gekotzt hatte, abwenden wollte.

Er wusste daher sofort, was ihm bevorstand, als er den Raum betrat. Er war oft hier gewesen. Zu oft, auch als es längst keinen Grund mehr gab, herzukommen.

Das Schlimmste an Albträumen war, dass sie sich aus Erinnerungen speisen, aus guten wie aus schlechten und diese zu einem Zerrbild neu zusammensetzen, welches die eigenen schlimmsten Ängste bediente. Wie ein Puzzle, bei dem die einzelnen Teile in ihrer Form zusammenpassten, das sich ergebende Motiv jedoch, Frankensteins Monster gleich, alles Bekannte und Geliebte in entsetzlicher Weise entstellte.

Durch das Fenster fiel ein wenig Licht in das Zimmer und ließ die dicke Staubschicht auf den Möbeln leicht silbern schimmern. Das Bild auf dem Nachtschrank. Die zwei Pokale auf dem Regal daneben. Ihr ganzer Stolz. Der aufgeklappte Laptop, so als hätte sie nur kurz ihren Chat unterbrochen. Er kannte jeden Gegenstand hier, konnte jeden einzelnen mit verbundenen Augen aufzählen.

Langsam machte er einige Schritte in den Raum hinein und plötzlich wusste er, wieso er hier war. Wieso dieser Raum. Ihr Raum. Wieso dieser Tag. Ihr Tag. Er wusste genau was passieren würde und ein kaltes Entsetzen schnürte ihm augenblicklich die Kehle zu. Er wollte nicht weitergehen. Er versuchte, stehen zu bleiben, doch sein Körper gehorchte nicht. Schritt für Schritt näherte er sich dem Bett. Die SFP9, seine Dienstwaffe, in seiner Hand wurde mit jedem Schritt schwerer. Umso mehr er versuchte, die 9mm Pistole fallen zu lassen, desto fester schienen sich seine Finger um den Griff zu legen, den Zeigefinger bereits am Abzug. Langsam setzte er sich auf die Bettkante…

Es war irgendwie immer das Gleiche. Die Leute sprachen hinterher davon, dass es der Person zu viel geworden sei. Dass sie dieses oder jenes nicht länger hatte ertragen können. Dass die Last zu schwer geworden wäre. Niemand dachte je darüber nach, dass ein Selbstmord seinen Ursprung nicht im Zuviel, sondern im Zuwenig hatte. Nichts war schmerzhafter als eine Lücke, die sich nicht mehr schließen ließ. Egal wie sehr man es versuchte, wie viel man auf sich nahm und zu tragen bereit war, die klaffende Wunde, der blanke Schmerz, er blieb. Für immer. Oder eben so lange, wie man ihm und sich selbst zugestand. Für immer war ein recht dehnbarer Begriff, vor allem, wenn man Zugang zu einer Schusswaffe hatte.

Er konnte den Raum nur noch schemenhaft erkennen. Wie Platzregen bei voller Fahrt auf der Autobahn nahmen seine Tränen ihm die klare Sicht. Er wusste trotzdem, auch ohne es zu sehen, was auf den vielen Fotos an der Wand gegenüber zu sehen war, beziehungsweise wer. Zitternd hob er seinen Arm und führte die Waffe Richtung Gesicht, so wie er es damals auch getan hatte, an ihrem Geburtstag, knapp anderthalb Jahre danach. Er fragte sich gerade, ob der Traum ihm dieses Mal die nötige Kraft schenken würde, als eine Stimme die Stille durchbrach: „Papa, nicht!" Wie aus dem Nichts stand Josi neben dem Bett und legte ihm sanft die Hand auf die Schulter. Mit der anderen griff sie vorsichtig nach der Waffe und lockerte seine Finger. Er ließ es geschehen. Sie war hier. Bei ihm. Er war hier. Bei ihr. Für immer.
„Josi, es tut mir leid."
„Ich weiß, Papa, ich weiß." Sie lächelte, in ihrem Blick nichts als liebevolles Verständnis. Er erwiderte ihr Lächeln und wollte gerade nach ihrer Hand greifen, als sie diese ruckartig nach oben riss, sich den Lauf der Pistole in den Mund schob und blutige Hirnmasse über die verstaubten Gegenstände im Raum verteilend, abdrückte.

42

„Bastian, was hat das verdammt nochmal zu bedeuten?"

Er antwortete nicht sofort.

„Bastian?"

„Ja, bin da. Sorry. Die Spurensicherung ist unterwegs. Fahndungsmeldung geht auch gerade raus. Hast du es gesehen?"

„Du meinst die Tatsache, dass ich auf einmal mehr Follower als jeder zweite Berliner Möchtegern-Influencer habe? Ist mir nicht entgangen. Kannst du mir das bitte erklären?"

„Naja, ich habe da zumindest eine Vermutung."

„Ich höre."

„Er versteckt sich."

„Bitte was?"

„Ja. Er hat dir Follower gekauft, um sich in der Masse zu verstecken. So kann er sich in Ruhe ansehen, was du postest, ohne dass wir sein Nutzerprofil allzu schnell herausfiltern können."

„Man kann Follower kaufen? Für jemand anderen?"

„Ja natürlich. Instagram und Co. sind ein riesiger Werbemarkt und Follower und Klicks sind quasi deine Währung. Je mehr Follower, desto höher dein Marktwert. Da war es eine Frage der Zeit, bis fragwürdige Online-Anbieter wie Pilze aus dem Boden schießen, die dir gegen Bezahlung ein Wachstum deines Accounts verschaffen. Nichts leichter als das. Für knapp fünfzig Euro bist du mit zehntausend neuen Followern dabei."

„Und der Schwachsinn funktioniert?"

Sie hörte Bastian am anderen Ende der Leitung lachen.

„Ellie ernsthaft, heutzutage haben bereits 14-jährige Mädchen den Berufswunsch Influencerin. Natürlich zahlen die auch gern Geld für ihren Traum. Was sind denn schon hundert Euro, wenn man sagen kann, dass man zwanzigtausend Follower hat?"

„Wahnsinn. Und unser Täter hat das jetzt gemacht, um nicht aufzufallen, wenn er meine Story schaut?"

„Soweit zumindest meine Vermutung. Er wird dir sicher auch Story-Views gekauft haben. Bei über zehntausend Klicks und Profilen wird es schwer werden, seine digitale Fußspur zu finden."

„Scheiße. Aber es heißt zumindest, dass er gesehen hat, was ich gepostet habe. Er hat angebissen."

„Auch wenn es uns nicht weiterhilft…leider."

„Falls ich recht habe, spielt das eh keine Rolle mehr. Wir müssen diesen Konstantin Hirsch finden und ich brauche den Durchsuchungsbeschluss."

„Wie gesagt, Fahndung ist raus, Beschluss kann dauern."

Sie hasste es, wenn Dinge nicht so liefen, wie sie es wollte, vor allem wenn stumpfe Bürokratie ihrem Eifer im Weg stand. „Mhm, dann bleibt nur Plan B."

„Möchte ich wissen, was Plan B ist?"

„Ich glaube nicht."

Und damit beendete Ellie das Gespräch.

Während ihres Telefonats war Tim neben sie getreten.

„Und?"

Mit dem Zeigefinger auf ihren Lippen gab sie ihm unmissverständlich zu verstehen, dass er die Klappe halten sollte, weil sie noch nicht fertig war. Das Freizeichen in der Leitung trieb ihre Ungeduld nach oben.

‚Wieso dauerte das so lange? Hassler sah doch meist so aus, als würde er die Nacht ohnehin nicht zum Schlafen nutzen.'

Als seine Mailbox ansprang, legte sie genervt auf.

‚Dann halt nicht. Du hättest es eh nicht befürwortet.'

Tim war mittlerweile dabei, sich die Schuhe im Flur anzusehen. Skeptisch beäugte er sie, als wären es zwei notgelandete außerirdische Raumschiffe.

„Hast du einen Schlüssel für seine Zimmertür?"

„Mhm?" Nur widerwillig wandte er den Blick von den Schuhen ab und folgte mit seinen Augen Ellies Daumen, der über ihre Schulter hinweg auf die Tür seines Mitbewohners zeigte.

„Achso. Nein, leider nicht."

„Ok. Du bist mein Zeuge. Wir dachten, wir hätten jemanden wimmern gehört. Da brauchte jemand Hilfe, daher musste ich die Tür aufbrechen, ok?"

Noch bevor sein Gehirn das Gesagte verarbeiten und er protestieren konnte, segelten die ersten Holzsplitter durch die Luft. Ein weiterer Tritt und das Türblatt gab nach, als wäre es aus Pappe.

43

„Muss das sein?"

Genervt blickte Finja aus dem Beifahrerfenster und sah den Grunewald in dunklen Grautönen endlos an sich vorbeiziehen.

„Was ist denn los, Schatz?"

„Ich bin kein kleines Kind mehr, Papa. Und auch kein Schatz."

„Ok verstehe."

Sie wusste, dass sie ihn verletzt hatte. Aus dem Augenwinkel sah sie, wie er stur geradeaus sah und überlegte, ob Schweigen oder Nachfragen die richtige Strategie war, um zu seiner Tochter durchzudringen. Gerade als sie hoffte, er würde sich für die Stille entscheiden und sie in Ruhe lassen, setzte er zu einem weiteren Versuch an.

„Finja, ich spüre doch, dass du was auf dem Herzen hast. Und ich weiß, dass man manchmal über bestimmte Dinge nicht reden möchte. Erst recht nicht mit deinem alten Papa, der eh keine Ahnung hat, aber vielleicht kann ich dir ja doch helfen."

„Schon gut.", ihren Blick weiter auf den matschfarbenen Schleier auf der anderen Seite der Scheibe gerichtet.

„Sicher?"

,Ja. Alles prima. Toll. Super. Ganz wunderbar. Wäre da nicht dieses perverse Arschloch, das Nacktbilder aus

meiner Kindheit besitzt und die Tatsache, dass er nicht das einzige perverse Arschloch sein wird, das die Bilder hat. Danke Internet! Keine Ahnung, wie ich damit umgehen soll. Ist das normal, dass ich mich betrogen fühle? Worum eigentlich und von wem? Ich weiß nur, dass es sich eklig anfühlt. Wie ein Jucken unter der Haut. Man sieht es nicht, aber es ist da. Kratzen hilft nicht. Der Ekel bleibt. Vielleicht auch weil ich gern wüsste, wie die Fotos als Wichsvorlage auf fremden Handys und Computern gelandet sind. Und weißt du was, wenn ich dich ansehe, frage ich mich, ob du darüber Bescheid weißt, oder Mama vielleicht? Ich wünschte, ich könnte es irgendwie leugnen, mir einreden, dass die Fotos nicht echt sind oder nicht mich zeigen. Doch leider sitzt das kleine Mädchen aus der Badewanne jetzt hier im Auto und starrt auf irgendwelche kack Bäume am Straßenrand. Aber ansonsten alles gut, Papa.'

„Ja, Papa."
Ihr genervter Unterton war unüberhörbar. Auch wenn es ihr leid tat, aber sie hatte keine Lust auf weitere Nachfragen. Zumal er ihr sowieso nicht helfen konnte.
„Ok und was spricht gegen die neue Kooperation?"
Vor einer Woche wäre sie noch vor Freude in die Luft gesprungen, wenn ihr Vater ihr mitgeteilt hätte, dass einer der größten deutschen Online-Fashionshops ihr eine Zusammenarbeit angeboten hatte. Hier und jetzt war es ihr vollkommen egal. Nichts konnte sie sich momentan weniger vorstellen, als sich auf Instagram für

ihre Follower in Szene zu setzen. Allein bei dem Gedanken wurde ihr schlecht.

„Weiß nicht. Irgendwie keine Lust."

„Verstehe. Aber du weißt doch, dass wir regelmäßig posten müssen, um Erfolg zu haben."

Sein vorwurfsvoller Tonfall zeigte ihr, dass er rein gar nichts verstand. Schlimmer noch, sie fühlte sich spürbar unter Druck gesetzt. „Wir? Du meinst wohl *ICH*."

„Ja natürlich. Verzeihung"

„Mhm, trotzdem…"

„Bist du dir sicher? Ich weiß nicht, ob wir, ich meine du noch einmal so eine Chance bekommen."

Die Bäume vor dem Fenster veränderten ihre Form, wurden eckig, bekamen Muster, lösten sich in Licht auf. Es dauerte, bis Finjas Verstand realisierte, dass sie Dreieck Funkturm erreicht hatten und der Grunewald dem trostlosen Gelände rund um die Messehallen gewichen war. Plötzlich fühlte sie sich, als wäre ein Teil von ihr zwischen den Bäumen zurückgeblieben. Sie fühlte sich alt. Nicht alt wie etwa Großeltern in ihren immer gleichen Antworten auf die Frage nach ihrer Gesundheit, sondern alt im Sinne von erwachsen. Als hätte die Welt bei voller Fahrt die Beifahrertür geöffnet und ihr das ungefilterte Leben in den Fußraum gekippt. Nun saß sie hier, rutschte in dem teuren Ledersitz hin und her und spürte, wie ihre Ängste und Sorgen bei jedem Spurwechsel des Wagens kniehoch von links nach rechts schwappten. Sie hatte aufgehört, Kind zu sein. Nicht hier. Nicht jetzt. Aber irgendwo und irgendwann auf dem Weg hierher. Ein grauer Tag Anfang April. Sie. Ihr Vater. Eine verstopfte dreispurige Schnellstraße. Ein fremde Stimme im Radio, die von atemberaubenden Küchen irgendwo in Charlottenburg quatschte. Und die Erkenntnis, dass sie mit ihren Problemen allein klarkommen musste, dass niemand sie auf ewig würde beschützen können.

„Oh nein!"

Jäh aus ihren Gedanken gerissen, drang ein schriller Piepton zu ihr hindurch.

„Was ist los?"

„Keine Ahnung. Aber hier leuchtet ein komisches Warnsymbol im Cockpit."

„Was für ein Symbol?"

„Weiß nicht. So eine Kontrollleuchte halt. Sieht aus wie ein kleines Lenkrad und ein Schlüssel."

„Und jetzt?"

Der Warnton hatte sie drei Mal zusammenzucken lassen und war anschließend verstummt.

„Ich fahre erstmal rechts ran. Ich glaube, rote Symbole sind ernst."

„Sehr beruhigend, Papa."

Nervös lenkte er den Wagen auf den Standstreifen, wobei er einen Kleintransporter zur Vollbremsung zwang und sich ein Hupkonzert sowie einen Mittelfinger und einige glücklicherweise durch das geschlossene Fenster nicht zu verstehende Beschimpfungen verdiente, als der Fahrer sie links überholte.

„Schau doch mal bitte ins Handschuhfach. Da müsste irgendwo das Handbuch sein."
„Es gibt Handbücher für Autos?"
Er musste lachen. „Finja, es gibt für fast alles auf dieser Welt ein Handbuch."

,Schade, dann habe ich das für den Umgang mit Kinderpornografie im Internet wohl nur noch nicht gefunden.'

Sie öffnete das Fach und wühlte sich durch den schlecht beleuchteten Inhalt.
„Wow, Papa. Sicher, dass das kein Mülleimer ist?"
Das Fach war randvoll mit Überbleibseln vergangener Fahrten. Zwischen Taschentüchern, einer Packung Kaugummis, einem bis zur Unkenntlichkeit zerdrückten Schokoriegel und einer mit Strass-Steinchen besetzten Sonnenbrille - sie sparte sich die offensichtliche Frage - bekam sie das dicke, in eine Art Etui eingeschlagene Buch zu fassen und zog es mit einem Ruck heraus. Ihre Hoffnung, dass der übrige Inhalt dabei an Ort und Stelle bleiben würde, wurde durch einen Schwung weißer Karten zunichte gemacht, der sich wie Mikadostäbchen über die Fußmatte ergoss.
„Mist."
Sie reichte ihrem Vater das Buch und begann sich mühselig nach den Karten zu bücken, eine Anstrengung für die das Innere des Sportwagens nicht unbedingt gebaut worden war. Ihr Blick fiel auf eine der Karten und mit blankem Entsetzen begriff sie, dass in dem Fach

mehr gelauert hatte als Müll und bedrucktes Papier. Der Albtraum, in dem sie sich seit der anonymen Nachricht auf Instagram befand, hatte sein großes Finale in einem kleinen dunklen Fach hinter einer unscheinbaren Kunststoffklappe für sie bereit gehalten und auf den richtigen Moment gewartet.

„Papa, was ist das?"

Sie hoffte, dass er die Panik in ihrer Stimme nicht hören konnte. Glücklicherweise war er in das Handbuch vertieft, um herauszufinden, ob die rote Kontrollleuchte seinen achtzigtausend Euro teuren Sportwagen in Lebensgefahr brachte oder nicht.

„Bitte?", die Stirn in Falten blickte er zu ihr herüber. „Ach das. Das sind meine alten Visitenkarten. Die können weg."

Finja hatte die Grafik sofort wiedererkannt. Eine kleine Bergsilhouette, die linke Flanke der steil nach oben ansteigende Graph eines Diagramms. So ergab auch der karierte Hintergrund Sinn.

Darunter schwarz auf weiß: *Gregor Berger*, der Name ihres Vaters, des Mannes, der neben ihr hektisch in seinem Handbuch blätterte und nicht merkte, wie für seine Tochter lautlos eine Welt zerbrach.

44

Eigentlich hatte sie geglaubt, dass sie nach all den Jahren als Polizistin nichts mehr aus der Fassung bringen würde. Selten hatte sie sich so sehr getäuscht.

Nachdem die Tür geräuschvoll aufgeschwungen war, brauchten ihre Augen einen Moment um sich an die Dunkelheit dahinter zu gewöhnen. Womöglich war es aber auch ihr Gehirn, das sich weigerte das Gesehene umgehend zu verarbeiten. Die einzige Lichtquelle im Raum war ein großer Bildschirm an der hinteren Wand. Ellie konnte leider nicht erkennen, was darauf zu sehen war, da die Rückenlehne eines überdimensional wirkenden Stuhls den Screen nahezu vollständig verdeckte. Sie brauchte nicht erst zu sehen, wie sich der Stuhl kaum merkbar bewegte, um zu wissen, dass sie nicht alleine waren.

„Konstantin Hirsch?"

Ihre Stimme wurde vom Raum geschluckt. Irgendetwas stimmte hier nicht. Den Lauf ihrer Dienstwaffe auf die Rückseite des Stuhls gerichtet, scannte sie den übrigen Raum aus den Augenwinkeln heraus. War dies wirklich das Zimmer eines Serienmörders? Sie trat einen weiteren Schritt vorwärts und sah den Ansatz eines Hinterkopfes knapp über die Stuhllehne hinausragen. Irgendjemand saß dort und schien sich von ihrer Anwesenheit nicht beeindrucken zu lassen.

„Konstantin Hirsch. Kriminalpolizei Berlin. Bitte nehmen Sie Ihre Hände über den Kopf und stehen sie langsam auf."

Sie gab ihm einige Sekunden Zeit, ohne dass etwas passierte.

„Letzte Warnung. Ich habe meine Waffe auf Sie gerichtet. Heben Sie die Hände und stehen Sie auf. Sofort!"

Sie machte einen weiteren Schritt.

Vielleicht war es auch nur ein halber, doch er reichte, um über die Lehne hinweg einen Blick auf den hell erleuchteten Bildschirm zu erhaschen. Gefühlt verging eine halbe Ewigkeit bis Ellie begriff, was sie dort sah und gerade als ihr Verstand die flimmernden Pixel zu einer unverhohlen bedrohlichen Botschaft zusammensetzte, stürzten die Eindrücke ihrer Umgebung auf sie ein, als hätte Ellie nur darauf gewartet, dass der Vorhang sich hob und den Blick auf das Offensichtliche preisgab. Auf einmal war da dieser Geruch, der über dem ganzen Raum lag, ohne zu dessen Einrichtung zu passen. Ein kaum wahrnehmbarer, aber strenger, leicht süßlicher Geruch, der hier nicht herzugehören schien. Sie kannte diesen Geruch.

Im Fernsehen sahen polizeiliche Observationen immer total spannend aus. Man sitzt in einem Auto, ernährt sich von Fast Food und plaudert mit seinem Partner bis der Verdächtige sich zeitnah blicken lässt. Als sie die Treppe zur Wohnung ihrer Mutter hochstieg und an die vergangenen sechsunddreißig Stunden erfolglosen

Wartens in einem stickigen Kleinwagen dachte, schien ihr nichts davon filmreif. Im Gegenteil. Ihr aktueller Zustand reichte maximal für einen schlechten Horrorfilm. Sie fühlte sich beschissen, nicht nur körperlich, sondern vor allem mental, da die letzten zwei Tage verschwendete Zeit gewesen waren und ihren Ermittlungen rein gar nichts gebracht hatten. Sie brauchte eine anständige Mahlzeit und jemanden, bei dem sie sich auskotzen konnte. Für beides war ihre Mutter die perfekte Anlaufstelle.

Das Geräusch der Klingel hallte durch den langen Flur hinter der verschlossenen Wohnungstür. Bereits zum zweiten Mal hatte ihr Finger den Knopf neben dem alten goldenen Klingelschild gedrückt, auf dem immer noch in verblichenen Buchstaben „Familie Seidel" zu lesen war.

‚War sie unterwegs?'

Unruhig fingerte Ellie ihren Schlüsselbund aus der Jackentasche hervor, an dem sich für Notfälle auch ein Schlüssel zur Wohnung ihrer Mutter befand.

‚Dann mache ich mir halt selbst etwas zu essen und warte', dachte sie, als sie die Tür öffnete und in den Flur treten wollte. Der Geruch, der ihr unerwartet entgegen schlug, machte allerdings jeglichen Gedanken an etwas zu essen unmöglich. Ohne zu wissen, woher dieser kam, wusste sie, dass sie ihn nie wieder vergessen würde.

In diesem Moment sah sie die dunkle Pfütze unterhalb des Stuhls und wusste endgültig, was sie erwarten würde. Obwohl ihr klar war, dass dies hier soeben zu einem Tatort geworden war, griff sie wie hypnotisiert nach der Lehne und drehte den Stuhl mit einem Schwung herum. Mit letzter Kraft konnte sie ihren Magen daran hindern, sich nach außen zu stülpen. Den Geräuschen nach, die Tim im Türrahmen von sich gab, führte er einen ähnlichen Kampf. Sein Mitbewohner jedenfalls schien die ganze Zeit zu Hause gewesen zu sein. Von dem jungen Mann aber, der Ellie auf dem Foto auf dem Schreibtisch entgegen lächelte, war nicht mehr viel übrig.

45

,*Das arme Schwein*', schoss es Ellie durch den Kopf, als sie ihn dort sitzen sah, wie er seine Tasse Tee umklammerte und mit leerem Blick in den langsam aufsteigenden Dampf starrte. Tim war nach wie vor so kreidebleich, dass sich sein Gesicht kaum von der Wand hinter ihm abhob. Er tat ihr leid. Was er eben unfreiwillig gesehen hatte, war auch für sie nur schwer zu verdauen. Sie hatte das Ausmaß an Gewalt, mit welchem ihr erster Fall sie konfrontierte, nicht erwartet. Vielleicht hatte sie auch einfach unterschätzt, wozu Menschen in der Lage sein konnten, wenn sie alles Menschliche hinter sich ließen. Konstantin Hirsch war in dem Zimmer, durch dessen eingetretene Tür inzwischen unzählige Beamte und Techniker ein und ausgingen, als wäre die Leiche darin nicht der Rede wert, nicht einfach getötet wurden - er wurde vernichtet.

„Da hat jemand seinen Mund aber ganz schön voll genommen, was?"

Sie hatte nicht gemerkt, dass Ed neben sie getreten war. Für einen Moment dachte sie schon, er würde von ihr sprechen. Kurz bevor sie zu einem Wutanfall ansetzen konnte, zuckte der Anblick der Leiche noch einmal vor ihrem inneren Auge auf und sie schluckte die Worte zunächst wieder herunter. Sie wusste, worauf er anspielte. Nur dass es seine Aussage nicht weniger unpassend machte.

„Hat Ihnen schon mal jemand gesagt, dass Sie ein empathieloses Arschloch sind, Niedermeier?"

Eine Sekunde lang schien er tatsächlich gekränkt, dann blitzte Belustigung in seinen Augen auf.

„Aber ein lustiges, oder?"

Ellie ersparte sich eine Antwort.

„Haben Sie etwas für mich oder nicht? Dass dem Opfer Augen und Ohren fehlen und der Mund zugenäht wurde, habe ich selber erkennen können. Danke."

„Wenn Sie mich fragen, fehlt da nichts, es ist nur nichts mehr an der Stelle, wo es hingehört."

„Bitte was?"

„Ich habe mir die Würgemale am Hals angesehen - nur falls Sie die vermutliche Todesursache interessiert - und dabei ist mir etwas aufgefallen. Ich würde meine linke Arschbacke darauf verwetten, dass der alte Papen etwas in der Mundhöhle der Leiche finden wird."

Er unterbrach seine Ausführungen für eine dramatische Pause. „Jetzt wollen Sie doch sicher wissen, was mit der rechten Arschbacke ist, oder?"

„Nicht wirklich, nein."

Ungebremst fuhr er fort: „Die verwette ich darauf, dass dem Opfer Augäpfel und Ohren vor dem Zunähen in den Mund gestopft wurden. Der Thorax scheint unverletzt. Das Blut an den Lippen kam also nicht aus dem Mund. Ich glaube die Spuren sind entstanden, als etwas in den Mund hineingelangte. Blutige Körperteile zum Beispiel."

Sein triumphierender Blick war als Schlussakt seines kleinen Theaters kaum zu ertragen.

„Na gut. Ich spiele Ihr Spiel mit. Nehmen wir mal an, Sie haben recht, wozu das Ganze?"

„Keine Ahnung. Das ist dann wohl Ihre Aufgabe. Sie sind die Kommissarin. Ich bin nur ein Mann der Wissenschaft. Ich liefere Ihnen gern die Puzzleteile, aber puzzeln müssen Sie schon selbst."

Leider hatte er nicht ganz Unrecht. Dumm nur, dass es sich gerade so anfühlte, als hätte jemand eine ganze Kiste an Teilen über sie ausgekippt. Und keines davon schien zusammenzupassen.

Nur eines konnte Ellie mit Gewissheit sagen, seit dem Moment, als sie den Bildschirm im Zimmer des Opfers gesehen hatte: Dies hier war sein Werk, obwohl nichts hier an sein bisheriges Vorgehen erinnerte und kein Zusammenhang außer ein paar dreckiger Schuhe erkennbar war. Die Tatsache, dass auf einem Bildschirm, vor dem eine weitere verstümmelte Leiche darauf wartete, gefunden zu werden, ihr eigenes Instagram Profil im Browser geöffnet war, schien eine freundliche Erinnerung daran zu sein, dass sie in den Plänen des Mörders eine wichtige Rolle spielte - ob sie wollte oder nicht.

Sie konnte sehen wie Hassler sich mit mürrischem Gesichtsausdruck einen Weg zu Tim hinüber bahnte, der nach wie vor schweigend am Küchentisch saß und inmitten des hektischen Treibens völlig deplatziert wirkte. Zügig ging sie dazwischen.

„Herr Kollege, alle Fragen, die sie an den Zeugen haben, können Sie auch mir stellen."

„Achso?", seine hochgezogenen Augenbrauen täuschten nur mäßig so etwas wie Überraschung vor. Sie war sich sicher, dass er bestens Bescheid wusste. „In welcher Beziehung stehen Sie denn zueinander?"

„In keiner, die für unseren Fall relevant ist."

„Schön, dass Sie das so sehen, aber vielleicht darf ich mir ja auch ein Urteil erlauben? Ich möchte nämlich nicht, dass unser Fall durch ihre kleinen Geheimnisse sabotiert wird."

„Wird er nicht. Können wir uns dann jetzt auf die Fakten konzentrieren?"

„Ist Ihnen das Ganze hier etwa peinlich, Frau Kollegin?" In seinem Gesichtsausdruck lag etwas Herausforderndes und obwohl Ellie eigentlich viel zu erschöpft für solche sinnlosen Diskussionen war, ließ sie sich nur zu leicht provozieren.

„Ok, was wollen Sie hören, Hasselberger? Dass wir miteinander ficken? Ja, tun wir, ziemlich gut sogar. Die genauen Details überlasse ich Ihrer Fantasie. Bei dem Kindergarten, den Sie hier gerade aufführen, ist diese garantiert recht lebhaft."

Ihr Blick glitt an Hasslers überraschter Miene vorbei und traf Tim, der sie fassungslos anstarrte. Im Gegensatz zu ihr schien ihm die Situation sichtbar unangenehm.

Hasselberger hatte seine Fassung wiedererlangt.

„Ich denke, eine offizielle Befragung morgen auf dem Revier wäre trotzdem angebracht. Gern unter Ihrer

Anwesenheit, Seidel. Wäre das in Ordnung, Herr...?" Er sah Tim fragend an.

„Reschke."

Ellie lächelte ihm aufmunternd zu. Zumindest hoffte sie, dass ihr Gesicht nach all den Ereignissen dieser Nacht noch zu einem erkennbaren Lächeln im Stande war.

Ihr war auf einmal etwas eingefallen. Sie wandte sich ab und zwängte sich an der Bahre vorbei, auf welche gerade der dunkelblaue Leichensack gehievt worden war.

,Die Müllabfuhr des Todes.'

Irgendwie kam es ihr schon immer falsch vor, dass man Tote für den Transport in so einen Sack steckte, um anschließend wie ein Gepäckstück in den Kofferraum eines schwarzen Wagens geschoben zu werden. Als wäre man mit dem Tod automatisch zu einem Gegenstand geworden.

,Sorry, kein Puls, kein Beifahrersitz, Freundchen.'

Während ihr die Absurdität ihrer Gedankengänge bewusst wurde, hörte sie einen der Männer, welche die Bahre nach draußen schoben, schimpfen: „Was für eine kranke Scheiße, man!" Sie wusste instinktiv, dass er von den Verstümmelungen im Gesicht des Opfers sprach und plötzlich schien ihr das Konzept des Leichensacks gar nicht mehr so unangebracht.

Ed packte gerade sein Equipment zusammen. Das Licht im Raum war eingeschaltet. Der Stuhl leer. Der PC-Bildschirm ausgeschaltet. Ein Berg Klamotten neben einem kleinen Gewächshaus am Fenster. Medizinische

Sachbücher auf einem Nachtschrank gestapelt. Wären die überdimensionale Blutlache und die kleinen gelben durchnummerierten Markierungen nicht gewesen, nichts hätte in diesem klassischen Studentenzimmer auf einen Tatort hingedeutet.

„Kann man nachvollziehen, wie lange jemand sich bereits auf einer Website aufhält?"

Neugierig blickte er sie an. Er hatte sofort verstanden: „Sie wollen so herausfinden, wann der Täter das Ganze hier inszeniert hat? Clever!"

„Danke. Und?"

„Sofern die Betreiber der Website die Verweildauer ihrer Besucher nicht durch ein Analysetool tracken, wird das schwierig. Ich meine mich aber zu erinnern, dass eine Instagram Seite offen war, als wir kamen oder?" Seine vorgetäuschte Unwissenheit war viel zu offensichtlich. Sie hatte keine Lust auf die Richtung, in die er das Gespräch lenken wollte.

„Schade. Dann müssen wir auf den Autopsiebericht warten. Trotzdem danke, Niedermeier."

„Für sie immer noch gern Ed."

Ohne darauf einzugehen, zog sie ihr Handy hervor. Da sie jegliches Zeitgefühl verloren hatte, seit sie neben Tim aufgewacht war, wollte sie nachsehen, wie spät es war. Als das Display auf einen seitlichen Knopfdruck hin aufleuchtete, hielt es zwei Informationen bereit.

Die Uhrzeit: 3:47Uhr.

Darunter eine Mitteilung von Instagram: Ein neuer Kommentar unter einem ihrer Bilder. Ellie brauchte einen Augenblick, um zu begreifen, dass etwas daran seltsam war. Wie in Trance blickte sie auf die drei Emojis, aus denen der Kommentar bestand.

Drei kleine Symbole. Lustige kleine Affen, die sich jeweils die Augen, den Mund und die Ohren zuhielten.

Nichts sehen.

Nichts sagen.

Nichts hören.

Und auf eimal begann sie, zu verstehen…

46

Er hatte sie damals ausgelacht, als er das Pflaster auf der Linse ihrer Webcam gesehen hatte. Das Monstrum von Laptop nahm die Hälfte ihres kleinen Schreibtischs in ihrem winzigen Einzimmer-Apartment ein. Der Rest des Tischs war unter Papierstapeln und unzähligen Notizen begraben. Es war das erste Mal, dass er bei ihr zu Hause gewesen war. Nie hätte er gedacht, dass unzählige weitere Male folgen würden. Heute, sechs Jahre und ein gemeinsames Leben später, schämte er sich für sein überhebliches Verhalten damals. Er erinnerte sich noch genau an ihren Gesichtsausdruck, die Verlegenheit in ihrem Blick und die Unsicherheit in ihrer Stimme, als sie ihm erklärte, dass sie gehört habe, wie leicht man so eine Kamera hacken könne.

„Ich finde es gruselig, wenn ich daran denke, dass mich da jemand beobachtet." Beinahe entschuldigend, die Augen von ihm abgewandt, sprach sie mehr zu sich als zu ihm, so als müsse sie sich selbst davon überzeugen, dass sie keinen Unsinn erzählte.

Heute wusste er, dass sie recht gehabt hatte. Dass man sehr wohl aus der Ferne auf eine Webcam zugreifen kann. Alles was es brauchte, war ein einfacher unvorsichtiger Klick des Besitzers. Doof nur, wenn dieser nicht mehr in der Lage war, seine Hand zu bewegen, geschweige denn, irgendetwas anzuklicken.

‚Alles musste man selber machen', ging es ihm durch den Kopf als er sorgfältig kontrollierte, ob bei dem kleinen chirurgischen Eingriff eventuell seine Gummihandschuhe beschädigt worden waren. Erst als er sich vergewissert hatte, dass er keine ungewollte Signatur aus feinen dunkelroten Linien auf ihr hinterlassen würde, griff er zur Computermaus. Mit wenigen Klicks hatte er, was er wollte. Auf den ersten Blick war das kleine Lämpchen oberhalb des Displays kaum zu sehen. Zufrieden betrachtete er noch einmal seine Arbeit. Die Unruhe, welche ihn im Park kurzzeitig gelähmt hatte, war mit jedem Schnitt der Euphorie gewichen. Und mit jedem Stich der Nadel war aus einer primitiven Improvisation ein kleines Meisterwerk geworden. Nicht dass er an so etwas wie Schicksal glaubte, aber die Gelegenheit, die ihm hier heute Nacht in den Schoß gefallen war, konnte kein Zufall sein. Zufälle gab es nicht. Was andere als Zufall betrachteten, war für ihn das Ergebnis des eigenen Handelns. Nicht mehr und nicht weniger. Wenn von diesem Kerl hier also nur noch eine blutverschmierte Fratze übrig war, dann hatte dieser sich das wohl oder übel selbst zuzuschreiben. In welcher Form auch immer. Des einen Freud des anderen Leid.

Ihm konnte es egal sein. Ihn interessierte nur die eine Frage: Wann würde sie seine Botschaft finden?

Er durfte den Moment auf keinen Fall verpassen. Nur aus diesem Grund hatte er soeben die heimliche Live-Verbindung zu einer Leiche hergestellt. Er konnte ihren Auftritt kaum erwarten…

47

....

‚Nicht schon wieder.'
Vorsichtig scannte Ellie den Raum und beobachtete die wenigen Personen, die noch mit Aufräumarbeiten beschäftigt waren.
‚Bist du hier? Warst du Stück Scheiße die ganze Zeit direkt vor meiner Nase?'
So sehr sie sich bemühte, sie sah niemanden, der sich auch nur ansatzweise komisch verhielt. Alles schien normal. So normal zumindest, wie es an einem Ort sein konnte, an dem bis vor wenigen Minuten noch eine bis zur Unkenntlichkeit zerschundene Männerleiche vor einem Computerbildschirm auf sie gewartet hatte.
„Glauben Sie, es ist unser Mann?"
Scheinbar hatte Hassler endlich von Tim abgelassen. Der Geruch von kaltem Nikotin verriet ihr, dass er direkt hinter ihr stand. Nur widerwillig unterbrach sie ihre Gedanken. Das Gefühl, beobachtet zu werden, ließ sich trotzdem nicht abschütteln. Wie nasse Kleidung schien es an ihr zu kleben.
„Zweifeln Sie etwa daran?"
„Nun, das Ganze hier ist zweifellos seine Handschrift, aber irgendwie passt es nicht."
„Was passt nicht?"
„Es ist nur so eine Art Gefühl. Es wirkt, es wirkt...", händeringend suchte er nach den richtigen Worten. „Es

wirkt nicht authentisch. Wissen Sie, was ich meine?"

Ellie wusste sehr wohl worauf er hinaus wollte, konnte seine Schwierigkeiten, es in Worte zu fassen, allerdings nachvollziehen. Ihr ging es ähnlich. „Ja, es ist die selbe Handschrift, aber eine andere Geschichte und ich erkenne die Zusammenhänge einfach nicht."

„Nun, der Umstand, dass Sie ein Zimmer weiter die Nacht mit Ihrem Liebhaber verbracht haben, würde ich schon irgendwie einen Zusammenhang nennen oder?"

Zum Glück wandte sie ihm nach wie vor den Rücken zu. So entging ihr sein spöttisches Grinsen. Allerdings hatte er wohl oder übel recht. Sie selbst war die Verbindung. Und die blanke Tatsache, dass der Mörder scheinbar alles über sie wusste, sie jedoch so gut wie nichts über ihn, ließ sie immer stärker an ihrer eigentlichen Rolle in dem Fall zweifeln. Nur würde sie dies Hassler gegenüber niemals eingestehen. Zumindest nicht hier und jetzt. Vermutlich niemals. So standen sie beide dort und blickten schweigend auf den Ort, an dem ein weiteres Menschenleben ausgelöscht worden war. Scheinbar unfähig, sich zu rühren. Ein Sinnbild ihrer bisherigen Ermittlungen. Während sie auf der Stelle traten, stapelten sich bei Papen allmählich die Leichen.

„Er möchte seine Macht demonstrieren. Er spielt mit uns. Ich glaube, das hier hat nichts mit seinen bisherigen Opfern zu tun. Das hier ist etwas Persönliches. Es ist für mich."

„Auch wenn ich mir sicher bin, dass sie sich vor Verehrern kaum retten können und einer davon immer noch wie versteinert in der Küche sitzt, nehmen Sie sich da nicht ein wenig zu wichtig? Nichts für ungut, aber was, wenn es nur ein dummer Zufall ist?"

Wortlos reichte sie ihm ihr Handy, auf dessen Display nach wie vor das Bild mit dem neuen Kommentar zu sehen war.

„Ok, das sind Sie auf einer Brücke. Glienicker Brücke in Potsdam oder? Und?"

Genervt zeigte sie mit dem Finger auf den Kommentar unter dem Bild, doch er schien es immer noch nicht zu begreifen. Dann, ganz langsam, veränderte sich sein Gesichtsausdruck. Sein gequälter Blick als er den Kopf hob und ihr in die Augen sah, verriet ihr, dass auch er die Nachricht verstanden hatte. Besorgt tat er dasselbe, wie sie wenige Minuten zuvor und sah sich langsam im Raum um.

„Wie zur Hölle?"

Das erste Mal seit sie ihn kennengelernt hatte, schien er wirklich verunsichert - in seiner stoisch-unbeeindruckten Art erschüttert. Hassler so zu sehen, war ungewohnt. Und es war ein verdammt schlechtes Zeichen. Ein bitterer Beweis dafür, dass sie völlig im Dunkeln tappten. Und das bisschen Licht, dem sie - wenn es denn einmal kurz aufblitzte - immer wieder nachjagten, schien der Täter nur auszusenden, um sie zu verhöhnen.

„Wenn ich das nur wüsste…"

48

,Na los, raus mit der Sprache. Du kannst mir vertrauen.'
Konnte sie das? Würde sie je wieder jemandem vertrauen können? Seit einer Woche ging sie ihrem Vater, eigentlich sogar auch ihrer Mutter aus dem Weg. Sie hatte Angst, dass es sonst aus ihr herausbrechen würde und wenn es erst einmal ausgesprochen war, würde es endgültig eine Gestalt annehmen. Das Geheimnis, welches sie am liebsten nie erfahren hätte. Die Wahrheit, welche eine niemals endende Lüge gerechtfertigt hätte. Der Verrat, der eine Wunde gerissen hatte, die nie wieder verheilen würde. So sehr sie es ihrem Vater ins Gesicht schreien wollte, so wenig wollte sie, dass all das wie eine Abrissbirne durch ihr Leben fegte und alles in Stücke riss. Niemals. Lieber schluckte sie es herunter, selbst wenn sie daran vielleicht ersticken würde.
Finja steckte ihr Handy in die Jackentasche und griff nach ihrem Rucksack. So schnell wie möglich versuchte sie den Weg zur Haustür hinter sich zu bringen.
„Soll ich dich nicht zur Schule fahren?"
Verdammt. Offenbar war sie nicht schnell genug gewesen. Ihr Vater hatte seinen Kopf aus der Küchentür gesteckt und sah ihr fragend hinterher. Ohne ihn anzusehen, öffnete sie die Tür.
„Nein nicht nötig. Ich nehme wieder den Bus."

Draußen sog sie die frische Luft ein und versuchte, die ersten warmen Sonnenstrahlen auf ihrer Haut zu genießen. Ohne Erfolg. Die Kälte, die sie seit mehreren Tagen umgab, ließ sich nicht abschütteln. Mit kalten Fingern zog sie den Reißverschluss ihrer Jacke hoch und tastete nach ihrem Handy. Noch immer war ihr aktueller Instagram Chat geöffnet. Er war so etwas wie ein kleiner Lichtblick.

‚ebytemym‘

Sie hatte immer noch keine Ahnung , wie man seinen Usernamen richtig aussprechen sollte, aber seit sie vor drei Tagen angefangen hatten, zu schreiben, ging es ihr ein wenig besser. Er war lustig und schaffte es, sie abzulenken. Der Chat war aktuell ihre einzige Zuflucht. Ihr Safespace. Etwas, das sie Zuhause nicht mehr hatte.

Sie wünschte nur, er hätte diese eine Frage nicht gestellt. Von all den Dingen, über die er mit ihr hätte reden können, musste es ausgerechnet dieses sein. Natürlich war er Fotograf. Scheinbar zog sie das Thema Fotos magisch an. Natürlich wollte er ein Shooting mit ihr machen. Klar. Wie hatte sie auch glauben können, dass das Schicksal es einfach mal dabei beließe und ihr erlaubte, sich mit einem einfachen netten Online-Chat abzulenken. Allein der Gedanke zog den Knoten, der sich seit Tagen um ihre Magengegend gelegt hatte, ein wenig enger. Andererseits hatte sie große Lust, ihn kennenzulernen. Würde er es verstehen, wenn sie ablehnte? Oder würde er sauer sein? Was, wenn er deshalb den Kontakt abbrach, sie einfach ghostete? Wollte sie das wirklich aufs Spiel setzen? Was sollte schon passieren? Es waren ja nur ein paar Fotos oder?

„Na watn jetze? Kommste rin oder nich?"

Finja hatte gar nicht bemerkt, dass der Bus gehalten hatte, geschweige denn, dass der Fahrer sie seit geraumer Zeit genervt durch die geöffnete Tür anstarrte. Hastig stieg sie ein und murmelte so etwas wie eine Entschuldigung. Der Bus war ungewöhnlich leer. Normalerweise platzte der 118er um diese Uhrzeit aus allen Nähten. Schulkinder drängelten sich dicht an dicht und der Weg durch den Bus glich einem Hindernislauf über Ranzen, Taschen und seit einiger Zeit diese lästigen Klapproller. Heute jedoch nicht. Auf Grund des schönen Wetters waren viele bereits aufs Rad umgestiegen.

Erschöpft lehnte Finja ihren Kopf an die Scheibe und ließ ihren Blick ziellos nach draußen gleiten. Er blieb am blau leuchtenden Schild der U-Bahn Station ‚Krumme Lanke' hängen und ohne es zu wollen, musste sie schmunzeln. Als sie noch klein war, hatte sie ihren Vater einmal gefragt, wieso eine krumme Lampe denn extra ein Straßenschild bräuchte, woraufhin ihr Vater sie am nächsten Tag zum gleichnamigen See mitgenommen hatte, um ihr zu zeigen, dass Lanke ein alter Begriff für Gewässer war und nicht etwa eine Lampe.

So schnell wie die Erinnerung ihr ein Lächeln ins Gesicht gezaubert hatte, wischte der Schmerz es ihr wieder weg. Jeder Gedanke an ihren Vater schien wie vergiftet.

‚Ach scheiß drauf!'

Sie hatte in letzter Zeit genug verloren. Sie würde sich

wegen ihrer kindischen Sorgen nicht auch noch den letzten Funken Freude wegnehmen lassen. Wie von einer Last befreit, flogen ihre Finger über das Display:

‚Hey sorry, hatte Stress in der Schule. Und na klar habe ich Bock auf ein Shooting. Sag mir wann und wo und ich bin am Start. Freu mich voll.‘

Auch wenn sich der letzte Satz wie eine Lüge anfühlte, durchströmte sie die Erleichterung, aber da war noch etwas. Nervosität. Würde er so sein, wie sie ihn sich vorstellte? Konnte er ihr den Halt geben, den sie suchte? Was, wenn sie seine Erwartungen nicht erfüllen konnte?

Während draußen die Villen Zehlendorfs in all ihrer Erhabenheit und Ruhe vorbeizogen, rutschte Finja auf der anderen Seite der Scheibe unruhig auf dem kratzigen Polster ihres Sitzes hin und her. Sie versuchte so gut es ging die Was-wäre-wenn-Szenarien aus ihrem Kopf zu verbannen, als im Instagram Chat in kleinen kursiven Buchstaben das Wort *Schreibt…*‘ erschien. Er hatte ihre Nachricht gelesen und tippte eine Antwort. Jeden Augenblick würde sie erfahren, wann sie ihn endlich treffen würde.

49

„Sicher, dass du dafür schon bereit bist? Wir können das auch in ein paar Tagen machen. Es ist ja eine reine Formalie."

Tim wirkte von den Erlebnissen der Nacht immer noch sichtlich angeschlagen. So erklärte sie sich zumindest seine abweisende Art.

„Nein, schon gut. Ich will das jetzt hinter mich bringen." Er holte kurz Luft, bevor er sich umdrehte und die Härte seines Blickes sie völlig unvorbereitet traf.

„Und dann hätte ich gern mein Leben zurück. Eine Wohnung, keinen Tatort. Meine Ruhe, keine Verhöre. Und eine belanglose Affäre und vielleicht keine Türen eintretende Kommissarin im Bett."

Das Wort ‚belanglos' versetzte Ellie einen spürbaren Stich. Sofort begann es, in ihr zu brodeln.

„Gibst du mir die Schuld für all das? Ich meine, du hast dir doch jemanden in die Wohnung geholt, den du kaum kanntest und dann nicht mal gemerkt, dass er schon ne ganze Weile lang tot war. Vielleicht solltest du also lieber mal deine Menschenkenntnis hinterfragen, wenn dein Mitbewohner und deine BELANGLOSE Affäre in einen Mordfall verwickelt sind. Das spricht nicht unbedingt für dich oder?"

Sie wusste, dass sie hier gerade unfair wurde, konnte ihre Wut über die ganze beschissene Situation jedoch nicht zurückhalten. Zudem gab sein Verhalten ihr den perfekten Nährboden, um Dampf abzulassen.

„Lass gut sein. Ich brauche ganz bestimmt nicht noch mehr Tod und Chaos in meinem Leben, Ellie. Davon hatte ich bereits mehr als genug. Danke. Wenn der mürrische, alte, nach Aschenbecher riechende Cop mit seinen Fragen durch ist, sind auch wir beide fertig miteinander."

Irgendetwas stimmte nicht. Sie hatte ihn noch nie so abfällig erlebt. Im Gegenteil, sein unvoreingenommener Blick aufs Leben war eines der Dinge, die sie stets an ihm bewundert hatte. Die Worte kamen zwar aus seinem Mund, aber klangen nicht nach ihm.

„Ernsthaft jetzt? Tod und Chaos? In DEINEM Leben? Dank mir? Bin ich ein verfickter apokalyptischer Reiter oder was? Spoiler-Alarm, Tim, aber scheinbar wird es Zeit, dass es dir jemand sagt. Die Welt um dich herum ist nicht das beschissene Disneyland. Und nein, am Ende eines Regenbogens wartet auch kein Topf voller Gold. Im Gegenteil: vermutlich wartet dort nur ein Kobold, um dich auszurauben oder abzustechen. Ich kann weder Tod noch Chaos in dein Leben gebracht haben, denn das Leben IST Tod und Chaos. Und wenn du glaubst, dass…"

„Ähm ich möchte diese kleine Wutrede wahrlich nur ungern unterbrechen, aber der Aschenbecher wäre dann so weit."

An Tims erschrockenem Gesicht konnte Ellie erkennen, dass auch er nicht mitbekommen hatte, wie Hassler an sie herangetreten war und scheinbar mehr von ihrem

Gespräch mitbekommen hatte, als ihnen beiden lieb war. Schnell überspielte sie ihre Verlegenheit.

„Nach Ihnen, Herr Kollege."

,*Er riecht wirklich wie ein Aschenbecher*' ging es ihr durch den Kopf, als er sich an ihr vorbeischob. Sie schloss die Tür und sah, wie Tim sich auf den Stuhl fallen ließ, als wäre dieser alles, was ihn noch davon abhalten konnte, in sich zusammenzufallen. Erst jetzt begriff sie, dass sein Verhalten ihr gegenüber wenige Augenblicke zuvor nichts anderes war, als der Versuch, seine Angst zu verstecken.

,*Wusste er vielleicht doch mehr? Hatte sie sich in ihm getäuscht?*'

„Nun, Herr Reschke, dann wollen wir mal."

50

Mit jeder Treppenstufe ließ der Druck nach, wurde die besorgte Stimme in ihrem Kopf leiser, wie bei einer alten Fassade, von welcher der Putz bröckelte, löste sich die Anspannung durch die Erschütterung ihrer Schritte auf dem Weg nach oben zu ihrem Büro. Was sie in den letzten fünfundzwanzig Minuten gesehen hatte, ließ sie mit zwei Erkenntnissen zurück. Zum einen war sie sich jetzt sicher, dass Tim nichts mit den Morden zu tun hatte und zum anderen wusste sie, dass sie ihn nie wieder sehen würde.

„Was für eine Enttäuschung!"

„Was genau meinen Sie?" Ellie spürte, dass er ihre Einschätzung teilte, spielte allerdings die Unwissende, um es noch einmal aus seinem Mund zu hören. Als eine Antwort ausblieb, sah sie zu ihm herüber und erkannte, dass seine Teerlunge ihn zwang, sich aufs Atmen zu konzentrieren und er ihr frühestens am Treppenabsatz antworten würde. Sie wusste nicht, ob sie Mitleid oder Abscheu empfinden sollte, jedoch war es nicht das erste Mal, dass sie sich wunderte, wieso die Diensttauglichkeit nach Eintritt in den Polizeidienst nie wieder in Frage gestellt wurde. Hassler war körperlich ein Wrack. Immerhin war sein Verstand schneller als der, der meisten jüngeren Kollegen. Oben angekommen, drehte er sich mit der Hand auf der Türklinke zu ihr um, in seinen Augen ein Hauch von Belustigung. „Na ich hätte gedacht, dass ein Mann, der es schafft, eine Frau wie sie zu erobern, etwas mehr auf dem Kasten hat."

„Ok wow, das ist wirklich mit Abstand das schlechteste Kompliment, das ich je gehört habe."

„Wer sagt denn, dass das ein Kompliment war?"

Er schmunzelte und Ellie musste ungewollt laut lachen. Er war vielleicht ein Arsch, aber manchmal glaubte sie doch, den Mann zu erkennen, von dem Dr. Papen so geschwärmt hatte. Als Hassler die Tür öffnete und den Blick in ihr Büro freigab, verstummte ihr Lachen genauso schnell, wie es gekommen war. Auf der Kante ihres Schreibtisch lehnte Weinreich und unterhielt sich mit ernster Miene mit einem Mann neben ihm. Beinahe hatte sie Angst, dass ihr Tisch unter der Last seines massigen Körpers wie eine Wippe am anderen Ende vom Boden abheben würde. Allerdings war es nicht Weinreich, der ihr die Laune verdorben hatte. Es war der Typ neben ihm. Er gehörte zweifelsfrei zu jener Sorte Mensch, die sich aus Prinzip für etwas Besseres hielten. Ellie konnte die Aura der Überheblichkeit bis zu ihr herüber riechen. Es war, als wäre ihm der Satz ‚Ich bin hier, um dir Probleme zu machen.' auf die Stirn geschrieben.

„Ah Seidel und Hasselberger. Da sind sie zwei ja. Ich dachte schon, sie hätten gekündigt, so schwer wie es ist, sie in ihrem Büro anzutreffen."

Es schien ihm nichts auszumachen, dass niemand in sein Lachen mit einstimmte und nur er sich über seinen eigenen Witz zu amüsieren schien.

„Nun gut, wie sie sehen, bin ich nicht ihr einziger Gast. Darf ich Ihnen…" Er kam nicht mehr dazu, seinen Satz zu beenden.

„Döbritz, operative Fallanalyse. Schön Sie kennenzulernen, Frau Seidel. Kollege Hasselberger und ich hatten bereits in der Vergangenheit das Vergnügen."

Der Mann, der sich ihr als Beamter der OFA vorgestellt hatte, machte mit ausgestreckter Hand einen Schritt auf sie zu. Sein gestelltes Lächeln jedoch zielte an ihr vorbei. Aus dem Augenwinkel sah sie Hasslers versteinertes Gesicht. Sein Blick fixierte Döbritz voller Abscheu. Er gab sich wenig Mühe, seine Abneigung zu verbergen.

„Scheiße. Das hat uns gerade noch gefehlt."

„Absolut richtig, Herr Kollege. Immerhin treten sie schon viel zu lange auf der Stelle oder gibt es etwa neue Entwicklungen, von denen mir ihr besorgter Chef in den letzten knapp neunzig Minuten, die wir auf sie warten mussten, noch nichts berichten konnte?"

Ellie konnte nicht sagen, was ihrem Drang, ihm eine reinzuhauen, mehr Zündstoff gab: sein theatralischer Blick auf seine Armbanduhr als er die Wartezeit erwähnte oder Weinreichs beipflichtendes Nicken im Hintergrund. Beidem gleichzeitig konnte sie nicht widerstehen. „Ach, hatten wir einen Termin? Komisch. Und ich dachte, die Ermittlungen haben allerhöchste Priorität. Wissen Sie, Herr Döbritz, einen Serienmörder fängt man leider schlecht vom Schreibtisch aus, aber wenn sie sich angekündigt hätten, hätte ich natürlich noch einen Kuchen gebacken und sie hier gebührend empfangen."

„Seidel! Es reicht! Sie sind zwar neu hier, aber ich darf doch trotzdem erwarten, dass sie wissen, wie ein respektvoller Umgang aussieht, oder? Wenn nicht, sorge ich dafür, dass ihr Ausflug in dieses Dezernat vorbei ist, bevor er überhaupt richtig begonnen hat, ist das klar? Und jetzt beruhigen wir uns alle ein wenig und packen unsere Egos wieder dahin zurück, wo auch immer sie hergekommen sind. Kollege Döbritz ist nicht ohne Grund hier."

Ellie wusste, dass sie zu weit gegangen war, aber sie wusste auch, dass es nicht das letzte Mal gewesen sein würde, dass sie mit diesem blasierten Speichellecker aneinander geriet.

„Vollkommen richtig. Nichts läge mir ferner, als Ihnen in Ihre Ermittlungen reinzureden, werte Kollegen. Ich und mein Team wollen Ihnen bei der Suche nach dem Täter lediglich helfen.“

Die Tatsache, dass er sich als erstes nannte, sagte so ziemlich alles, was man über ihn wissen musste, doch sie entschied sich, Weinreich nicht noch einen Grund zu liefern, sie abzusägen.

„Vielen Dank. Ich nehme an, Sie möchten zunächst sämtliche Informationen zum Fall haben oder? Eine Tatortbegehung ist leider nur noch für die letzten beiden Leichenfundorte möglich. Gibt es sonst noch etwas, das Sie für die Erstellung des Täterprofils benötigen?"

„Wie ich sehe, kennen Sie sich bestens aus, was unsere Vorgehensweise betrifft. Sehr schön. Es tut immer gut, mit kompetenten Ermittlern und in ihrem Fall sogar

Ermittlerinnen zusammenzuarbeiten."

Es forderte Ellie so ziemlich alles an verbliebener Selbstbeherrschung, das ‚sogar' zu überhören und ihm nicht doch noch mit den Fäusten voraus ins Gesicht zu springen. Hassler hüllte sich nach wie vor in eisernes Schweigen. Seine Wut war beinahe greifbar und sie fragte sich, welche gemeinsame Vergangenheit die beiden hatten, die eine solche Reaktion nach sich zog.

Döbritz fuhr unbeirrt fort: „Ich bin bereits mit den wichtigsten Fakten vertraut. Ich war so frei, die Wartezeit sinnvoll zu nutzen." Sein Kopfnicken in Richtung ihres Schreibtischs lenkte ihre Aufmerksamkeit auf das dort vorherrschende Chaos. Tatortfotos, Zeugenaussagen, Autopsieberichte. Als hätte jemand die Fallakte über der Tischplatte ausgeschüttet.

‚Wichser!'

„Sehr schön. Fühlen Sie sich wie Zuhause." Sie hoffte, Weinreich würde den Sarkasmus nicht bemerken. „Wann können wir mit dem fertigen Täterprofil rechnen?"

„Nun, fertig ist so ein Profil bis zur Festnahme nie, aber sofern gewünscht, würden wir Ihnen morgen unsere Einschätzung präsentieren. Könnten Sie wohl die Akte noch einmal kopieren?"

Bevor Ellie antworten konnte, hatte sich Hassler ruckartig in Bewegung gesetzt. Sie dachte schon, er würde nun doch noch auf Döbritz losgehen. Zu ihrer Überraschung jedoch ging er wortlos zu ihrem Schreibtisch, sammelte die verstreuten Dokumente ein und verschwand im Nebenraum. Nur wenige Sekunden später unterbrach das Summen des Kopierers die verdutzte Stille im Raum.

„Also dann. Auf eine gute Zusammenarbeit! Halten Sie mich bitte auf dem Laufenden." Weinreich hatte die Gelegenheit ergriffen und wandte sich zur Tür.

„Aber natürlich. Ich denke, wir werden schon bald den ersten Tatverdächtigen haben, oder Frau Kommissarin? Also dann. Bis morgen." Schnell folgte Döbritz dem Kriminaldirektor nach draußen, so als hätte er ohne dessen Autorität als Schutzschild Angst, mit ihr alleine in einem Raum zu sein. Im Nebenraum jagte Hassler ein Blatt Papier nach dem anderen durch den Kopierer. Sie sah, dass seine Hände zitterten.

„Alles in Ordnung? Ich meine, Döbritz ist offensichtlich ein echtes Arschloch, aber Sie wirken, als sollte man Ihnen in seiner Anwesenheit die Dienstwaffe abnehmen. Wollen Sie mir sagen, was los ist?"

Er atmete hörbar durch und hörte auf, das Gerät mit Papier zu füttern. „Ich hatte von Anfang an so ein komisches Gefühl, von Anfang an! Aber nein, wenn die OFA sagt, es ist ein Einzeltäter, dann muss es wohl so sein. Was zählt da schon das Bauchgefühl des leitenden Ermittlers oder?"

„Ich verstehe nicht ganz. Von welchem Fall reden Sie?"

„Seidel, stellen Sie sich bitte nicht dumm. Ich weiß, dass Sie es nicht sind und Sie wissen, dass auch ich nicht blöd bin. Ich bin mir sicher, Sie kennen meine Geschichte inzwischen. Sie wissen, von welchem Fall ich rede."

Und plötzlich wusste Ellie, wovon er sprach.

„Ihre Tochter." Die Worte waren ihr kaum hörbar über die

Lippen gekommen.

„Josi. Meine Tochter, ja. Es war Döbritz, der damals das Täterprofil erstellte. Er ging von einem Einzeltäter aus. Ich hatte da so meine Zweifel, aber niemand hat seine Einschätzung anzweifeln wollen. Im Gegenteil. Er stellte mich bei jeder Gelegenheit als übereifrig und starrsinnig dar. Und dann? Dann wurde der Täter gefasst, das OFA Team fühlte sich in seiner Einschätzung bestätigt. Fall gelöst."

„Aber das war er nicht…"

„Scheiße nein, das war er nicht. Ganz und gar nicht. Bis heute hat Döbritz kein Wort der Entschuldigung zu Stande bekommen. Nicht ein einziges verdammtes ‚Es tut mir leid.' Kein ‚Ich habe einen Fehler gemacht.' Nichts. Und trotzdem schläft dieses Arschloch jeden Abend seelenruhig ein. Sein Gewissen ist rein. Und ich? Für mich vergeht kein Tag, an dem ich nicht morgens aufstehe und mir wünsche, ich hätte damals meinem Instinkt vertraut und mich nicht von diesem Blender ausbooten lassen. Dann wäre Josi vielleicht noch am Leben."

Geräuschvoll spuckte der Kopierer das letzte Blatt Papier aus. Ellie wollte etwas sagen, irgendeines dieser schwachen Trostworte, die Menschen in solchen Momenten sagten, um sich nicht so nutzlos zu fühlen, doch ihr fiel nichts ein. Stattdessen drückte er ihr den Stapel A4-Seiten in die Hand.

„Hier hat das Arschloch seine Kopien."

51

Sie war doch noch gar nicht an der Reihe! Aber was sollte er denn machen? Sie kamen doch beinahe von ganz allein. Es war, als würde er sie magnetisch anziehen. Als hätten sie nur darauf gewartet, dass er auf der Bildfläche erscheinen würde, um sie zu retten. Um sie zu befreien. Um ihnen den Weg zu zeigen.

Als Kind hatte seine Oma ihm oft das Märchen vom Rattenfänger von Hameln vorgelesen. Er hatte es gehasst. Gesagt hatte er ihr dies jedoch nie, aus Angst sie zu enttäuschen. Also ertrug er diese schwachsinnige Geschichte ein ums andere Mal und tat so, als würde er die Vorstellung, dass eine einfache Flöte eine solche Macht besitzen sollte, nicht vollkommen bescheuert finden. Absolut lächerlich.

In seiner Klasse war ein Mädchen gewesen, das Blockflöte spielte. Wenn sie im Musikunterricht ihre fleischigen Lippen an dieses dämliche Stück Holz drückte, hatte er sich immer geekelt. Sie war in dem Moment nicht der magische Beschwörer aus der Geschichte. Sie war die Ratte. Und sie war nicht allein. Sie war nur eine von vielen. Heute wusste er nämlich, es kam nicht auf das Instrument an, sondern auf die Musik, die man spielte. Er hatte verstanden, dass die Magie einzig und allein von der Melodie abhing. Und er traf jeden Ton. Jedes Mal. Immer. Er wusste genau, was sie hören wollten. Wenn sie sich ihm in kürzester Zeit bedenkenlos hingaben, dann war er der Rattenfänger. Nur dass dies kein Märchen war. Nur erkannten sie das erst, wenn aus dem Hashtag #bestesLeben plötzlich ein verzweifeltes Flehen um selbiges wurde. Doch wie der Beschwörer in der Geschichte kannte auch er keine Gnade.

Er würde auch dieses Mal keine zeigen. Bei diesem nervigen kleinen Miststück, das es offensichtlich gar nicht erwarten konnte, zu sterben. Sie hörte gar nicht auf, ihm zu schreiben. Mit jeder ihrer würdelosen Nachrichten voller intimer Details wuchs seine Wut. Als wäre es nicht schon schlimm genug, dass ihr Profil förmlich nach Aufmerksamkeit bettelte. Aus jedem Posting tropfte die Sehnsucht nach Bestätigung. In den Zeilen, die sie an ihn richtete, wurde aus den Tropfen ein regelrechter Sturzbach aus Scheinheiligkeit und Verblendung. Wie konnte sie glauben, dass er nicht hinter ihre plumpe Fassade sehen konnte?

Er würde ihr die Maske vom Gesicht reißen und der Welt zeigen, was sie wirklich war. Zu was sie sich selbst gemacht hatte. Wenn sie sich ihm schon derartig aufdrängte, würde er die Gelegenheit nutzen, seiner Botschaft etwas Nachdruck zu verleihen. Eigentlich war es unnötig riskant, aber er hatte das Gefühl, dass die Frau, die all das hier beenden könnte, ihm immer noch nicht richtig zuhörte. Daher musste er das Risiko eingehen. Er lächelte, als er an das Meisterwerk dachte, welches er dieses Mal erschaffen würde. Ohne zu merken, dass die Kassiererin zurück lächelte, bezahlte er den Kasten Bier und verließ den Supermarkt.

Draußen sah er die Straße entlang. Es war bereits später Nachmittag und die Sonne tauchte das hektische Treiben um ihn herum in ein warmes, sanftes Licht. Das Versprechen eines ersten Frühsommerabends lag in der Luft und er konnte förmlich spüren, wie die Menschen, die sich an ihm vorbei schoben, auf dieses Versprechen hereinfielen, wie sie die Wärme aufsogen und sich so eine Scheiße einredeten, wie ‚Das Leben ist gut‘. Er konnte es kaum erwarten, dass die Nacht anbrach und er sie eines Besseren belehren durfte.

„…so scheint es, als wäre der Täter - eine Täterin können wir auf Grund der massiven Gewalteinwirkung mit hoher Wahrscheinlichkeit ausschließen - als wäre er ein sozial isolierter Einzelgänger. Dass die Verstümmelungen der Opfer vorgenommen wurden, als diese noch lebten, zeugt von außergewöhnlicher Grausamkeit und einer stark verminderten Empathiefähigkeit. Eine traumatische Vergangenheit ist anzunehmen, auf jeden Fall nicht auszuschließen…"

,Das ist reine Zeitverschwendung.'

Seit knapp einer Stunde hörte sie sich jetzt Döbritz' umständliches Geschwafel an, während sein Team, drei Männer und eine Frau mit der Ausstrahlung einer Gruppe willenloser Sachbearbeiter im Hintergrund wie Lemminge unterwürfig nickten. Nichts von dem, was er bisher gesagt hatte, war neu für sie, noch brachte es Ellie entscheidend voran. Je länger sie hier saß, desto mehr beneidete sie Hassler, der sich von ihr mit einem dringenden Termin entschuldigen ließ. „Was für ein Termin?", hatte sie ihn zwangsläufig gefragt. Einen ‚Ich-verbringe-keine-weitere-Minute-mit-diesem-Arschloch-in-einem-Raum-Termin' als Antwort hatte sie jedoch nicht erwartet. Inzwischen schien ihr ein solcher unglaublich verlockend.

„...handelt nicht triebgesteuert, da sein Vorgehen einem festen Schema, einem geplanten Ablauf folgt. So würden wir auf Grund der fehlenden Körperspuren ein sexuelles Motiv ausschließen. Allerdings sind die Taten emotional stark aufgeladen. Der Täter ist offensichtlich wütend. Dies lässt..."

Ruhelos sah Ellie auf ihr Handy. Seit seinem Kommentar nach dem Mord an Konstantin Hirsch erwartete sie jedes Mal, wenn sie darauf blickte, eine weitere stille Drohung. Dass er mehr wusste, als er wissen sollte. Einen weiteren Hinweis darauf, dass sein Spiel weiterging. Obwohl sie versuchte es zu leugnen, war da jedes Mal dieses Gefühl, wenn sie zu ihrem Handy griff. Eine stille Bedrohung, die hinter dem schwarzen Display wartete und mit einem Tippen auf den Screen Realität werden würde.

„Ellie, kommst du mal kurz?" Bastian hatte seinen Kopf durch die Tür gesteckt. Er hatte versucht, zu flüstern, da Döbritz ihr jedoch abgesehen von seinen Statisten im Hintergrund eine Privatvorstellung gab und sonst niemand an dem unnötig großen Konferenztisch Platz genommen hatte, hätte er sich diesen Versuch sparen können.

„Muss das denn jetzt sein? Wir sind mitten in einem wichtigen Meeting."

Bastians Wangen begannen die Farbe zu wechseln, als litte er an einer allergischen Reaktion. Innerhalb einer Sekunde nahm sein Gesicht den Ton reifer Tomaten an. Die Situation war ihm sichtlich unangenehm.

„Ich fürchte, ja, Herr Kollege. Kommissar Lüdeke würde uns nie stören, wenn es keinen dringenden Grund gäbe, oder? Schieß los."

„Äh ja, also, tut mir leid für die Störung, aber Ellie, kannst du kurz rauskommen?"

„Falls es mit unserem Fall zu tun hat, ist diese Info sicher nicht nur für Frau Seidel von Interesse oder etwa nicht?"

„Sollte es neue Erkenntnisse zu MEINEM Fall geben, setze ich Sie natürlich umgehend in Kenntnis, Herr Kollege und jetzt entschuldigen Sie mich bitte kurz."

Ohne eine weitere Reaktion abzuwarten, folgte sie Bastian nach draußen. Er wirkte verunsichert.

„Sorry, Ellie. Ich wollte nicht…"

„Mensch, halt doch die Klappe. Du hast keinen Grund, dich zu entschuldigen. Lass dich von diesem Wichtigtuer da drin bloß nicht einschüchtern. Also was gibt es?"

Man konnte förmlich spüren, wie er sich entspannte.

„Du hattest mir ja von dem Kommentar berichtet, also diesen drei Affen-Emojis, genau in dem Moment als du die Leiche gefunden hast."

„Richtig, und außer dir, Hassler, ich meine Hasselberger und mir weiß davon niemand und das soll auch erst einmal so bleiben."

„Ja natürlich. Darum geht es auch gar nicht."

„Sondern?"

„Ich weiß, wie er es gemacht hat. Also das Timing."

Seine Worte jagten Ellie einen Stromschlag durch den Verstand. Ihre lähmende Schläfrigkeit, die Döbritz im abgedunkelten Meeting-Raum ungemein effektiv heraufbeschworen hatte, war wie weggeblasen.

„Komm schon man, jetzt lass dir nicht alles aus der Nase ziehen. Wie hat er es gemacht?"

„Mit einer Webcam."

Auf seltsame Weise enttäuschte sie diese unspektakuläre Erklärung. „Mit einer Webcam? Bist du dir sicher? Hat er sie gehackt?"

„Ich bin mir ziemlich sicher ja. Ich habe den Computer von Konstantin Hirsch untersucht. Und das letzte ausgeführte Programm war der Webbrowser mit eingeschalteter Webcam, also ein Video-Stream. Scheinbar hat der Täter diesen ganz einfach nach der Tat gestartet. So konnte er sehen, wann jemand die Leiche findet, beziehungsweise, wann du sie findest."

„Aber wie konnte er sicher sein, dass ich es sein werde, die sie findet?"

„Tja. Das weiß ich leider auch nicht."

„Kann man die Video-Verbindung zurückverfolgen? Also herausfinden, wer am anderen Ende zugesehen hat?"

„Nun, da gibt es leider noch etwas."

Sie spürte, dass er erst jetzt auf sein eigentliches Anliegen zu sprechen kam.

„Und das wäre?" Ellie war zunehmend genervt, da ihre ohnehin kaum vorhandene Fähigkeit zur Geduld von ihm unnötig auf die Probe gestellt wurde.

„Es haben vermutlich mehrere hundert Menschen, wenn nicht sogar tausende gesehen. Es war ein YouTube-Livestream."

„Du verarschst mich."

„Leider nein. Screenshots davon sind bereits unter dem Hashtag #totenstille viral gegangen."

Ellie versuchte, die Informationen in ihrem Kopf zu sortieren, scheiterte jedoch kläglich.

„Was soll das heißen?"

„Das heißt, der Live-Stream war wohl eine ganze Zeit lang online. Leute haben Screenshots gemacht. Twitter, Instagram, TikTok. Überall das Bild des Opfers, so wie du es am Tatort gefunden hast. Und da sich sonst in dem Video nichts tat, kam irgend so ein Witzbold auf den Hashtag, der sich recht schnell verbreitet hat."

„Unfassbar. In was für einer kranken Welt leben wir eigentlich?"

„Du sagst es."

„Wie lang ging der Stream?"

„Das kann ich dir nicht genau sagen. Theoretisch gibt es keine zeitliche Begrenzung für Live Videos auf YouTube, allerdings werden nur maximal zwölf Stunden hinterher als Video gespeichert. Da keine Video-Datei vorhanden zu sein scheint, lief das Ganze auf jeden Fall länger. Allerdings lassen die geteilten Screenshots und abgefilmten Videoausschnitte gewisse Rückschlüsse zu. Demnach ging das Video schon mindestens zwei Tage, bevor du die Leiche gefunden hast online."

„Mhm. Das deckt sich mit Papens Autopsiebericht. Wenn der Täter das Video gestartet hat, müsste er am Anfang doch zu sehen gewesen sein oder? Bastian wir brauchen dieses Video."

„Keine Chance. Außerdem hat deine Theorie einen

Haken. Man kann den Start des Streams auf eine bestimmte Uhrzeit vorplanen. Er muss also nicht mehr im Raum gewesen sein, als es losging."

„Fuck." Erneut konnte Ellie sehen, wie Bastian mit den Worten rang, als wüsste er nicht, wie er die nächste unangenehme Wahrheit halbwegs ansehnlich verpacken sollte.

„Spuck es aus."

„Außer dem Opfer ist wohl in dem Live-Video nur eine weitere Person zu sehen gewesen. Zumindest gibt es entsprechende Ausschnitte bei Twitter."

Kurz flackerte ihr Jagdinstinkt auf, bevor sie verstand und enttäuscht durchatmete.

„Ich. Man sieht mich, wie ich die Tür eintrete und ins Zimmer komme."

„Leider ja. Ich vermute, dass auch die übrigen Beamten, die am Tatort waren, zu sehen gewesen sind. Zumindest bis irgendjemand vor Ort den Computer ausgeschaltet und gesichert hat. Man findet aber nur von deinem - wie soll ich sagen - Betreten des Raums Videos auf diversen Social Media Plattformen."

„Klasse. Wenn die Medien das Material entdecken…"

„Ich würde mir eher Gedanken um Weinreich machen. Wenn das zu ihm durchsickert, wird er Fragen haben. Die offizielle Version der Abläufe hat deine Verbindung zum Tatort bisher außen vor gelassen, soweit ich weiß."

„Mhm. Dann werden wir das Dreckschwein wohl kriegen müssen, bevor das die Runde macht oder?"

„Ellie, ich weiß nicht recht. Vielleicht solltest du wirklich darüber nachdenken, dich aus den Ermittlungen zurückzuziehen. Du steckst da inzwischen echt tief drin. Also privat meine ich"

Sie hatte gehofft, er würde sie bereits besser kennen.

„Dein Ernst? Das ist verdammt nochmal mein Fall und darf ich dich daran erinnern, dass mich der Täter - warum auch immer - für sein krankes Spiel auserkoren hat? Ich bin vermutlich unsere einzige Chance, so schnell wie möglich an ihn heranzukommen. Einen Scheiß werde ich die Ermittlungen jemand anderem überlassen. Aber danke, dass du mir scheinbar nicht zutraust, dass ich das hier hinbekomme."

„So war das nicht gemeint."

„Ja ist klar. Ich denke, wir sind hier erstmal fertig. Du kannst dann wieder mit deinem Computer spielen gehen. Danke."

Wütend riss sie die Tür zum Meeting Raum auf und rannte beinahe in Döbritz hinein. Hinter ihm hatten sich seine Lemminge aufgereiht, offensichtlich bereit zu gehen.

„Frau Kommissarin, ich, beziehungsweise wir haben nicht den ganzen Tag Zeit. Ich habe Ihnen eine Abschrift unserer Einschätzung angefertigt. Ich empfehle Ihnen dringend, diese aufmerksam zu lesen. Ich denke, es ist uns gelungen, ein äußerst zutreffendes Bild vom Täter zu skizzieren. Sollten Sie Fragen haben, können Sie sich gern jederzeit melden. Kriminaldirektor Weinreich erhält selbstverständlich ebenfalls alle Ergebnisse unserer Analyse, zusammen mit einem kurzen Bericht unserer

Zusammenarbeit."

Sie wusste, dass der letzte Satz eine unverhohlene Drohung war. Es interessierte sie jedoch nicht im Geringsten. Sie war einfach nur erleichtert, dass sie dieses Arschloch vom Hals hatte. Vorerst zumindest.

Außerdem hatte sie gerade andere Sorgen. Eigentlich neigte sie nicht zu moralischem Muskelkater, aber die Art und Weise, wie sie eben mit Bastian umgegangen war, hatte einen seltenen Gast in ihr geweckt: ein schlechtes Gewissen. Und was, wenn er vielleicht recht hatte?

53

Er brauchte nicht erst auf den Absender zu schauen, um zu wissen, dass es die Rechnung für die Reparatur seines Audis war, die er soeben aus dem Briefkasten gefischt hatte. Er brauchte auch nicht erst eines seiner Konten zu checken, um zu wissen, dass er die Rechnung vorerst nicht bezahlen würde. Er hatte schon vor einer ganzen Weile aufgehört, die Briefe überhaupt zu öffnen. Stattdessen landeten sie in der untersten Schublade seines Schreibtischs. Mit seinem dunklen Teak-Holz und den verchromten Beschlägen ein Relikt vergangener, wesentlich erfolgreicherer Zeiten. Früher hatte er seine Kunden immer zu mehr Mut aufgefordert, wenn es darum ging, einen Kredit aufzunehmen. ‚Dream big - Trauen Sie sich!' war sein Credo. Jetzt besaß er selbst nicht einmal mehr den Mut, einen einfachen Umschlag zu öffnen.

Müde nippte Gregor an dem dreckigen Glas in seiner Hand. Warmes Leitungswasser. Wie sehr er es hasste. Die unzähligen Wasserränder auf der Tischplatte ließen erahnen, dass er schon viel zu lange versuchte, sich mit dem faden Geschmack von einfachem Wasser durch den Arbeitstag zu quälen.

Er hatte eigentlich vorgehabt, sich auf seinen einzigen Termin heute vorzubereiten, doch dieses langweilige nullachtfünfzehn Reihenhaus, das dieses seltsame Lehrerpaar mit seiner Hilfe finanzieren wollte, verdiente seine Aufmerksamkeit einfach nicht. Dazu war die Sorge um seine Tochter zu groß. Zum einen, weil er sich für einen guten Vater hielt und zum anderen, weil er sie glücklich und zufrieden brauchte, um über Instagram Geld mit ihr zu verdienen. Damals war dies einfacher gewesen. Als sie noch ein kleines Mädchen war, war er nicht auf ihre Mithilfe angewiesen. Doch jetzt bedeutete ein unglückliches Mädchen, eine schlechte Performance auf ihrem Profil und somit weniger Zahlungseingänge auf seinem Konto, welches eigentlich ihr Konto war. Dass er sich mit ihrem Ersparten über Wasser hielt, ahnte sie zum Glück nicht.

Oder etwa doch? Hatte sie etwas davon mitbekommen? Oder war etwas anderes passiert? Finja schien ihm aus dem Weg zu gehen. Egal, was er versuchte, sie wich ihm aus. Zunächst hatte er geglaubt, es wäre nur eine typisch pubertäre Phase. Gestern noch Papas Mädchen, heute halt ‚Papa lass mich in Ruhe‘ und morgen irgendwas dazwischen, aber da war etwas in ihrem Blick, das ihm Sorgen bereitete. Etwas, das er von ihr nicht kannte.

Natürlich durften Eltern es nie zugeben, aber früher oder später wurde einem bewusst, dass man ein Lieblingskind hatte. Dies hieß nicht etwa, dass man nicht alle seine Kinder liebte, aber bei mehreren Kindern war da immer dieses eine, dieses besondere. Für ihn war es Finja. Schon immer. Sie hatte dieses Leuchten in den Augen. Für sie konnte die Welt gar nicht groß genug sein, denn je größer, desto mehr Spaß hatte sie daran, sie zu entdecken und zu erobern. Sie war ganz anders als er selbst. Sie war von Natur aus begeistert und diese Begeisterung sprudelte aus ihr heraus wie aus einer geschüttelten Cola Flasche und durchnässte alle Menschen um sie herum gleich mit. Mit der Energie der Kugel eines Flipperautomaten schoss sie kreuz und quer durch ihr Leben. Seine Älteste war anders. Vielleicht erinnerte er sich nur nicht mehr daran, weil sie schon vor vier Jahren in die weite Welt hinausgezogen war und sich seitdem nur noch sporadisch meldete, aber es war immer Finja gewesen, die seit dem Tag ihrer Geburt, seine Vatergefühle aufsaugte wie ein Schwamm.

Manchmal glaubte er fast, es war sein väterlicher Stolz gewesen, der ihn dazu gebracht hatte, ihre Fotos zu benutzen; sie anzubieten. Es waren ja auch nur Fotos. Niemals hätte er seine Tochter irgendeiner Gefahr ausgesetzt. Er war ja kein Monster. Er hatte es am Ende ja auch für sie getan, für sie, ihre Schwester und ihre Mutter - für ein sorgenfreies Familienleben. Er liebte sie und sonnte sich nur allzu gern in dem Strahlen, das von seiner Tochter ausging. Doch jetzt war da dieser Schatten. Die Energie erloschen. Das Licht gedimmt. Ein Hauch von Dunkelheit in ihren Augen. Er musste wissen, was los war. Und zwar schnell.

Um herauszufinden, was im Leben eines Teenagers vor sich ging, gab es zwei Wege. Einen langen und einen kurzen. Entweder man fragte nach, bekam nichtssagende Antworten und wartete bis Mama und Papa doch noch gebraucht wurden, um die Scherben zusammenzukehren oder man verschaffte sich Zugang zum

Inhalt dieses kleinen elektronischen Kummerkastens, den sie außer zum Laden des Akkus immer bei sich trugen und dem sie ihr gesamtes Leben anvertrauten. Gregor bevorzugte den kurzen Weg. Auch weil es hier um mehr ging als banale Teenager Probleme. Es ging um Geld.

Hastig scrollte sein Finger über den Bildschirm, bis er über dem vertrauten bunten Kamera Symbol der Instagram App zum Halten kam. Mit einem Doppelklick auf das Logo in der unteren rechten Ecke wollte er von seinem Profil zu dem seiner Tochter wechseln.

‚Seit wann muss ich mich neu einloggen?‘

Hastig tippte er den Nutzernamen ein: feelin.fineja

Zum Glück kannte er ihr Passwort. Seit dem Tag, an dem sie gemeinsam ihr erstes Smartphone eingerichtet hatten, benutzte sie ein und dasselbe. Manchmal war eine gewisse jugendliche Naivität eben doch von Vorteil.

‚Das von dir eingegebene Passwort stimmt
nicht.
Bitte versuche es noch einmal.‘

‚Was zur Hölle?‘

Seine Hände wurden feucht. Immer, wenn er seine Nervosität nicht mehr in den Griff bekam, fingen seine Handflächen an zu schwitzen. Er schämte sich dafür und wurde meist nur noch nervöser, wenn er es bemerkte. Unruhig gab er die geforderte Kombination aus Buchstaben und Zahlen ein weiteres Mal ein, wobei sein

Finger kleine feuchte Abdrücke auf dem Display hinterließen.

,Das von dir eingegebene Passwort stimmt nicht...'

Spätestens jetzt wusste Gregor, dass er ein Problem hatte.

54

Obwohl es ein lauer Abend war, fröstelte sie.

,Was für ein beschissener Ort, um zu spät zu kommen!'

Nervös zog Finja ihr Handy aus der Tasche, um auf die Uhr zu sehen, steckte es jedoch schnell wieder weg, als sie die Blicke der beiden Obdachlosen spürte. Es ließ sich nicht mehr genau sagen, woraus die Unterlage bestand, die sie sich teilten. Der graubraune Stoff, der zwischen den verschlissenen Schlafsäcken und den leeren Flaschen hervorschaute, schien hier zusammen mit den beiden Männern schon länger zu liegen als die Umgebung selbst. So als hätte man den S-Bahnhof Jannowitzbrücke und, direkt davor, den schäbigen kleinen Supermarkt um sie herum gebaut.

19:07Uhr.

Es wurde bereits dunkel und Finja hatte gewiss nicht vor, hier nach Einbruch der Nacht noch zu stehen, wenn das Tageslicht ihr keinen Schutz mehr bieten konnte. Seit sich mit dem Verrat ihrer Kindheit die Unsicherheit in ihr Herz geschlichen hatte, war die Angst zu einem stillen Begleiter geworden. Sie hatte sogar in einem Anflug von Panik all ihre Passwörter geändert.

Und trotzdem stand sie jetzt hier, am anderen Ende der Stadt und wartete.

,Warum bin ich überhaupt hier? Will ich das wirklich? Vielleicht sollte ich doch lieber mit jemandem reden?

Was, wenn mir niemand glaubt?'

- Brrr - Brr -

Vor Schreck zuckte sie zusammen. Sie hatte gar nicht gemerkt, dass sie ihr Handy in der Jackentasche umklammerte, als wäre es die Reling eines sinkenden Schiffes. Die Vibration der Whatsapp-Benachrichtigung holte sie aus ihren Gedanken.

Papa: ‚Hey Schatz, wo bist du? Geht es dir gut?'

‚Warum konnte er mich nicht einfach mal in Ruhe lassen?' Er schien zu merken, dass etwas nicht stimmte, aber sie konnte unmöglich mit ihm reden. Wie sollte sie ihm auch sagen, dass sie ihn hasste? Wobei hasste sie ihn wirklich? Fing Hass wirklich da an, wo Liebe endete? Bis vor kurzem nämlich hatte sie ihn über alles geliebt, beinahe vergöttert. Nie hätte sie geglaubt, dass sich daran je etwas ändern würde. Doch jetzt war alles anders. Und sie wusste, dass es nie mehr so werden würde, wie es war. Nicht mit ihm.

19:19Uhr

‚Ach am Arsch, wie lange soll ich denn noch hier stehen?' Über ihr hörte sie das Quietschen der S-Bahn Bremsen und nur wenige Sekunden später schob sich eine weitere Menschentraube durch den Ausgang der Station nach draußen - gleichmäßig links und rechts an ihr vorbei, wie ein Fluss, der einen Felsen umspülte, weil dieser zu stark war, um mit fortgerissen zu werden. Nur dass Finja, so sehr sie auch suchte, momentan keinerlei Stärke in sich finden konnte. Im Gegenteil. Sie sehnte sich danach, von etwas mitgerissen zu werden - oder von

jemandem. Beinahe hoffte sie, einer der Passanten würde sie anrempeln, damit sie wusste, dass sie nicht unsichtbar war, um zu spüren, dass sie noch existierte.
Ihr Blick fiel auf einen Mann, der als einer der letzten aus der Vorhalle des Bahnhofs kam. Auf seinen Schultern saß ein junges Mädchen, vielleicht fünf Jahre alt, und lachte so laut, dass sich einige Leute bereits umdrehten. Nicht dass sich der Vater davon stören ließ. Er kitzelte seine Tochter ungehemmt weiter und beide zogen kichernd an Finja vorbei. Ihr wurde schlecht. Eifersucht und Schmerz stritten sich um die Vorherrschaft in ihrer Magengegend.

„Na Püppi, hatta dir sitzen jelassen, wa? Komm doch her und setz dir. Nischt, wat n Schluck Luft nich wieder grade biecht."

Aus dem Augenwinkel sah sie, wie sich einer der Männer schwerfällig vom Boden hoch wuchtete. Er stützte sich kurz an der Wand ab und machte einen zittrigen Schritt auf sie zu. Wenn Finja überhaupt noch ein Signal gebraucht hatte, um von hier zu verschwinden, da war es. Panisch drehte sie sich um und wollte die Flucht ergreifen, kam jedoch nicht weit. Mit Schwung prallte sie in jemanden hinein.
„Huch. Wo willst du denn hin? Sorry, dass ich zu spät bin. Scheiß BVG."
Ihre Verabredung war doch noch gekommen.

55

Über ihm schien alles ruhig zu sein, so ruhig wie dieser Ort bei Nacht halt sein kann. So ruhig, wie geplant. Schön, wenn Menschen noch derartig vorhersehbar waren. Leider war dies heute auch das Einzige, was reibungslos funktioniert hatte. Ihm war klar gewesen, dass sein Plan einige Stolpersteine enthielt, dass er jetzt allerdings drei abgetrennte Finger in der Jackentasche mit sich herumtragen musste - das hatte er nicht kommen sehen. Was musste die Schlampe ihn auch kratzen? Normalerweise akzeptierten sie ihr Schicksal immer recht schnell, doch das Miststück hatte gekämpft wie eine Furie und ihm auf dem wackligen kleinen Motorboot alles abverlangt.

Zügig warf er das Seil um den Stahlträger über ihm. Er musste sich beeilen. Jede Sekunde, die verstrich, war ein weiteres Risiko und heute war schon zu viel nicht nach Plan verlaufen. Mit einem kräftigen Ruck zog er ihren Körper in die Luft. Hätte sie noch einen Hauch Leben in sich gehabt, sie hätte sicherlich vor Schmerz geschrien, als die Schultergelenke nachgaben, um den hinter dem Rücken verbundenen Armen die Streckung gen Himmel zu ermöglichen. Ihre Zehenspitzen berührten gerade noch das blutbedeckte Holz des Decks.

Majestätisch. Ein Kunstwerk. Wie sie da im Halbdunkel baumelte, das Gesicht leicht Richtung Wasseroberfläche geneigt. Als würde sie schweben. Es war fast so, wie er es sich ausgemalt hatte. Aber eben nur fast. Wut schlich sich in den mit Euphorie getränkten Augenblick. Er hatte den Wellengang der Spree unterschätzt. Nicht nur, dass die dunklen Löcher in ihrer vor wenigen Stunden noch so perfekt geschminkten Fratze unsauber herausgearbeitet waren, auch der wichtigste Teil seiner Arbeit war ihm missglückt. Eine Welle gegen den Bug des Bootes hatte ihn genau in dem Moment überrascht, als er dabei war, ihr ihre Zahl auf die Bauchdecke zu malen. Er betrachtete sein Werk noch einmal. Tatsächlich. Man konnte die Fünf leicht für eine Sechs halten. Am liebsten hätte er laut geschrien vor Frust, besann sich aber eines Besseren. Nicht hier. Nicht jetzt. Er würde die Wut speichern und bei nächster Gelegenheit herauslassen wie eine wilde Bestie aus einem Käfig. Und die Gelegenheit würde kommen. Ob sie es wollte oder nicht. Dies hier war seine letzte Warnung, die letzte Chance, dass sie endlich zu ihm kam, bevor er sie zwingen würde, zu kommen.

Als er sich mit gedrosseltem Motor von der Brücke entfernte, sah er sich noch ein letztes Mal um. Von weitem war es perfekt. Die dunkle Silhouette pendelte im Wind leicht hin und her, während sich die Lichter der Stadt in der Wasseroberfläche unter ihr spiegelten und der Szenerie einen magischen Glanz verliehen.

‚Wie schön sie sein konnten, wenn man ihnen den rechten Weg zeigte‘, ging es ihm durch den Kopf, während er nach den Fingern in seiner Jackentasche tastete und lächelte.

56

„Wir müssen sie da runter holen. Sofort!"

Ellie hatte wieder kaum geschlafen, wie so oft in den letzten Wochen. Ihr Verstand tat sich entsprechend schwer, den grauenhaften Anblick zu begreifen. Erschwerend kam hinzu, dass sie dazu neigte, seekrank zu werden und das Boot der Wasserpolizei, auf dem sie momentan unterhalb der Oberbaumbrücke stand, schaukelte, als würde es mit aller Macht nach ihrem halb verdauten Frühstückstoast betteln.

„Frau Kommissarin, erst die Fotos, dann das Vergnügen."

Ed schien all das hier nichts auszumachen. Zumindest seinen furchtbaren Sinn für Humor hatte er trotz der fragwürdigen Arbeitsumstände nicht eingebüßt. Leider.

„Keine Ahnung, an welchem Punkt da für Sie das Vergnügen beginnt, Niedermeier."

Er lachte und Ellie war froh, dass seine Antwort vom Rattern der U1 über ihren Köpfen geschluckt wurde. Sie sah, dass die Kriminaltechniker am Ufer bereits ein Zelt zur weiteren Spurensicherung aufgebaut hatten. Direkt davor stand Hassler, eine Zigarette im Mundwinkel und sah mit verschränkten Armen zu ihr herüber.

„Sie machen hier fertig und dann sehen wir uns am Ufer. Seien Sie bitte vorsichtig, ich will nicht, dass auch nur der kleinste Beweis in der Spree verschwindet, klar? Ach und Niedermeier, halten sie bitte Ausschau nach einem Herz.

Irgendwo hat er sicher wieder seine widerwärtige Liebesbotschaft hinterlassen."

„Ja ja. Schon klar. Ich mache das ja nicht zum ersten Mal."

Tatsächlich war da ein Hauch von Ärger in seiner Stimme. Scheinbar konnte er es genauso wenig ausstehen wie sie selbst, wenn man an seiner Arbeit zweifelte.

„Sonst noch was?"

Die Kamera vor der Brust und einen Fuß auf der Reling des Bootes drehte er sich fragend zu ihr um. Die Pose hatte beinahe etwas heroisches, wäre da nicht sein seltsam angestrengter Gesichtsausdruck gewesen. Die rechte Augenbraue so weit hochgezogen, dass sie fast unterm Haaransatz verschwand und ausnahmsweise mal kein dummes Grinsen auf den Lippen wirkte er auf einmal nicht mehr wie ein etwas merkwürdiger, aber harmloser Spinner. Plötzlich war da etwas Bedrohliches in seiner Ausstrahlung.

„Was ist denn mit Ihrem Gesicht passiert?" Quer über seine linke Wange zogen sich zwei tiefe Kratzer.

„Ach das. Daran ist meine Frau schuld."

„Ähm okay. Bitte ersparen Sie mir die Details."

Seine Züge entspannten sich und das übliche Grinsen legte sich auf sein Gesicht.

„Nicht ganz, Frau Kommissarin, nicht ganz. Tatsächlich liege ich ihr seit Wochen in den Ohren, dass sie ihre elenden Himbeersträucher beschneiden muss, da sie den Weg zur Garage versperren. Naja, sie sehen ja, wie gut meine Frau auf mich hört und was passiert, wenn

man im Halbdunkel nicht bei der Sache ist. Immerhin knapp an einer schicken Augenklappe vorbei. Wobei das gut zu der Nummer hier heute gepasst hätte. Arrrrr."
Das ungewollte Lachen über diesen dummen Piratenwitz blieb ihr im Halse stecken, als ihr Blick wieder auf die misshandelte Frauenleiche hinter ihm fiel. Erst jetzt bemerkte sie die Verstümmelungen an der rechten Hand.
„Können Sie mir dazu schon was sagen?"
Sein Blick folgte dem ihren und blieb an den mit Blut verkrusteten Händen hängen, die oben aus dem Knoten des Seils herausragten.
„Naja, alle guten Dinge sind drei oder?"
„Bitte was?" Ellie hatte keine Ahnung, wovon er jetzt wieder sprach.
„Na drei. Ihr fehlen drei Finger."
„Gott, Sie können manchmal so ein Idiot sein, wissen Sie das eigentlich? Wie hält Ihre Frau es nur mit Ihnen aus?"
Grinsend tippte er auf die Kratzer in seinem Gesicht und zuckte mit den Schultern.
„Ok, dann bis gleich."

...

Hassler schien sich keinen Zentimeter bewegt zu haben. Wie in Hypnose starrte er quer über den Fluss in Richtung Brücke.
„Und?"
„Niedermeier macht noch Tatortfotos, dann bringen sie die Leiche her."

„Ok. Was noch?"

„Wie was noch?"

„Man muss kein Hellseher sein, um in Ihrem Gesicht zu lesen, dass etwas sie beunruhigt - noch mehr als sonst zumindest."

Hassler hatte Recht. Zwar hatte sie ihr kreidebleiches Gesicht vor allem ihrem Ausflug aufs Wasser zu verdanken, aber das war nicht alles.

„Das Opfer ist wesentlich jünger als die vorherigen."

In seinem Blick flackerte kurz etwas auf. Nicht lang genug, um zu erkennen, was ihm durch den Kopf ging, aber Ellie ahnte, dass die Info Erinnerungen in ihm weckte.

„Und was mich auch beunruhigt: er geht mit jeder Tat ein höheres Risiko ein, als müsste er etwas beweisen. Ich meine die Nummer hier ist so unnötig riskant. Sie hätten sehen müssen, wie sie dort hängt. Was kommt als nächstes?"

„Wie wäre es, wenn wir dafür sorgen, dass es kein Nächstes gibt, Frau Kollegin?"

„Schon klar, aber trotzdem. Ja, wir wissen, dass es ihm nicht ums Töten geht, sondern, dass das ganze Drumherum, diese ekelhafte Show ihn antreibt. Dass da eine ganz spezielle Nachricht drin versteckt ist, aber welche verschissene Nachricht soll eine weitere verstümmelte Frau, ach was rede ich denn, das da drüben ist noch ein Mädchen verdammt, bitte sein?" Ellie zitterte vor Wut und Hassler schien nicht nur mit ihrem Gefühlsausbruch überfordert, sondern hatte offensichtlich auch keine

Antwort parat. Nicht, dass sie eine erwartet hätte.

„Vielleicht eine Nachricht, die man hätte verhindern können, wenn Sie meinen Bericht gelesen hätten?"

Wie vom Blitz getroffen wirbelten beide zeitgleich herum.

„Ach leck mich doch, was willst du denn hier?"

„Einen schönen guten Morgen, werte Kollegen. Sind wir jetzt also endlich per Du?"

Hasslers verächtliches Schnauben erstickte die Frage im Keim. Döbritz stand da und sah aus, als erwarte er Applaus für sein Erscheinen, wirkte aber gleichzeitig seltsam deplatziert. Mit seinem glatt gebügelten weißen Hemd, seinem braunen Kamelhaarmantel und einer schwarzen Baseballkappe sah er aus wie ein BWL Student im zwanzigsten Semester, der krampfhaft cool wirken wollte, um bei den jüngeren Kommilitonen Anschluss zu finden. Seine Aura der Arroganz hatte darunter jedoch keineswegs gelitten.

„Im Gegensatz zu Ihnen beiden war der Chef so gedankenschnell, mich zu informieren. In Anbetracht der Tatsache, dass das da vermeidbar gewesen wäre, wenn Sie auf mich gehört hätten, ist es augenscheinlich längst überfällig, dass ich jetzt Mitglied Ihrer kleinen Soko bin."

Ellie war nicht entgangen, dass er Weinreich auf einmal ‚Chef' nannte und auch der Fakt, dass sie nun doch länger mit diesem Idioten zu tun haben würden, nahm sie wahr. Beides drang jedoch nicht zu ihr hindurch, da der Rest seines Geschwafels ihre Aufmerksamkeit dringender verlangte.

„Was soll das verdammt nochmal heißen, es hätte verhindert werden können?"

Als hätte er nur auf diese Frage gewartet, zog er aus der Innentasche seines Mantels einen zusammengerollten Hefter hervor.

„Seite Sechs. Ich zitiere. Es ist davon auszugehen, dass der Täter Berliner Herkunft ist, da er sich offensichtlich sehr gut mit angesagten Orten und Szeneplätzen auskennt und diese bewusst für seine Taten auswählt, um maximale Wirkung zu erzielen. Es erscheint daher sinnvoll, entsprechende Hotspots und Sehenswürdigkeiten insbesondere nach Einbruch der Dunkelheit durch einen verstärkten Streifendienst zu sichern."

„Sie glauben also, es hätte den Täter davon abgehalten, unterhalb der Brücke eine Frauenleiche aufzuhängen, wenn oben aller zwei Stunden eine Polizeistreife die Straße entlang fährt?"

„Der Chef stimmt mir da durchaus zu, Frau Kollegin. Ich meine, DAS DA", wie ein Lehrer vor einer aufmüpfigen Schulklasse zeigte er mit dem Finger in Richtung Brücke, wo soeben die Leiche vorsichtig an Bord des Bootes gehoben wurde, „hat sicher einige Zeit gedauert. Jegliche Aktivität AUF der Brücke hätte ihn zumindest in seinem Tun UNTER der Brücke stören können oder?"

Jetzt wurde es Ellie zu bunt. Sicherlich hatte er nicht ganz unrecht, aber sein wichtigtuerisches Gehabe ging ihr so dermaßen auf den Sack. Sie wollte ihm gerade eine verbale Breitseite verpassen, als sich Hassler unerwartet einmischte. Er hatte leicht abseits gestanden und das

Gespräch grimmig schweigend verfolgt. Nun schien auch er genug zu haben.

„Ey Klugscheißer. Sie war schon tot."

„Mh?" Döbritz sah ihn entgeistert an, so als versuchte er sich einzureden, dass er sich verhört hatte.

Hassler griff sich ins Innenfutter seiner Jacke und tat so, als würde er etwas hervorholen.

„Handbuch für Dummschwätzer, die sich in einen Fall einmischen. Seite Eins. Ich zitiere. Das Opfer war bereits tot, als es unter die Brücke gebracht wurde. Deine kleine Nachtwache hätte also einen Scheiß verhindert. Für das Mädchen kam jede Hilfe zu spät."

Ellie hätte am liebsten laut losgeprustet. Sie hatte am eigenen Leib erfahren, was für ein absoluter Arsch Hassler sein konnte, aber es hier und jetzt aus der Zuschauerperspektive heraus zu erleben, war absolut göttlich.

Döbritz verzog das Gesicht, als hätte man ihn mit Hundekacke beworfen. Die Lippen zusammengepresst und mit stechendem Blick rang er um Fassung.

„Das wird ein Nachspiel haben, Hasselberger. Ich denke nicht, dass der Herr Polizeidirektor von einer solchen Respektlosigkeit innerhalb des Teams allzu begeistert sein wird. Ich weiß nicht, was Sie für ein Problem mit mir haben, aber glauben Sie ja nicht, Sie wären unantastbar."

Hassler rollte mit den Augen, steckte seine imaginären Papiere zurück in die Jackentasche und lächelte Ellie an.

„Haben Sie eine Ahnung wovon der Kollege spricht, Seidel?"

Nur allzu gern spielte sie sein Spielchen mit.

„Keine Ahnung, ehrlich gesagt."

„Na also. Selbst Sie sollten wissen, dass es ohne glaubwürdige Zeugen wirklich schwer ist, eine Tat zu beweisen."

Sie sah, dass Döbritz kurz davor war, die Beherrschung zu verlieren, allerdings war sie von einem anderen Gedanken abgelenkt worden. Ein Gedanke, welcher diesem kleinen testosteronschwangeren Duell jegliche Bedeutung nahm.

„Ok die Herren. Reicht dann. Hasselberger, kommen Sie. Wir müssen los." Eilig klopfte sie ihrem verdutzten Kollegen im Vorbeigehen auf die Schulter und lief ohne ein weiteres Wort Richtung Brücke.

57

„Wo zur Hölle warst du?"

Er hatte sie zu Tode erschreckt, wie er da im Halbdunkel auf der Treppe saß, in seiner uralten ausgeblichenen Uncle Sam Jogginghose, eine Tasse Kaffee in der Hand und tiefe Augenringe im Gesicht. Sie versuchte, seinem Blick auszuweichen und sich an ihm vorbei die Treppe hochzuschieben.

„Halloooo? Erde an Finja! Ich möchte wissen, wo du die ganze Nacht warst? Ich habe mir Sorgen gemacht."

Irgendwas an seiner Tonlage ließ sie daran zweifeln. Er klang eher frustriert als besorgt.

„Finja, was ist denn los?" Sie war schon fast an ihm vorbei, als er nach ihrer Hand griff. Nicht fest, aber fest genug, dass ihr die unerwartete Berührung Tränen in die Augen trieb.

„Frag doch einfach Mama. Sie hat es erlaubt."

Vorsichtig, aber bestimmt befreite sie sich aus seinem Griff und stieg die Treppe hoch. Zu ihrer Erleichterung kam ihre Mutter gerade aus dem Bad.

„Guten Morgen. Was ist denn los?"

„Keine Ahnung. Papa schiebt voll den Film."

„Papa macht was?"

„Papa macht gar nichts. Außer sich Sorgen", ertönte es vom Fuß der Treppe, „aber vielleicht kannst du mir erklären, wo unsere Tochter die Nacht verbracht hat und warum sie mich behandelt, als wäre ich diese Auskunft nicht wert?"

„Gregor, jetzt beruhig dich doch erstmal. Finja hat bei Sofia übernachtet. Die beiden wollten gestern irgend so ein neues angesagtes Restaurant in Mitte ausprobieren. Kein Grund, sich zu streiten."

„Ich streite nicht, ich…"

Den Rest bekam Finja nicht mehr mit, da das Gespräch mit dem schwungvollen Schließen ihrer Zimmertür beendet war. Sie setzte sich auf ihr Bett und atmete tief durch.

,Wird das ab jetzt immer so sein? Das schaffe ich einfach nicht. Ich muss hier raus!'

Und plötzlich brachen alle Dämme. Ihre Verzweiflung bahnte sich einen Weg nach draußen und hinterließ bereits nach wenigen Sekunden einen salzigen Geschmack auf ihren Lippen. Durch den Schleier ihrer Tränen konnte sie das Logo der App nur erahnen. Sie wusste jedoch ganz genau, wo sich das Instagram Icon auf dem Display befand. Ihr Daumen würde es zielsicher selbst mit geschlossenen Augen finden können. Sie wischte sich die Tränen weg und tippte:

,Also wann hast du Zeit für unser Shooting? Freu mich, dich endlich live kennenzulernen."

Um ein wenig cooler zu wirken, schob sie hinterher:

,Außerdem brauche ich dringend neuen Content für meine Follower ;)'

58

Der Gestank von Urin hing in dem Backsteingewölbe, als würde er aus den Wänden selbst kommen. Ellie hastete durch die verdreckten Arkaden und fragte sich, ob die Oberbaumbrücke nicht eigentlich nur als Fotomotiv aus der Ferne etwas taugte. Das Hautnah-Erlebnis war ziemlich ernüchternd. Selbst bei Tageslicht und nicht etwa bei Nacht, wenn die Brücke zu einer pulsierenden Transitstrecke der betrunkenen Partyhorden zwischen Warschauer Straße und Schlesischem Tor wurde.

Zufrieden registrierte sie, dass der östliche Gehweg der Brücke bereits weiträumig abgesperrt worden war. Ein Kollege der Schutzpolizei sah sie fragend an, als sie wortlos ihre Marke hoch hielt und geradewegs an ihm vorbei lief. Der Grund ihres kleinen Fußmarsches elektrisierte sie so sehr, dass sie keine Zeit mit Höflichkeiten vergeuden wollte.

Kurz vor dem Ende der Brücke blieb sie stehen. Ihr Blick fiel auf eine Ansammlung verschiedenster Gegenstände: mehrere abgewetzte Schlafsäcke und Decken, ein alter Campinghocker, ein Kasten Bier - die Überbleibsel eines kleinen Lagers. Verstört sah sie sich um. Einige neugierige Gaffer hatten sich hinter dem Absperrband versammelt und versuchten, herauszufinden, was passiert war. Sie schob den Campingstuhl beiseite und beugte sich über die Balustrade. Ed und sein Team

hatten die Leiche inzwischen ans nördliche Ufer ge-
bracht. Unter ihr zog das dunkelgraue Wasser unter der
Brücke hindurch und nichts deutete mehr darauf hin,
dass hier vor wenigen Minuten noch eine verstümmelte
Frauenleiche die mittlere Fahrrinne blockiert hatte. Ver-
wirrt wandte sie sich an den Polizisten, der ihr, warum
auch immer, mit einigem Abstand gefolgt war.
„Haben sie die Obdachlosen zur Befragung mit aufs
Revier genommen?"
Ein solches Vorgehen war ungewöhnlich.
„Welche Obdachlosen, Frau Kommissarin?"
„Die Gruppe Punks, die hier immer rumlungert."
Sie zeigte auf die zurückgelassenen Gegenstände.
„Nö. Hier war niemand."
„Was soll das heißen, hier war niemand? Die sind immer
hier. IMMER. Jeden verdammten Tag. Jede verdammte
Nacht. Also erzählen sie mir nicht, die haben sich
plötzlich in Luft aufgelöst."
Hassler kam schwer atmend neben ihr zum Stehen.
„Keine Ahnung, warum sie immer so rennen müssen.
Also was ist los?"
„Dort drüben sitzt zu jeder Tages- und Nachtzeit eine
Gruppe Obdachloser. Und jetzt sind sie angeblich
verschwunden. Das ist los."
Ein weiterer Polizist kam zu ihnen herüber.
„Suchen sie die Truppe, die hier normalerweise immer
kampiert?"
„Na endlich jemand, der mitdenkt. Genau die suchen
wir."

„Die wurden gestern Abend gegen 23:30Uhr in die Rettungsstelle gebracht. Ein Touristenpärchen hatte den Notruf gewählt und angegeben, dass mehrere Personen auf der Oberbaumbrücke medizinische Hilfe bräuchten."

„Alle? Sie mussten alle in die Notaufnahme?"

„Scheinbar. Ja."

Die Art, wie er es sagte, wirkte beinahe entschuldigend.

„Am Arsch. Das kann doch kein Zufall sein."

Frustriert trat sie gegen den halb vollen Kasten Bier, der klirrend einen knappen Meter über den schweren Steinboden schlitterte.

„Seidel, fahren Sie sich runter. Hier sind überall Leute, verdammt."

Sie hörte ihn nicht. Ihr Blick klebte an dem Bierkasten. An dem halb vollen Bierkasten.

Ein Kasten? Welcher Obdachlose gibt Geld für Pfand aus? Und wieso war er noch halb voll?'

In diesem Augenblick sah sie die angetrunkene Flasche neben dem Campingstuhl und eine weitere direkt an der Wand. Dort noch eine, umgekippt, mit einem Rest trüber Flüssigkeit darin. Überall verteilt standen oder lagen Bierflaschen und ohne zu zählen, wusste sie, dass der Kasten gestern Abend noch voll gewesen sein musste.

Oh du cleveres Stück Scheiße, du.'

Jetzt wusste sie, was hier los war.

„Das Arschloch hat sie betäubt, wenn nicht sogar vergiftet, um seine Ruhe zu haben."

„Was? Wie kommen sie denn darauf?"

Die Frage kam von Hassler, doch alle drei Männer sahen

sie ähnlich entgeistert an.

„Weil der Kasten Bier da nicht zufällig hier rumsteht und scheinbar niemand über die erste Flasche hinaus gekommen ist."

Man konnte förmlich sehen, wie den Dreien ein Licht aufging. „Ich wette, er hat den präparierten Kasten als nett gemeinte Spende hier gelassen und darauf vertraut, dass sie alle zugreifen würden."

Scheinbar war der Kollege vom Streifendienst doch nicht so begriffsstutzig, wie sie gedacht hatte.

„Exakt. Und sein Plan ging leider auf."

Hassler griff ihren Ärmel und zog sie einige Meter beiseite. „Es muss ja nicht jeder in unsere Ermittlungen eingeweiht werden oder? Also so viel zum Thema Risiko. Das Dreckschwein weiß genau was er tut. Hier oben hört man nicht, was unter der Brücke passiert, schon gar nicht, wenn man nur kurz vorbeiläuft. Schiffsverkehr ist zwischen Oberbaumbrücke und Kanzleramt nur Booten mit mehr als fünf PS gestattet. Zu dieser Jahreszeit und mitten in der Nacht hatte er da wenig Verkehr zu befürchten. Das Boot, welches er vermutlich benutzt hat, haben die Kollegen im Yachthafen Stralau, knapp drei Kilometer flussabwärts gefunden. Die Spurensicherung ist schon unterwegs. So wie der Kollege den Anblick beschrieben hat, muss er sie auf dem Boot getötet haben."

„Mhm. Das würde Sinn ergeben. Was wissen wir über das Boot?"

„Vermutlich gestohlen. Die Kajüte zeigt Aufbruchspuren."

„Also haben wir nichts. Wieder mal."

„Nicht, wenn uns einer der Obdachlosen den edlen Spender des Bieres beschreiben kann."

„Als ob. Er wird auch hierfür einen Trick parat gehabt haben."

„Seidel, ich weiß, Sie geben nicht viel auf meine Meinung, aber fangen Sie jetzt nicht so an. Keine Ahnung, wie es in Ihrem alten Dezernat zuging, aber lassen Sie mich Ihnen als jemand, der die Scheiße hier nicht zum ersten Mal macht, eines mit auf den Weg geben: wenn Sie mit Sackgassen nicht klar kommen, sind Sie hier falsch. Bei der Mordkommission existiert das Wort Kapitulation nicht klar? Und wenn es Jahre dauert, wir kriegen das Arschloch. Für den Anfang würde ich vorschlagen, wir lassen Lüdeke mal sämtliche Verkehrskameras rund um die Brücke checken. Da hat er mal was Sinnvolles zu tun. Und jetzt gönnen Sie sich eine Pause, bevor der Fall Sie aufzehrt. Gehen Sie nach Hause und schlafen sich aus. Sie sehen beschissen aus."

Ellie konnte nicht anders, als zu schmunzeln. Nicht nur weil er natürlich vollkommen recht hatte und sie seinen Aufmunterungsversuch zu schätzen wusste, sondern auch weil er den richtigen Ton dafür getroffen hatte.

„Danke vielmals. Das blühende Leben sind Sie aber auch nicht gerade. Das wissen sie schon oder?"

Gemeinsam gingen sie den Weg zurück, den sie gekommen waren. Vorbei an den beiden Kollegen, die sie kaum weniger fragend ansahen, als die Passanten auf der anderen Seite des Absperrbandes. Plötzlich blieb

Hassler abrupt stehen. Sie befanden sich genau in der Mitte der Brücke. Direkt unter ihnen hatte das Opfer gehangen.

„Was ist los?" Ellie spürte, dass er nicht angehalten hatte, um sich die Schuhe zuzubinden, hatte jedoch keine Ahnung, was los war.

„Wussten Sie, dass es in Berlin verboten ist, diese nervigen Liebesschlösser an Brücken anzubringen?"

„Ähm nein. Wieso?"

„Die Stadt lässt die Dinger zwei Mal im Jahr von allen Brücken entfernen."

Ihr Blick fiel auf das schmiedeeiserne Geländer, das die schweren Steinsäulen der Brücke miteinander verband.

„Scheinbar wurden hier erst vor kurzem die Schlösser entfernt, so wenige wie ich bisher heute gesehen habe. Finden sie also nicht auch, dass das da ein bisschen zu neu und akkurat platziert aussieht?"

Er zeigte auf ein übergroßes gold glänzendes Schloss. Selbst für diese kitschige Tradition des Liebesbeweises wirkte es übertrieben. Ellie ging einen Schritt darauf zu. Als sie nah genug war, um den eingravierten Schriftzug zu lesen, schien die Lufttemperatur auf einen Schlag um mehrere Grad zu sinken.

‚Ellie + X'

Instinktiv griff sie nach dem Schloss und drehte es langsam herum. Auch der letzte Funken Hoffnung auf einen dummen Zufall erlosch, als die Gravur sichtbar wurde.

59

Drei Meter von ihm entfernt versenkte der Löwe seine Reißzähne in der Kehle des Zebras und riss es zu Boden. Vom anschließenden Todeskampf des Tieres bekam Gregor nichts mit. Lediglich die zuckenden Lichter, die der überdimensionale Fernsehbildschirm durchs Wohnzimmer jagte, drangen zu ihm hindurch. Gedankenverloren scrollte er durch die neuesten Beiträge seiner Kontakte auf Facebook. Ein ehemaliger Klassenkamerad hatte einen Spendenaufruf für Flüchtlinge auf dem Mittelmeer geteilt. Der Typ war schon damals in der neunten Klasse so ein nerviger Weltverbesserer gewesen. Es war ja nicht so, dass ihm die Menschen in den Schlauchbooten nicht leid taten, absolut nicht, aber es hatte sie ja auch keiner dazu gezwungen, in so ein Boot zu steigen. Er fand auch, dass man den Ärmeren auf dieser Welt helfen musste, aber ganz klar bevor sie sich auf den Weg nach Europa machten. Und dafür war nicht er, sondern die Politik zuständig. Er überlegte kurz, ob er seine Gedanken als Kommentar unter den Beitrag schreiben sollte, ließ es dann aber bleiben. Keine Lust auf Diskussionen.

Inzwischen war im Fernsehen die Savanne dem Regenwald gewichen und Gregor wurde langsam müde.

„Nur damit es morgen nicht wieder ein großes Drama gibt, unsere Tochter ist mit Sofia auf einem Konzert und kommt heute spät nach Hause."

Er hatte ganz vergessen, dass er nicht allein war. Verdutzt wanderte sein Blick vom Handydisplay zu seiner Frau im Sessel auf der anderen Seite des Raums.

„Mit Sofia? Schon wieder? Ist morgen keine Schule?"

„Doch, natürlich, aber Finja ist inzwischen sechzehn, Gregor. Du musst ihr auch mal ein paar Freiheiten lassen. Wenn du sie zu sehr einengst, wird sie nur noch mehr davon laufen wollen."

„Mhm, vielleicht hast du recht. Ist sie denn zu dir auch so abweisend in letzter Zeit?"

„Nein, eigentlich nicht. Ich weiß nicht, was sie hat. Sie meinte auch, ich solle dir von heute Abend nichts erzählen, damit du nicht wieder böse wirst."

„Ich werde nicht böse, ich mache mir nur Sorgen. Wenn sie mit mir reden würde und ich Bescheid gewusst hätte, wäre es doch kein Problem gewesen. Ich verstehe es nicht. Sie war doch sonst nie so verschlossen."

„Mach dich nicht verrückt. Es ist bestimmt nur eine Phase. Sie war schon immer Papakind und das wird sie auch bleiben. Wirst du sehen."

Er wünschte sich sehr, dass es stimmte, doch sein schlechtes Bauchgefühl ließ sich von ihren Erklärungen wenig beeindrucken. Vielleicht hatte Finja ja etwas auf Instagram gepostet. Neugierig öffnete er die App und klickte auf ihr Profil.

Nichts. Keine Story und auch das letzte Bild war inzwischen über eine Woche alt. Verdammt, das war nicht gut fürs Geschäft. Sie musste aktiv sein, um für

Firmen als Werbefläche relevant zu bleiben. Eines der letzten Postings zeigte sie mit Sofia. Beide strahlten in die Kamera, als hätten sie das pure Glück durch den Strohhalm ihrer Starbucks Becher gesogen, die sie beide in den Händen hielten. Sofias Profil war auf dem Bild verlinkt und Gregor klickte darauf. Glück gehabt, auch sie schien nicht viel von Privatsphäre zu halten und hatte ihr Profil für jeden öffentlich sichtbar eingestellt. Der bunte Kreis um ihr Profilfoto lud ihn dazu ein, sich ihre aktuelle Story anzusehen. Die Ansicht wechselte in den Vollbildmodus und er sah sie mit einem Jungen, etwas älter als sie und einem großen Eimer Popcorn. Quer über das Foto hatte sie ,date night' geschrieben. Als Gregors Blick auf die Zeitleiste im oberen Bereich des Screens sah, wurde aus seinem Bauchgefühl ein schmerzhafter Krampf:

,Vor 28min'

Finja hatte gelogen. Wo auch immer sie gerade war, Sofia war definitiv nicht an ihrer Seite. Zum Glück war er dieses Mal vorbereitet. Nach ihrem Streit neulich hatte er beschlossen, sie nicht mehr so leicht aus den Augen zu lassen. Sie selbst wusste natürlich nichts davon, dass er neuerdings ihr iPhone tracken konnte. Schon hatte er die ,Wo ist?'-App geöffnet und wartete, dass sich der kleine blaue Punkt aktualisierte und ihm anzeigte, wo seine Tochter steckte. Fast glaubte er, die App hätte sich aufgehangen, als die Karte sich endlich bewegte, einzoomte und den blauen Punkt wie eine Stecknadel in die Mitte Berlins setzte.

‚Was zur Hölle will sie am Brandenburger Tor?'

Ruckartig stand er vom Sofa auf und war schon auf dem Weg in den Flur, als er den fragenden Blick seiner Frau wahrnahm.

„Ich muss leider nochmal kurz ins Büro. Ich habe die Darlehensunterlagen meiner Klienten liegen lassen und brauche sie morgen früh bei dem Vorort-Termin in Ludwigsfelde. Du weißt schon, dieses furchtbar hässliche Reihenhaus."

Er hatte nach all den Jahren Übung darin, seiner Familie etwas vorzutäuschen. Lügen kamen ihm leichter über die Lippen als ein Danke oder ein Bitte. Manchmal fragte er sich, ob seine Frau wirklich keinen Verdacht schöpfte oder ob es ihr inzwischen einfach vollkommen egal war, was er trieb. Irgendwie war ihm beides recht, dachte er, als er sich unter dem halb geöffneten Garagentor hindurch bückte und in seinen Wagen stieg.

60

Wenn er hier war, ließ sie ihn nie allein. So auch heute nicht, während er hier stand und beobachtete, wie die schweren Regentropfen wie Kanonenschläge auf den schwarzen Granit prallten. Wie immer stand sie hinter ihm, legte ihm sanft beide Hände auf die Schultern und drückte ihn langsam auf die Knie hinunter. Gelang es ihm sonst, sie von Zeit zu Zeit in die hinterste Ecke seines Verstandes zu verbannen, an diesem Ort hatte er keinerlei Macht über sie. Hier hatte sie das Sagen. Nur sie allein. Die Schuld beherrschte ihn an diesem Ort mit eisernem Griff.

Heute ärgerte er sich, dass er damals Rebecca sämtliche Entscheidungen für das Begräbnis überlassen hatte, weil er selbst zu schwach war. Zu schwach und zu feige, um sich mit der Wahrheit auseinanderzusetzen, dass er seine eigene Tochter begraben musste. Kein Stein der Welt wäre seiner Josi gerecht geworden, aber diese schwarze Geschmacklosigkeit war das genaue Gegenteil von allem, wofür sie gestanden hatte. Dunkel, kalt und wuchtig stand das Grabmal da und erinnerte die Welt an ein Mädchen, das strahlend und leichtfüßig durchs Leben gegangen war und dabei Nichts als Wärme versprüht hatte. Vielleicht war auch das der Grund, dass Rebecca und er sich danach nie wieder richtig in die Augen gesehen hatten. Weil sie wussten, dass in ihren

Blicken keine Gemeinsamkeiten mehr liegen würden. Nicht jetzt, wo Josi die losen Enden ihrer Ehe nicht länger zusammenhalten konnte.

Sein zunehmend glasiger Blick fiel auf ihren in den Stein gemeißelten Namen. Er hatte ihn damals ausgesucht und Rebecca in endlosen Diskussionen neun Monate lang überzeugen müssen. Mit Erfolg.

Als plötzlich die Buchstaben und Zahlen anfingen, zu rotieren, wie die Zuganzeige an alten Bahnhöfen, begriff er, dass dies hier nicht nur eine schmerzhafte Erinnerung war. Ohne seine Finger zu zählen, wusste er, dass er wieder einmal Gefangener seiner eigenen Fantasie war, einer grausamen Fantasie. Mit einem Ruck hörten die Zeichen auf, sich zu bewegen. Da der Regen immer stärker wurde, musste er die Augen zusammenkneifen, um etwas erkennen zu können. Dort wo eben noch ihr Vorname geschrieben stand, der Name, für den er so lange gekämpft hatte, waren nun fünf andere Buchstaben zu lesen. Auch Josis Geburtsdatum war durch ein neues ersetzt wurden. Als er die Inschrift endlich entziffern konnte, brauchte sein Verstand einige Sekunden, um zu verstehen, was er dort sah:

Frank Hasselberger
04.08.1966 - 21.10.2016

Es stimmte. Er selbst war gestorben an jenem Tag. Mit Josis Tod hatte in Wahrheit auch sein eigenes Leben ein Ende genommen. Mit dem schrillen Geräusch der Tür-

klingel hatte sich an diesem verdammten 21. Oktober der Tod in sein Leben geschlichen und hielt ihn seitdem gerade weit genug lebendig, um ihn langsam zerfallen zu sehen. Innerlich war er längst tot. Tränen rannen ihm über die Wangen und mischten sich in den Platzregen, der den Boden unter ihm bereits in eine dunkelbraune Schlammwüste verwandelt hatte. Seine Knie machten ein schmatzendes Geräusch als er versuchte aufzustehen.

„Papa bist du das?"

Der Sturm, denn zu nichts anderem war der Regen inzwischen angeschwollen, schien seinem Verstand einen Streich zu spielen.

„Papa, kannst du mich hören? Bitte, Papa."

Einerseits hoffte er, dass er sich verhörte, andererseits sehnte sich ein Teil in ihm so sehr nach ihr, dass er jede Gelegenheit nutzen würde, mir ihr zu sprechen, selbst wenn er wusste, dass es nicht echt war.

„Josi?"

Seine zitternde Stimme wurde vom Tosen um ihn herum geschluckt.

„Papa, hilf mir. Es ist so dunkel."

„Josi, ich bin hier. Alles wird gut."

„Ich kann nichts sehen. Hol mich hier raus. Bitte."

Sofort begann er mit beiden Händen im Schlamm zu wühlen. Er wusste, dass es sinnlos sein würde, aber er konnte sich selbst nicht daran hindern. Sein Körper wehrte sich erfolgreich gegen die Stimme der Vernunft, die ihm mit aller Macht zurief, dass seine Tochter tot war und dass dort unter der Erde nichts anderes auf ihn wartete, als noch mehr Schmerz. Doch er grub. Wie besessen tauchte er die Arme in die braune Suppe und versuchte schneller zu sein, als das Wasser, das die Erde immer wieder in das Loch zurück spülte.

„Halt durch. Ich bin gleich bei dir."

„Beeil dich. Bitte, Papa. Ich bekomme keine Luft."

Panik. Er hatte im Laufe der letzten sechs Jahre vergessen, wie sie sich anfühlte. Es hatte einfach nichts mehr in seinem Leben gegeben, dessen Verlust so etwas wie Angst wert gewesen wäre. Doch hier war sie wieder. Wie immer. Und mit ihr kam der ewige Schwur, ebenso unvermeidbar wie hoffnungslos: Er würde nicht zulassen, dass Josi ihm ein zweites Mal weggenommen werden würde. Nicht heute. Nicht hier.

„Papa, ich kann nicht…"

Ihre Stimme wurde leiser. Immer wieder tauchte er die Arme bis zum Ellenbogen in den weichen Boden. Immer wieder strömte eine Lawine aus Schlamm hinterher. Irgendetwas stimme nicht. Dies war kein normaler Regen. Das Wasser umspülte bereits seine Hüfte, während er verzweifelt versuchte, überhaupt so etwas wie ein Loch auszuheben.

„Josi, bist du noch da? Josi?"

Sie antwortete nicht.

„Josi, bitte sag doch was."

Es war hoffnungslos, als würde man versuchen, in einem reißenden Fluss ein Loch ins Flussbett zu graben. Er würde wieder versagen. Wie jedes Mal.

„Papa, es tut mir leid."

Ihre Stimme klang dumpf. Weit weg. Unerreichbar.

„Schatz, dir muss nichts leid tun. Mir tut es leid. Ich habe dich im Stich gelassen."

„Verzeih mir."

„Alles. Egal was. Ich liebe…"

Weiter kam er nicht. Wie aus dem Nichts erfasste ihn eine Sturzwelle und riss ihn fort. Fort von dem Grab. Fort von ihr. Er kämpfte nicht dagegen an. Dazu fehlte ihm die Kraft. Bis sein Schädel mit voller Wucht gegen etwas Hartes schlug und alles um ihn herum schwarz wurde.

61

Finja war so aufgeregt gewesen. Von einem Bein auf das andere tippelnd hatte sie inmitten der Touristen gestanden und sich immer wieder nervös in alle Richtungen umgedreht. Sie muss so verloren gewirkt haben, dass ein älterer Herr sie ansprach, ob alles ok wäre. Erst nachdem sie ihm mehrfach versichert hatte, dass es ihr gut gehe und dass sie hier mit jemandem verabredet sei, hatte er seine Frau untergehakt, um sich gemächlichen Schrittes einen Weg durch die typischen Touristenmassen auf dem Pariser Platz zu bahnen.

Als sie ihn schließlich aus den Augen verloren hatte, war sie sich plötzlich gar nicht mehr so sicher, ob alles ok war. War es richtig, sich mit jemandem zu treffen, von dem man praktisch nichts wusste? Erst in diesem Moment wurde ihr wirklich bewusst, wie unvorsichtig sie war. Ihre Eltern dachten, sie wäre bei Sofia und in Wahrheit traf sie sich gerade mit einer wildfremden Internetbekanntschaft. Sie kannte nicht einmal seinen richtigen Namen.

Kurz bevor ihre Bedenken den entscheidenden Impuls zum Gehen an ihre Füße senden konnte, sah sie ihn. Mit einer enormen Zielstrebigkeit war er aus dem U-Bahn Aufgang hinaus getreten und hatte ohne zu zögern direkt auf sie zugehalten, so als hätte sie ein verdammtes Schild hochgehalten: ‚Hierher mysteriöser Unbekannter!

Hier bin ich.'

Er sah anders aus als auf seinen Instagram-Fotos. Als hätte man die Bilder zu lange in der Hosentasche mit sich herumgetragen. Er wirkte irgendwie verbraucht. Nicht dass er unattraktiv war, aber er entsprach nicht wirklich der klassischen Definition von Schön.

Die Hände in den Jackentaschen lief er leicht nach vorn geneigt, ohne auch nur ein einziges Mal nach links und rechts zu schauen. Finja wusste nicht, was es genau war, aber sein Auftreten hatte eine seltsame Anziehungskraft. Sein Weg zu ihr hinüber war von einem spürbaren Selbstverständnis geprägt. So als würde alles um ihn herum ihm gehören. Als bräuchte er nur mit dem Finger schnipsen und all die Menschen die sich hier heute um das Brandenburger Tor drängten, würden auf einen Schlag verschwinden.

Erst jetzt, bemerkte sie, dass er lächelte. Ein schiefes Lächeln, bei dem die Mundwinkel nicht aufeinander abgestimmt schienen, aber ein ansteckendes Lächeln. Seine strahlend hellblauen Augen schienen sie einmal von Kopf bis Fuß zu durchleuchten, als er sie schließlich erreichte.

„Da sonst weit und breit niemand so umwerfend aussieht, musst du wohl Finja sein."

Ach du Scheiße. Meint der das ernst?'

Der Spruch erinnerte sie an ihren verstorbenen Onkel. Er hatte keine einzige Gelegenheit ausgelassen, um ihr übertrieben kitschige Komplimente zu machen. Ein bisschen war Finja damals froh gewesen, dass der

Herzinfarkt ihr weitere Wiedersehen auf Familienfeiern erspart hatte.

„Den Spruch hast du dir schon den ganzen Tag zurecht-gelegt, oder?"

Sein Lächeln blieb von ihrer spöttischen Antwort anstelle eines freundlichen Hallos vollkommen unbeeindruckt. Entweder hatte er die Begrüßung ironisch gemeint oder er war nur schwer aus der Reserve zu locken. Finja war beides recht. Er gefiel ihr, obwohl er deutlich älter war als sie.

„Wollen wir?", fragte er mit einer ausladenden Geste in Richtung des erleuchteten Tores.

62

Sie war perfekt, einfach perfekt.

Während sie neben ihm lief und glaubte, er würde ihre verstohlenen kleinen Blicke zu ihm hinüber nicht bemerken, ging er im Kopf die weiteren Schritte durch, stets bemüht, sein Lächeln aufrechtzuerhalten. Er musste sich stark konzentrieren, dass sein Gesicht sich beim Gedanken an den Chloroformlappen und den dunkler werdenden Tiergarten nicht zu einer angespannten Grimasse verzerrte. Er war überrascht, wie gelassen sie wirkte. Er hatte gedacht, dass es schwieriger sein würde, wenn sie noch so jung waren. Lediglich ihr pausenloses Gequatsche verriet ihm ihre jugendliche Nervosität.

Zuhören. Das war alles, was sie von ihm erwartete. Und er hörte zu. Quittierte jede noch so alberne Geschichte aus ihrem belanglosen Leben mit einem falschen Lachen, fragte nach, wo sie sich eine Nachfrage erhoffte und schwieg, wo sie sich nach seinem Schweigen sehnte.

Doch plötzlich geriet seine Rolle ins Wanken, bekam seine verständnisvolle Fassade kleine Risse. Seine Selbstbeherrschung wurde auf eine harte Probe gestellt, als sie anfing von ihrem großen Traum zu reden. Dem Traum, Influencerin zu werden.

Er hörte das alles nicht zum ersten Mal. So oft hatte sie ihm mit dieser hoffnungslosen Sehnsucht in den Ohren gelegen. Jedes Mal hatte er mit ansehen müssen, wie etwas in ihr zerbrach, wenn sie davon sprach. Jedes Mal hatte er verzweifelt versucht, die Bruchstücke wieder zusammenzusetzen und sie aus dem dunklen Loch herauszuziehen. Die falschen Versprechen, an die sie sich krampfhaft geklammert hatte, als solche zu entlarven. Ohne Erfolg. Mit jedem Versuch, sie zurück ins echte Leben zu holen, hatte sie sich mehr davon entfernt. Und von ihm.

Nur deshalb lief er hier heute neben einem fremden Mädchen, für das es genauso wenig Hoffnung gab wie für Lisa damals. Er würde es beenden, bevor sie sich endgültig verlor - wie all die anderen vor ihr. Wenn alles nach Plan lief, würde sie die Letzte sein. Wenn alles nach Plan lief, würde es keine weiteren geben müssen. Wenn alles nach Plan lief, würde der eine Mensch kommen, der all das hier beenden könnte. Die Frau, die endlich die Leere füllen würde, die Lisa hinterlassen hatte. Sie würde es verstehen. Sie musste. Er würde ihr keine andere Wahl lassen.

„...super, wenn wir ein paar Fotos für meinen Feed hinbekommen. Ich bin in den letzten Tagen etwas inaktiv gewesen."

Erst jetzt fiel ihm die Kameratasche über seiner Schulter wieder ein. Diese Fotografen-Maskerade war immer noch ungewohnt für ihn.

„Achso. Ja klar. Lass uns hier nach rechts gehen. Am Sowjetischen Ehrenmal auf der anderen Straßenseite kann man die breiten Treppen super für ein paar schöne Aufnahmen nutzen, gerade jetzt in der Dämmerung."

Er konnte den am Straßenrand geparkten Mietwagen bereits sehen, direkt daneben der blickdichte Busch, den er sich ausgesucht hatte. Auf der Straße des 17. Juni herrschte wie immer reges Treiben. Aus beiden Richtungen schoben sich die endlosen Blechlawinen über die dreispurige Fahrbahn. Ein Fahrradkurier schoss fluchend an ihnen vorbei und verschwand im Verkehr. Nichts bot einen besseren Schutz als die Hektik einer Großstadt, wo sich jeder nur um sich selbst kümmerte.

Jetzt kam es aufs Timing an. Noch wenige Meter. Ihr Geplapper wurde zu einem Rauschen und drang nicht mehr zu ihm hindurch. Seine Hand wanderte langsam zur Kameratasche. Beinahe lautlos öffnete er den äußeren Reißverschluss und griff hinein. Sofort spürte er den feuchten Lappen und nahm den süßlichen Geruch des Chloroforms wahr.

„FINJA!"

Die Stimme des Mannes kam aus der Richtung hinter ihnen und er brauchte sich nicht erst umzudrehen, um schon am Tonfall zu erkennen, dass ab jetzt nichts mehr nach Plan verlaufen würde.

63

Nur wenig war besser geeignet, um sich in die eigene Wut reinzusteigern, als eine Autofahrt durch den Berliner Abendverkehr. Als Gregor aus dem Auto stieg und den Tiergarten betrat, war er auf hundertachtzig. Obwohl er die Frage, was Finja hier heimlich trieb, während der Fahrt zerkaut hatte, wie einen alten Kaugummi, der längst an Geschmack verloren hatte, war er nicht darauf vorbereitet, mit wem sie hier ihre Zeit verbrachte.

„Was zur Hölle machst du hier? Und wer ist das da? Sofia auf jeden Fall nicht."

Der Mittzwanziger, auf den er beim Sprechen zeigte, blickte seinen Finger an, als ob er darüber nachdachte, hineinzubeißen.

„Echt jetzt, Papa? Verfolgst du mich?"

„Beantworte mir gefälligst meine Frage."

Noch immer war der Blick des Mannes wie hypnotisiert auf seinen Finger gerichtet. Langsam senkte Gregor die Hand. Irgendwie war ihm der Typ unheimlich.

„Ich mache ein Shooting für Instagram. Ist das jetzt so schlimm?"

„Und warum hast du mir nichts davon erzählt? Du weißt doch, dass wir jeden Schritt deiner Influencer Karriere absprechen."

Aus dem Augenwinkel nahm er eine Regung wahr, als hätte der Unbekannte, mit dem seine Tochter hier unterwegs war, sich ruckartig seines Körpers erinnert.

„Sie sind dann also der Fotograf nehme ich an?"

Als Gregor sich wieder dem Mann zuwandte, war jedoch er es, der zusammenzuckte. Für einen Augenblick war da nichts als kalte Wut in dessen Blick, bevor sich seine Gesichtszüge wie auf Knopfdruck entspannten.

„Hi, ich bin Jonas."

Mit einem Lächeln streckte der Fremde ihm die Hand entgegen, nur um sie kurz darauf zurückzuziehen, als er merkte, dass Gregor sie nicht schütteln würde. Sein Lächeln blieb ihm ins Gesicht geklebt, schien jedoch ein wenig an Glanz zu verlieren.

„Jonas und weiter? Ist es normal, dass sie sich abends im Park mit minderjährigen Mädchen treffen?"

„Boah Papa! Was soll das?"

„Was das soll? Tut mir leid, aber ich finde es halt etwas merkwürdig, dass sich ein erwachsener Mann mit meiner Tochter ohne mein Wissen trifft, um Fotos zu machen. Im Dunkeln. Im Tiergarten."

Finja wollte etwas erwidern, doch er war noch nicht fertig. „Und die Tatsache, dass du deine Mutter hierfür belügst, wirkt auch nicht gerade vertrauensfördernd oder? Ich weiß nicht, was in letzter Zeit mit dir los ist und wieso du dich so benimmst, aber das hier geht zu weit. Woher kennst du den Typen überhaupt? Lass mich raten, aus dem Internet?"

„Du verstehst gar nichts."

„Wie oft haben wir über sowas gesprochen. Wie oft, Finja? Und was machst du? Belügst uns und bringst dich in Gefahr. Triffst dich heimlich mit so einem perversen Hobbyfotografen. Ich glaube, ich spinne. Du bist verdammt nochmal erst sechzehn."

„Du verstehst gar nichts."

„Was gibt es da zu verstehen? Vielleicht versteht es ja deine Mutter. Der kannst du es gleich erklären, wenn wir zu Hause sind. Los, wir fahren!"

Er griff nach Finjas Ellenbogen und wollte sie sanft in Richtung Auto schieben, als sich ihm der Mann, der sich als Jonas vorgestellt hatte, mit finsterer Miene in den Weg stellte. Gregor war nie der Typ für körperliche Gewalt gewesen und hatte sich in seinem bisherigen Leben immer fürs Davonlaufen entschieden, wenn Ärger in der Luft lag. Er hatte sich dabei stets so etwas wie intellektuelle Überlegenheit eingeredet, wenn er wieder einmal vor einer Schlägerei geflohen war. In Wahrheit war er zu feige, sich zu prügeln. Nur hatte er heute scheinbar keine Wahl. Er würde seine Tochter nach Hause bringen, koste es, was es wolle. Sein gesamter Oberkörper war angespannt, in Erwartung des ersten Schlags. Umso unvorbereitet traf ihn die freundliche Tonlage seines möglichen Gegners.

„Dämmler."

„Hmh?" Gregor brachte nur ein verdutztes Grunzen zu Stande.

„Sie wollten meinen Namen wissen. Jonas Dämmler. Und nein, ich bin kein Perversling. Da können Sie ganz beruhigt sein. Besprechen Sie doch gern mit Ihrer Tochter alles in Ruhe und dann machen wir, sofern gewünscht, einen neuen Termin für ein Shooting aus. Was halten Sie davon, Herr…? Ach dürfte ich wohl auch Ihren Namen erfahren?"

Gregor war sich nicht sicher, ob der Typ ihn verarschen wollte, aber es war ihm im Grunde genommen egal. Wenn er so der Konfrontation entgehen und Finja nach Hause bringen konnte, kam ihm dieses seltsame Friedensangebot gerade recht. Umständlich versuchte er eine Visitenkarte aus der Innentasche seiner Jacke zu fingern. Sein Handy war jedoch im Weg. Sein Bemühen, mit zwei Fingern daran vorbei zu kommen, scheiterte kläglich, als das neuste Apple Statussymbol mit einem unschönen Geräusch im Dreck landete. Bevor er sich hektisch danach bückte, drückte er dem seltsamen Begleiter seiner Tochter eine zerknitterte Visitenkarte in die Hand. Dieser schien sich darüber zu freuen, als hätte Gregor ihm soeben ein lang ersehntes Weihnachtsgeschenk überreicht.

„Alles klar, Herr Berger. Dann freue ich mich, von Ihnen zu hören und natürlich auf das Shooting mit dir." Er hatte sich wieder Finja zugewandt, die mit den Tränen kämpfte und sich sichtlich unwohl fühlte.

„Tut mir leid.", flüsterte sie, ohne ihn direkt anzusehen.

„Mach dir keinen Kopf. Wir sehen uns bestimmt bald."

‚Das glaube ich kaum‘, schoss es Gregor durch den Kopf, während sich seine Stimmbänder zu einem „Wir werden sehen" durchrangen.

„Na komm, Schatz. Wir können uns ja unterwegs noch einen Milchshake holen und in Ruhe über alles reden.

Was meinst du?" Er hatte versucht so viel Sanftmut in seine Stimme zu legen wie möglich, obwohl er nach wie vor stinksauer war. Ohne Erfolg. Mantraartig murmelte seine Tochter kaum hörbar auf dem Weg zum Auto die selben vier Worte wie zuvor:

„Du verstehst gar nichts."

„Na gut. Dann halt nicht."

Frustriert riss er die Wagentür auf und ließ sich geräuschvoll in den Ledersitz fallen, sodass er nicht hörte, wie aus den vier Worten nur noch drei wurden, als Finja mit einem kaum hörbaren „Ich hasse dich" ebenfalls einstieg. Als sie die Beifahrertür zuzog, schienen die Worte draußen zu bleiben, so als hätte es sie nie gegeben, doch ihre zerstörerische Wirkung hatte es bereits ins Wageninnere geschafft. Auch ohne es gehört zu haben, spürte Gregor, dass zwischen ihm und seiner Tochter etwas kaputt gegangen war. Als er den Motor mit einem Knopfdruck startete und sich ohne zu Blinken in den Verkehr einfädelte, begriff er, dass nicht alles im Leben so leicht zu reparieren war, wie ein Luxussportwagen. Schon gar nicht, ohne die Rechnung zu zahlen.

64

Mit einem leisen Sirren schlossen sich die automatischen Schiebetüren hinter ihr. Erschöpft sog Ellie die kühle Nachtluft ein, als wäre es ihr erster Atemzug nach einer überfälligen Rückkehr an die Wasseroberfläche. Doch alles, was die Luft für sie bereit hielt, war der sperrige Geschmack von Zigarettenrauch.

„Und?"

Hassler saß auf einer Bank unterhalb der Treppe und pustete eine weitere trübe Dampfwolke in den durch die Neonröhren des großen Krankenhausschriftzuges eingefärbten Nachthimmel. Ellie beobachtete, wie die Schwaden sich auf Höhe des ‚Rauchen Verboten' Schildes über seinem Kopf auflösten und ein klein wenig bewunderte sie, wie egal ihm alles zu sein schien. Zumindest alles, bis auf die Frage, ob die Punks, die ihren Schlafsack auf der Oberbaumbrücke unfreiwillig gegen ein weiches Krankenhausbett getauscht hatten, ihren möglichen Täter identifizieren konnten.

„Sie hatten recht. Ich hätte nach Hause gehen sollen."

„Das heißt?"

„Das Bier hat die Gruppe von ein paar Jugendlichen spendiert bekommen."

„Und das kam denen nicht seltsam vor?"

„Das war auch mein Gedanke, aber wissen Sie, was deren Antwort war?"

„Mh. Will ich es wissen?" Genervt schnipste er seinen Zigarettenstummel auf die Straße, doch Ellie fehlte nach dem heutigen Tag einfach die Kraft, ihn zurechtzuweisen. „Lieber ein faules Bier, als gar kein Bier."

„Achso? Na sieh an. Schön, wenn einem alles so egal sein kann oder?"

An einem normalen Tag hätte die Ironie seines Satzes sie zum Lächeln gebracht, doch leider war der letzte normale Tag schon so lange her, dass sie sich nicht einmal mehr an ihn erinnern konnte. Noch immer sah sie die Gravur auf dem Schloss vor ihren Augen flimmern. Das Herz und die drei kleinen Worte darin: ,Ich folge dir'. Für zufällige Besucher der Brücke nur eine etwas seltsame Liebeserklärung, für Ellie jedoch eine weitere unmissverständliche Drohung. Eine, die Wirkung zeigte, als ihr Handy klingelte und sie vor Schreck kurz zusammenzuckte.

„Ich glaube, wir haben ihn auf Video." Sie konnte die Aufregung in Bastis Stimme durch das Telefon hören.

„Was soll das heißen? Haben wir ihn auf Video oder nicht?"

„Ja schon."

„Aber?"

„Man erkennt ihn nicht wirklich."

Hassler zündete sich eine weitere Zigarette an und sah sie fragend an.

„Wo wurde das Video aufgezeichnet?"

„Ich dachte mir, dass der Täter den Bierkasten ja zumindest in die Nähe der Brücke gebracht haben müsste.

Und so ein Kasten ist ja recht auffällig, also was ich meine ist, man kann ihn schlecht verstecken, was wiederum bedeutet…"

„Wo, Basti? Einfach nur wo!"

„Am Schlesi, Ecke Skalitzer Straße. Eine Verkehrskamera hat ihn aufgezeichnet."

„Danke! Kannst du mir einen Screenshot rüberschicken?"

„Schon erledigt. Hast ne Mail."

Falls er noch etwas hinzufügen wollte, blieb es ungehört. Längst hatte sie den Anruf beendet und die Mail-App geöffnet. In ihrem Posteingang warteten wie immer unzählige Nachrichten darauf, geöffnet zu werden. Oberhalb diverser Newsletter und einer neuen Mail mit dem Betreff „Dienstbeschwerde" fand sie, wonach sie suchte. Hassler stand inzwischen neben ihr und sah ebenso neugierig wie sie auf den Bildschirm, als sich das gesendete Foto vor ihren Augen aufbaute. Die Qualität war miserabel, aber gut genug, um einen Mann mit einem Bierkasten in den Händen zu erkennen. Hassler lehnte sich leicht nach vorn, sodass seine Nasenspitze fast ihr Display berührte. „Also vielleicht spinne ich, aber der Typ kommt mir irgendwie bekannt vor."

Ellie sagte nichts. Wie gelähmt starrte sie auf das unscharfe Bild des Mannes. Auf die Brille. Das schwarze Gestell hob sich deutlich von seinem Gesicht ab, welches ansonsten kaum unter der Baseball Cap zu erkennen war. „Natürlich kommt er Ihnen bekannt vor, verfluchte Scheiße. Sie haben erst letzte Woche mit ihm gesprochen!"

65

„Gregor! Gregor wach auf."

Es war nicht das hysterische Flüstern, das ihn weckte. Es war der beherzte Tritt gegen sein Schienbein, den seine Frau ihm zusätzlich verpasste. Schlaftrunken hob er den Kopf aus dem weichen Kissen, auf welchem ein golfballgroßer Sabberfleck zurückblieb.

„Mhm? Was'n los?"

„Der Alarm!"

„Welcher Alarm?"

Im Haus war alles still. Die Alarmanlage gab keinen Ton von sich, zumal er sich nicht einmal sicher war, sie vor dem Schlafengehen überhaupt aktiviert zu haben.

„In der Garage. Hör doch mal!"

Erst jetzt nahm er das schrille Heulen war, das gedämpft durch das geschlossene Fenster drang. Kein Zweifel. Es war der unverkennbare Hilfeschrei seines Audis, der da aus der Garage heraus die Stille der Nacht durchbrach.

„Komisch. Ich geh mal nachsehen. Vielleicht haben die in der Werkstatt Mist gebaut. Bestimmt nur ein Fehler in der Elektronik."

Als er in den Flur hinaustrat, war er das erste Mal, seit sie vor knapp zwölf Jahren in das Haus gezogen waren, froh über die Bewegungssensoren für das Licht im Flur. Traf ihn die Helligkeit sonst wie eine Ohrfeige, wenn er nachts fluchend und die Augen zusammen kneifend ins

Bad schlich, um auf dem Weg zur Toilette nicht vollends wach zu werden, war er heute froh über den grellen Schein der Halogenlampen an der Decke. Es gab ihm ein Gefühl von Sicherheit. Da war nichts, das im Dunkeln auf ihn wartete. Alarm hin oder her. Gleich würde er wieder im warmen Bett liegen, das Kissen umgedreht, um die nasse Stelle nicht im Gesicht zu haben.

Mit einem absichtlich lauten Ruck öffnete er die Terrassentür und die kalte Nachtluft strömte überfallartig an ihm vorbei, als hätte sie nur darauf gewartet, dass man sie endlich hineinließe. Mit sich trug sie den nun deutlich hörbaren Alarm seines Wagens. Es waren vielleicht nur acht Meter bis zur Hintertür der Garage und doch zögerte Gregor kurz. Das gute Gefühl, das ihm das Licht im Flur vermittelt hatte, war verschwunden. Vorsichtig sah er nach draußen, doch konnte nichts Ungewöhnliches erkennen. Er fröstelte. Das Heulen der Alarmanlage schien immer lauter zu werden. Schon bald würden die Nachbarn nachsehen, woher der Lärm kam. Er wollte ihnen ungern einen Grund geben, ihn in den kommenden Tagen deswegen vollzuquatschen. Mit wenigen Schritten überquerte er die Terrasse und erreichte die Garagentür. Die Hand lag bereits auf der Türklinke.

‚Was wenn sie nicht mehr verschlossen war?‘

Würde er trotzdem nachsehen? Oder ins Haus rennen und die Polizei rufen? Langsam drückte er die Klinke nach unten. Die Tür gab nicht nach. Abgeschlossen. Erleichtert atmete er auf und schob den Schlüssel ins Schloss, den er geistesgegenwärtig aus der hässlichen

Keramikschale im Flur mit nach draußen genommen hatte. Hastig riss er die Tür auf. Kurz wirkte es, als würde dahinter eine Party stattfinden. Das gelbe Licht der Warnblinker erleuchtete den Raum wie ein Stroboskop und das Hupen und Pfeifen der Alarmanlage fügte sich dem schnellen Rhythmus des orangenen Flackerns. Die leise Hoffnung, schnell wieder in den Schlaf zu finden, sobald er zurück im Bett sein würde, war auf jeden Fall dahin. So oder so ähnlich stellte er sich den Besuch eines Berliner Techno-Clubs vor. Ein unerträglicher Mix aus Blitzen und Krach. Er würde nie verstehen, warum Leute dafür Geld bezahlten.

Die Stille wirkte irgendwie unecht, als er den Knopf des Autoschlüssels drückte und das verstörende Spektakel beendete.

‚Falscher Alarm.‘

Mit seinem Wagen schien alles in Ordnung. Und doch hatte er Alarm geschlagen.

‚Vielleicht Mäuse? Oder die verdammte Nachbarskatze, die sich immer überall herumtrieb?‘

Mühsam beugte er sich nach unten, um unter das Auto zu sehen, als er verwirrt inne hielt. Das goldgelbe Licht der Straßenlaterne fiel auf den kalten dunkelgrauen Beton unter dem Wagen. Ein Lichtschein, der eigentlich nicht hier sein konnte. Es sei denn…

Langsam drehte er den Kopf, bis er einen hüfthohen Ausschnitt der Straße am Ende der Einfahrt erkennen konnte.

‚Dieses verdammte Tor. Kein Wunder, dass hier nachts

irgendwelche Tiere reinkommen. Ich muss es endlich reparieren…'

Weiter kam sein schlaftrunkenes Hirn nicht, denn im nächsten Moment wurde sein Kopf mit brachialer Kraft nach vorn geschleudert. Sein Gesicht prallte mit einem dumpfen Knall auf das Blech der Beifahrertür. In das Dröhnen in seinen Ohren mischte sich das Heulen der Alarmanlage, die durch den Aufprall wieder ausgelöst worden war. Er glaubte noch zu spüren, wie ihm jemand den Autoschlüssel aus der Hand nahm und der Lärm verstummte. Dann versank er in Dunkelheit.

66

„Was soll das heißen, dieser Mitarbeiter ist Ihnen nicht bekannt?"

Ellie hatte kaum geschlafen. Immer wieder hatte sie das Handy hervorgeholt und wütend auf das Bild gestarrt. Sie hatte seinen genervten Gesichtsausdruck noch genau vor Augen, als Hassler ihm am Tatort einige Routinefragen gestellt hatte. Ansonsten schien er aus einigen Metern Entfernung aber vollkommen unauffällig. Sein schwitzender und unruhig auf der Unterlippe herum kauender Kollege war ihr an jenem Morgen unweit des alten Riesenrades wesentlich verdächtiger erschienen.

„Soll ich es Ihnen vielleicht buchstabieren? A - L - E - X - A..."

„Werte Frau Kommissarin, ich bin nicht blöd. Es tut mir leid, dass ich Ihnen nicht helfen kann, aber an besagtem Tag hatten wir nur einen Mitarbeiter vor Ort. Marc Rennert. Diesen haben Sie ja kennengelernt. Ein Angestellter namens Alexander Wolf ist uns nicht bekannt. Sollte er vor Ort gewesen sein, kam er nicht von uns."

„Vielleicht über eine Leiharbeitsfirma?"

„Auf solche Kräfte greifen wir nicht zurück. Kann ich Ihnen sonst irgendwie weiterhelfen?"

„Nicht nötig. Danke."

Frustriert knallte sie den Hörer auf das antike Telefon, sodass der ganze Tisch wackelte und sah zu Bastian hinüber.

„Er arbeitet dort nicht."

„Mist. Was ist mit dem anderen? Diesem Marc…"

Sein Blick glitt suchend über die geöffnete Mappe in seiner Hand. Beim Umblättern verrutschte sie ihm und einige Blätter segelten zu Boden. Unbeholfen versuchte er nach ihnen zu greifen, wobei nun auch der restliche Papierstapel der Schwerkraft zum Opfer fiel und mit einem lauten Klatschen Bekanntschaft mit dem Linoleum machte.

„Verdammt."

„Die analoge Welt ist nicht so dein Ding oder?"

In ihrer Frage lag eine Mischung aus Belustigung und Mitleid. Bastian sah sie entschuldigend an, während er mit hochrotem Kopf daran arbeitete, die Papiere wieder geordnet in den Hefter zu bekommen.

„Marc Rennert ist laut Personalleiterin in der Tat Mitarbeiter des Wachschutzes. Er ist immer noch beurlaubt. Hassler ist bereits auf dem Weg, um ihn noch einmal zu befragen."

„Ah ok. Ich finde übrigens, dass ihr beide, also Kollege Hasselberger und du, ein immer besseres Team werdet. Am Anfang sah es ja nicht wirklich danach aus."

Wenn es ein Thema gab, das ihr so richtig unangenehm war, Basti hatte es gefunden. Nicht dass er falsch lag, aber Ellie schämte sich, es zuzugeben. Für sie wäre es einfacher gewesen, ihre ursprüngliche Meinung über Hassler hätte sich bestätigt. Bevor sie dazu kam, sich eine möglichst ausweichende Antwort zu überlegen, klingelte ihr Handy.

,Wenn man vom Teufel spricht.'

Sie sparte sich die klassischen Begrüßungsfloskeln.

„Und was hat er gesagt?"

„Dass unser Verdächtiger an jenem Morgen einfach vor ihm stand und sich als neuer Kollege vorgestellt hat. Auf Grund der Probleme mit jugendlichem Vandalismus auf dem Gelände in letzter Zeit war er sogar froh, dass die Firma einen zusätzlichen Mitarbeiter schickt."

„Das war zu erwarten. Aber hat er sonst irgendeine Info über ihn? Ist ihm irgendwas aufgefallen? Haben sie über irgendetwas geredet, das uns helfen könnte?"

„Leider nein. Rennert meinte, dass unser Mann wohl nicht gerade der umgänglichste und gesprächigste Zeitgenosse war. Was ist mit seinen Personalien?"

„Die Firma führt ihn nicht als Angestellten. Name und Adresse sind vermutlich frei erfunden. Wir haben nur sein Gesicht."

„Ok. Ich bin gleich wieder auf der Dienststelle, dann …"

Er wurde vom schrillen Klingeln des Telefons auf Ellies Schreibtisch unterbrochen. Mit einem Kopfnicken forderte sie Bastian auf, den Anruf entgegenzunehmen und widmete sich wieder ihrem Partner am anderen Ende der Verbindung.

„Sorry. Dieses Telefon muss direkt aus der Hölle stammen. Was wollten Sie sagen?"

Sie stockte. Bastian stand an ihrem Schreibtisch mit dem Hörer am Ohr und sein Gesichtsausdruck verriet ihr, dass der Anruf alles andere als gute Nachrichten bereit zu halten schien. Fragend sah sie ihn an, bis er ihren Blick schließlich mit sorgenvoller Miene erwiderte.

Hasslers Stimme war noch immer leise durch ihr Handy zu hören, doch sie legte kommentarlos auf und griff nach dem klobigen Plastik-Telefonhörer, den Bastian ihr plötzlich entgegen hielt.

„Seidel."

„Guten Morgen, Frau Kommissarin. In Zehlendorf wurde heute früh eine Leiche gefunden. Alles deutet auf Mord hin. Die Kollegen brauchen Sie am Tatort."

Ellie spürte einen Stich in ihrer Brust. Sie hatten versagt. Ein weiteres Mal hatte sie ihr eigenes Versprechen nicht halten können: „Nicht noch ein Mädchen."

„Mädchen? Nein, nein. Laut Meldung der Kollegen vom Streifendienst handelt es sich um ein männliches Opfer."

Ellie war verwirrt.

„Und was hat dann bitte unsere SoKo damit zu tun? Wir haben wirklich genug mit dem Spinner zu tun, der momentan Jagd auf junge Frauen macht. Es gibt doch genug Kollegen bei der Kripo, die sich damit befassen können. Wir auf jeden Fall nicht."

„Nun ja, ein Kollege der Kripo ist vor Ort. Er war es, der nach Ihnen schicken lässt, Frau Seidel."

„Und wieso das, wenn ich fragen darf?"

„Weil ein Foto von Ihnen am Tatort gefunden wurde."

67

Die Garage allein hatte die Größe eines normalen Einfamilienhauses. Im Vergleich zur angrenzenden Villa wirkte sie jedoch gerade groß genug. Tatsächlich waren solche Dimensionen in der näheren Nachbarschaft eher die Regel als die Ausnahme. Es war jener Teil Berlins, um den Ellie sonst einen möglichst großen Bogen machte. Die allgegenwärtige Präsenz von Geld verunsicherte sie. Ihr Leben hatte sich seit Kindestagen in einem Umfeld abgespielt, in dem man bei jedem Schritt vor die Haustür über die Probleme anderer Leute stolpern und ordentlich auf die Fresse fliegen konnte. Die gepflegten Gehwege unweit des Grunewaldes bereiteten ihr daher Unbehagen. Probleme lagen hier nicht auf der Straße, sondern wurden hinter schweren Eichentüren und Alarmanlagen versteckt, damit niemand sie sehen konnte.

„Das macht keinen Sinn."

Trübes Licht fiel durch das halb geöffnete Garagentor hinein. Dort wo es nicht hingelangte, übernahm die Neonröhre an der Decke den Beleuchtungsjob. Vor ihr stand ein dunkelgrüner Audi. Ellie hatte von Autos keine Ahnung, aber es reichte, um zu erkennen, dass sie sich dieses hier mit ihrem Gehalt niemals würde leisten können. Auch ohne das Modell zu kennen, wusste sie jedoch, dass das, was sich hier letzte Nacht abgespielt hatte, den Wiederverkaufswert dramatisch reduziert hatte.

Der Schriftzug ‚Vater des Jahres‘, mit Blut quer über die Windschutzscheibe geschrieben, würde sich rückstandslos entfernen lassen. Spätestens die Leiche auf dem Fahrersitz und die Unmengen an Blut, die aus dem aufgeschlitzten Hals des Opfers den halben Innenraum getränkt hatten, würden einen Verkauf jedoch nahezu unmöglich machen.

„Sie meinen sicher, das ergibt keinen Sinn."

Ed senkte die Kamera, mit der er von der Fahrerseite aus die Leiche fotografierte und grinste sie an.

„Jetzt auch noch Deutschlehrer oder was?"

„Ach Gott. Nein danke. Mit der Schule bin ich fertig. Da kriegen mich keine zehn Pferde nochmal hin."

In diesem Moment betrat Hassler, die Stirn in tiefe Falten gelegt, die Garage durch die Tür an der Rückseite.

„Das macht irgendwie keinen Sinn oder?"

„Ergibt!", schallte es ihm unisono entgegen. Sein verständnisloser Blick erstickte ihren Anflug von Albernheit allerdings so schnell, wie er gekommen war..

„Die Ehefrau sagt, dass die Alarmanlage des Autos nachts gegen 1:30Uhr ausgelöst wurde. Das Opfer sei daraufhin nachsehen gegangen."

„Und sie hat nicht mitbekommen, dass ihr Ehemann nicht wieder zurück ins Bett gekommen ist?"

„Sie war wohl so erschöpft, dass sie, nachdem der zweite Alarm verstummt war, direkt eingeschlafen ist und das leere Bett neben sich erst heute Morgen bemerkt hat."

„Halt mal. Der zweite Alarm?“

„Ja. Scheinbar ist der Alarm kurz nachdem der Mann nachsehen gegangen war, erneut angegangen. Jedoch nur ganz kurz.“

„Seltsam. War sonst noch jemand im Haus?“

„Die Tochter. Aber wir haben sie noch nicht befragen können.“

„Na dann, worauf warten wir noch?“

Ellie wollte sich bereits an Hassler vorbeischieben und die Garage verlassen.

„Seidel, Stopp.“ Sein Gesichtsausdruck wirkte, als könne er sich zwischen Entsetzen und Mitleid nicht so recht entscheiden.

„Es war das Mädchen, das ihn gefunden hat.“

„Ach Scheiße.“

„Sie sagen es. Scheiße. Geben wir ihr etwas Zeit und machen uns lieber über die offensichtlichste Frage Gedanken.“

„Die da wäre?"

„Ist die Tatsache, dass ein Bild von Ihnen an der Innenseite der Sonnenblende klemmt, ein Zeichen, dass hier unser Mann am Werk war oder purer Zufall?“

Sie hatte gehofft, dass sie diese Frage noch ein wenig hätte aufschieben können, da ihr schlicht die Antwort fehlte. Nur dass es kein Zufall sein konnte, wusste sie.

„Kannten Sie das Opfer? Standen Sie in irgendeiner Beziehung zu Gregor Berger? Wenn ja, dann tauchen mir langsam zu viele ihrer Lover an unseren Tatorten auf.“

Ellie atmete tief durch, darum bemüht, ihre Emotionen

an die Kette zu legen, bevor diese sich losreißen und auf Hassler stürzen konnten.

„Nein, Herr Kollege. Zufällig habe ich diesen Mann noch nie gesehen, geschweige denn, dass er mein Lover wäre." Sie legte eine übermäßige Betonung auf das Wort Lover, um ihm zu signalisieren, wie bescheuert sie seine Frage fand.

„Wissen Sie beide, was das Schöne an Blut ist? Es lügt nicht."

Sie hatte sich ja inzwischen an Eds seltsame Art gewöhnt, aber dieser absurde Kommentar kam so unerwartet, dass er die angespannte Luft aus der Garage saugte, als hätte jemand eine versteckte Dunstabzugshaube eingeschaltet. Ellie konnte in Hasslers Gesicht die selbe Ungläubigkeit entdecken, die auch ihr gerade die Frage ins Bewusstsein schob, ob Ed wirklich noch alle Tassen im Schrank hatte. Ihr Partner fand schließlich als erster seine Sprache wieder. „Bitte?"

„Das Blut erzählt uns alles, was wir wissen müssen. Auf der Rückseite des Fotos hier sind Blutspuren. Es muss also in den Wagen gekommen sein, nachdem der da in seiner Luftröhre Tag der offenen Tür gefeiert hat."

Ihre Augen folgten seinem Kopfnicken und blieben am verstümmelten Hals des Opfers hängen.

„Sie sind ein geschmackloser Idiot, wissen Sie das, Niedermeier? Und das sage ich, als jemand, der bei anderen auch nur selten Sympathien weckt."

Hasslers Reaktion überraschte Ellie. Nicht nur, dass scheinbar auch an ihm nicht alles spurlos vorüberzog, auch einen solchen Grad an Selbstreflexion hatte sie von ihm nicht erwartet. Ed ließ sich davon jedoch nicht verunsichern. Feixend stand er zwischen den Beiden und blickte abwechselnd hin und her. In diesem Moment trat eine Frau durch die Hintertür der Garage. Ellie brauchte keine Erklärung. Die tiefen Augenränder, die geröteten Augen und das kreidebleiche Gesicht wiesen sie unzweifelhaft als Ehefrau des Opfers aus. Bevor sie dazu kam, etwas zu sagen, fuhr Ed sie aus dem Nichts heraus an, sein Gesicht vor Wut entstellt:

„Was in Gottes Namen haben Sie hier zu suchen? Dies ist ein verdammter Tatort, den Sie gerade kontaminieren. Sind Sie vollkommen bescheuert oder was?"

Seine Worte prasselten auf sie ein wie der Kugelhagel eines Maschinengewehrs. Nur dass die Kugeln sie verfehlten. Apathisch stand sie im Türrahmen, den Blick starr und leer auf den leblosen Körper auf dem Fahrersitz geheftet.

„NIEDERMEIER! Lassen Sie es gut sein, ja?"

Hassler würdigte den Kriminaltechniker noch eines letzten scharfen Blickes und führte die Ehefrau mit einem vorsichtigen Druck auf die Schulter nach draußen. Erst im letzten Moment schien sie wieder zu Bewusstsein zu kommen. Ed sah den beiden schwer atmend hinterher. An seinem Hals hatten sich rote Flecken gebildet.

„Was zur Hölle war das denn? Ich glaube Sie brauchen mal Urlaub. So können Sie doch nicht mit einer Angehörigen reden."

Er drehte sich zu ihr um, in seinen Augen sah sie immer

noch die Wut funkeln, die er der Witwe eben entgegen gespuckt hatte.

„Ich achte nur die Regeln." war alles, was er als Antwort stammelte.

„Schön und gut, aber immer noch lange kein Grund, derart die Beherrschung zu verlieren."

„Die Beherrschung verlieren? Das gerade eben? Als ob. Glauben Sie mir, Sie möchten nicht erleben, dass ich die Beherrschung verliere."

„Ist das eine Drohung?"

Ellie merkte, wie ihre Einschätzung seiner Person endgültig in die falsche Richtung kippte. Der Mann vor ihr war nicht schrullig, er war unheimlich.

„Nein, nur eine Feststellung."

„Na dann ist ja gut."

Die frische Luft tat gut, als Ellie an ihm vorbei ins Freie trat. Ihr Unbehagen blieb in der Garage bei Ed und der Leiche zurück. Sie sah Hassler durch das Glas der Terrassentür im Wohnzimmer der Villa stehen. Mit einer diskreten Handbewegung gab er ihr zu verstehen, reinzukommen. An seinem Gesichtsausdruck konnte sie erkennen, dass die Ehefrau des Opfers nicht grundlos in die Garage gekommen war.

68

Was hätte er denn tun sollen? Das Dreckschwein war Teil des Problems, mehr noch, er war Wurzel des Problems und musste mit herausgerissen werden. Was würde es denn auch bringen, die verdorbene Blüte abzutrennen und den Keim des Bösen zu verschonen?

Nein, er hatte es tun müssen. Auch zu seiner eigenen Sicherheit. Der Typ hatte sein Gesicht gesehen. Und er würde sich garantiert an ihn erinnern, wenn sie plötzlich verschwand. Er konnte nicht riskieren, dass dieses arme Würstchen seinen Plan gefährdete, jetzt wo er den finalen Test vorbereitete. Ärgerlich, weil es so nicht eingeplant war, aber eben notwendig.

Seltsam. Zunächst hatte er es versucht zu ignorieren, doch mit jedem Schritt, den er die menschenleere Straße entlang ging, die Lichtkegel der kleinen Laternen zerteilend wie sein Messer die schlecht rasierte, stoppelige Haut am Hals dieses Idioten wenige Stunden zuvor, wuchs seine Unruhe. Etwas war anders gewesen.

Als er den Typen an seinem fettigen Hinterkopf gepackt und gegen die Wagentür geschmettert hatte, war sie kurz aufgeflackert, seine treueste Begleiterin. Die Wut. Doch genauso schnell wie sie gekommen war, hatte sie sich in die Dunkelheit seiner Seele zurückgezogen. Wie eine Welle am Strand hatte sie nur kurz seine Knöchel umspült und war wieder verschwunden. Und mit ihr hatte sie etwas noch viel Bedeutenderes fortgespült. Den Spaß. Es war das erste Mal, dass er keine Freude daran gefunden hatte, einen Menschen auszulöschen, der es nicht anders verdient hatte. Hatte er doch einen Fehler gemacht? Oder lag es an der plumpen Botschaft, die er in einem Anflug von Unsicherheit hinterlassen hatte? In jenem Moment erschien es der einzige Weg, der Tat eine gewisse Bedeutung zu verleihen, doch jetzt fühlte es sich seltsam deplatziert an. Da gab es keine Bedeutung. Er hatte es getan, weil es getan werden musste. Mehr nicht. War er vom rechten Pfad abgekommen?

Ruckartig blieb er stehen. Das Licht der Laterne hinter ihm zeichnete seinen Schatten unnatürlich groß auf den Asphalt. Die verzerrten Proportionen gefielen ihm. Langsam hob er die Hand - das Blut daran war inzwischen getrocknet - und ließ die Finger im Schein der künstlichen Beleuchtung tanzen. Der Schatten ahmte die Bewegungen wie lange knorrige Äste im Wind auf dem Boden nach. Fasziniert beobachtete er das Schauspiel.

Nein, nein. Gregor Berger hatte sein Recht auf Teilnahme am Leben verspielt. Daran gab es keinen Zweifel. In dem Moment, in dem er beschlossen hatte, die seelische Missbildung seiner Tochter auszunutzen und öffentlich zur Schau zu stellen, hatte er sein eigenes Todesurteil unterschrieben. Dieses war nun vollstreckt. Endgültig. Nicht dass seine Arbeit hier damit getan wäre. Er würde zurückkommen. Es würde mit ihr enden oder niemals - die einzige Entscheidung, die nicht in seiner Hand lag.

69

Unruhig knetete Finja ihre Hände und versuchte dabei, keine Geräusche zu machen. Ihre Beine wurden langsam taub, doch sie traute sich nicht, ihre Sitzposition zu verändern. Obwohl es hier auf der Treppe im Flur genau so angenehm warm war wie im Rest des Hauses, fröstelte sie. Ihre Mutter schien sich größte Mühe zu geben, möglichst leise zu sprechen und doch verstand Finja jedes Wort von dem, was sie den beiden Polizisten im Wohnzimmer erzählte. Was sie hörte, ließ sie sogar für einen Augenblick das Bild vergessen, welches ihr Kopf ihr seit heute Morgen auf die Netzhaut getackert zu haben schien.

„Ich will ehrlich mit Ihnen sein. Unsere Ehe war schon lange nicht mehr die beste. Ich will nicht sagen, dass sie am Ende war, aber es war definitiv nicht mehr das, was man sich unter einer glücklichen Ehe vorstellt."
„Inwiefern, wenn ich fragen darf?"
„Wir hatten beide unsere Geheimnisse und haben dies stillschweigend akzeptiert."
„Könnte eines dieser Geheimnisse mit dem Mord zu tun haben?"
Die Stimme der Polizistin wirkte gelangweilt. Finja hatte einen kurzen Blick durch ihr Fenster auf die Frau werfen können, als diese aus der Garage gekommen war. Es

waren vielleicht zwei, maximal drei Sekunden. Und doch hatte sie da schon gespürt, dass diese Frau ihr unsympathisch war. Nun hatte sie Gewissheit.

„Eventuell."

Die folgende Pause machte Finja bewusst, dass das, was auch immer ihre Mutter sagen wollte, ihr nicht leicht über die Lippen kam. Sie hatte genau vor Augen, wie sie gerade an ihren Haaren herumspielte, so wie sie es immer tat, wenn sie nervös war.

„Auch wenn es vielleicht nicht so aussieht, aber mein Mann hatte Geldprobleme. Er hat es die Mädels und mich nie spüren lassen, aber ich habe die ein oder andere Mahnung im Briefkasten gefunden. Und…"
„Entschuldigung, wenn ich Sie an der Stelle unterbreche, aber gibt es denn keine gemeinsamen Finanzen? Hat ihr Mann die finanzielle Last ganz allein getragen?"
„Ja, er wollte das so. Ich habe mich um die Mädchen und den Haushalt gekümmert, ihm den Rücken frei gehalten und unser Familienleben organisiert. Das ist auch ein Job, wissen Sie?"
„Aha, okay."
„Sparen Sie sich doch bitte Ihre herablassende Art, Frau Kommissarin und machen Sie einfach ihren eigenen Job. Ich habe es nicht nötig, mich von Ihnen so behandeln zu lassen. Schon gar nicht von jemandem, der eigentlich hier sein sollte, um mir zu helfen."

Nun schaltete sich auch der ältere Polizist ein. Die tiefe Stimme des Mannes schien beinahe durch die Wände hindurch zu dringen. „Schon gut, Frau Berger. Meine Kollegin hatte keineswegs vor, sie zu beleidigen. Bitte fahren Sie fort."

„Das hoffe ich. Also die Schulden…. Es ging in einigen der Briefe um erschreckend große Summen."

„Von was für Summen reden wir hier?"

„Es gab da zum Beispiel die Mahnung der Baufirma, die unseren Pool letztes Jahr erneuert hat. Das waren knapp achtundzwanzigtausend Euro."

„Ihr Mann war Finanzierungsberater, richtig?"

„Genau."

„Wissen Sie, wie seine Geschäfte in letzter Zeit liefen?"

„Leider nein. Er schien jeden Tag viel zu tun zu haben."

Finja fiel es plötzlich wie Schuppen von den Augen. Hatte Papa sie deshalb so unter Druck gesetzt, die neue Kooperation einzugehen? Wegen des Geldes? Sie hatte sich immer gewundert, wie ehrgeizig er gewesen war, wenn es um die Follower-Zahlen ihres Profils ging. Permanent hatte er ihr Vorschläge unterbreitet, wie man mehr Likes bekommen könnte. Was wenn…? Sie wollte sich gerade vorsichtig aufrichten und zurück in ihr Zimmer schleichen, als die ätzende Polizistin noch einmal das Wort ergriff und Finja mitten in ihrer Bewegung erstarren ließ.

„War ihr Mann zufällig auf Instagram unterwegs?"

„Instagram? Dieses komische Bildernetzwerk? Gregor?

Nein. Das ist mehr so das Ding unserer Tochter, wobei er Finja bei ihrer Social Media Karriere unterstützt hat. Er wollte nicht, dass das dort in die falsche Richtung geht."

„Social Media Karriere?" Die Stimme der Polizistin schien jeglichen Ausdruck von Langeweile verloren zu haben.

„Ja, na dieses Influencer-Ding. Finja steckt da sehr viel Zeit rein und hat viele Verfolger oder wie das heißt."

„Follower."

„Oder so. Gregor hat sie da vor allem bei ihren Werbedeals unterstützt. Man kann da wohl ganz gut Geld mit verdienen, soweit ich das mitbekommen habe, aber ich habe mich da raus gehalten."

„Frau Berger, ich weiß, dass Finja sicher noch unter Schock steht, aber wir müssen sofort mit ihr reden."

Panik kroch Finja die Brust hinauf. Instinktiv setzte sie sich wieder in Bewegung.

‚Wieso mit mir? Was habe ich damit zu tun?'

„Muss das wirklich sein?"

‚Ja Mama. Genau. Wimmel sie ab. Das muss wirklich nicht sein. Die sollen mich in Ruhe lassen.'

Die Hand auf der kalten Türklinke drückte sie ihr Ohr an den Spalt ihrer Zimmertür.

‚Bitte haut einfach ab!'

„Ich befürchte ja.", hörte sie den Polizisten antworten, bevor sie zitternd ihre Tür schloss und sich wünschte, die Welt damit für immer aussperren zu können.

70

„Sie lügt."

Mit etwas zu viel Schwung schlug Ellie die Autotür zu, sodass der Knall durch den gesamten Hinterhof hallte. Obwohl es erst kurz nach Mittag war, leuchtete ihnen aus fast allen Fenstern des Dezernats der grelle Schein der Neonröhren entgegen. Wenig verwunderlich, schien der Himmel über Berlin doch heute alles daran zu setzen, den Grauton des Straßenasphalts zu imitieren.

„Sicher?" Nach drei Versuchen folgte dem Klicken seines Feuerzeugs eine kleine Flamme und die Zigarette in Hasslers Mund begann zu glühen.

„Sie hat mir beim Sprechen nicht ein einziges Mal in die Augen sehen können und dieses Geheule und Gezittere nehme ich ihr auch nicht ab."

„Mein Gott, Seidel. Ich verstehe ja, dass Sie keine Kinder haben, aber schlägt da in ihrer Brust trotzdem so etwas wie ein Herz? Das Mädchen hat einiges durchgemacht."

„Mag sein." Seine Worte hatten in ihrem Kopf einen flackernden Projektor eingeschaltet. Kleine eingeritzte Herzen zogen vor ihrem inneren Auge vorbei und ihr Magen verkrampfte sich. Es schien eine Ewigkeit her, seit sie das erste davon im Tropenhaus des Botanischen Gartens betrachtet hatte. Während das Töten seitdem keine Pause kannte, schienen all ihre Anstrengungen in einer ewigen Zeitlupe festzuhängen - wie in einem

Albtraum, in welchem die Füße am Boden festklebten, während man verzweifelt versuchte, zu rennen. Nur dass Ellie nicht etwa vor dem Bösen davonlaufen wollte, sondern direkt darauf zu. Vergeblich. Gefühlt waren sie in den vergangenen fünf Wochen kaum einen Schritt vorangekommen.

Hassler drückte die nicht einmal halb gerauchte Zigarette in den Aschenbecher des Mülleimers neben der Tür, als hätte er mit ihr noch eine persönliche Rechnung offen und machte sich nicht einmal die Mühe, seine letzte Rauchwolke möglichst nicht durch die Tür ins trostlose Treppenhaus der Dienststelle zu blasen.

Ekelhaft. Angewidert hielt sie die Luft an, während sie sich an ihm vorbei schob.

In ihrem Büro angekommen, ließ sie sich frustriert in den abgewetzten Bürostuhl fallen, welcher trotz ihres geringen Gewichts ein unschönes Quietschen von sich gab. Scheinbar passte sich ihre Umgebung heute erfolgreich ihrer Stimmung an und versuchte, sie maximal zu nerven.

„Frau Seidel, kommen Sie bitte mal in mein Büro?"

Fuck. Sie hörte sofort, dass es dieses Mal ernst war, dass heute wirklich etwas nicht stimmte. Hassler sah sie irritiert an. Auch für ihn schien die Tatsache, dass sie allein zum Chef beordert wurde, nichts Gutes zu bedeuten. Natürlich gab es genug Gründe, warum sie in der Scheiße stecken konnte. Die Frage war nur in welcher und wie tief.

So leise wie möglich schloss sie die Tür hinter sich - im naiven Glauben, jedes laute Geräusch würde ihre Situation verschlimmern.

„Was gibt es, Herr Kriminaldirektor?" Sie legte möglichst viel Lässigkeit in ihre Stimme, während sie versuchte in seinem Gesicht einen Hinweis auf den Ernst der Lage zu entdecken.

„Ich mache es kurz. Seidel, Sie sind raus."

Die Worte trafen sie wie eine krachende Ohrfeige, nur ohne einen roten Handabdruck in ihrem Gesicht zu hinterlassen, dafür allerdings ein hoch explosives Gemisch aus Gefühlen in ihrer Brust.

Benommenheit.

Dann Enttäuschung.

Und zu guter Letzt Wut.

„Was soll das heißen, ich bin raus?"

„Ich ziehe Sie von dem Fall ab und ich glaube, Sie wissen warum."

„Das können Sie nicht machen. Das ist mein Fall."

„Mh, das Schild da an meiner Tür sagt etwas anderes. Ich glaube, ich bin sogar der Einzige, der das kann. Und dass es ein bisschen zu sehr IHR Fall zu sein scheint, ist genau das Problem oder haben Sie etwa keine intime Beziehung zu einem der Verdächtigen? Stimmt es denn vielleicht doch nicht, dass Sie versuchen, mit dem Täter über das Internet Katz und Maus zu spielen? Oder waren es womöglich gar keine privaten Bilder von Ihnen, die am jüngsten Tatort aufgetaucht sind?"

‚Scheiße!'

Ellie hatte befürchtet, dass irgendwann etwas zu ihm durchsickern würde, aber die Tatsache, dass er gefühlt alles wusste, ließ sie kurz sprachlos zurück. Sie suchte nach einem Argument, das ihn umstimmen könnte, fand jedoch nichts außer halbgare Rechtfertigungen.

„Also stimmt es. Dann können Sie froh sein, dass ich Sie nur abziehe und nicht direkt suspendiere, verdammt."

,Toll, Ellie. Das hast du ja super hinbekommen. Nicht nur, dass du den Fall noch nicht lösen konntest, jetzt wird er dir sogar weggenommen. Das macht sich bestimmt prima im Lebenslauf. So viel zu meiner Karriere bei der Mordkommission...'

Weinreich ließ sich in seinen Stuhl sinken und griff nach seinem Glas. In einem einzigen Schluck verschwand der Inhalt hinter seinen fleischigen Lippen. Ellie konnte nicht sagen, ob die Flüssigkeit von klarer Farbe war oder der Direktor seine Mittagstradition vorgezogen hatte. Sie wollte gehen, bevor ihr Stolz doch noch das Kommando übernahm und ihr Sachen in den Mund legte, die sich nicht mehr zurücknehmen ließen, doch Weinreich sah sie an, als würde er genau darauf warten.

,Netter Versuch.'

„Okay. Ich kann Ihre Entscheidung natürlich verstehen. Hasselberger führt die SoKo dann allein weiter?"

Die Überraschung über ihre professionelle Reaktion in seinem Blick verschaffte ihr zumindest einen Hauch von Genugtuung. Ein winziger Triumph. Ein Trostpflaster. Eines, das nicht lange halten sollte. Weinreich hatte sich entschieden, es mit einem unsanften Ruck direkt wieder herunterzureißen.

„Korrekt. Er und Kollege Döbritz werden die Leitung gemeinsam übernehmen."

‚Döbritz...'

Und auf einmal verstand sie. Wieso sie hier stand. Woher Weinreich Bescheid wusste. Worum es hier wirklich ging. Plötzlich verarbeitete ihr Gehirn Informationen, die diesem vor Sorge betäubt zuvor entgangen waren. Der aufdringliche Geruch eines Parfüms, das ihr bekannt vorkam, aber nicht in dieses Büro passen wollte. Das zweite Glas auf dem Tisch. Die Akte auf dem Tisch, aus der am oberen Rand ein Seite herausschaute. Genug um den Namen „Tim Kramer" lesen zu können.

‚Oh du mieser Wichser du!'

„Nehmen Sie sich den Rest des Tages frei und morgen erwarte ich sie hier wieder im Dienst. Es gibt genug andere Dinge zu tun."

Weinreich lehnte sich zurück. Für ihn war das Gespräch beendet und auch Ellie wollte nur noch raus hier. Wortlos drehte Sie sich um und stürmte aus dem Büro. Hassler erwartete sie schon. Er kam gar nicht erst dazu, nachzufragen.

„Dieses Arschloch hat mich verpfiffen. Er hat Weinreich alles gesteckt."

„Wer?"

„Döbritz! Dieser kleinkarierte Wichtigtuer. Ich mach ihn fertig. Ich schwöre, dass er das noch bereuen wird."

„Ellie, beruhige dich erstmal. Was heißt das jetzt genau?"

In ihrer Wut überhörte sie sogar, dass er sie zum ersten

Mal geduzt hatte. Falls er sie dadurch beruhigen wollte, funktionierte es mehr schlecht als recht.

„Ich bin nicht mehr Teil der Soko. Du übernimmst ab sofort gemeinsam mit Döbritz und ich darf ab morgen Akten sortieren. Das heißt es!"

Die folgende Stille im Raum gab Bastian die Chance, den Kopf aus seiner Tür zu stecken. Mehr als einen mitleidigen Blick bekam auch er nicht zustande.

„Das ist mein Fall. Ich habe ihn angefangen, ich wollte ihn zu Ende bringen." Tränen schossen ihr in die Augen. Sie wischte sie weg und hoffte, die beiden würden es nicht bemerken. „Das ist nicht fair. Gerade weil der Täter es irgendwie auf mich abgesehen hat, sollte ich nicht einfach tatenlos rumsitzen."

„Ich werde dich natürlich über alle Entwicklungen informieren. Wir kriegen ihn. Das verspreche ich dir. Und dann wird es auch dein Ermittlungserfolg sein. Das ist doch ganz klar. Aber bitte tu mir einen Gefallen, mach keine Dummheiten, ok?"

Seine Worte verfehlten ihre Wirkung. Was als Trost gemeint war, verstärkte nur das Gefühl des Scheiterns, das sich wie Gift in ihr breit machte.

...

Ein beiläufiges Nicken und ein „was auch immer" später stand sie wieder draußen auf dem Parkplatz und dachte über ihre Optionen nach. Eine Stimme riss sie aus ihren Gedanken.

„Kommissarin Seidel?"

Verwirrt drehte sie sich um und sah einen Beamten auf sich zueilen. Obwohl er ihr bekannt vorkam, konnte sie sein Gesicht nicht zuordnen.

„Ein Glück, dass ich Sie doch noch erwische. Irgendwie schien meine Frage nach Ihnen oben im Büro nicht gut anzukommen." Er lächelte, bemerkte jedoch schnell, dass Ellie nichts dergleichen erwidern würde. „Naja, das hier wurde jedenfalls vorhin für Sie abgegeben."

Ihr Blick wanderte von seinem verunsicherten Gesicht zu dem kleinen Päckchen in seinen Händen. Ein kleines hellbraunes Päckchen. Unscheinbar. Ein Päckchen, wie jedes andere auch. Wäre da nicht auf der Vorderseite dieses kleine schwarze Herz gewesen…

71

03:18

Nie zuvor war ihr aufgefallen, wie grell die roten LED-Ziffern ihres Weckers leuchteten. Wie ein Laser durchschnitten sie die Dunkelheit ihres Zimmers. Sie konnte nicht sagen, wie lange sie den Zahlen bereits bei ihrem routinierten Formwechsel aller sechzig Sekunden zugesehen hatte. Finja wusste nur, dass die zuverlässig wiederkehrenden Muster aus einzelnen Strichen sie irgendwie beruhigten. Während ihr Leben in den letzten Stunden endgültig in alle Einzelteile zerfallen war und ihr jegliches Gefühl für Raum und Zeit geraubt hatte, tanzten die Striche ungestört weiter, als wäre nichts passiert, als würde ihre Reihenfolge noch irgendeinen Unterschied machen.

RUMS!

Mit dem Geräusch brechender Plastik knallte der Wecker gegen die Wand. Der Wutausbruch verschwand ebenso schnell, wie er gekommen war und ließ sie nur noch einsamer zurück.

„Finja? Alles ok?"

Scheinbar war sie nicht die Einzige, die keinen Schlaf fand. Nachdem die letzten Polizisten vom Grundstück abgezogen waren und irgendwann auch die unglaublich aufdringliche Notfallseelsorgerin verstanden hatte, dass sie hier nicht gebraucht wurde, da zu wenig Seele übrig war, um die sie sich hätte sorgen können, war ihre Mutter in dem Moment, in dem die Haustür ins Schloss fiel, in sich zusammengefallen und den Rest des Tages wie ein Gespenst durch das Haus geirrt. Ihre kläglichen Versuche, Finja zu trösten, waren an der Leere in ihren eigenen Augen gescheitert. Die Ansätze eines aufmunternden Lächelns hatten die Hoffnungslosigkeit in ihrem Blick nicht ansatzweise kaschieren können.

Als die Tür langsam aufging, schloss Finja die Augen und stellte sich schlafend. Da war nichts, was es zu sagen gäbe. Nichts, wobei ihre Mutter ihr hätte helfen können. Sie war allein. Zumindest hier in diesem Haus, in diesem Zimmer, in diesem Leben, das sich nicht mehr nach ihrem eigenen anfühlte.

Sie musste hier weg. Sicherheitshalber zählte sie nachdem die Tür mit einem kaum hörbaren Klicken wieder zugegangen war bis Hundert, bevor sie langsam aufstand, nach ihrem Rucksack griff und wahllos einige Klamotten aus ihrem Schrank hineinstopfte. Bevor sie die Tür öffnete, legte sie den Kopf vorsichtig an das Holz und lauschte. Im Flur war nichts zu hören. Kurz kam ihr der absurde Gedanke, dass ihre Mutter auf der anderen Seite der Tür gerade genau das Gleiche tat und lediglich fünf Zentimeter Holz ihre Köpfe daran hinderten, sich zu berühren. Nicht dass es nach allem, was in letzter Zeit passiert war, für eine solche unüberbrückbare Distanz, noch eine Holztür gebraucht hätte. Leise schlich Finja zur Treppe und verfluchte dabei das blendend grelle Licht im Flur, das der Bewegungsmelder wie einen Suchscheinwerfer über sie ergoss. Der Weg bis nach unten zur Eingangstür kam ihr unendlich lang vor. Tatsächlich verging kaum eine volle Minute bis sie schließlich mit ihrem Rucksack über der Schulter die Einfahrt entlang lief, krampfhaft darauf konzentriert, nicht in Richtung Garage zu schauen.

Nachdem bei Tageslicht noch die ganze Nachbarschaft in heller Aufruhr gewesen war, lag jetzt eine seltsame Stille über der Straße. Umso verräterischer schien ihr daher das grelle Leuchten ihres Handy-Displays, als sie es im Gehen hervorholte.

‚Bin unterwegs'

Eine hektisch getippte Nachricht und schon verschwand ihr bleiches Gesicht wieder in der Dunkelheit.

72

‚Was verdammt nochmal willst du von mir?'
Für einen winzigen Augenblick hatte sie überlegt, das Paket an Hassler zu übergeben. Dann hatte ihr Jagdinstinkt ihrem verletzten Ego ein leises ‚Scheiß drauf!' zugeflüstert und die Tür ihres Wagens war kaum zugefallen, da hatte das Paket schon offen in ihrem Schoß gelegen. Sie hatte mit dem Schlimmsten gerechnet, sich bereits auf den Anblick von Blut vorbereitet, der Inhalt war allerdings auf den ersten Blick so unspektakulär, dass Ellie beinahe enttäuscht war. Hätte sie nicht gewusst, welch zentrale Rolle das kleine Ding für die bisherigen Morde gespielt hatte, sie hätte das nagelneue Handy, das da so unscheinbar im Karton lag, vielleicht doch an die Spurensicherung übergeben. Zum Glück wusste sie es besser. Ein Teil in ihr hatte gehofft, es würde sich nicht einschalten lassen, der andere gebetet, dass ihr ungeduldiger Druck des seitlichen Knopfes das Display aufwecken würde.
Als die Pixel sich augenblicklich zu einem hellen Bild zusammensetzten, hielt sie aufgeregt die Luft an, nur um diese im nächsten Moment wieder frustriert entweichen zu lassen.

‚BITTE CODE EINGEBEN'

Der Anblick des Ziffernfeldes zur Eingabe des vierstelligen Sperrcodes hatte Ellie in ihren Sitz zurück sinken lassen, wobei ihr gar nicht bewusst gewesen war, dass sie vor Nervosität gerade nur so auf der Vorderkante des ausgeblichenen Polsters gesessen hatte. Angespannt wie eine Schwimmerin auf dem Startblock, bereit zum Sprung. Nur dass ihr Zeichen zum Absprung scheinbar nicht kommen würde. Als sie bereits akzeptieren wollte, ein weiteres Mal an einem seiner Tricks zu scheitern, hatte ihr Verstand doch noch entschieden, aktiv mitzuarbeiten. Wie elektrisiert betrachtete sie den Hintergrund des Displays, während ihre Oberschenkel langsam wieder auf die Kante des Sitzes rutschten. Wo bei neunundneunzig Prozent der Menschen irgendeine Art Foto den Hintergrund ihres Sperrbildschirms füllte, gab es hier nur eine schwarze Fläche. Scheinbar. Das Schwarz wurde jedoch bei genauerem Blick von kaum erkennbaren grauen Flächen durchbrochen. Vielleicht hatte Ellies Verstand deshalb einige Zeit gebraucht, es zu erkennen. In tiefdunklem Grau stand dort etwas geschrieben. Ein Satz. Eine Botschaft. Ein Hinweis. Das Signal zum Sprung.

‚SIE KÖNNEN ES VIELLEICHT NICHT SEHEN, ABER SIE SIND DER SCHLÜSSEL, FRAU KOMMISSARIN'

‚Natürlich. Und ob ich es sehe, du kranker Psycho. Was auch sonst? Du liebst diese kleine Spielchen oder? Du willst mir beweisen, wie gut du über mich Bescheid

weißt? Na dann los. Soll ich jetzt beeindruckt sein? Soll ich Angst haben? Was darf es sein? Ich werde dir zeigen, dass es ein Fehler war, mich herauszufordern.'

Wie die Funken einer Wunderkerze. waren in ihrem Kopf Gedanken aufgeblitzt und hatten sich sofort wieder verflüchtigt, bevor Ellie danach greifen konnte. Nur einer war immer wieder aus der Dunkelheit aufgetaucht, bis Ellie ihn zu fassen bekam: *,Ich bin der Schlüssel.'*

...

Als die Straßenlaterne vor ihrem Küchenfenster ihre Arbeit aufnahm, um einen launischen Ort wie Berlin nicht der Dunkelheit zu überlassen, wandte Ellie zum ersten Mal seit knapp zwei Stunden den Blick vom Display. Der Anflug von Euphorie und die Gewissheit, das Geheimnis hinter dem Sperrcode ohne Probleme herauszufinden, waren längst verflogen. Als sie auf die siegessichere Eingabe ihres Geburtsdatums nur ein ,Bitte erneut versuchen' angezeigt bekommen hatte, glaubte sie noch, sich vertippt zu haben. Unzählige Versuche und Zahlenkombinationen später war sie außer auf ihrer persönlichen Frustrationsskala keinen Schritt vorangekommen und fing langsam an sich zu fragen, ob die ganze Nummer nicht nur ein weiterer Bluff war, eine Ablenkungstaktik. Während sie hier mit dem Handy herumspielte, das er ihr geschickt hatte, könnte dort draußen bereits die nächste Frau in Gefahr sein.

Geräuschvoll schob Ellie ihren Stuhl zurück, schaltete

das Licht an der Küchenzeile ein und füllte Wasser in den Wasserkocher. Eine warme Tasse Tee in den Händen würde ihr vielleicht neuen Mut schenken. Zumindest würde es für einen Augenblick die Kälte in ihrem Körper bekämpfen, auch wenn sie glaubte, dass diese sich nach dem heutigen Tag nicht so einfach durch Tee vertreiben lassen würde.

Das Rauschen des alten Wasserkochers füllte die kleine Küche wie der Lärm eines startenden Düsenjets, als Ellie beim Warten eher zufällig in Richtung Tisch blickte. Genau in der Sekunde, als das Telefon, welches sie dort genervt zurückgelassen hatte, aufleuchtete und durch eine kaum sichtbare Vibration einige Millimeter über die Tischplatte rutschte. Beinahe wäre sie über ihre eigenen Füße gestolpert, als sie zum Tisch hastete und nach dem Handy griff. Mit einem lauten Klick vermeldete der Wasserkocher, dass er seinen Dienst verrichtet hatte, doch Ellie hatte jeden Gedanken an einen Tee vergessen. Auf dem Display lachte sie eine neue Erinnerung an. Vordatiert. Von ihm. Für sie. Eine Aufforderung. Oder eine Warnung? Vielleicht beides. Irgendwie wurde sie das Gefühl nicht los, dass die Worte ‚Gib dir Mühe‘ als Mitteilung mehr als nur eine freundliche Erinnerung waren. Dass es Konsequenzen haben würde, wenn sie sich keine Mühe gäbe. Oder er auch nur das Gefühl bekäme, sie würde es nicht tun…

73

Normalerweise setzten seine Albtraumepisoden alles daran, ihren wahren Charakter zumindest eine Weile lang zu verbergen, bevor sie sich ihm in all ihrer widerlichen Brutalität offenbarten und er seine Lage begriff. Doch der Käfig aus bewegten Bildern, in den seine Fantasie ihn gerade hineingeworfen hatte, machte sich gar nicht erst die Mühe, irgendetwas zu verschleiern. Er brauchte gar nicht erst anfangen, seine Finger zu zählen. Er erkannte den Ort sofort. Und er erkannte auch den einzigen Menschen im Raum. Ein Mensch, der nie hier war und es auch nie mehr sein würde. Die Tanzfläche des kleinen schäbigen Clubs sah aus wie damals, als er hier war, um die verkaterten und übermüdeten Mitarbeiter als Zeugen zu vernehmen, nachdem nicht weit von hier eine weitere Frauenleiche gefunden worden war.

Der einzige Unterschied zu damals war die seltsame Stille. Eine Stille, die nicht vom Fehlen des hier sonst üblichen Lärms lebte, sondern eine Stille, die so vollkommen war, dass er glaubte unter Wasser zu sein. Da war nichts. Absolut nichts.

Im Gegensatz zu ihm schien das Mädchen, das zwischen leeren Plastikbechern, Strohhalmen und klebrigen Pfützen verschütteter Getränke in einem langsamen Rhythmus tanzte, irgendetwas zu hören. Eine Musik, die ihm verwehrt blieb. Josi hatte schon als kleines Mädchen keine Gelegenheit ausgelassen, zu tanzen. Nur einige wenige Sekunden irgendeines Liedes und schon hatte sie, kaum erst Laufen gelernt, die Hand nach ihm ausgestreckt und angefangen auf und ab zu wippen. Sie hatte nie wieder damit aufgehört.

Er wünschte nur, sie wäre an jenem Abend nicht tanzen gegangen. Er wünschte, er hätte ihr irgendetwas vorgeschlagen, dass sie davon abgehalten hätte, das Haus zu verlassen. Er wünschte, sie hätte ihn angerufen, als sie nach Hause wollte. Es gab so vieles, das er sich wünschte, doch keiner seiner Wünsche würde je in Erfüllung gehen. Sie waren tot, in der Vergangenheit gefangen, so wie er selbst, obwohl er lebte. Er hatte verzweifelt versucht, jeden einzelnen mit ihr zu begraben, doch im Gegensatz zu ihr hatten sie einen Weg aus dem Sarg heraus gefunden und machten sich einen Spaß daraus, ihn als Was-wäre-wenn-Fragen jeden Tag aufs Neue zu quälen.

Mit geschlossenen Augen drehte Josi sich sanft im Kreis, die Arme über dem Kopf ausgestreckt, als wären es Antennen, mit denen sie die lautlose Musik empfing. An einem Ort, der bei Tageslicht so sehr zum Tanzen einlud, wie eine Rastplatztoilette tat sie eben jenes mit einer Selbstverständlichkeit, dass die Tristesse um sie herum bedeutungslos wurde. Es war perfekt, weil sie perfekt war. „Das ist wunderschön, Schatz. Hör nicht auf."

Ein Flüstern. Mehr traute er sich nicht. Er wollte sie nicht stören. Sie sollte nur wissen, dass er da war. Dass sie nicht allein war. Dieses Mal nicht.

Umso besorgter stellte er fest, dass die Worte nicht einmal geflüstert über seine Lippen kamen. Er probierte es ein weiteres Mal und spürte, wie seine Lippen sich bewegten. Die drückende Stille im Raum ließ sich davon jedoch nicht beeindrucken. Kein Ton drang aus seinem Mund. Er versuchte zu schreien, obwohl er wusste, dass es nichts bringen würde. Als er einen Schritt auf Josi zugehen wollte, verstand er endlich, warum er hier war. Die Erkenntnis ließ seinen Magen zu einem verkrampften Klumpen Fleisch zusammenschrumpfen. Weder konnte er mit seiner Tochter sprechen, noch konnte er sich bewegen. Er war nur hier, um zu beobachten. Nicht mehr. Er sollte zusehen. Darin bestand der Schmerz, der ihn erwartete. Die Machtlosigkeit. Gelähmt und nutzlos, während das Böse auf seinen großen Auftritt wartete. Er wollte die Augen schließen, doch er konnte nicht. Die Magie, die von den Bewegungen seiner Tochter ausging, beschwor jeden noch so kleinen Funken Sehnsucht, den er glaubte, betäubt zu haben, in ihm herauf.

Plötzlich löste sich ein schwarzer Schatten von der hinteren Wand. Als die dunkle Form langsam eine menschliche Kontur annahm und einen ersten Schritt auf Josi zumachte, wusste er, dass der Zeitpunkt gekommen war. Das Böse war da. Ihm war klar, dass es sinnlos sein würde, trotzdem rief er ihr eine Warnung zu, versuchte verzweifelt seine Füße zu bewegen, schrie ihren Namen, damit sie die Augen aufmachte und sich umdrehte. Die dunkle Gestalt bewegte sich so mühelos und leichtfüßig auf Josi zu, dass es aussah als würde sie schweben. Er versuchte ein Gesicht zu erkennen, doch da war nichts.

Nur Dunkelheit, eine schwarze Sturmhaube aus flüssigem Stoff, die bei jeder Bewegung leicht hin und her waberte und die Form veränderte. Direkt hinter Josi blieb sie stehen. Zwei Hände schälten sich aus der dunklen Masse und legten sich vorsichtig um ihren Hals. Nichts passierte. Mehrere Sekunden vergingen. Seine Tochter tänzelte vom einen Bein auf das andere, als wäre da niemand.

Mit einem kräftigen Ruck drückten die Hände plötzlich zu. Zunächst glaubte er, Josi würde einfach weiter tanzen.. Die Augen immer noch geschlossen. Dann begriff er, dass dies kein Tanz mehr war, sondern ein Todeskampf. Ihr Gesicht lief rot an und ihre Hände griffen nach dem eisernen Griff um ihren Hals. Nichts war zu hören, weder ihre Füße, die den Halt verloren und panisch über den dreckigen Boden schlitterten, noch die Schreie eines Vaters, der gerade mit ansah, wie seine eigene Tochter erwürgt wurde. Auch die schwarze Totenmaske, die inmitten der ruckartigen Bewegungen der kämpfenden Körper hinter Josis zerzausten braunen Haaren ab und zu kurz hervorblitzte, verwandelte sich und er wünschte nun doch, er hätte die Augen geschlossen gehabt, bis alles vorbei war. Wo eben noch ein dunkles Nichts zu sehen war, lachte ihn nun sein eigenes zufrieden lächelndes Ebenbild an. Wie ein Spiegelbild aus der Hölle schien es ihn zu verhöhnen, wie er da stand, regungslos und hand-lungsunfähig. Als wären sie unsichtbar verbunden, war er gezwungen, sich selbst tief in die Augen zu schauen, während sein Gegenüber den Druck auf den Hals seiner Tochter noch einmal zu erhöhen schien. Mit ganzer Kraft riss er den Blick los, wandte sich ab, zwang sich, nicht mehr hinzusehen, als aus dem Nichts die Geräusche im Raum zurückkamen, als hätte jemand die Lautstärke wieder aufgedreht. Das verzweifelte Tapsen von Josis Füßen hallte durch den Raum. Wäre da nicht das Gurgeln und Grunzen gewesen, das sie beim Versuch, nach Luft zu schnappen, von sich gab, hätten es die Geräusche ihres Tanzes sein können, nur dass nach wie vor die Musik fehlte.

„Papa, warum?"

Ein Krächzen. Die Stimme nicht mehr als ein brüchiges Flüstern. Kaum hörbar und doch laut genug, dass sein Kopf herumwirbelte, um Josi anzusehen. Ihr Körper jedoch hing inzwischen regungslos in den Händen des Unbekannten, den Hals eingeklemmt wie in einem Schraubstock. Die Augenlider nicht länger geschlossen, doch an Stelle der sanften braunen Augen, in die er so gern geschaut hatte, wenn sie ihm als Kind mit einem „Papa, Papa…" strahlend vor Freude etwas erzählt hatte, blickte er in zwei dunkle blutverkrustete Augenhöhlen, so finster wie der Schatten, der gekommen war, um sie zu töten.
Stille. Kein Tapsen. Kein Röcheln. Und noch immer keine Musik.

74

Die Nacht war nicht mehr als ein unruhiges Wälzen von links nach rechts gewesen, doch auch der Morgen hielt keinen Geistesblitz in Form von vier passenden Zahlen bereit. Ellie hatte den Vormittag an einem möglichen Tatort in Kreuzberg verbracht. Es wäre allerdings keine erfahrene Ermittlerin nötig gewesen, um zu erkennen, dass hier eine junge Frau nicht einfach nur die Treppe hinunter gefallen war.

Nicht dass es ihr keine Genugtuung bereitet hatte, dem schmierigen Typen, der sich als ihr Lebensgefährte vorgestellt hatte, Handschellen anzulegen, weil seine Geschichte vorne und hinten nicht zum Tatort passte, aber ihre Gedanken kreisten pausenlos um das fremde Handy in ihrer Jackentasche. Daran, dass sie sich so viel Mühe gab, wie sie nur konnte. Seine kleine Aufforderung hatte sich wie ein Splitter unter der Haut hinter ihrer Stirn eingenistet und drückte unangenehm auf jeden Gedanken, den sie zu fassen versuchte. Gefühlt war eine Hälfte ihres Hirns permanent damit beschäftigt, sich Zahlenfolgen zu überlegen, die etwas mit ihrer Person zu tun hatten, während die andere Hälfte sich darum kümmerte, ihren Alltag zu meistern. Das einzige Ergebnis: Stress und Frustration.

Und trotzdem spürte sie so etwas wie Vorfreude, während der schwarze vor Gel glänzende Hinterkopf in der Heckscheibe des Streifenwagens immer kleiner wurde. Vorfreude darauf, diesen windigen Scheißkerl später auf dem Revier in die Mangel zu nehmen, bis er auseinander fiel. Sie würde es nutzen, um sich abzureagieren.

Aber erstmal brauchte sie etwas anderes. Und zwar dringend. Hätte ihr Magen sprechen können, er hätte ihr mittlerweile nichts als wüste Beschimpfungen entgegen geschleudert. Sie hatte seit zwanzig Stunden nichts gegessen.

In der überfüllten Filiale einer typischen Backwaren-Restaurantkette, die in den letzten fünfzehn Jahren über Berlin und vor allem über Berlins Bahnhöfe hergefallen war, wie ein riesiger Schwarm Heuschrecken, herrschte Hochbetrieb. Ellie entschied sich für einen Bagel, der den Eindruck machte, noch die geringste Zeit in der nur mittelmäßig gekühlten Auslage verbracht zu haben. Wie eine wertvolle Trophäe trug sie ihn auf dem kleinen braunen Tablett Richtung Kasse. Ein albernes kleines Schauspiel, aber ein klassischer Fall von ‚das macht man hier halt so‘.

Sie suchte gerade nach ihrem Portemonnaie, als ihr Handy klingelte. Im ersten Moment geriet sie in Panik, weil in ihren Gedanken momentan nur das fremde Smartphone einen Platz fand. Sie brauchte kurz, um zu begreifen, dass es stattdessen ihr eigenes war, welches sich bemerkbar machte. Das Display verriet ihr, dass etwas passiert sein musste.

„Na, Sehnsucht?" Gezielt spielte sie ihre Aufregung

herunter und gab sich cool.

„Nicht wirklich. Döbritz ist ein mindestens gleichwertiger Ersatz."

„Du willst mich wohl verar..."

„Aber für mein finales Urteil muss ich noch die erste gemeinsame Autofahrt abwarten, um herauszufinden, was das Arschloch für Musik mag. Du weißt ja, wie empfindlich ich da bin."

„Du steigst doch nicht ernsthaft bei dem ins Auto?"

„Lieber lasse ich mich von einem überrollen."

Sie unterdrückte ein lautes Lachen, um keine Blicke auf sich zu ziehen. Der Mann vor ihr an der Kasse war eifrig darum bemüht, seine Brezel passend zu bezahlen, schien jedoch Probleme bei der Unterscheidung der einzelnen Münzen zu haben - das typische Merkmal eines ausländischen Touristen.

„Also was ist los? Du rufst doch nicht ohne Grund an."

„Ganz im Gegenteil. Ich riskiere hier gerade Kopf und Kragen. Döbritz ist wie ein Kettenhund und lässt mich keine Sekunde aus den Augen, aber es ist wichtig. Gregor Berger hatte mehr als nur Geldprobleme. Dieses widerliche Schwein hat im Netz mit Kinderpornografie gehandelt."

Fast hätte Ellie ihr Tablett fallen lassen. Kommentarlos stellte sie es stattdessen vor der irritierten Kassiererin ab und hastete zum Ausgang. Das Gefluche der jungen Dame geleitete sie nach draußen wie ein Türsteher, der einen mit einem freundlich bestimmten Druck auf die Schulter der Räumlichkeiten verwies. Ellie bekam davon allerdings nichts mit. Das erste Mal seit gestern war jeglicher Gedanke an das mysteriöse Smartphone wie weggeblasen. Hasslers Worte hatten ihre gesamte Aufmerksamkeit an sich gerissen.

,Vater des Jahres' Sofort kam ihr die blutverschmierte Botschaft auf der Windschutzscheibe in den Sinn.

„Bitte sag mir, dass das nichts mit den Töchtern zu tun hat." Die kurze Stille am anderen Ende der Leitung war Antwort genug. „Scheiße. Was hat das Schwein ihnen angetan?"

„Nach dem, was wir bisher wissen, hat er ihnen nicht direkt etwas angetan. Die IT hat seinen Computer und sein Handy untersucht. War wohl gar nicht so leicht, alles nachzuvollziehen. In Kurzform: Er hat sich im Darknet auf entsprechenden Plattformen herumgetrieben und im großen Stil Kinderfotos seiner Tochter verkauft."

„Was für Fotos?" Man konnte in ihrer Stimme die Verachtung hören, die sie empfand, auch ohne die Antwort bereits zu kennen. Obwohl sie selbst noch keine Erfahrung als Mutter hatte, ein solcher Verrat am eigenen Kind war ihr unbegreiflich. Wie konnte eine Vater so etwas tun? Ihr eigener war selbst alles andere als ein Vorzeigemodell an Fürsorge und Liebe gewesen, doch an sein Desinteresse ihr gegenüber hatte sie sich gewöhnen können. Sie wusste irgendwann, was sie von ihm zu erwarten hatte und hatte akzeptiert, dass es nicht viel war. Zwischen alltäglicher Vernachlässigung, so wie sie es als Kind erlebt hatte und dem, was Berger getan hatte, lagen allerdings so viele menschliche Abgründe, die er überwunden haben musste, dass Ellie sich schwer damit tat, noch so etwas wie Mitleid für sein Schicksal zu empfinden.

Hassler seufzte.

„Eigentlich normale Fotos aus ihrer Kindheit, so wie sie von jedem von uns existieren, aber…"

„Aber?"

„Tja. Es waren in erster Linie Aufnahmen, auf denen die Mädchen wenig oder gar nichts an hatten. Am Strand, in der Badewanne, im Sommer im Garten unterm Rasensprenger, sowas halt. Fotos, die ins Familienalbum gehören, aber nicht ins Internet."

„Ich könnte kotzen. Und damit hat er Geld verdient?"

„Du glaubst gar nicht, wie viele kranke Seelen da draußen für so etwas bezahlen. Es geht denen vor allem um die Intimität und Exklusivität solcher privaten Aufnahmen. Das ist ein lukrativer Markt."

„Für jemanden ohne Gewissen vielleicht. Was für eine widerliche Scheiße. Aber vielleicht gibt es dann ja doch sowas wie Karma. Nur woher wusste der Täter überhaupt davon?"

„Du meinst wegen der Nachricht am Tatort? ‚Vater des Jahres'?"

„Genau. Das kann doch kein Zufall sein."

„Mhm. Wohl kaum. Das heißt aber, es muss eine Verbindung zwischen Berger und unserem Täter geben."

„Tja nur welche? Es passt absolut nicht zu seiner bisherigen Vorgehensweise. Ein privater Tatort, keine große Bühne. Nur ein tödlicher Schnitt am Hals, keine äußeren

Verletzungen oder Verstümmelungen. Das Opfer ein Mann mittleren Alters statt einer jungen Frau. Bisher auch kein Hinweis auf die Tat auf irgendwelchen Social Media Kanälen. Wenn da nicht das Bild hinter der Sonnenblende gewesen wäre, würde ich sagen, das hier ist nicht unser Mann."

„Aber er muss es sein. Niemand sonst weiß von seinem seltsamen Interesse an dir."

„Ja, ich weiß doch. Aber was übersehen wir dann?"

„Was ist mit Finja?"

„Mh?"

„Der Tochter. Sie ist zumindest auf Instagram aktiv."

„Schon, aber sie schien ziemlich lebendig oder?"

„Klugscheißer. Aber was, wenn er es eigentlich auf sie abgesehen hatte und Gregor Berger ihm nur aus Versehen in die Quere gekommen ist? Vielleicht musste er spontan improvisieren?"

Ellie dachte kurz darüber nach, hatte aber das Gefühl, dass sie hier gerade krampfhaft probierten, Puzzleteile ineinander zu pressen, die eigentlich nicht zusammen gehörten. „Möglich. Aber wieso bei der Familie zu Hause? Und so sehr er auch von seiner üblichen Vorgehensweise abgewichen ist, sah die Nummer in der Garage für dich spontan improvisiert aus?"

„Stimmt. Das passt auch nicht so wirklich. Bastian geht momentan noch die restlichen Dateien auf Bergers Handy durch. Vielleicht verbirgt sich da noch irgendein Zusammenhang."

„Ich brauche Zugang zu den Daten."

„Bitte was? Mach dich nicht lächerlich. Du weißt, dass das nicht geht. Wenn Weinreich…"

„Weinreich ist mir scheiß egal. Ich drehe noch durch. Befehl hin oder her. Du weißt nicht, wie es ist, wenn einem die Hände gebunden sind. Wenn man in den eigenen Ermittlungen zum Zusehen verdammt ist."

„Achso?" Seine Stimme war plötzlich eiskalt und erst jetzt begriff sie das Gewicht ihrer Worte.

„Es tut mir leid. Ich meine doch nur, dass ich helfen kann. Vielleicht finde ich etwas. Es muss ja keiner wissen."

Er antwortete nicht und sie hoffte, ihn nicht zu sehr verärgert zu haben.

„Hasselberger?"

Statt einer Antwort war nur ein seltsames Rascheln zu hören. Ein Kratzen und Knarzen als hätte jemand eine Ladung Kies in ihr Telefon gekippt.

„…überall gesucht…"

Auf einmal war eine fremde Stimme zu hören. So leise und gedämpft, dass Ellie nur Bruchstücke verstehen konnte, doch irgendwas an ihr kam ihr bekannt vor. Sie hielt sich ihre freies Ohr zu, um den lärmenden Soundtrack des Berliner Stadtlebens auszusperren und konzentrierte sich auf die fremde Stimme.

„Ich hatte ja keine Ahnung, dass sich ihre Ankündigung, eine rauchen zu gehen, auf die ganze Packung bezieht, Herr Kollege."

Es war nicht die schnippische Bemerkung, welche ihren Verstand auf einen Schlag in einer Mischung aus Wut und Abscheu ertränkte. Es war die Stimme, die sie nun erkannt hatte und ahnen ließ, was am anderen Ende der Leitung passiert war. Sie versuchte sich vorzustellen, wie Hassler da stand, die Zigarette im Mundwinkel, die Hände in den Jackentaschen und den Blick abfällig auf die Person gerichtet, die ihn dazu gebracht hatte, auch sein Handy schnell darin verschwinden zu lassen. Döbritz jedenfalls schien sich von Hasslers ausbleibender Reaktion nicht verunsichern zu lassen.

„Wir müssen sofort zu Frau Berger. Natürlich nur wenn ihre Raucherpause bereits zu Ende ist.“

„Wieso? Was ist los?“

„Die Tochter, Finja Berger, ist verschwunden.“

„Was soll das heißen? Verschwunden?“

„Sicherlich nichts Ernstes, wird bei einer Freundin sein oder so. Aber in Anbetracht der jüngsten Ereignisse sollten wir das überprüfen.“

„Ich frage noch einmal, was heißt ‚sie ist verschwunden‘, Döbritz?“

„Das heißt, sie wird seit heute Nacht vermisst. Die Mutter weiß nur, dass sie gegen drei Uhr morgens noch in ihrem Bett war und tief und fest geschlafen hat.“

Plötzlich kratzte und raschelte es wieder so laut in der Leitung, dass Ellie das Telefon vor Schreck von sich hielt. Als sie es wieder an ihr Ohr drückte, war die Verbindung unterbrochen.

75

Kaum wieder bei Bewusstsein suchten Finjas Augen ganz automatisch nach dem roten Schein ihres Weckers. Es dauerte, bis sie begriff, dass da nichts war, was die Dunkelheit aufbrechen würde. Da war kein rotes Display, das ihr ein wenig Orientierung geben konnte. Kein leichtes Schimmern, das die Konturen der Gegenstände in ihrem Zimmer in die Schwärze zeichnete. Und auf einmal realisierte sie, dass sie gar nicht in ihrem Zimmer war. Sie versuchte aufzustehen, doch ein stechender Schmerz schoss ihr in die Schulter und drückte sie wieder auf den harten Stuhl zurück. Ihre Hände waren hinter ihrem Rücken an die Lehne gefesselt. Auch ihre Füße waren so straff zusammengebunden, dass sie bereits taub wurden.

Als würde ihr Verstand schrittweise seinen Betrieb wieder aufnehmen, meldeten sich ihre Sinne einer nach dem anderen zurück. Ihre Augen schienen sich endlich an die Dunkelheit gewöhnt zu haben und ließen ihre Umgebung zumindest erahnen. Der Raum war größer als sie erwartet hatte. Viel größer. Was sie aber noch mehr verunsicherte, er war vollkommen leer. Weit entfernt an der Wand schräg gegenüber sah sie vier winzige Streifen Licht. Wie der Strichcode auf einer Lebensmittelverpackung traten sie aus der Dunkelheit hervor, allerdings ohne genug Kraft, um den Raum auch nur ansatzweise zu erhellen.

Irgendwo direkt hinter ihr tropfte Wasser, ein stetiges *plop, plop, plop*, das in der Weite des Raumes verhallte. Ein Geräusch, wie dafür gemacht, die trostlose Leere dieses Ortes zu vertonen. Wie das Klopfen eines Verschütteten, das für immer unbeantwortet bleiben würde, weil man die Suche längst aufgegeben hatte. Fürchterliche Panik kroch Finja die Brust hinauf, als sie realisierte, dass sie hier an einem Ort ohne Leben war. Ein vergessener Ort. Ein toter Ort. Ein Ort, an dem sie niemand finden würde. Als hätte diese beunruhigende Erkenntnis einen Play-Knopf in ihrem Kopf gedrückt, kam auch ihre Erinnerung zurück.

...

Als sie ihn gesehen hatte, war da zum ersten Mal so etwas wie Hoffnung. Hoffnung darauf, dass ein kleiner Teil ihres Lebens noch zu retten wäre. Sie wusste nicht welcher, weil so ziemlich alles im Arsch war, aber das spielte erst einmal keine Rolle. Vielleicht gab es ja doch so etwas wie einen Neuanfang? Irgendwie? Auch wenn sie es sich eventuell nur einredete und früher oder später doch wieder in ihr altes Leben zurück musste, in jenem Moment war da irgendetwas. In seinem Lächeln lag ein klitzekleines „Alles wird wieder gut", während er lässig an dem Schild der Bushaltestelle lehnte und ihr entgegensah. Für einen Moment schien er mit ihrer innigen Umarmung überfordert, als sie sich mit ihrem ganzen Gewicht um seinen Hals geworfen und bitterlich angefangen hatte zu weinen. Nur zögerlich hatte er die Umarmung erwidert und angefangen, mit einer Hand ihren Kopf zu streicheln.

„Psst. Beruhige dich, Finja. Es ist vorbei. Ich habe mich um ihn gekümmert."

Bevor sie Zeit hatte, die Worte zu verarbeiten, die er ihr sanft ins Ohr flüsterte, hatte sich seine andere Hand auf ihr Gesicht gelegt und zugedrückt.

„Und jetzt kümmere ich mich um dich."

…

Mit der Erinnerung kam die Angst. Nur war es nicht länger der Ort, vor dem sie sich fürchtete. Nein, ihre Furcht hatte ein Gesicht bekommen. Eine Stimme. Einen Namen. Jonas. Er hatte sie hierher gebracht. Nur warum?

Was willst du von mir? Was habe ich dir getan?

Sie hatte ihm vertraut, hatte geglaubt, er könnte ihr helfen. Sie war zu ihm gekommen. Freiwillig.

Ich bin so dumm. So dumm.

Auf einmal war da das wütende Gesicht ihres Vaters. Wie er im Tiergarten stand, sein rechtes Augenlid vor Aufregung zuckend, redete er auf Jonas und sie ein. Finja hörte seine Stimme in ihrem Kopf. Die Worte, die ihr in dem Moment so peinlich gewesen waren, bekamen hier an diesem dunklen Ort eine neue Bedeutung. Sie wünschte, sie hätte auf ihn gehört, denn jetzt verstand sie, dass er sie nur hatte beschützen wollen. Bevor der Gedanke an ihn den letzten Rest ihrer Seele, der ohnehin schon nur noch widerwillig an ihrem Körper haftete, in winzig kleine Stücke reißen konnte, ging hinter ihr eine Tür auf und der Schein einer Lampe malte ihren eigenen Schatten in den staubigen Boden vor ihren Füßen. Im nächsten Moment legte sich eine Hand auf ihre Schulter.

„Na sieh mal einer an. Das Dornröschen ist wach. Bist du bereit für deine Follower, mein kleiner Megastar?"

Finja hatte keine Ahnung, wovon er redete.

„Was soll das? Warum tust du das?"

„Lustig, dasselbe wollte ich dich schon so lange fragen."

76

‚Betreff: *Ich weiß von nichts*‘

Sie hatte nicht damit gerechnet, dass Hassler ihrer Bitte nachkommen würde und schon gar nicht, dass es so schnell gehen würde. Entweder hatte Bastian das Gefühl, es ihr schuldig zu sein oder Hassler war ihm gegenüber recht deutlich geworden. Zumindest deutete nichts in der Mail daraufhin, dass Bastian irgendwelche Bedenken gehabt hätte, ihr Zugang zu Gregor Bergers Daten zu verschaffen. Aufgeregt hatte sie den Wagen auf den nächsten Parkplatz gelenkt, den Motor abgestellt und auf den Link in der Mail geklickt.

‚*Der Penner auf dem Präsidium kann warten. Schadet ihm sicher nicht.*‘

Entnervt zog eine Frau ihr Kind an der Kapuze über den Parkplatz, um mit der anderen Hand den prall gefüllten Einkaufswagen in Richtung Auto zu bugsieren, während Ellie im Inneren ihres eigenen Wagen saß und dabei zusah, wie ihre schwache Internetverbindung quälend langsam verschiedene Dateien auf dem Display ihres Handys sichtbar machte. Eines nach dem anderen tauchten die kleinen Ordner-Symbole auf, hinter denen sich das geheime Leben eines Mannes verbarg, der weit mehr gewesen zu sein schien als Vater und Ehemann.

‚Mail‘

‚Kontakte'
‚Fotos'
‚Browserverläufe'
‚Kontobewegungen'
‚Chat & SMS Protokolle'
Währenddessen wurden die Bewegungen auf dem Parkplatz um sie herum auf einmal hektischer. Ein heftiger Platzregen spülte die Menschen zurück in den Supermarkt oder zwang sie, in ihre geparkten Autos zu flüchten. Seltsamerweise war Ellie so auf einmal nicht mehr die Einzige, die hinter einer immer stärker beschlagenen Windschutzscheibe saß. Im Gegensatz zu allen anderen wartete sie jedoch nicht darauf, dass das Trommelfeuer des Regens auf dem Wagendach endlich nachließ, sondern war froh über das Chaos aus Wasser und Lärm, hinter dem sie im Wageninneren beinahe unsichtbar wurde.

Ihr Daumen flog über das Display. Ihre Gedanken rasten. Konzentriert kniff sie die Augen zusammen, um auf dem kleinen Display nichts zu übersehen. Wie ein Spürhund auf der Suche nach der richtigen Fährte wühlte sie sich durch Screenshots, Textdateien und andere digitale Überbleibsel von Bergers Leben, ohne zu merken, wie das alltägliche Treiben jenseits der Motorhaube ihres Dienstwagens wieder in den Normalbetrieb überging. Ellie nahm davon keinerlei Notiz. Mit jeder Datei, die sie öffnete und nach einiger Zeit frustriert wieder schloss, ging auch ein Stück der Euphorie verloren, die sie durchströmte, seit ihre Mail-App sich bei ihr bemerkbar gemacht hatte. Fast zwei Stunden waren seitdem vergangen. Zwei Stunden, in denen Ellie nichts entdeckt hatte, außer einen winzigen Steinschlag in der Windschutzscheibe, als sie ein weiteres Mal entmutigt vom Display hochgesehen hat, um ihren Augen eine Pause zu gönnen. Ohne wirklich hinzusehen, scrollte sie mittlerweile durch die Bildergalerie, die auf Bergers Handy gefunden wurde. Belanglose Fotos wechselten sich mit noch belangloseren Screenshots ab. Genervt warf Ellie ihr Handy auf den Beifahrersitz. Wie zum Hohn blieb das Display hell erleuchtet und tauchte den Innenraum des Wagens in ein seltsam dumpfes Licht.

Sie war sich so sicher gewesen, etwas zu finden. Irgendetwas, das nur sie hätte finden können. Etwas, das alle anderen übersehen mussten, weil der Täter doch nur mit ihr kommunizieren wollte. Doch da war nichts. Kein Geheimnis, das nur sie lösen konnte. Kein versteckter Hinweis, der Bergers verstümmelte Leiche erklären konnte. Keine Verbindung zu ihm. Zu ihr. Zu niemandem

‚Gott Ellie, du bist so eine eitle Idiotin!'

Mit ganzer Kraft schlug sie gegen das Lenkrad. Da war nichts als Wut, doch während die Figuren im Film immer mehrfach zuschlugen und gleichzeitig schrien, um sich Luft zu verschaffen, bemerkte sie, dass ihr die Kraft dazu fehlte. Ein Schlag hatte gereicht, um sie leer und kraftlos im Polster der Fahrersitzes zurückzulassen. Nur der pochende Schmerz in ihrer Hand blieb.

‚Ok. Schluss. Genug Zeit verschwendet.'

Die kribbelnde Taubheit in ihrer Hand ignorierend wollte

sie gerade den Motor starten, als ihre Jackentasche anfing, zu vibrieren. Genervt griff sie in ihre Tasche, um den Anruf entgegen zu nehmen, doch irgendetwas stimmte nicht. Kurz dachte sie, es wäre der Schmerz, der sie beim Versuch das Handy zu greifen durchzuckte. In diesem Moment fiel ihr Blick auf ihr eigenes Telefon, welches sie als Erinnerung an ihre vergeblichen Mühen nach wie vor vom Beifahrersitz aus anstrahlte. Mehr brauchte es nicht, um ihren müden Verstand aus dem Dämmerzustand zu holen, den die zwei Stunden ohne frischen Sauerstoff und Bewegung ihm aufgezwungen hatten. Mit einem Schlag war Ellie hellwach. Wie versteinert starrte sie auf das Smartphone in ihrer Hand, das nach wie vor rhythmisch summend um ihre Aufmerksamkeit buhlte.

,ANONYM'

Sechs Buchstaben - halb Wahrheit, halb Lüge. Zwar hatte Ellie weder einen Namen noch ein Gesicht, doch sie wusste genau, wer am anderen Ende der Leitung auf sie wartete. Für einen Augenblick zögerte sie. Unsicher, ob sie das Spiel wirklich mitspielen wollte, schwebte ihr Finger wenige Zentimeter über dem Display.

,Ach komm. Was habe ich denn zu verlieren, du Wichser?'

Ihr Stimme war ein wütendes Knurren, als sie das Telefon an ihr Ohr drückte, bereit für ein Begegnung mit dem Bösen: „Hallo?"

77

„Und ich hatte schon Sorge, du hättest mein kleines Geschenk vielleicht nicht bekommen. Hallo, Ellie."

Seine Stimme schien durch die Leitung direkt zu ihr in den Wagen zu kriechen. Instinktiv blickte sie in den Rückspiegel, um sich zu vergewissern, dass sie allein war.

Reiß dich zusammen, Ellie!

Sie war ihm so nah, wie nie zuvor. Unmöglich konnte sie diese Gelegenheit verstreichen lassen.

„Sicher, dass du nicht gerade einen gewaltigen Fehler machst?" Sie wollte ihn aus der Reserve locken. Vielleicht würde er sich irgendwie verraten.

„Ach Ellie. Welcher Fehler soll das sein? Ich dachte du freust dich über meinen Anruf. Wir wissen doch beide, dass du schon so lange darauf gewartet hast. Wie geht es dir? Was machst du gerade?"

Die Art, wie er sprach, ekelte sie an. An jeder seiner Silben klebte die Überheblichkeit eines Menschen, dem zu lange keine Grenzen aufgezeigt worden waren. Ellie kämpfte mit ganzer Kraft gegen den Drang an, dies zu ändern. Sie durfte sich nicht provozieren lassen. Sie wusste, dass er genau das wollte. Auch wenn der wütende Teil in ihr lautstark protestierte und wie ein bockiges Kind auf dem Boden eines Supermarktes mit beiden Fäusten gegen ihre Rippen zu schlagen schien, sie musste ruhig bleiben.

„Es würde sich sicher strafmildernd auswirken, wenn du dich stellst. Ich garantiere dir, dass du die Chance dazu nicht mehr lange haben wirst."

Eigentlich hatte sie erwartet, dass er ihren armseligen Bluff als solchen sofort durchschauen würde. Dass ihre halbherzigen Drohungen ihn sogar belustigten. Dass er sie auslachen würde. Irgendetwas zwischen Hohn und Spott jedenfalls. Womit sie nicht gerechnet hatte, war die Verachtung, die plötzlich aus ihm herausplatzte.

„Verdammte Scheiße, Ellie. Bist du wirklich so dumm? Oder tust du nur so? Hätte ich gewusst, dass du es immer noch nicht begriffen hast, hätte ich mir den Anruf gespart. Dann hätte ich dir noch ein paar Tage Zeit gegeben. Obwohl es für sie dann sicher zu spät wäre oder meinst du nicht? Gott, das darf doch nicht wahr sein. Ich serviere dir den Ausweg auf dem Silbertablett und du bekommst die Tür nicht auf? Oh ich hoffe so sehr, dass ich mich in dir nicht getäuscht habe. Wenn DU es nicht verstehst, Ellie, wer dann? WER DANN?"

Die letzten Worte waren so laut geschrien, dass Ellie zusammenzuckte. Scheinbar war sie nicht die Einzige, der es schwer fiel, ihre Wut herunterzuschlucken. Da war es also, das Monster, das sie jagte. Es war nicht die Lautstärke seiner Worte, die sie beunruhigte, sondern deren Bedeutung.

„Für wen ist es dann zu spät?" Sie hörte ihn atmen, konnte förmlich spüren, wie er versuchte, die Kontrolle zurückzugewinnen. Eine Antwort bekam sie jedoch nicht.

„Für WEN ist es dann zu spät?"

Jetzt war sie es, die laut wurde und die Silben betonte, als wären sie aus Blei, zu schwer um sie zu einem flüssigen Satz zusammenzusetzen. Sie befürchtete schon, er würde einfach auflegen.

„Wenn du selbst DAS nicht weißt, kannst du nichts für sie tun. Dann war all das umsonst, dann…"

„Finja! Ihr Name ist Finja, du elender Scheißkerl."

„Na also. Bravo. Dann hast du die Marke doch nicht nur für gutes Aussehen bekommen. Ihr geht es gut. Noch zumindest. Der Rest hängt von dir ab."

Sie konnte sein selbstgefälliges Grinsen förmlich durchs Telefon spüren.

„Was zur Hölle willst du von mir?"

„Falsche Frage. Völlig falsche Frage. Du solltest dich eher fragen, was du willst, Ellie. Du möchtest es vielleicht nicht hören, aber du und ich, wir wollen beide dasselbe."

„Das glaube ich kaum. Unschuldige Menschen töten steht ziemlich weit unten auf meiner Wunschliste. Genau genommen gar nicht."

„Ach Ellie, Ellie, Ellie…" Die Tatsache, dass er mit ihr wie mit einem kleinen Schulmädchen redete, war nur schwer zu ertragen. „…es geht hier doch nicht ums Töten. Mir bleibt da einfach keine andere Wahl, aber glaub mir, das ist der banale Teil meiner Arbeit. Der Tod ist doch ohnehin nur da, um dem Leben ein Preisschild anzuheften…"

Er war drauf und dran, sich wieder in Rage zu reden und Ellie griff nach ihrem Handy auf dem Beifahrersitz. Sie wusste nicht, wie nützlich es sein würde, aber sie wollte seinen seltsamen Redeschwall aufnehmen.

„…Und dann gibt es da diejenigen, die ihr Leben zum Nulltarif verramschen. Ich bringe ihnen nur die Quittung. Also was glaubst du ist dein Leben wert, Ellie?"
Sie hörte seine Frage nicht. Die Worte rauschten an ihr vorbei, ohne dass auch nur ein Fetzen davon in ihrem Verstand Halt fand. Wie vom Blitz getroffen starrte sie auf das Display ihres Telefons, welches ihr immer noch das gleiche Bild aus Bergers Fotogalerie präsentierte. Ein seltsames Foto. Ellie hatte einen Augenblick gebraucht, um die schwarzen Schlieren in einem Meer aus Grau als kahle Äste vor einem trüben Himmel zu erkennen. Erst dann war ihr die untere rechte Ecke des Bildes auf-gefallen. Und das Gesicht, das wie aus Versehen in die Szene gerutscht zu sein schien. Ein bekanntes Gesicht. Ein Gesicht, das längst in einer Akte gelandet war. Ein Gesicht, das zum Zeitpunkt, als das Foto geschossen wurde, eigentlich nicht mehr existiert hatte. Das konnte nicht sein. Sie selbst hatte ihn gefunden. Niemals würde sie den Anblick des entstellten Gesichts vergessen. Unmöglich.
,Doch was wenn…'
Und auf einmal verstand sie.
„Bitte entschuldige, was hast du gesagt, Konstantin?"
Stille. Ellie lauschte. Vor Aufregung traute sie sich nicht, sich zu bewegen. Ihr Körper war wie gelähmt, doch nichts passierte. Keine Regung. Keine Antwort. Nichts.
„Konstantin, bist du noch da?"
Die Antwort lieferte ihr das rhythmische Tuten des Freizeichens. Er hatte aufgelegt.

78

„Seidel, Sie haben hier nichts verloren. Schon vergessen, dass Sie nicht mehr für den Fall verantwortlich sind?"

„Wie wäre es, wenn Sie einfach mal die Fresse halten, Döbritz? Ich wäre wohl kaum hier, wenn es nicht dringend wäre. Wo ist Hassler?"

Sie rang nach Atem und sah ihn fragend an, während er um Fassung bemüht war. Da Hasselberger nicht an sein Handy gegangen war, hatte sie den direkten Weg ins Dezernat gewählt. Dank Blaulicht und einem halben Laufschritt die Treppen hoch waren seit ihrem Telefonat keine dreißig Minuten vergangen. Döbritz schien sich von ihrem stürmischen Erscheinen erholt zu haben und wollte gerade zu einer Antwort ansetzen, als Hassler durch die Tür kam.

„Konstantin Hirsch lebt und er hat Finja."

Ellie schleuderte ihm die verhängnisvolle Wahrheit ins Gesicht, als könnte sie ihr Gewicht nicht eine Sekunde länger alleine tragen. Nur hinterließ ihre Nachricht nicht ansatzweise die erwartete Wirkung. Stattdessen sahen beide Männer sie an, als hätte sie ihnen gerade offenbart, dass sie an die Zahnfee glaubte. Hassler kam als erstes wieder zu sich.

„Bitte was? Wovon redest du?"

„Konstantin Hirsch ist unser Täter. Wen auch immer wir vor zwei Wochen verstümmelt vor seinem Computer gefunden haben, es war jemand anderes."

„So ein Blödsinn. Gibt es dafür Beweise oder wollen Sie hier nur eine kleine Show abziehen?" Offensichtlich hatte auch Döbritz seine Schockstarre überwunden und genug Mut zusammengekratzt, die Vorherrschaft über die fünfundzwanzig Quadratmeter Büro, in dem sie standen, nicht kampflos aufzugeben. Ellie fehlte dafür jedoch die Zeit. „Ich möchte es nicht noch einmal sagen, aber würden Sie sich bitte einfach raus halten? Ich würde gern mit einem erfahrenen Ermittler und guten Kollegen reden. Danke. Sollte ich Ihre Meinung hören wollen, melde ich mich."

„Ok, mir reicht es mit Ihnen. Ich werde jetzt den Chef informieren, dass Sie sich erneut in die Ermittlungen einmischen."

„Nur zu. Tun Sie sich keinen Zwang an."

Die Tür war kaum zugefallen, da sprudelte es aus ihr heraus. „Also, ich bin Bergers Dateien durchgegangen und auf dieses Foto gestoßen. Kommt dir der da nicht bekannt vor?" Energisch tippte sie auf den unteren Bildrand. Hasslers Gesichtsausdruck verwandelte sich von neugierig zu überrascht. Verwirrt sah er Ellie an.

„Du willst mich doch verarschen."

„Schön wärs. Wir waren so blind. Eine billige Verkleidung hat gereicht, um uns zu täuschen. Im Spreepark, an der Oberbaumbrücke und auch bei Berger. Es war immer Konstantin Hirsch. Die ganze Zeit. Er lebt.

„Wie kann das sein? Und wen haben wir dann in seinem Zimmer gefunden?"

„Ich weiß es nicht, aber ich weiß, dass er unser Mann ist. Bitte frag nicht, wieso ich das so genau weiß, aber du musst mir vertrauen."

„Ellie, was soll das heißen?"

„Das heißt, wir sind endlich an ihm dran, verdammt."

„Was weißt du, was ich nicht weiß?"

„Ich weiß, dass Hirsch nur durch Tim, also Herrn Reschke identifiziert wurde. Keine Verwandten oder andere nahestehenden Personen. Und bei den massiven Verstümmelungen im Gesicht könnte ich mir vorstellen, dass es durchaus möglich wäre, dass es sich um eine andere Person handelt. Es schien nur unmöglich. Wir brauchen die Fingerabdrücke, aber ich bin mir zu einhundert Prozent sicher."

„Okay, ich setze Niedermeier darauf an. Mal sehen, ob du recht hast."

„Habe ich. Und jetzt muss Bastian alles zu Hirsch herausfinden, was es gibt. Ich möchte alles wissen. Also wirklich alles."

Neugierig schob dieser seinen Kopf durch den Türrahmen seines angrenzenden Büros. Sein Gesichtsausdruck ließ erahnen, dass er das Gespräch nicht erst seit der Erwähnung seines Namens verfolgt hatte. Bevor er jedoch etwas sagen konnte, fuhr Hassler dazwischen.

„Ellie, halt! Stopp! Du bist nicht mehr Teil der SoKo. Das heißt auch, dass du nicht in dem Fall ermitteln darfst. Lüdeke kümmert sich darum,…" Seinen fragenden Blick beantwortete der eingeschüchterte IT-Experte mit einem gehorsamen Nicken und verschwand ebenso schnell, wie er aufgetaucht war. „...aber du musst dich offiziell raushalten, klar?"

„Ach komm schon, das kann doch nicht dein Ernst sein. Ohne mich würden wir immer noch auf der Stelle treten. Jetzt scheiß doch bitte einmal auf die Vorschriften."

„Das mache ich längst und das weißt du auch. Aber du bist keine Ein-Mann-Armee und ehrlich gesagt macht es mir Sorgen, wie sehr du dich persönlich in die ganze Nummer reinziehen lässt. Du musst aufpassen, dass du die Grenze nicht aus den Augen verlierst. Man könnte meinen, du wärst bereits per Du mit dem Täter. "

Ellie wollte bereits zu einer Antwort ansetzen und ihm erklären, wie unglaublich falsch er damit lag, als sie die ungewollte Bedeutung seiner Worte traf. Sie spürte, wie ihr Herz wie auf Knopfdruck begann, das Blut in ihrem Körper zu beschleunigen. Fast glaubte sie, das rhythmische Hämmern ihres Pulses hören zu können.

„Oh verdammt. Wie konnte ich so dumm sein?"

Hasslers irritierten Blick ignorierend griff sie nach dem Handy in ihrer Tasche.

79

„Ellie? Was ist denn jetzt schon wieder?"

Der Knall hallte durch den ganzen Raum, als Hassler mit der flachen Hand auf die Fallakte auf seinem Schreibtisch schlug, welche Ellie gerade hektisch angefangen hatte, zu zerpflücken.

„Entweder du sagst mir jetzt, was hier los ist oder das war das letzte Mal, dass ich dich in die Ermittlungen einbeziehe. Ich bin hier der Einzige, der noch zu dir hält, dabei weiß ich nicht einmal, warum. Du brauchst mich. Mehr sogar als ich dich. Also überleg jetzt bitte gut, wie das hier weiterlaufen soll."

Eigentlich hatte sie keine Zeit für Erklärungen, aber zumindest in Einem stimmte sie mit ihm überein:

Sie brauchte ihn.

„Ich bin so eine Idiotin. Er hat nicht mich gemeint."

„Wer?"

„Konstantin Hirsch. Er hat mir unbekannterweise ein Handy zugeschickt."

„Bitte was?"

„Ja. Es wurde gestern hier am Empfang für mich zugestellt. Ich konnte damit jedoch nichts anfangen, weil es mit einem vierstelligen PIN-Code gesperrt war."

Sie musste ihn gar nicht erst ansehen, um zu wissen, was er dachte. Nur war dies nicht der Moment, um irgendwelche Wogen zu glätten. Das musste bis später warten.

„Allerdings hatte er einen Text als Hintergrundbild hinterlegt. Ich habe ihn nur völlig falsch verstanden."

„Das kann nicht dein Ernst sein. Bitte, sag mir, dass du nicht wirklich ein wichtiges Beweismittel zurückgehalten hast?"

In seiner Stimme schwang eine Mischung aus Wut und schlimmer noch, Enttäuschung mit und öffnete die Tür zu ihrer Gefühlswelt gerade weit genug, dass sich das schlechte Gewissen durch den Spalt quetschen konnte. Sie hatte schon immer Probleme damit gehabt, sich eigene Fehler einzugestehen und auch jetzt wusste sie nicht recht, was sie ihm antworten sollte.

„Ich meine, das kann einfach verdammt nochmal nicht dein Ernst sein. Du hättest es wenigstens mir erzählen können, statt damit einfach durch die Gegend zu laufen und die Ermittlungen zu sabotieren. Ist dein Ego wirklich so groß? Wem willst du denn so dringend etwas beweisen? Scheiße ey. Ich hätte auf mein Bauchgefühl hören sollen. Ich hatte Weinreich gewarnt. Ich hatte ihm gesagt, dass das nach hinten los geht, jemanden ins Dezernat zu holen, dessen bisherige Karriere so sehr nach Ehrgeiz stinkt. Und weißt du, was das Schlimmste ist? Irgendwie bin ich seit langem mal wieder zum Dienst gekommen, weil ich Lust darauf hatte und nicht, weil ich musste. Vielleicht lag es am Fall, aber hey, vielleicht lag es auch an dir, dass sich dieser ganze Mist hier nur halb so unnötig angefühlt hat, wie sonst. Und jetzt? Jetzt stehe ich hier und werde den Kopf für deinen kleinen Alleingang hinhalten müssen."

„Es tut mir leid."

„Tut es das, Ellie?"

„Ja, ich war einfach überfordert. Das Paket war an mich adressiert. Ich wusste nicht, was drin ist. Und dann lag da das Handy."

„Und dann? Dann hast du dir gedacht, dass du den Code knacken kannst? Dass du dir den Mörder wie ein Kopfgeldjäger im Wilden Westen einfach schnappst und gefesselt hier vor die Türschwelle legst?"

„Nein, natürlich nicht, aber…"

„Na immerhin. Und was genau ist denn nun auf dem Handy? So wie du es beschützt hast, wird er dir darauf ja sicherlich eine Wegbeschreibung zu sich hinterlassen haben oder? Denn falls nicht, dann wäre es wohl ganz offensichtlich die bessere Option gewesen, dass Kollege Lüdeke sich das Teil genauer ansieht."

„Ich weiß nicht, was auf dem Handy ist."

„Ach leck mich doch."

„Ich habe den Code bis eben nicht entschlüsseln können, aber ich glaube, du hast es geschafft."

Seine grimmige Miene verwandelte sich minimal. Ein Hauch Verblüffung schien sich in die Wut zu mischen.

„Ich habe was?"

„Du hast eben gesagt, dass ich mit ihm ja schon fast per Du wäre und genau das war auch mein Denkfehler."

Sie zog das Handy aus ihrer Tasche hervor und hielt ihm den Sperrbildschirm unter die Nase, nah genug, dass auch er die dunklen Buchstaben lesen konnte:

„Ich dachte nämlich die ganze Zeit, dass er mich damit persönlich anspricht, aber keine Zahlenkombination in Zusammenhang mit mir hat gestimmt."

Mit einem Ruck zog sie die Fallakte unter Hasslers Hand hervor und schlug sie wieder auf.

„Mit ‚sie' meint er aber gar nicht mich. Das Arschloch ist nämlich nicht so höflich und siezt mich. Ganz im Gegenteil. Und damit kann er mit ‚*sie*' nur die Opfer meinen. Die Frauen, die nichts mehr sehen können, weil er ihnen die Augen entfernt hat."

„Scheiße, ich weiß, worauf du hinaus willst. Annika Scheffler, Irina Sorokin, Karina Christensen, Charlotte Klee."

Überrascht sah sie ihn an. Sie hatte nicht erwartet, dass sich Hassler die Namen der Frauen gemerkt hatte. Gleichzeitig schämte sie sich, dass sie dafür die Hilfe der Akte gebraucht hätte.

„Aber das sind Namen, keine Zahlen."

Ellie hatte es sofort gewusst. Mit zittriger Hand zog sie zu jedem Namen das zugehörige Autopsie-Foto hervor.

„Ist dir die ähnliche Anzahl der Stichwunden nie seltsam vorgekommen?"

Ohne eine Antwort abzuwarten, begann sie zu tippen.

7-8-8-7

80

Der Klang seines Namens hallte immer noch nach. Wie das letzte Halleluja in den Gewölben einer Kirche waberte es durch seinen Verstand und vernebelte ihm die Sinne. Aus der anfänglichen Überrumpelung war inzwischen Freude, Euphorie, gar ein Triumph geworden. Sie hatte endlich den ersten Schritt gemacht, den ersten entscheidenden Schritt in seine Richtung. Jetzt würde es nicht mehr lang dauern.

Trotzdem, irgendwie hatte sie ihn auf dem falschen Fuß erwischt. Er hatte es ganz anders geplant. Er hatte dabei sein wollen, wenn sie es begriff. Der Moment war längst vorgeplant gewesen. Und jetzt das. Wie hatte sie es ohne seine Hilfe herausgefunden? Welch unwürdiger Rahmen, so banal, steril, am Telefon. Schade. Das würde sich beim nächsten Mal ändern. Es war Zeit, die letzte Phase einzuleiten.

Sein Blick fiel auf die gefesselte Finja. Der Kopf, den Gesetzen der Schwerkraft folgend, willenlos nach vorn auf die Brust gekippt. Das Betäubungsmittel wirkte äußerst zufriedenstellend. Er hatte in ihren Augen gesehen, dass sie es wusste. In dem Moment, als er ihr das Glas Wasser an die Lippen hielt, trafen sich ihre Blicke und die Erkenntnis, dass er ihr nicht in einem Anflug von Güte etwas zu Trinken anbot, löschte das letzte hoffnungsvolle Funkeln in ihren Pupillen. Und trotzdem trank sie. Der Durst größer als die Verzweiflung.

Er überlegte kurz, wie hoch die Chancen wohl standen, dass sie die nächsten vierundzwanzig Stunden überleben würde. Dann fiel ihm ein, dass es keine Rolle spielte. Jemand würde sterben. So oder so. Sein finaler Test ließ gar nichts anderes zu. Und ihre Karten standen leider äußerst schlecht.

Zufrieden betrachtete er das Foto. Im trüben Licht, das durch die Schlitze zwischen den Brettern vor den Fenstern fiel, wirkte Finja so bleich, als wäre sie bereits tot. Lächelnd fügte er den Countdown hinzu, welchen Instagram schon vor einigen Jahren als Funktion eingeführt hatte.

‚Noch nicht, meine Liebe, noch bleibt dir etwas Zeit.'

81

Sechs Stunden und Siebzehn Minuten.

„Wir müssen sie finden!"
Die Verzweiflung in Hasslers Stimme passte nicht zu ihm. Irgendetwas schien mit ihm passiert zu sein, nachdem Ellie das kleine Instagram Logo, die einzige App auf dem Startbildschirm des Handys angeklickt hatte und einige Klicks später das Bild der bewusstlosen Finja auf dem Screen erschienen war. Es war, als hätte Konstantin Hirsch ihnen die Brotkrumen nicht nur hingelegt, sondern sie noch rot markiert, damit sie seine Nachricht auch wirklich finden würden. Nachdem der Code den Inhalt des Handys preisgegeben hatte, war der Rest selbsterklärend. Eine einzige App. Ein einziger gefolgter Account. Ein einziger aktiver Story-Post. Eine einzige Botschaft.
„Erstmal sollten wir herausfinden, wo wir suchen müssen. Bastian hast du schon was? Ich will endlich wissen, wer Hirsch wirklich ist!"
Erschrocken stellte Ellie fest, dass auch in ihrer Stimme plötzlich etwas Hysterisches zu finden war. Aus dem Nebenzimmer kam Bastian gestolpert, ein Tablet in der Hand und sichtlich darum bemüht, der Dringlichkeit seines Auftrags gerecht zu werden.
„Viel ist es leider nicht, dazu war zu wenig Zeit, aber…"

„Komm schon, was hast du?"

So unbeherrscht hatte sie Hassler noch nie erlebt. Seine Körpersprache war schwer zu deuten - eine seltsame Mischung aus Anspannung und Resignation, ein Flehen und Schreien zugleich. Was auch immer in ihm vorging, es beunruhigte sie.

„Ja also, er wurde in Darmstadt geboren und ähm einen Augenblick…"

Hektisch fing er an, mit seinem Zeigefinger auf dem Tablet herum zu wischen.

„Verdammt nochmal Bastian, gibt es da irgendwas Interessantes?" Jetzt war auch ihre Geduld erschöpft.

Sie sah, wie sein Gesicht rot anlief.

„Ja schon. Seine Eltern sind bei einem Autounfall ums Leben gekommen, als er fünf war. Deshalb ist er bei seinen Großeltern in Spandau aufgewachsen. Mehr habe ich zu seiner Kindheit nicht gefunden. Nach dem Abitur hat er sich an der Humboldt für ein Medizin-studium eingeschrieben, wurde dort allerdings vor drei Jahren exmatrikuliert."

„Wieso das?"

„Keine Ahnung."

„Und danach?"

„Tja, das ist das Seltsame. Danach verliert sich seine Spur komplett."

„Was soll das heißen?"

„Das heißt, es gibt nichts. Keinerlei Aufzeichnungen. Er war in der Wohnung deines…" Er stockte kurz. „Also in der WG war er auch nicht offiziell gemeldet. Seit dem

Abbruch des Studiums war er quasi ein Geist."

„Fuck. Was wissen wir über die Großeltern? Oder gibt es auch andere Verwandte? Geschwister?"

„Keine Lebenden. Aber…"

Erneut flogen seine Finger über den Bildschirm seines Tablets. „…die Großmutter lebt noch. Laut Akten ist sie im St. Elisabeth Seniorenheim untergebracht."

Augenblicklich griff Hassler nach seiner abgewetzten Jacke. „Ok. Ich fahre hin und versuche etwas, aus der Dame herauszukriegen. Ihr bleibt hier und sucht nach weiteren Infos zu Hirsch."

„Ich komme mit."

Ellie hatte nicht vor, sich von ihm aufs Abstellgleis schieben zu lassen, Befehl hin oder her. Trotzig warf auch sie sich ihre Jacke über die Schultern. Hassler blieb mitten in der Bewegung stehen und drehte sich herum. Mit starrem Blick nahm er die Zigarette aus dem Mundwinkel, die er sich bereits vorsorglich zwischen die Lippen geklemmt hatte.

„Sehe ich aus, als hätte ich Zeit für Diskussionen?"

82

Unruhig wippte Ellie von einem Fuß auf den anderen, während sie sich ihr Telefon so fest ans Ohr drückte, als hätte sie Angst davor, es sich doch noch einmal im letzten Moment anders zu überlegen und aufzulegen.

Hasslers Abgang war filmreif gewesen und hatte sie sprachlos zurückgelassen. Nachdem auch Bastian mit einem verlegenen Murmeln wieder in sein künstlich beleuchtetes Hoheitsgebiet zurückgekehrt war, hatte sie mehrere Minuten stumm dagestanden und sich dem Gefühl ihrer eigenen Nutzlosigkeit hingegeben, bis die lautstarken Stimmen hinter Weinreichs Tür sie daran erinnerten, dass Döbritz drauf und dran war, sie ein weiteres Mal ans Messer zu liefern. Drei Treppenabsätze später war Ellie an dem halb schlafenden Kollegen am Empfang vorbei auf die Straße getreten und hatte tief Luft geholt. Mit dem Tageslicht war die Eingebung gekommen, dass da doch noch etwas war, das sie tun konnte. Auch wenn es ihr persönlich widerstrebte, sie musste es zumindest probieren, alleine nur um nicht komplett nutzlos zu sein.

Während sie dem Freizeichen lauschte und gleichzeitig hoffte und irgendwie auch nicht, dass er abnehmen würde, fiel ihr Blick auf einen Stromkasten am Rande des Gehwegs. Quer über den speckigen grauen Kunststoff hatte jemand ein Graffiti gesprüht: A.C.A.B.

‚All Cops Are Bastards'

Das erste Mal seit sie Polizistin geworden war, überlegte Ellie, ob in dieser simplen Beleidigung, die in den letzten Jahren Mode geworden zu sein schien, nicht doch ein Funken Wahrheit steckte. Bei aller polizeifeindlicher Polemik konnte sie zumindest die Kritik an der Arbeit der Polizei nachvollziehen. Für den offensichtlichen Frust, der aus den Worten herausquoll, hatte sie sogar Verständnis. Mehr denn je. Wurde sie doch das Gefühl nicht los, ihren Job nicht gut genug gemacht zu haben, wenn da draußen gerade ein junges Mädchen von einem unberechenbaren Serienmörder gefangen gehalten wurde.

„Ich hätte nicht gedacht, noch einmal von dir zu hören."

Seine Stimme riss sie aus ihren Gedanken. Obwohl er ganz ruhig sprach, fühlte Ellie sich, als würde er sie anschreien. Vielleicht wünschte sie sich dies auch nur. Nach allem was passiert war, wäre es zumindest keine Überraschung gewesen.

„Ich weiß, du warst deutlich genug, aber ich brauche deine Hilfe."

„Wow. Dann sparen wir uns also ausnahmsweise mal das falsche Geplänkel. Ich meine, dass du nicht anrufst, weil du Sehnsucht hast, war mir klar. Also was willst du?"

Bis vor kurzem hätten seine Worte ihr noch eine pampige Reaktion entlockt, die Vorwürfe sie wütend gemacht, die bittere Wahrheit sie irgendwie verletzt. Jetzt allerdings hatte sie keine Zeit für emotional aufgebauschte Nebenkriegsschauplätze. Zumal Tim Recht hatte, er war ihr egal geworden.

„Weil es um das Leben eines jungen Mädchens geht. Darum bist du wichtig. Ich muss wissen, was du über Konstantin Hirsch weißt. Alles, woran du dich erinnern kannst. Bitte, es ist wirklich dringend."

„Noch ein Mädchen? Wieso das?"

Sie wusste nicht, was sie erwartet hatte, aber seine Reaktion überraschte sie. „Äh, ich weiß nicht, was du jetzt von mir hören möchtest, aber Serienmörder sind nicht dafür bekannt, von allein mit dem Morden aufzuhören, aber ich habe keine Zeit für so einen Unsinn. Also, was kannst du mir noch über Konstantin sagen?"

„Wieso denn Konstantin? Ich verstehe nicht, was…"

„Tim! Das spielt keine Rolle. Kannst du dich an irgendetwas erinnern? Hat er mal seine Familie erwähnt? Oder irgendwelche Freunde? Vielleicht ein Ort, an dem er sich gern aufgehalten hat? Irgendwas?"

„Ellie, was soll das? Konstantin ist tot und ich versuche immer noch, den Anblick zu vergessen. Habt ihr dafür keine Akten oder sowas?"

„Wenn wir Informationen hätten, würde ich dich ja nicht anrufen." Sie war noch gar nicht fertig mit Sprechen, da wollte sie das Gesagte schon wieder zurücknehmen. Sein plötzliches Schweigen bestätigte sie darin, einen Fehler gemacht zu haben. Ellie konnte nur nicht einschätzen, ob ihm die Worte fehlten, weil er versuchte, ihr Interesse an einem Toten zu verstehen oder weil sie offen zugegeben hatte, dass er ihr tatsächlich egal war.

„Tim bitte, ich habe wirklich keine Zeit für Erklärungen. Was kannst du mir über Konstantin sagen?"

„Ellie, ich habe ihn gesehen. Er war tot. So tot, wie ein Mensch nur sein kann. Also was spielt er noch für eine Rolle? Ist das so eine Art Scherz? Was willst du von mir?"

„Nur Informationen, Tim. Nur ein paar gottverdammte Informationen, damit nicht noch ein Mensch sterben muss."

„Schön, aber ich weiß nichts. Er war halt meist für sich. Keine Ahnung, was er getrieben hat, wenn er unterwegs war."

„Habt ihr euch nie unterhalten?"

Sie spürte, dass sein Frust und seine Verunsicherung in Wut umkippten.

„Beiläufig."

„Worüber?"

„Nichts Besonderes."

„Tim, komm schon!"

„Alltäglicher Kram. Ich meine, er hat sich an Absprachen gehalten, den Putzplan befolgt, war freundlich, sauber und zuverlässig. Er hat sogar meine Pflanzen gegossen. Er war genau so, wie man sich einen Mitbewohner eben wünscht. "

„Gab es denn nie Streit?" Sie spürte, dass er zögerte.

„Nicht wirklich."

„Sicher?"

„Was ist das hier? Ein Verhör? Wenn ich dir doch sage, dass da nichts war, verdammt."

„Schon gut. Beruhige dich."

Allmählich kam ihr der Gedanke, dass die Überwindung, die sie der Anruf gekostet hatte, umsonst gewesen war

„Scheiße. Das bringt uns nicht weiter. Hatte er vielleicht mal Besuch?"

„Konstantin? Pff. Als ob. Wenn du im Lexikon den Begriff Einzelgänger nachschlägst, würde dich vermutlich sein Bild anlachen. Keine Ahnung, was Lisa an ihm fand."

Die Frage schien Tim beinahe zu belustigen.

„Lisa?"

„…wobei apropos Bild und Lachen. Ich glaube nicht, dass es dir hilft, seinen Mörder zu fassen. Wie gesagt, ich weiß nicht wirklich viel, aber an eine merkwürdige Sache erinnere ich mich. Er trug immer so ein abgewetztes Foto von seinem Opa mit sich herum. Hat es behütet wie einen Schatz."

„Was?"

„Ja wirklich. Ich weiß noch, wie ich es mal auf dem Küchenboden gefunden habe. Muss ihm aus der Tasche gefallen sein. Als ich es ihm geben wollte, reagierte er irgendwie komisch."

„Was heißt komisch?"

„Ich weiß nicht. Es wirkte irgendwie, als wäre es ihm unangenehm gewesen, dass ich es gefunden hatte. Als wäre es geheim oder so. Ich meine, es war ja nur ein altes Bild von seinem Opa in Uniform."

„Ein Soldatenfoto?"

„Ja und als ich nachfragte, wer das sei, schien er irgendwie sauer. Außer dass das auf dem Bild sein Opa sei, kam nichts. Er sah mich nur schweigend durch seine halb geöffnete Tür an und schien darauf zu warten, dass ich gehe. Ich habe mir nichts dabei gedacht. Wie gesagt, er war eben manchmal ein bisschen seltsam. Aber ernsthaft, Ellie, was nützen dir solche Stories? Sie werden dich wohl kaum zu seinem Mörder führen. Also worum geht es hier wirklich?"

Ellie spürte, wie die Aufregung ihre Gedanken grob zu Worten formte und mit Nachdruck in Richtung Mund schubste: „Was für Uniform?"

„Bitte?"

„Sorry, aber was für eine Uniform war das? Kannst du dich daran noch erinnern?"

„Puh, also ich bin kein Historiker oder so, aber ich glaube, amerikanisch."

„Sicher?"

„Naja, die ein oder andere Doku habe ich schon gesehen und ich glaube, das sah amerikanisch aus, mit so einem kleinen Schiffchen als Hut."

„Okay. War da noch was auf dem Bild?"

„Mh, lass mich nachdenken. Das ist echt schon 'ne Weile her."

Auf der gegenüberliegenden Straßenseite drückte eine französische Bulldogge gerade ihr fertig verdautes Futter auf den Gehweg, während sich das zugehörige Frauchen nervös in alle Richtungen umblickte und dann zügigen Schrittes weiterlief, das knallrote Plastiktütchen unbenutzt zurück in die Tasche ihres Mantels steckend. Unter normalen Umständen hätte Ellie ihr ein paar freundliche Worte hinterhergerufen, heute nahm sie das Ganze nur beiläufig war.

„Und?"

„Ja, da war noch was. So eine Art weißer Ballon im Hintergrund. Keine Ahnung, was das war. Sah aus wie ein riesiger Golfball."

„Ein Golfball? Ernsthaft?"

„Hm ja, also…Oh warte mal kurz, es hat an der Tür geklingelt. Bleib kurz dran ok?"

„Was? Nein, das ist wichtig, Tim. Tim?"

Keine Reaktion. Scheinbar hatte er das Telefon bei Seite gelegt. Obwohl es völlig bescheuert erschien, stellte sie sich einen großen Golfball vor. Sie wollte bereits an Tims Erinnerung zweifeln, als es ihr wie Schuppen von den Augen fiel. Auf einmal erklang Döbritz' sonore Stimme in ihrem Kopf:

'Es ist davon auszugehen, dass der Täter Berliner Herkunft ist, da er sich offensichtlich sehr gut mit angesagten Orten und Szeneplätzen auskennt und diese bewusst für seine Taten auswählt, um maximale Wirkung zu erzielen.'

Widerwillig musste sie sich eingestehen, dass er recht gehabt hatte. Sie wusste wo Finja war, sie wusste wo sie Konstantin finden würde, sie wusste, wo das alles enden würde und sie wusste, dass sie keine Zeit mehr zu verlieren hatte.

83

Es wurde bereits dunkel, als Ellie ihren Wagen auf den unbefestigten Seitenstreifen lenkte und den Motor abstellte. Vor ihr verschwand der löchrige Asphalt in einer Linkskurve und verschmolz mit den Schatten des Waldes, der sich in den letzten knapp fünfundzwanzig Jahren alle Mühe gegeben hatte, die Wunde, welche die geschlängelte kleine Straße auf ihrem Weg den Hügel hinauf geschlagen hatte, wieder zu schließen.

Die restliche Strecke würde sie zu Fuß gehen. Zwar verspürte sie wenig Lust auf eine kleine Wanderung - im Gegenteil, doch wenn ihre Vermutung stimmte, wäre es besser, wenn man sie nicht kommen sah.

Die Hand schon auf dem Türgriff sah sie sich um. Sie wusste, dass es kein Zurück mehr gab, sobald sie erst einmal ausgestiegen war. Noch konnte sie umkehren. Noch konnte sie sich einreden, dass sie sich geirrt hatte. Noch konnte sie hier einfach still sitzen bleiben und abwarten, ob Hassler etwas herausgefunden hatte. So schnell, wie ihr die verschiedenen Alternativen zu dem, was sie vorhatte, in den Kopf gekommen waren, so schnell wischte sie diese beiseite. Einen Scheiß würde sie tun. Den Punkt, an dem eine Umkehr in Frage gekommen wäre, hatte sie nicht etwa verpasst, nein, es hatte ihn nie gegeben. Er war von Anfang an nie eingeplant gewesen.

Erst als sich Ellie versichert hatte, dass um sie herum alles ruhig war, öffnete sie die Tür. Die kalte Luft, die ihr entgegenschlug, überraschte sie. In der Stadt war es heute angenehm warm gewesen, doch hier draußen, rund zehn Kilometer vom Stadtzentrum entfernt, umgeben von Bäumen und Sträuchern, die den Blick auf die künstlich erleuchtete Hauptstadt verbargen, war davon nichts zu spüren. Der Frühling hatte es offensichtlich noch nichts über die Stadtgrenze hinaus geschafft.

Sie fröstelte und zog den Reißverschluss ihrer Jacke bis zum Kinn nach oben. Wenige Minuten später bereute sie dies. Der Aufstieg war nicht besonders steil, doch die Anspannung erschwerte jeden ihrer Schritte. Sie hatte das Gefühl durch Wasser zu stapfen, als würde eine unsichtbare Macht sie um jeden Preis daran hindern wollen, den aus den Trümmern des kriegszerstörten Berlins aufgetürmten Hügel zu erklimmen. Sie schwitzte. Ihr T-Shirt klebte mittlerweile an ihrem schweißnassen Rücken, als wäre beides magnetisch. Gerade als ihre Finger wieder nach dem Reißverschluss tasteten, um die Jacke zu öffnen, tauchte hinter der nächsten Biegung der Straße wie aus dem Nichts ein schweres eisernes Schiebetor auf. Knapp fünfzig Meter von ihr entfernt zerteilten die massiven Gitterstäbe die Straße in zwei Welten. Jene, aus der Ellie gerade kam, in der sie sich halbwegs wohl fühlte, eine Welt, in der sie sich umdrehen und zurückgehen konnte, zurück in die belebte Stadt, in ihr Leben. Fort von der Dunkelheit.

Und dann war da noch die Welt jenseits der Absperrung. Eine Welt, die ihr fremd war. Jeder in Berlin kannte ihre Geschichte. Eine Welt, in der vierzig Jahre lang Soldaten in steifen Uniformen, die Brust voller funkelnder Orden, Tag und Nacht versucht hatten, das Böse zu bekämpfen. Nur dass da nie etwas Böses gewesen war, nur die Schreckgespenster alter weißer Männer und ihrer Angst vor Machtverlust. Sie wünschte sich, es wäre dabei geblieben, doch Ellie konnte es spüren. Obwohl die eingeschlagenen Fenster der Ruinen ihr still und einsam entgegenblickten, fühlte sie, dass auf dem Gelände der ehemaligen US-Abhöranlage etwas auf sie wartete. Das Böse war doch noch gekommen. Nur anders als erwartet. Und niemand war mehr da, um sich ihm entgegenzustellen.

Langsam ging sie dem Tor entgegen, ohne den Blick von den Gebäuden abzuwenden, bereit, bei der kleinsten Bewegung in Deckung zu gehen. Doch nichts passierte.

‚Bist du hier, Konstantin? Wartest du irgendwo da drin auf mich? Ahnst du, dass ich komme? Oder habe ich mich getäuscht?‘

Gerade als ihr erste Zweifel kamen, sah sie, dass die schwere Kette, mit der das Schiebetor um diese Uhrzeit verschlossen sein sollte, ihren Zweck nicht erfüllte. Das große Vorhängeschloss baumelte lose vor sich hin. Ellie wusste nicht viel über das Schicksal der Anlage seit das Ende das Kalten Krieges sie überflüssig gemacht hatte. Das Wenige, das sie wusste, hatte sie vor einiger Zeit in einem Artikel der Berliner Morgenpost aufgeschnappt. Von einem gescheiterten Umbau zu Luxusapartments vor vielen Jahren und ewigem Streit zwischen dem Berliner Senat und möglichen Investoren war die Rede gewesen. Inzwischen wurde das Gelände auf dem Teufelsberg wohl von einem Verein verwaltet, als historische Stätte inklusive Galerie für Street Art oder sowas in der Art. Nur wer auch immer hier mittlerweile verantwortlich war, das Schloss sollte definitiv nicht einfach offen sein. Zumindest dessen war sich Ellie sicher. Mit beiden Händen griff sie nach dem Tor und zog vorsichtig daran. Ihr Hoffnung, möglichst wenig Lärm zu machen, wurde von einem furchtbaren Quiet-schen zerstört, als sich die rostigen Rollen Zentimeter für Zentimeter durch die verdreckte Führungsschiene im Boden kämpften.

Toll! So viel zum Überraschungsmoment…

Hastig schob sie sich durch den kleinen Spalt. Gerade breit genug, um sich hindurch zu quetschen. Kaum hatte sie es geschafft, öffnete sie ihren Pistolenholster und zog ihre Waffe. Obwohl dort nichts war, worauf sie diese richten konnte und sie beim Laufen wirkungslos in die Dunkelheit zielte, fühlte Ellie sich gleich um einiges sicherer. Sie versuchte ein Gefühl für das Gelände zu bekommen.

Vor ihr stieg der Weg leicht an und führte zu einigen größeren Gebäuden, auf denen auch die kuppelförmigen Abhöranlagen zu sehen waren. Auf dem Foto von Konstantins Großvater waren sie vermutlich noch nicht so löchrig und heruntergekommen gewesen, aber Tims seltsame Beschreibung war immer noch ziemlich akkurat. Auch im schwindenden Licht ragten dort drei gigantische Golfbälle in den Abendhimmel. Ellie ließ den Blick weiter über das Gelände schweifen.

Rechts war so etwas wie ein kleines verwahrlostes Empfangshäuschen. Gegenüber auf der linken Seite parkten verschiedene alte Militärfahrzeuge unter einem großen Vordach. Ausrangierte Überbleibsel einer wahnwitzigen Epoche, die genug Kriegsmaterial für mehrere Weltkriege hervorgebracht hatte. Ein Glück, dass der einzige Kampf dieser Maschinen am Ende jener gegen den eigenen Verfall geblieben war.

Finja musste in einem der Häuser weiter oben sein. Tagsüber kamen Touristen hier her. Wenn Konstantin sie hier festhielt, dann konnte es nur in einem Raum sein, der für zufällige Besucher unauffindbar und vor allem außer Hörweite war. Sie bog um eine Ecke und stand plötzlich auf einem großen weitläufigen Platz, umgeben von den drei Hauptgebäuden.

- Brrrrr - Brrrrr - Brrrrr -

Die Vibration ihres Handys hätte sie vor Schreck fast den Abzug ziehen lassen. Rasch drückte sie den Anruf weg, ohne das Telefon auch nur aus der Jackentasche zu holen. Wer auch immer sie sprechen wollte, musste warten. Dies war definitiv nicht der richtige Zeitpunkt für ein Telefonat - egal, worum es ging.

Sie hatte sich für die erste Tür rechts entschieden. Diese war am nächsten und Ellie wollte so schnell wie möglich runter vom Präsentierteller, hinein in den Schutz eines Gebäudes. Zielgerichtet ging sie darauf zu. Ihre Schritte knirschten auf dem Kies unter ihren Schuhen, obwohl sie versuchte, sich so leise wie möglich zu bewegen. An der Tür angekommen, drückte sie ganz langsam die Klinke herunter. Eine Welle Adrenalin durchflutete sie, als hätte sich eine Schleuse in ihrem Körper geöffnet, während die Tür aufschwang und die Dunkelheit dahinter preisgab. Krampfhaft kniff sie die Augen zusammen und versuchte in dem dunklen Rechteck etwas zu erkennen. So merkte sie auch nicht, dass das knirschende Geräusch ihrer Schritte seltsam nachhallte, selbst als sie bereits zum Stehen gekommen war.

Wieso?

Ein schmerzhaftes Brennen an ihrem Hals.

Was?

Das schwarze Rechteck vor ihr kam plötzlich rasend schnell näher. Die Welt kippte.

Wer?

Kein sanftes Eintauchen, nein. Die Dunkelheit fing sie nicht auf. Sie schlug ihr mit ganzer Kraft ins Gesicht.

„Hallo Ellie."

Dann wurde alles schwarz.

84

Zu leicht. Viel zu leicht. Sollte sie ihn wirklich so sehr unterschätzen? Hatte sie denn immer noch nicht begriffen, wozu er fähig war? Oder war sie einfach nur naiv? Vielleicht wollte sie ihn ja auch gar nicht wirklich aufhalten? Hatte sie eventuell bereits erkannt, dass er ihr einen Gefallen tat? Hatte sie endlich das große Ganze verstanden und sich mit Absicht von ihm überwältigen lassen?

Ruckartig blieb er stehen, sodass seine Schuhe eine tiefe Spur in das Kiesbett unter seinen Füßen trieben.

Was, wenn es nur ein Trick war? Eine Falle? Wollte sie ihn in Sicherheit wiegen? Würde jeden Moment das SEK über ihn herfallen?

Hastig legte er ihren schlaffen Körper auf dem Boden ab und blickte sich unruhig um. Seine Augen scannten die Umgebung. Angestrengt horchte er in die Nacht. Waren da nicht doch Geräusche jenseits des Zauns? Mehrere Sekunden vergingen. Erst mit der vierten Wolke aus kondensierter Atemluft, die sich in einem kleinen wirbelnden Tänzchen in der Dunkelheit vor ihm auflöste, verschwand auch die Anspannung. Da war nichts. Nur das Rauschen der entfernten A115, die sich schnurgerade durch den Grunewald zog.

Nein, hier gab es weit und breit niemanden. Das fühlte er. Sie war allein gekommen. Typisch Ellie. Das Band, das er in den letzten Wochen mühsam zwischen den beiden geknüpft hatte, war inzwischen auch viel zu stark, als dass sie sich diesen Moment nehmen lassen würde. Natürlich hatte er sie erwartet. Vielleicht nicht ganz so zeitig. Er war noch gar nicht richtig fertig gewesen mit den Vorbereitungen. Aber dass sie ihn finden würde, war fest eingeplant gewesen. Überrascht hatte ihn nur, dass sie durchs Haupttor gekommen war. Mit so wenig Vorsicht hatte er nicht gerechnet und war froh, dass er sich letztendlich doch dazu entschieden hatte, auch am Tor eine kleine Kamera mit Bewegungsmelder anzubringen. So wurde er rechtzeitig gewarnt und konnte live zusehen, wie sie sich lautstark Zugang zum Gelände verschaffte. Der Lärm war bis hoch aufs Dach zu hören gewesen. Da hätte sie auch gleich klingeln können.

‚Ach Ellie.'

Er sah zu ihr herunter und lächelte wie ein stolzer Vater, der sein schlafendes kleines Mädchen betrachtete, nachdem es kurz zuvor zum ersten Mal Papa gesagt hatte. Wäre da nur nicht die Tatsache, dass der Anblick der blutverschmierten Platzwunde auf ihrer Stirn in ihm keinerlei Gefühlsregung auslöste. Kein väterliches Mitgefühl, kein Bedauern, nichts. Die Erfahrung von Schmerz war auch nichts, was es zu bedauern galt. Im Gegenteil. Leben hieß zu leiden. Nichts trieb einen Menschen so sehr voran, wie der Versuch, eine Wunde zu heilen, die bei der kleinsten Bewegung wieder aufriss und von neuem anfing, zu eitern. Manche Dinge vernarben niemals. Er hatte dies lernen müssen. Sie würde es auch tun. Da war so ein lächerlicher kleiner Cut, von dem in wenigen Wochen nichts mehr zu sehen sein würde, völlig unbedeutend. Der pulsierende Schmerz an ihrer Schläfe würde ihr nachher vielleicht sogar helfen, fokussiert zu bleiben. Dann, wenn es darauf ankam. Er hatte zwar noch halbherzig versucht, ihren Sturz abzufangen, nachdem er ihr die Kanüle in den Hals gerammt hatte, doch ihr Körper war so schnell in sich zusammengefallen, dass seine Hand ins Leere gegriffen hatte.

‚Es wird heute Nacht nicht das Letzte gewesen sein, das dir Kopfschmerzen bereiten wird, liebste Ellie. Glaub mir.‘ Überraschender Weise schluckte die Dunkelheit sein leise gesäuseltes Versprechen nicht einfach, sondern trug das wütende Geschrei eines Mannes als Antwort zu ihm herüber. Die genauen Worte waren nicht zu verstehen, die Wut jedoch unüberhörbar.

‚Man man man.‘

Genervt schüttelte er den Kopf während er Ellie aufhob und sich unbeholfen über die Schulter warf.

‚Dass der jetzt auf einmal so ein Drama macht…‘

85

Zuerst wurde das Schwarz irgendwie grau. Verlor einen Hauch seiner erbarmungslosen Wirkung. Sie wusste nicht, ob es verschiedene Arten von schwarz gab, aber wenn ja, dann war das hier so etwas wie leicht schwarz. Als würde man es mit ein paar Tropfen Wasser verdünnen und dann über eine viel zu breite Fläche streichen. Und mit jeder Sekunde wurde das Schwarz um sie herum grauer, wässriger, durchdringbarer. Irgendwie gnädiger.

Und auf einmal waren da auch Geräusche. Ein Rauschen. Anschwellend. Abschwellend. Wie das Meer. Doch da war kein Meer. Sie fühlte es. Das Schwarz war noch nicht stark genug verdünnt, um etwas zu sehen, doch sie war sich sicher, dass da kein Meer war. Keine sanften Wellen, die den Strand umspülten. Keine Luft, die nach Salz schmeckte. Kein Gefühl von Freiheit. Im Gegenteil. Irgendetwas stimmte nicht. Sie wusste nur nicht was.

Als Letztes kam die Kälte. Sie kroch ihr die Beine hinauf bis ins Herz. Sie zitterte. Wollte sich bewegen. Etwas sagen. Und auf einmal, als würde jemand den Vorhang beiseite ziehen, war das Schwarz verschwunden. Bunte Punkte tanzten vor ihren Augen, kleine Funken im Nichts. Erst als ihr Verstand die Punkte in die entfernten Lichter einer Stadt übersetzte, erinnerte sie sich. An die letzten Tage, oder waren es Wochen gewesen? Wie schnell kann ein ganzes Leben schon in seine Einzelteile zerbrechen?

Ihr Kopf dröhnte. Vorsichtig drehte sie ihn von links nach rechts und versuchte zu verstehen, wo sie war. Blitze aus Schmerz zuckten ihr durch die Schläfen. Ihr gesamter Oberkörper war taub.

Der Schmerz in ihrem Nacken ließ Bilder in ihrem Gedächtnis aufflackern, wie ein alter Dia-Projektor, der langsam in die Gänge kam. Sie erinnerte sich daran, wie sie mit ihren Eltern vor einigen Jahren nach Südafrika geflogen war und nach mehreren Stunden Flug wach wurde. Ihr Hals war vom Schlaf in dem unbequemen Sitz so steif gewesen, dass sie noch tagelang Probleme hatte, den Kopf gerade zu halten. So ähnlich fühlte sie sich gerade, nur hundert Mal schlimmer. Der Versuch, sich zu strecken scheiterte an den Fesseln mit denen ihre Hände hinter ihrem Rücken an den Stuhl gebunden waren. Immer noch. Jetzt begriff Finja. Die Kälte. Das Rauschen. Die Schwärze.

Ein eisiger Wind zog an ihr vorbei. Ihr dünnes Sweatshirt bot nur wenig Schutz. Sie befand sich scheinbar auf einem Häuserdach, nicht mehr in dem stillen, fensterlosen Raum. Kalt und laut. Grau statt schwarz. Leider hatte sie nicht das Gefühl, dass die Veränderung der Umgebung etwas Gutes für sie bedeuten würde.

Jenseits des Geländers, welches am Rand des Dachs den Blick in den Abgrund versperrte, erhoben sich die Baumkronen eines Waldes. In der Ferne sendete die Hauptstadt ihre pulsierende Energie in den Nachthimmel. Sie konnte die Scheinwerfer der Autos unterhalb des Funkturms erkennen, wie sie die Dunkelheit für den Bruchteil einer Sekunde im Vorbeifahren zerschnitten, bevor die Nacht die Fahrbahn hinter den Wagen sofort wieder in Finsternis tauchte. Wie kleine Spielzeugautos, so nah und doch unerreichbar. Sie riss ihren Blick davon los und suchte das Dach ängstlich nach dem Grund für ihre Lage ab.

,Wo bist du?'

Erst jetzt bemerkte sie, dass sie in einer Art Kreis saß. Über ihr befand sich so etwas wie ein Zelt? Ein seltsames Stoffdach? Bevor sie sich weiter darüber Gedanken machen konnte, trug der Wind einen Schrei zu ihr herüber.
„Was soll der Mist? Konstantin?"
Finja blickte in die Richtung, aus welcher der Ruf kam und stutze. Obwohl es hier oben kein Licht gab und man nicht viel weiter als ein paar Meter sehen konnte, glaubte sie etwa zwanzig Meter rechts von sich eine zweite Person zu erkennen. Eine Person auf einem Stuhl. In der Mitte eines Kreises. Darüber eine seltsame Konstruktion. Eine Art helle Kuppel. Die Form der Überdachung schien das Geschrei seltsam zu verstärken.
„Ey, hört mich jemand? Halloooo? Ist da jemand?"
Eine wütende Männerstimme. Obwohl es klang, als wäre da nicht nur Wut. Klang so Verzweiflung? Vielleicht Angst? Finja konnte sehen wie die Silhouette des

Mannes ruckartig vor und zurück schnellte. Er versuchte sich offensichtlich vom Stuhl loszureißen. Ihre schmerzenden Handgelenke bewiesen die Sinnlosigkeit seiner Versuche. Sie überlegte, ob sie auf sich aufmerksam machen sollte? Vielleicht konnten sie gemeinsam etwas erreichen?

„Fuuuuuck!"

Gerade als sie etwas hinüber rufen wollte, schoss der Oberkörper des Fremden mit solcher Wucht rückwärts gegen die Lehne, dass der Stuhl ins Wanken geriet und wie in Zeitlupe nach hinten kippte. Sie konnte nicht sehen, wie der Mann auf dem Boden aufschlug, da seine Konturen von der schmalen kreisförmigen Umrandung, die ihre seltsamen Freiluft-Gefängniszellen umgab, geschluckt wurden. Dafür hörte sie sein wütendes Gefluche und musste beinahe ein Kichern unterdrücken. Die kalte Angst macht jedoch keine Anstalten den Griff, den sie um Finjas Hals gelegt hatte, zu lockern. Keinesfalls würde sich so jemals ein Lachen durch ihre Luftröhre pressen lassen. Sie hatte insgeheim bereits angefangen, sich damit abzufinden, dass sie nie wieder einen Grund haben würde, zu lachen. Selbst wenn sie diese Nacht überleben sollte. Vollkommen unerwartet drückte die Angst ihre Kehle plötzlich noch ein klein wenig fester zu, als eine Stimme durch die Nacht hallte. Eine Stimme, der sie vertraut hatte und die jetzt nur noch blanke Panik in ihr auslöste.

„Mensch, jetzt reiß dich gefälligst mal zusammen. Du weckst ja noch unseren Ehrengast."

Er musste von der anderen Seite des Daches gekommen sein. Langsam lief er an ihr vorbei, ohne sie eines Blickes zu würdigen. Nah genug, dass Finja die Anstrengung in seinem Gesicht erkennen konnte. Mehr als das. Mit Entsetzen bemerkte sie die leblose Person, die er sich über die Schulter geworfen hatte und deren Gewicht ihn bei jedem Schritt leicht nach rechts taumeln ließ. Als er genau auf ihrer Höhe war, fiel von irgendwo ein leichter Schimmer auf den schlaffen Körper und Finja blickte unvorbereitet in das bleiche Gesicht einer Frau.

,NEIN! Was machst du hier? Du solltest nicht hier sein. Du solltest Schweine wie ihn jagen, nicht anders herum!'

Vor Schockstarre hatte sie nicht bemerkt, wie er, ohne seine holprigen Bewegungen zu unterbrechen, langsam seinen Kopf zu ihr gedreht hatte und sie mit eiskalter Mimik fixierte.

Ein Blick.

Ein Lächeln.

Ein Flüstern.

„Bist du bereit, Finja? Jetzt entscheidet es sich. Alles. Für immer."

86

Sie wusste sofort, was passiert war. Die Erkenntnis war ihr im letzten Moment durch den Verstand gerauscht, wie ein ungebremster Güterzug. Zu spät, um zu reagieren. Gerade rechtzeitig, um weh zu tun. Ein kurzer schmerzhafter Funken Klarheit bevor alles schwarz geworden war.

Als sie die Augen wieder öffnete, fühlte es sich an, als hätte sie nur kurz geblinzelt. Als hätte jemand auf der Fernbedienung, die ihr Leben kontrollierte, ganz schnell hintereinander den Pause und den Play-Knopf gedrückt. Klick! Klick! Dazwischen nur ein kurzes Flimmern.

‚Scheiße!'

Dass sie in der Scheiße steckte, wusste sie längst, auch ohne sich umzusehen. Dafür hätte sie ihre Augen gar nicht erst öffnen müssen. Dass sie allerdings so dermaßen tief hineingerutscht war, kam vollkommen unerwartet. Was sie sah, schien wie die Szene aus einem schlechten Actionfilm, nur dass ihr niemand einen raffinierten Ausweg ins Drehbuch geschrieben hatte. Sie versuchte, zu verstehen, was sich da vor ihr abspielte, doch mehrere Dinge kämpften gleichzeitig um ihre Aufmerksamkeit. Die Polizistin in ihr wollte sich den beiden gefesselten Personen links und rechts von ihr widmen. Im Schein der grellen Baustrahler, die auf beide gerichtet waren, konnte Ellie sehen, wie sich der dunkle

Stoff der Säcke über ihren Köpfen leicht hob und wieder senkte.

‚Ein Glück, sie leben noch.'

Bevor sie jedoch einen weiteren Gedanken an die beiden Geiseln oder etwa an das Handy auf dem Stativ, keine drei Meter vor ihr verschwenden konnte, bemerkte sie ihn. Durch das helle Licht, welches vom glänzenden Stoff der Kuppeln reflektiert wurde, unter denen die Geiseln präsentiert wie auf einem Altar saßen, hatte sie ihn zunächst übersehen. Seine Silhouette verschmolz beinahe mit der Dunkelheit jenseits des Dachs, auf dem sie sich befanden. Erst als er anfing, sich zu bewegen, hatte sie ihn entdeckt. Mit einem auffällig langsamen Schritt trat er ins Licht, das Lächeln in seinem Gesicht eine Mischung aus Selbstzufriedenheit und Euphorie.

„Hallo Ellie. Schön, dass du es einrichten konntest. Ich habe auf dich gewartet. Oder naja, soll ich besser sagen, wir?" Mit der schlecht gespielten Dramatik eines Zirkusdirektors breitete er die Arme aus.

‚Ruhig bleiben. Wenn ich hier lebend rauskommen will, muss ich wohl oder übel mitspielen.'

Ellie hatte immer geglaubt, dass der Wahnsinn, die endgültige Loslösung von der Realität in den Augen eines Menschen erkennbar sei - eine Art irres Funkeln. Jetzt wusste sie, dass dies Unsinn war. Seine Augen waren völlig emotionslos, kühl, fast teilnahmslos. Genau das war es, was ihn verriet. Das breite Grinsen, die übertriebene Gestik, das sanfte Schmeicheln in der Stimme - eine aufwendige Show, die an der Leere seines

Blickes zerschellte. Seine Mimik passte nicht zusammen. Sein Gesicht war eine Collage. Ein zusammengeschnittener Erpresserbrief aus unterschiedlichen Emotionen. Ellie musste schnellstmöglich herausfinden, wie sie ihn zu lesen hatte.

„Hallo Konstantin. Die Einladung muss wohl in der Post verloren gegangen sein, oder?"

Ihr Zynismus prallte wirkungslos an ihm ab.

„Wir wissen beide, dass du keine Einladung gebraucht hast. Ich habe dich zu mir geführt. Unser Treffen war vorbestimmt. Alles ist vorbereitet für unser großes Finale."

Irgendetwas sagte ihr, dass sie nur ungern herausfinden wollte, was dies zu bedeuten hatte.

„Interessant. Nur hast du nicht nur mich zu dir geführt. Dir bleiben höchstens noch zehn Minuten. Oder hast du vergessen, dass ich Polizistin bin? Ich habe Verstärkung angefordert, bevor ich durch das Tor bin. Also wie soll das hier enden? Ich sehe da eigentlich…"

„HALT DEINE FRESSE!"

Vor Schreck zuckte sie zusammen. Seine Stimme hallte zwischen den Hauswänden der alten Gebäude unter ihnen nach. Das Lächeln auf seinem Gesicht war auf einen Schlag weggewischt.

„Glaubst du, ich bin dumm, Ellie? Glaubst du das? Gott, wie ich es hasse, wenn man versucht, mich für dumm zu verkaufen. Du bist allein, meine Liebe. Woher ich das weiß? Weil ich dich kenne und weil du fast eine halbe Stunde bewusstlos warst, verdammte Scheiße. Wo also ist deine Verstärkung, hm? Hör endlich auf, meine Zeit zu vergeuden. Hier ist niemand bis auf uns zwei, ach und natürlich die beiden da."

Mit den letzten Worten kehrte auch das Lächeln auf seine Lippen zurück. Ellie ließ den Blick zwischen den zwei gefesselten Personen hin und her wandern. Rechts von ihr saß eine junge Frau. Sofern sie es erkennen konnte, schien der Kopf unter dem schwarzen Sack in ihre Richtung zu blicken.

‚Finja…'

Den weißen Nike Pullover hatte sie heute schon einmal gesehen. Sie fragte sich, wieviel Zeit vom Instagram Countdown noch übrig war.

„Ja ja, die gute Finja. So jung und schon so kaputt." Er war ihren Blicken gefolgt und schien ihre Gedanken zu erraten. „Ich muss gestehen, ich bin echt erleichtert, dass ich mit ihr endlich zu dir durchgedrungen bin. Ich hatte schon Angst, es müsste ewig so weitergehen. Dass ich dir bis ans Ende meiner Tage diese kleinen Miststücke tot vor die Füße werfen muss. Weißt du, als ich dich im Spreepark beobachtet habe, dachte ich, es würde schneller gehen. Ich dachte, du würdest es schneller verstehen."

Er schnalzte mit der Zunge und beugte sich soweit zu ihr herunter, dass sie ihm direkt in die Augen sehen konnte. „Mh, scheinbar habe ich mich da in dir geirrt."

Mit einem lauten Klatschen in die Hände richtete er sich ruckartig wieder auf. „Aber hey, du hast hier heute die ultimative Chance, deinen guten Ruf wieder herzu-stellen. Vielleicht ist dir ja unser zweiter Gast bereits aufgefallen."

Sofort wandte Ellie ihren Kopf nach links. Im Gegensatz zu Finja schien der Mann bewusstlos zu sein. Der zusammengefallene Oberkörper wurde nur von den gefesselten Händen hinter der Lehne auf dem Stuhl gehalten. Ellie verstand nicht, was er von ihr wollte. Das hier war komplett anders als die Morde bisher. Das hier war weit mehr als die Befriedigung irgendeines mörderischen Bedürfnisses. Das hier war eine Art Schauspiel, eine Inszenierung, die grausame Show eines Wahnsinnigen und sie selbst war mittendrin. Bis ihr etwas besseres einfiel, musste sie auf Zeit spielen.

„Wieso musste Gregor Berger sterben?"

„Berger? Finjas Vater? Oh ich denke, du weißt ganz genau, warum. Er hatte es verdient."

„Nein, er war dir im Weg. Du hast die Kontrolle verloren."

„Hm vielleicht, aber er hatte es ganz sicher auch verdient. Ohne ihn würde Finja jetzt nicht hier sitzen."

„Ohne dich auch nicht. Trotzdem lebst du noch und wenn du die richtige Entscheidung triffst, wirst du das auch weiterhin. Stell dich. Lass Finja gehen. Und den Mann auch."

Er ignorierte ihre Drohungen. Mit einem dumpfen Stöhnen schien so etwas wie Leben in den Unbekannten zurückzukehren.

„Ach guck. Wenn man vom Teufel spricht. Da ist er ja wieder."

„Konstantin, ich meine es ernst. Es ist noch nicht zu spät für einen Neuanfang."

„Ellie? Ellie bist du das?"

Ihr ganzer Körper wurde kalt, dann warm und dann wieder kalt. So kalt, dass ihr für einen Moment die Luft weg blieb. Ihr Magen verkrampfte sich. Ein Schwall Magensäure stieg ihr die Brust hinauf.

,Nein, das kann nicht sein. Nein, verdammt. NEIN!'

Sie hatte ihn in der Dunkelheit nicht erkannt. Seine Stimme jedoch sofort. Seine Stimme würde sie unter tausenden wieder erkennen.

87

„Überraschung!"

Mit einem kräftigen Ruck zog er Tim den Sack vom Kopf.

„Was soll die Scheiße?"

Konstantin ignorierte seinen Wutausbruch und ging gemächlich zu Finja hinüber, um auch sie von ihrer demütigenden Kopfbedeckung zu befreien.

„Et Voila!"

Wie ein erfolgloser Hobby-Zauberer, der soeben seinen besten Trick vorgeführt hatte und nun auf eine begeisterte Reaktion seines Publikums hoffte, drehte er sich wieder zu ihr um. „Und wie gefällt dir meine kleine Überraschung? Du hättest sein Gesicht sehen sollen, als ich bei ihm vor der Tür stand. An Auferstehungen schien unser kleiner Timmy bisher nicht so wirklich geglaubt zu haben."

Tims Verhalten verwunderte sie. Scheinbar hatte er keine Angst vor Konstantin oder dem, was hier gerade mit ihm passierte. Statt Furcht schien da nur Wut in ihm zu sein. Er wollte gerade zu einer weiteren Schimpftirade ansetzen, doch Ellie grätschte dazwischen: „Pass auf, Konstantin. Ich weiß nicht, was das hier soll, aber du hast mich. Lass die beiden gehen und mach mir mir, was du willst." Allein der Gedanke ließ sie vor Ekel erschaudern, aber sie musste irgendetwas tun, um ihn von den beiden abzulenken, bis ihr etwas einfiel.

„Aber Ellie, du bist doch nicht hier, weil ich etwas mit dir tun will. Du kleines Dummerchen. Du bist hier, um etwas mit ihnen zu tun. Also naja, nicht ganz. Eigentlich nur mit ihr. Der Trottel da ist nur ein kleines Druckmittel, damit du keinen Rückzieher machst. Wäre doch schade drum."

Mit seiner Hand formte Konstantin beim Sprechen eine Pistole und richtete sie auf Tim, der ihn fassungslos anstarrte. Geräuschlos ließ er den Daumen nach vorne schnellen. Obwohl sie ahnte, dass sie die Antwort nicht mögen würde, konnte sie ihre Neugier nicht unterdrücken: „Rückzieher wovon?"

„Na von deiner Bestimmung natürlich. Wie lange willst du den Drang denn noch unterdrücken?"

„Ich habe wirklich keine Ahnung, wovon du redest. Ernsthaft. Das hier ist krank. Und so langsam glaube ich, du auch."

„Krank? Ich?" Belustigt schüttelte er mit dem Kopf.

„Nein, nein. Ganz im Gegenteil. Ich versuche doch, die Krankheit zu heilen. Ich bin nur hier, weil offensichtlich niemand bemerkt, wie unsere Gesellschaft absichtlich vergiftet wird. Täglich. Überall. Und ich, ich bin das Gegengift!"

„Welche Heilung? Du tötest Menschen. Du nimmst ihnen ihr Leben. Also sag mir doch bitte, wo ist da die Heilung? Wie rettest du etwas, indem du es vernichtest? Du bringst nichts als Leid und Schmerz über die Menschen. Das ist keine Heilung. Das ist Mord. Alles was du tust, macht das Leben der Betroffenen nur schlimmer. Die Angehörigen der Mädchen, die du getötet hast, werden

vermutlich nie wieder ein normales Leben führen können. Die Wunden, die du diesen Menschen zufügst,
werden niemals heilen."

Für einen winzigen Augenblick schien er über ihre Worte
nachzudenken. Ein kurzes Zögern. Ein Hauch von Unsicherheit. Dann schüttelte er sanft den Kopf, untermalt
von einem neuen, nicht weniger überheblichen Lächeln
auf seinen Lippen. „Oh, da hast du gar nicht so Unrecht,
aber du hast da etwas übersehen, meine Liebe. Schmerz
gehört dazu. Schmerz ist Teil der Heilung. Manchmal
muss es eben weh tun. Und diese kleinen Schlampen
waren nichts als Auswüchse der eigentlichen Krankheit.
Sie waren nichts anderes als Krebsgeschwüre, die ich
herausgeschnitten habe, bevor sie streuen."

„Okay, damit ist es offiziell. Du brauchst Hilfe. Dringend.
Lass mich dir helfen, Konstantin."

„Schön, dass du es von allein anbietest. Ich hatte schon
Sorge, dass ich dich zwingen müsste, mir zu helfen. Aber
genau deshalb bist du hier. Denn dieses Mal soll unsere
Botschaft nicht nach wenigen Tagen von der Titelseite in
den Mittelteil der Zeitungen verschwinden, nein! Ich
habe lange darüber nachgedacht. Aber am Ende kommt
es nicht darauf an, was du zu sagen hast, sondern wie du
es sagst. Ansonsten hört dir einfach niemand richtig zu."

Er machte eine Pause, ging langsam hinter den Stuhl auf
dem Finja saß und legte ihr beide Hände auf die
Schultern, ohne dabei den Blick von Ellie abzuwenden.

„Unsere liebe Finja wird die Letzte sein. Nur heute Nacht
wirst du es tun und die Welt wird live dabei zusehen."

88

„Konstantin, es reicht! Das war nie Teil des Plans!"

Ellie brauchte einen Augenblick, bis Tims Worte zu ihr durchdrangen. Ihr Kopf war noch viel zu sehr damit beschäftigt, einen Ausweg aus Konstantins Drohkulisse zu suchen, in der sie offenbar zu einem Mord in einem Livestream gezwungen werden sollte. Plötzlich ergab auch das Handy auf dem Stativ einen Sinn.

Läuft der Stream schon? Schaut mir das Internet gerade zu, wie ich gefesselt in der Dunkelheit sitze und mich mit einem Psychopathen unterhalte?

Da ihr Gehirn noch immer versuchte, all die neuen Informationen zu sortieren und ein Schlupfloch zu finden, sickerte die Bedeutung des Gesagten nur langsam in ihren Verstand, bis sie auf einen Schlag alles andere verdrängte. Ihr Kopf schnellte zu Tim herum, der ihrem Blick auswich.

„Was soll das heißen?"

Ihre Augen wanderten zu Konstantin und wieder zurück zu Tim. Während der eine die Situation sichtbar genoss, bemühte sich der andere nach wie vor angestrengt darum, sie nicht direkt anzusehen.

„Tim?"

„Ellie, es tut mir leid, aber..." Noch immer fixierte er stur einen unbekannten Punkt auf dem Boden vor ihm.

„Aber was? Du steckst hier mit drin?"

„Nein, nein! Ich würde nie wollen, dass dir was passiert. Niemals. Das alles hier, das…" Er stockte. „…das hat nichts mehr mit dem zu tun, worum es ursprünglich mal ging. Ich dachte, er wäre tot. Wirklich. Ich dachte, es wäre endlich vorbei."

„Was wäre vorbei? Sag mir einfach, was du mit all dem zu tun hast."

Und auf einmal, ohne Vorwarnung, fiel er in sich zusammen. Beinahe schien er zu schrumpfen, seine Schultern fielen nach vorn, sein Kopf kippte vornüber. Ohne die gefesselten Hände hinter der Stuhllehne, wäre er vermutlich vom Stuhl gerutscht. All sein Trotz, seine Wut, sein Widerstand, alles, was Ellie eben noch so verwundert hatte, war wie weggewischt. Sein Oberkörper begann zu beben. Inmitten seines Schluchzen mischten sich unverständliche Worte. Er versuchte, etwas zu sagen, doch die Töne kamen nicht gegen das unkontrollierte Auf und Ab seines Kiefers an. Ellie ekelte sich vor ihm. Kurz flackerte so etwas wie Mitleid in ihr auf. Dann übernahm wieder die Wut das Kommando.

„Na los Timmy, sag es ihr!"

Auch Konstantin schien die Geduld zu verlieren. Ellie spürte, dass was auch immer Tim ihr zu sagen versuchte, endlich Antworten liefern würde. Sie wusste nur noch nicht, auf welche der vielen Fragen in ihrem Kopf.

„Tim, bitte sag mir endlich, was hier gespielt wird. Steckst du da mit drin? Wusstest du Bescheid?"

Es dauerte einen Augenblick bis er langsam den Kopf hob und sie flehend anblickte. In seinen geröteten

Augen lag nichts als Verzweiflung. Der Rotz lief ihm aus der Nase und sammelte sich auf seiner Oberlippe. Nichts war von dem Mann übrig, für den sie vor kurzem noch etwas empfunden hatte, das sich, wenn sie ehrlich zu sich selbst war, hin und wieder ein bisschen wie Liebe angefühlt hatte. Jetzt schämte sie sich dafür.

„Ja." Seine Stimme war nicht viel mehr als ein Krächzen.

„Du wusstest Bescheid? Du wusstest, was er tut?"

„Ja." Seine Augen hatten sich längst wieder von ihr abgewandt.

‚Du hast es gewusst. Die ganze Zeit hast du es gewusst. Und ich habe nichts gemerkt. Nichts. Ich habe mich schützend vor dich gestellt, als Hassler dich in die Mangel nehmen wollte. Habe dir geglaubt. Alles. Verdammt, ich habe mir selbst Vorwürfe gemacht, dass ich dich in all das mit reingezogen habe. Dachte, es wäre meine Schuld. NEIN HALT, DU HAST MIR SOGAR VORGE-WORFEN, DASS ES MEINE SCHULD WAR!'

Das Gefühl des Verrats fraß sich erbarmungslos durch Ellies Eingeweide.

„Warum? Mehr will ich nicht wissen. Mehr will ich von dir auch nicht hören. Ich will es nur verstehen."

„Ellie, ich weiß, dass…"

„WARUM, TIM?"

„…Wegen ihr, also nein…eigentlich für sie. Es war alles nur für sie."

„Für wen?"

„Ich kann das nicht. Ich wollte das doch alles nicht. Er hat gesagt, er würde dafür sorgen, dass so etwas wie mit ihr nie wieder passiert. Ein Zeichen setzen. Darum sollte es bei dem Treffen im botanischen Garten gehen. Um eine Social Media Kampagne oder so." Sein unerwarteter Redeschwall versiegte so schnell, wie er gekommen war. „Ich wusste doch nicht…Ich, ich…Sonst hätte ich ihm nie…glaub mir bitte."

„Tim, um wen geht es hier? Mit wem ist was passiert?"

Er schüttelte nur unkontrolliert den Kopf und fing wieder an zu weinen, als Konstantin plötzlich einen Satz auf ihn zu machte, seinen Kiefer packte und ihm mit ganzer Kraft einen metallischen Gegenstand, eine Art Messer zwischen die Lippen schlug. Ellie konnte nicht sehen, was es genau war, glaubte jedoch das knackende Geräusch herausbrechender Zähne zu hören.

„DU SAGST JETZT ENDLICH IHREN NAMEN ODER ICH SCHWÖRE BEI ALLEM WAS DIR NOCH HEILIG IST, ICH SCHNEIDE DIR DEINE VERSCHISSENE ZUNGE RAUS, DU ELENDER HEUCHLER!"

Blut. Tief dunkles Blut. Statt einer Antwort kam zunächst nichts anderes aus Tims Mund. In einem dunklen Sturzbach floss es ihm das Kinn hinunter und sammelte sich auf seinem hellgrauen Pullover. Langsam zog Konstantin das seltsame Werkzeug aus seinem Mund, gerade weit genug, dass es noch seine Lippe berührte.

„…ii..wa"

„Wie bitte? Ich verstehe dich nicht."

Ellie erwischte sich dabei, wie sie ihm innerlich beipflichtete. Das grausame Schauspiel vor ihren Augen hielt sie mittlerweile stärker an den Stuhl gefesselt, als das Seil um ihre Handgelenke. Auch ohne hätte sie sich keinen Millimeter bewegen können.

Tim unternahm einen neuen Versuch zu sprechen. Die Worte gingen jedoch in einem Hustenanfall unter. Gänzlich unbeeindruckt ging Konstantin einen kleinen Schritt beiseite, als das Blut in seine Richtung spritzte. Endlich fiel ein wenig Licht auf Tims Gesicht. Unter normalen Umständen hätte Ellie sich erschrocken, Mitleid empfunden, ihm helfen wollen. Irgendeine Art menschliche Regung gezeigt. Nur waren dies keine normalen Umstände und hier oben, umgeben von Dunkelheit und Kälte auch nur wenig Platz für menschliche Gefühlsregungen. Ellie wollte Antworten. Alles andere musste warten. Endlich bekam Tim seinen Husten in den Griff. Im Licht der Baustrahler sah sie, wie er seine Augen schloss. Als er sie wieder öffnete, war auch der letzte Funke Willenskraft in seinem Blick erloschen.

„Lisa."

„Lauter! Sag ihren Namen gefälligst mit Stolz, du Feigling."

„LISA!"

Triumphierend drehte sich Konstantin zu ihr herum. Er gab sich alle Mühe, die Maskerade aufrecht zu erhalten, grinste sie hämisch an, doch Ellie konnte den Schmerz dahinter erkennen.

„Hat er dir denn wirklich noch nie von seiner kleinen

Schwester erzählt? Dem wundervollsten Menschen, den diese Welt je gesehen hat?"

Tatsächlich hatte Ellie keine Ahnung, dass Tim eine Schwester hatte. Auch verstand sie nicht, welche Rolle sie hier spielte. Gleichzeitig spürte sie, dass sie dies besser nicht offen zugeben sollte.

Auf einmal wirkte Konstantin seltsam abwesend. In Gedanken vertieft wurde seine Stimme plötzlich ganz sanft.

„Sie war die Liebe meines Lebens. Und Social Media hat sie mir genommen."

89

‚Zellendurchsuchung!'
Konstantins Worte hatten die Tür zu ihrem Gedächtnis aufgeschleudert und Erinnerungsfetzen flogen kreuz und quer durch ihren Schädel, als würde eine Handvoll schlecht gelaunter Justizvollzugsbeamte Zelle eines Sträflings nach einem verbotenen Gegenstand durchwühlen. Was Ellie krampfhaft versuchte zu finden, war zwar nicht verboten, jedoch nicht weniger gefährlich: *‚Lisa'* Sie meinte, den Namen irgendwann einmal aus Tims Mund gehört zu haben, scheiterte jedoch daran, den Moment aus der dunklen Flut an Bildern herauszufischen. So sehr sie es probierte, da war nichts, das ihr weiterhelfen konnte. Der Grund dafür, dass sie hier heute Nacht gefesselt auf einem maroden Dach im Nirgendwo einem Serienmörder gegenübersaß, hatte zwar einen Namen bekommen, allerdings kein Gesicht. Gleichzeitig ärgerte sie sich, dass sie bei ihren Ermittlungen die offensichtliche Verbindung zwischen den beiden Männern übersehen hatten. Eine ganze Reihe weiblicher Todesopfer und ihnen entgeht der Tod einer jungen Frau im direkten Umfeld des Täters. Noch immer hatte sie also nichts in der Hand, um Konstantin zu bearbeiten. Noch immer lenkte er das Geschehen und legte fest, nach welchen Regeln das Ganze hier ablaufen würde. Ellie konnte nur mitspielen und sie hasste es.

„Natürlich hat er mir von ihr erzählt. Was für eine tolle Schwester und Frau sie war. Es tut mir leid, was ihr zugestoßen ist." Ein weiterer plumper Bluff. Wenn er jetzt nachfragte, bekam sie ein ernstes Problem, schließlich hatte sie keinerlei Ahnung, was mit ihr passiert war. Aber sie musste ihm das Gefühl geben, dass Lisa etwas Besonderes war. So viel hatte sie inzwischen begriffen.

Mit langsamen Schritten kam er auf sie zu, ging so nah an ihr vorbei, dass seine Hand, immer noch das Blut verschmierte Werkzeug umklammernd, ihren Oberarm streifte. Dabei gab er den Blick auf Tim frei, dessen Augen sich für den Bruchteil einer Sekunde in ihren verfingen. Gerade lang genug, dass Ellie die Panik in seinen dunklen Pupillen erkennen konnte. Und zum ersten Mal an diesem Abend war da ein leiser Zweifel. Tims Angst hatte ihrem Glauben daran, hier heute mit einem Täter in Handschellen und zwei geretteten Geiseln herauszukommen, einen gehörigen Knacks verpasst. Ein Riss, in den auf einmal die Hoffnungs-losigkeit ungebremst hineinströmte und sie zu lähmen begann. Überleben. Gefühlt war dies inzwischen der einzige Sieg, den es noch zu erringen gab.

Konstantin stand hinter ihr. Nicht nur konnte sie seine Anwesenheit spüren, auch hatte Tim den Kopf wieder gehoben und fixierte wie hypnotisiert einen Punkt über ihrer Stirn. Sie wartete. Nichts passierte.

„Konstantin?" Sie wusste nicht wieso, aber irgendetwas riet ihr, sich nicht umzudrehen. „Konstantin? Erzähl mir von Lisa. Du sagst, sie war wundervoll, ja? Dann lass uns über sie reden. Ich möchte mehr über diese besondere Frau wissen."

Stille. Hatte sie etwas Falsches gesagt? Vor Schreck zuckte sie zusammen. Sein Flüstern direkt an ihrem Ohr kam völlig unerwartet. Sie hatte vor lauter Anspannung nicht gemerkt, dass er sich zu ihr hinunter gebeugt haben musste.

„Gern. Aber zuerst beantwortest du mir eine Frage, Ellie. Eine ganz einfache, damit ich weiß, ob du endlich bereit bist." Während er ihr die Worte ins Ohr säuselte, legte er seine Hände auf ihre Schultern, nur um sie beim Sprechen langsam in Richtung ihres Halses nach oben zu schieben. „Also, Ellie, was haben Lisa und all die Mädchen, die ich erlösen musste, gemeinsam?"

‚Verdammt!'

Fieberhaft suchte sie nach einer möglichen Antwort. Ihre Gedanken rasten, doch ihr Verstand taumelte von einem Chaos ins nächste und es fiel ihr immer schwerer, irgendeine Überlegung zu Ende zu bringen. Ihr Kopf dröhnte. Ob von dem Sturz oder von den Eindrücken der letzten Minuten konnte sie längst nicht mehr sagen.

‚Frauen. Tod. Liebe. Social Media. Lisa. Verstümmelung. Instagram. Mord. Schwester. Wahnsinn. Verachtung. Hass…' Das Karussell in ihrem Kopf drehte sich immer schneller.

„Sie sind alle tot!" Die Worte brachen aus ihr heraus, ohne dass sie wusste woher sie kamen. Noch während die plötzliche Eingebung in ihrem Kopf aufgeblitzt war, hatten sie ihre Lippen bereits verlassen.

Keine Reaktion. Nur sein warmer Atem an ihrem Hals, der einen unangenehmen Geruch in ihre Nase trieb. Ellie musste an einen Einsatz vor einigen Jahren denken, bei dem sie die Tür zu einer Wohnung aufbrachen und sich unerwartet im Reich eines Messie wiederfanden. Ein Geruch wie eine Staubschicht auf der Zunge. Schwer, dumpf, pappig. Er musste seit Tagen nichts gegessen haben.

„Das ist leider nur die halbe Wahrheit. Und irgendetwas sagt mir, dass du keinen blassen Schimmer hast, was sie Lisa angetan haben, oder? Ich dachte wirklich, du hast mehr drauf, Ellie. Dass du verstehst, warum ich tat, was ich tun musste. Schade, schade. Dann bleibt uns jetzt nur noch ein Ausweg."

Seine Hände wanderten von ihren Schultern die Arme entlang nach unten. Kurz glaubte sie, er wolle sie umarmen, doch als er begann, ihre Jacke und T-Shirt am Bauch nach oben zu schieben, flackerte das Bild einer nackten Frauenleiche im grellen Neonlicht von Papens Sektionssaal in ihrem Gedächtnis auf und mit einem Schlag wurde ihr klar, was er vorhatte.

Panik.

Jetzt hatte sie auch Ellie erreicht. Wie eine Infektion war sie von Tim auf sie übergesprungen und begann, ihren Verstand in Brand zu stecken.

„Konstantin, du musst das nicht tun. Ich will es ja verstehen. Ehrlich. Aber du musst es mir erklären. Was wurde Lisa angetan? Vielleicht kann ich helfen."

Sie musste ihn zum Reden bringen. Ihn in ein Gespräch

verwickeln. Irgendetwas tun, das ihn ablenkte, solange sie noch an diesen gottverdammten Stuhl gefesselt war.

„Komm schon. Wenn du mich wegen ihr hierher gelockt hast, dann verdiene ich es auch, ihre Geschichte zu erfahren."

Es schien, als würde er sie gar nicht hören. Mit einer Hand hielt er ihre Kleidung fest, sodass ein Teil ihres Bauchs frei lag. Es war jedoch die andere Hand, die ihr Angst machte.

„NEIN! KONSTANTIN, BITTE! HÖR AUF! WAS IMMER DU VON MIR WILLST, ICH MACHE ES!"

Ellie spürte das kalte Metall auf ihrer Haut knapp unterhalb ihres Bauchnabels.

„Psssssssst. Ellie, Ellie, Ellie. Kein Grund, zu schreien. Ich muss mich konzentrieren. Auf Kopf habe ich die Zahlen noch nie ins Fleisch geschrieben, weißt du? Das hier ist jetzt quasi für uns beide neu. Und außerdem läuft uns die Zeit davon. Es war mein Fehler. Ich habe mich geirrt. Bitte verzeih mir, ja? Ich dachte die ganze Zeit, du würdest es verstehen, wenn ich es dir zeige. Aber jetzt ist mir klar geworden, dass du das nur kannst, wenn du es füh…" Er kam nicht mehr dazu, den Satz zu beenden. Ellie hatte sich entschieden. Mit ganzer Kraft warf sie ihren Oberkörper ruckartig nach vorn. Die Hände immer noch um sie geschlungen wurde Konstantin mitgerissen und das Gewicht seines Körpers katapultierte die beiden in Richtung Boden. Splitterndes Holz. Ein Schrei. Und eine Klinge die sich tief ins weiche Fleisch bohrte.

90

,Na los, komm schon! Steh auf!'
Die letzten Minuten waren wie eine Netflix Serie an ihr vorbeigezogen. Wie hypnotisiert hatte Finja zugesehen und versucht zu verstehen, was vor sich ging. Die Polizistin schien nicht zufällig hier zu sein und irgendwie spielte auch der Mann auf dem anderen Stuhl eine Rolle. Warum Jonas oder besser Konstantin - so schien wohl sein richtiger Name zu sein - sie selbst an diesen Ort gebracht hatte, war ihr jedoch immer noch das größte Rätsel. Hatte sie etwas falsch gemacht? Oder ging es um ihren Vater?

Der Lärm, als die beiden Körper samt Stuhl auf dem Beton aufschlugen, zerriss die scheinbare Leinwand vor ihren Augen und erinnerte sie daran, dass auch ihr Leben hier gerade auf dem Spiel stand. Dass sie bisher Glück gehabt hatte, von einem seiner Gewaltexzesse verschont geblieben zu sein. Dass sie etwas tun musste.

„LAUF!" Ihr Schrei versandete in einem heiseren Krächzen und bevor sie einen weiteren Versuch unternehmen konnte, der Polizistin in ihrem kläglichen Versuch, davon zu kriechen, beizustehen, hatte sich Konstantin aufgerappelt und einen Fuß auf ihren Rücken gestellt. Mit ganzer Kraft schien er den Körper der Frau in den Boden zu drücken. Ihre Schmerzensschreie hallten über das Dach und verfingen sich als grausames Echo in der

kugelförmigen Konstruktion über Finja. Sie schloss die Augen, wollte, dass er aufhörte. Wollte helfen. Irgendetwas tun, damit die Schreie verstummten.
„HÖÖÖÖR AAAAAUF!"
Zack!
Stille. Kurz glaubte sie, es wäre vorbei. Als hätte ihr Schrei das alles beendet. Keine Angst. Kein Schmerz. Keine Gewalt. Keine Gefahr. Dann öffnete sie ihre Augen und erschrak. Konstantin blickte ihr direkt ins Gesicht und lächelte. Dann packte er die Haare der Polizistin und zog ihren Kopf nach oben.
„Na hoppla. Die kleine Schlampe sorgt sich um dich. Und scheinbar nicht ganz grundlos."
Erst jetzt bemerkte sie, dass sich der Boden unter der Frau dunkel verfärbt hatte.
„Ich denke, wir haben genug gespielt, Ellie. Und weißt du was? Ich glaube, das wird doch nichts mit uns beiden. Schade. Wirklich. Als du damals meintest, dass man diesen Influencerinnen mal die Augen öffnen müsste, habe ich gedacht, du wärst die eine. Die Frau, welche die Lücke füllen kann, aber…"
„So einen Schwachsinn habe ich nie gesagt."
Ihre Worte waren nur schwer zu verstehen. Das Sprechen schien ihr schwer zu fallen.
„Und wie du das hast. Muss wohl Schicksal gewesen sein. Vielleicht auch nur ein glücklicher Zufall. Für mich zumindest. Wer weiß. Ihr beiden Turteltäubchen habt euch einfach mal wieder viel zu laut in der Küche unterhalten. Oh und glaub mir, ich habe so einiges

gehört, was ich nicht hören wollte. Aber das? Das hat sich eingebrannt. Viel zu lange schon hatte ich nach einem Ausweg gesucht. Jeden verdammten Tag habe ich mich mit diesen Gedanken herumgeschlagen. Mich in meinem Hass gesuhlt. Ein Ventil gesucht. Ich wollte die Welt brennen sehen. Diese verlogene Parallelwelt voller Likes und billiger Selfies. Wie hätte ein so sensibler Mensch wie Lisa da auch einen Platz finden sollen? WIE?"

„Lisa…" Ein dumpfes Husten drückte ihr die Worte noch einmal zurück in den Hals. „…Lisa hätte auch das alles hier nicht gewollt!"

Für einen Augenblick schien Konstantin mit sich zu ringen. Seine Arme zitterten, sein Gesicht wirkte verzerrt, gefangen in einer Mischung aus Wut und Enttäuschung. Dann kehrte sein ekelhaftes Lächeln zurück und wischte was auch immer in ihm miteinander zu ringen schien bei Seite. „Woher willst du das wissen? Du hast sie nicht gekannt. Niemand hat sie gekannt. Nicht einmal dieses unnütze Stück Scheiße von ihrem Bruder da drüben."

Der Mann auf dem anderen Stuhl wollte etwas erwidern, doch Konstantin fuhr unbeirrt fort. „Niemand hat gesehen, wie sie mit sich und ihrem Platz in der Welt zu kämpfen hatte. Ich habe es erst gesehen, als es zu spät war. Weißt du, wie es sich anfühlt, wenn der Mensch, den du am meisten liebst, dir langsam entgleitet? Wenn alles was du tust, nicht genug ist? Nein, wie könntest du auch."

Ein weiteres Mal versuchte die Polizistin, eine Antwort

hervorzupressen: „Ich…"
Weiter kam sie nicht.
„LASS!
MICH!
AUSREDEN!"
Bei jedem seiner Worte schlug Konstantin ihren Kopf auf den Beton und zog ihn an den Haaren wieder nach oben. Sie stöhnte vor Schmerz. Blut strömte ihr übers Gesicht und die ersten Tropfen vermischten sich bereits mit der dunklen Pfütze auf dem Boden.

„Das war eine rein rhetorische Frage, Ellie. Du hattest mehr als genug Gelegenheiten, die richtigen Antworten zu geben. Meine Geduld mit dir ist erschöpft. Und du kannst nichts sagen, was ich nicht schon weiß. Am Ende sind die Menschen nämlich alle gleich. Sie wollen gesehen werden. Sie wollen, dass man sie bewundert. Dass man ihnen auf die Schultern klopft und sagt ‚toll gemacht'. Das ist doch auch der Grund, warum du heute hier bist oder nicht? Du willst der Welt etwas beweisen. Bei dir verstehe ich das sogar ein bisschen. Du bist eine Jägerin, Ellie. So wie ich. Vielleicht hat uns das Schicksal deshalb zusammengeführt. Nur hast du mir heute leider gezeigt, dass wir unterschiedliche Vorstellungen von unserer Beute haben. Du begreifst immer noch nicht, dass ich die Welt zu einem besseren Ort mache. Zu einem Ort, in dem es nicht entscheidend ist, wieviele Leute dich im Internet bewundern und dir durch irgend- welche Likes und Kommentare virtuell zujubeln. Lisa ist gestorben, weil das Internet ihr eingeredet hat, sie wäre nichts wert ohne tausende anonyme Follower, unzählige Likes und nette Kommentare von irgendwelchen Fremden. Sie ist an den falschen Versprechen, die diese Social Media Welt ihr gemacht hat, zerbrochen. Und weißt du, was das Kranke daran ist? Sie haben es als Suizid eingestuft. Dabei sind die Täter da draußen. Überall. Diese Influencer-Miststücke mit ihren billigen Filtern und perfekt inszenierten Leben. Ich muss es beenden, bevor noch mehr junge Mädchen daran kaputt gehen."

Ein Gurgeln kündigte einen weiteren Versuch der Polizistin an, etwas zu sagen. Langsam beugte Konstantin seinen Kopf zu ihr herunter, bis sein Gesicht nur wenige Zentimeter von dem, was von ihrem eigenen noch übrig war, entfernt stoppte.

„Ach Ellie, du lernst es aber auch nicht oder? Na los, sag was du zu sagen hast. Ich bin großzügig. Es werden deine letzten Worte sein ooooooooder..." Mit einer ausladenden Geste richtete er seinen Arm plötzlich auf Finja. Unwillkürlich zuckte sie zusammen. „...vielleicht auch die letzten Worte sein, die unser kleines Instagram-Prinzesschen dort zu hören bekommt. Das liegt ganz bei dir. Also schieß los. Ich bin ganz Ohr."

„Du verwechselst sie."

Finja musste sich anstrengen, um alles zu verstehen. Konstantin offensichtlich nicht. Er schien verwirrt.

„Bitte was?"

„Du bestrafst die Falschen. Die Frauen sind die Opfer des Systems, nicht die Täter."

„Falsch. Die Frauen SIND das System. Ich bin hier, um es zu zerstören und du wirst mir dabei helfen. Dieses Mal wird es so eindrücklich, dass es endlich die Schockwellen durch die sozialen Medien sendet, die nötig sind, um es zu beenden. So. Und nun haben wir genug Zeit vergeudet. Wir wollen doch unsere Follower nicht warten lassen. Der Countdown läuft ab."
Sein letzter Satz hatte die Wirkung einer Ohrfeige. Zwischenzeitlich hatte sie sich mehr Sorgen um die Polizistin, als um sich selbst gemacht. Die Erwähnung des Endes irgendeines Countdowns hämmerte ihr jedoch ihre eigene Lage zurück ins Bewusstsein und die Angst zurück ins Herz. Panisch zerrte sie an ihren Fesseln, doch eher würden ihre Handgelenke brechen, bevor Konstantins Knoten sich lösten. In Erwartung, dass er nun jeden Moment kommen würde, um sie zu töten, klebte ihr Blick an ihm fest. So wäre ihr beinahe eine Bewegung am anderen Ende des Dachs entgangen. Nicht mehr als ein Schatten jenseits der zweiten Kuppel, unter welcher die zweite Geisel, der Mann, der offensichtlich Tim hieß, in sich zusammengesunken saß. Kurz glaubte sie, sich geirrt zu haben. Konzentriert kniff sie die Augen zusammen und als der Schatten plötzlich eine feste Gestalt annahm, wusste Finja, was sie zu tun hatte.

91

Sie musste an die Hauptfiguren in Filmen denken. Diese stinknormalen Männer und Frauen, die schwer verletzt irgendwo noch übermenschliche Kräfte mobilisieren und ihre finsteren Peiniger im letzten Moment mit einem Überraschungsangriff zur Strecke bringen.

‚Am Arsch.'

Die Wahrheit war, dass Ellie genug damit zu tun hatte, bei Bewusstsein zu bleiben. Die Klinge oder was auch immer es war, schob sich mit jeder Bewegung seines Fußes auf ihrem Rücken tiefer in ihr Fleisch und ihr Gesicht schien nur noch ein einziger großer Klumpen aus Schmerz zu sein. Mit der Zungenspitze fühlte sie die scharfe Kante von dem, was mal ihr Schneidezahn gewesen war. Der Rest davon musste irgendwo in der Blutlache schwimmen, die sich unter ihr ausbreitete. Nein, das hier war kein Film und deshalb hatte sie Konstantin auch körperlich so gut wie nichts mehr entgegenzusetzen. Ihre letzte Hoffnung ruhte auf seinem widerlichen Plan. Wenn sie ihn richtig verstanden hatte, wollte er sie zwingen, einer der beiden Geiseln das Leben zu nehmen. Wie auch immer er sich diesen Moment ausmalte, sie würde dafür wohl kaum länger in ihrem eigenen Blut liegen, während er ihren Körper als Rednerpodest missbrauchte. Lange würde sie allerdings nicht mehr durchhalten. Sie bekam kaum noch Luft und die Abstände zwischen den kurzen Überblenden ins schwarze Nichts vor ihren Augen wurden immer kürzer. Konstantins Stimme war nur noch ein Rauschen, das langsam leiser wurde.

„...wird Zeit, dass du deinen Beitrag leistest. Bevor wir endlich anfangen, muss ich mich aber zunächst noch entschuldigen."

Seine Worte besaßen kaum noch Kontur. Wie die verwaschenen Schatten hinter einer Milchglasscheibe tat sich ihr Gehirn immer schwerer damit, zu erkennen, worum es überhaupt ging.

„Ich habe lange überlegt, aber mir ist einfach keine andere Möglichkeit eingefallen. Ich persönlich finde Schusswaffen ja stillos. Es nimmt dem Ganzen irgendwie die persönliche Note, findest du nicht? Es ist so banal, man bewegt den Finger und Zack - tot."

Ein metallisches Klicken. Ein Geräusch, so kraftvoll wie das Schrillen eines Weckers. Sie kannte das Geräusch. Sie hatte es schon hunderte Male gehört. Und auf einmal war Ellies Verstand wieder hellwach. Ihre Sinne hatten plötzlich noch einmal einen Rest Energie gefunden und nahmen ihre Arbeit auf. Das Gewicht auf ihrem Körper war verschwunden. Ihre Lunge bekam wieder etwas mehr Sauerstoff zu fassen. Noch bevor Konstantin ihr ein „Na los. Steh auf." entgegen bellte, hatte sie angefangen, sich langsam aufzurappeln. An ihren Fußgelenken baumelten die Überreste des Stuhls. Vorsichtig drehte sie sich um, in Erwartung, dass die Bewegung eine neue Dimension des Schmerzes für sie bereit halten würde, doch nichts passierte. Vielleicht war das hier doch wie im Film. Oder fühlte sich so etwa das Ende an? Falls ja, hatte Konstantin offensichtlich etwas dagegen, dass es endete. Wie hypnotisiert starrte Ellie auf die Waffe in seiner Hand. Berufsbedingt hatte sie vor Pistolen keine Angst. Sie wusste, dass die Gefahr in den Menschen hinter dem Lauf lag. So wie heute. Die Kälte in seinen Augen war die eigentliche Gefahr.

„Ich hätte ja auch deine Waffe genommen, aber mit der hier kenne ich mich besser aus. Mein Großvater hat mich früher immer mit zum Schießstand genommen, aber wie gesagt, so eine Pistole gibt mir nichts. Mittel zum Zweck. Mehr nicht. Aber ziemlich praktisch, um Leute dazu zu bringen, das zu tun, was man ihnen sagt. Als Polizistin weißt du das natürlich." Er lächelte. Sein typisches widerwärtiges Lächeln. Das eine seiner zwei Janusgesichter, wenn die Wut nicht die Oberhand gewann.

„Also pass auf, dort drüben auf dem Mauervorsprung gleich neben unserer lieben Finja findest du ein Messer. Ein scharfes, versteht sich. Auf mein Zeichen gehst du dort hinüber und nimmst dir das Messer. Bitte spar dir irgendwelche Heldentaten ok? Ansonsten kommt hier keiner von euch lebend raus. Weder Finja, noch du und schon gar nicht der gute Timmy da drüben."

„Und dann?" Ellie wusste, dass sie jetzt eine Idee brauchte. Dringend.

„Dann werde ich die Kamera auf dich richten und du wirst all den neugierigen Menschen dort draußen folgenden Satz mit auf den Weg geben:

Wer ein fremdes Leben vortäuscht, hat das eigene nicht verdient."

Er machte eine kurze Pause, offenbar wollte er, dass Ellie die Worte auf sich wirken ließ.

„Und dann kommt mein Lieblingsteil. Das große Finale. Dann tötest du Finja."

„Das werde ich nicht tun."

„Oh doch das wirst du. Und ich bin sogar gnädig. Mir ist es egal, wie du es tust. Du weißt ja, ich habe da so meine Vorlieben, aber du kannst es natürlich auch kurz und schmerzlos machen. Das überlasse ich dir."

Ellie versuchte, ruhig zu bleiben. Sie wusste, dass alles andere zu viel Kraft kosten würde. Kraft, die sie nicht mehr hatte.

„Warum sollte ich das tun? Du wirst uns so oder so töten."

„Euch schon. Aber Timmyboy darf gehen. Ihn kannst du noch retten. Also nur sofern du das überhaupt noch möchtest."

Sie hatte es bereits geahnt. Es war der einzig logische Grund, warum Tim hier oben auf einem Stuhl gefesselt saß und gleichzeitig überhaupt noch am Leben war. Trotzdem, laut ausgesprochen bekam seine Rolle eine neue Dramatik. Ja, sie war wütend auf ihn. Enttäuscht vielleicht auch. Da war nicht mehr viel Positives, was sie über ihn dachte. Und doch würde sie ihn nicht sterben lassen. Niemanden hier. Ohne Konstantin anzusehen, versuchte sie langsam auf die Beine zu kommen. Mühsam stemmte sie ihre Handflächen auf den Boden, aus unerklärlichen Gründen darum bemüht, ihr eigenes Blut nicht zu berühren.

In diesem Moment zerriss ein Schrei die Nacht. Erst nach einigen Sekunden, erkannte Ellie, dass es kein Schrei war, den Finja in voller Lautstärke in die Nacht hinausschickte, sondern dass sie sang. Die Melodie blieb in der Kuppel über ihr hängen und das Echo verzerrte die Töne, sodass kein Lied zu erkennen war. Wie in Trance saß sie dort im Halbdunkel, die Augen geschlossen, den Kopf nach oben gestreckt, als würde sie ein selbst vertontes Stoßgebet in Richtung Himmel senden. Konstantin schien genauso überrascht wie sie. Regungslos starrte er Finja an und schien nach einer passenden Reaktion zu suchen.

„…someone like youuuuuu…"

Auf einmal erkannte Ellie das Lied. Unpassender hätte Finjas Songauswahl nicht sein können. Die Absurdität der Situation nagte am letzten Rest ihres Verstandes und der Ansatz eines Lachens bahnte sich einen Weg ihre Brust hinauf, wurde jedoch im letzten Moment von einem Hustenanfall jäh gestoppt, der ihre Mundhöhle mit einem warmen Schwall Blut flutete.

„…I wish nothing but the best…"

Konstantin schien genug gehört zu haben.

„Schluss damit, sonst schneide ich dir deine verdammte Zunge heraus. Dich kann eh niemand hören. "

Seine Drohung kam gegen Finjas lautstarke Interpretation von Adeles Welthit nicht an.

Jetzt oder nie!

Ellie wusste, dass dies vermutlich ihre letzte Chance sein würde. Konstantins Aufmerksamkeit war voll und ganz auf Finja gerichtet, die scheinbar nicht vor hatte, ihre seltsame Performance vorzeitig zu beenden. Vorsichtig tastete sie nach der einzigen Waffe, die ihr geblieben war. Etwa fünf Zentimeter davon ragten noch aus ihrem Bauch heraus. Langsam zog sie daran. Grelle Blitze aus Schmerz zuckten vor ihren Augen.

,Ok, ok. Langsam ist keine Option!'

Mit einem schnellen Ruck riss sie die Klinge heraus. Auf das Blut, das nur darauf gewartet zu haben schien, endlich ihren Körper ungehindert hinter sich lassen zu können, folgte die Dunkelheit. Das bisschen Licht um sie herum zog sich wie auf Knopfdruck in die Nacht zurück und die Schwärze flutete den frei gewordenen Platz. Ohne dass sie das klirrende Geräusch des Aufpralls hören konnte, glitt ihr die Klinge aus der Hand.

,Das war's, Ellie. Game Over.'

Die wenigen dunklen Konturen, welche ihr die letzten Fetzen ihres Bewusstseins noch auf die Netzhaut projizierten, begannen sich aufzulösen. Die erlösende Ohnmacht kündigte sich an wie ein Kinofilm, wenn die Lichter im Saal langsam ausgingen und die Augen sich noch nicht an die plötzliche Dunkelheit gewöhnt hatten. Gleich würde alles vorbei sein. Der Gedanke hatte etwas ungeahnt Tröstliches. Vermutlich war aber einfach zu wenig Leben in ihr übrig, um der Situation angemessene Gefühle zuzulassen. Kurz bevor sie im Nichts versank, sah sie wie Konstantin oder der dunkle Fleck, den sie für ihn hielt, sich in Bewegung setzte. Finjas Gesang war nur noch ein dumpfes Vibrieren in ihrem Kopf.

„Aaaaaaaaaarrrrgh"

Wie von einem unsichtbaren Kometen getroffen, flog Konstantin zur Seite. Sein wütender Schrei übertönte Finja nicht nur, er ließ sie verstummen. Ellie riss die Augen auf. Ein letzter Schuss Adrenalin katapultierte sie zurück in die Wirklichkeit und aus den zwei ineinander verschlungenen Schatten auf dem Boden schälten sich langsam zwei verschwommene Personen heraus. Wie zwei ineinander verbissene Kampfhunde rollten sie über den Boden, die Arme wie Tentakel auf den jeweils anderen einpeitschend im verzweifelten Versuch, irgendein Stück von ihm zu packen zu bekommen. Erst als sie sich zurück in den Lichtkegel der Baustrahler wälzten, erkannte Ellie den Angreifer. Sein Gesicht wurde genau in jenem Moment vom künstlichen Schein der LEDs getroffen, als Konstantins Faust krachend darin einschlug. Der Schlag gab Konstantin gerade genug Zeit, mehr krabbelnd als laufend einige Meter Abstand zwischen sich und seinen Gegner zu bringen. Wie eine in Panik geratene Spinne krabbelte er davon. Zu spät erkannte Ellie dabei das Ziel seiner Flucht.

Da war es wieder. Das Lächeln. Triumphierend stand er da. Die Pistole, die ihm durch den plötzlichen Angriff entglitten sein musste, schimmerte metallisch in seiner Hand, die immer noch leicht zitterte.

„Na sieh mal einer an, wen haben wir denn da?"

Ellie konnte förmlich spüren, wie die Sicherheit in ihn

zurückkehrte. Seine Show konnte weitergehen. Als wäre die Attacke nur ein kurzes Störgeräusch aus dem Publikum gewesen. Knapp hinter ihm versank die Welt jenseits des Dachs weiterhin in Dunkelheit, während er sich im Schein seiner Selbstgefälligkeit suhlte.

„Ich muss gestehen, damit hatte ich nicht gerechnet. Aber ein Gast mehr oder weniger, was macht das schon für einen Unterschied? Willkommen, Willkommen.“

Langsam wandte er sein Gesicht von seinem unerwarteten Widersacher ab und drehte sich in ihre Richtung. Kaum etwas Menschliches lag noch in seinem Blick.

„Schau Ellie, der weiße Ritter ist gekommen, um die Prinzessin zu retten.“ Mit einem theatralischen Zungenschnalzen wanderte sein Blick zurück in die Mitte des Dachs. „Nur schade, dass es hier weder eine echte Prinzessin, noch einen weißen Ritter gibt. Sieht das hier für euch aus wie ein verdammtes Märchen, oder was? Ich glaube kaum. Und Hand aufs Herz, das letzte Mal, dass du jemanden retten wolltest, hat auch nicht so gut geklappt. Die letzte Prinzessin ist auch gestorben, richtig?“

Wie versteinert beobachtete Ellie die Szene. Er wusste Bescheid. Er kannte die Geschichte.

„Na los, sag schon, wie lief das damals bei deiner Tochter? Wie lief das bei Jo…“

Weiter kam er nicht.

Ein Schrei. Ein Schuss. Ein Aufprall.

Ein rostiges Geländer am Rande des Daches, das den

Weg in den Abgrund schon seit Jahren nicht mehr zu verhindern wusste.

Wie in Zeitlupe zog das Geschehen an Ellie vorbei.

Für einen kurzen Augenblick begegneten sich ihre Blicke. Zwei traurige dunkle Punkte in einer von Wut entstellten Fratze. Dann war Hassler verschwunden. Zurück blieb nichts als Dunkelheit.

92

‚1 - 2 - 3 - 4 - 5 … 6 - 7'

Ein Traum. Natürlich. Wie hätte es auch anders sein können. Wie sie dort stand, die Hände seelenruhig neben ihrem schlanken Körper baumelnd. Eine zutiefst friedliche Szene, wäre es nicht unweit ihrer nackten Füße hunderte Meter in die Tiefe gegangen. Der Wind hier oben war so stark, dass Josi leicht hin und her wankte. Langsam machte er einen Schritt auf sie zu, bereits wissend, dass er zu spät kommen würde. Dass jeder Schritt ihn nur knappe achtzig Zentimeter dem Versagen näher brachte. Seine Füße ignorierten diese Wahrheit, ohne dass sie ihr dadurch den Schmerz nehmen konnten. Langsam bewegte er sich auf sie zu. Er musste es zumindest versuchen. Wie immer.

„Josi? Bitte erschreck dich jetzt nicht. Hier ist Papa."

Die Worte prallten am Lärm hier oben ab und wurden dadurch so entstellt, dass der Wind nur noch Fetzen davon über dem Dach verstreuen konnte.

Keine Reaktion. Vorsichtig ging er drei weitere Schritte auf sie zu.

„Josi, ich bin's. Ich möchte nur mit dir reden. Kannst du dich langsam umdrehen?"

Dieses Mal schien das Gesagte zumindest lange genug zu überleben, um sie zu erreichen und trotzdem blieb ihre Pose unverändert. Erstarrt. Die einzige Bewegung das leichte Taumeln von links nach rechts. Den Kopf leicht nach vorn gebeugt. Sah sie in die Tiefe oder hatte sie die Augen geschlossen?

Nur noch drei, vielleicht zwei Meter. Ihr helles Kleid wurde vom Wind seitlich an ihren Körper gepresst, sodass die Konturen ihres zierlichen Körpers eine feine Trennlinie in den Horizont zogen. Eine Trennlinie zwischen hell und dunkel. Gut und böse. Leben und Tod. Er wünschte sich nichts sehnlicher, als einmal noch mit ihr auf der selben Seite dieser Linie zu sein. Ein Wunsch, der so sehr in ihm brannte, dass es Schmerzen verursachte.

Mit dem nächsten Schritt war er ihr so nah, dass er seine Hand nach ihr hätte ausstrecken können. Und doch zögerte er. Er fürchtete sich vor dem, was passieren würde, wenn er sie berührte. Gleichzeitig wollte alles in ihm die Arme um ihre Hüfte legen, sie vorsichtig von dem kleinen Dachvorsprung heben und nie wieder loslassen. Einfach so lange hier im Rauschen des Windes stehen, seine Tochter fest umklammert bis der Traum ihn ein weiteres Mal in die von Schuld zerfressene Wirklichkeit zurückkatapultierte.

„Josi? Ich bin's. Papa."

Er rechnete mit keiner Reaktion. Wie immer schien der Traum den Lauf der Dinge zu diktieren. Instinktiv hatte er es sofort gewusst. Worte würden hier nichts bewirken. Kein liebevolles Flüstern. Keine herausgeschriene Warnung. Mit jedem Schritt fühlte er es stärker. Es gab nur einen Weg, um die Situation aufzulösen, ob im Guten *oder Schlechten.*

Er musste sie berühren.

Noch während er überlegte, wie er dies am Besten tun sollte, begann Josi ihren Kopf zu drehen. Ganz langsam, als hätte sie Angst, dass eine zu schnelle Bewegung sie aus dem Gleichgewicht bringen würde. Jetzt war er es, der in Schockstarre verfiel. Gleich würde er in ihr Gesicht sehen. Sein Herzschlag stolperte, eine kurze Pause und dann viele schnelle Schläge wie das Tapsen einer Person, die einen Sturz gerade noch verhindern konnte.

Sollte er die Augen schließen? Würden ihn nicht doch wieder nur zwei leere fleischige Augenhöhlen anblicken? Zu spät. Eine unendliche Wärme breitete sich ihn ihm aus und wischte die düsteren Fragen einfach beiseite. Sie lächelte und in ihrem Lächeln lag so viel Liebe, dass er sich beinahe dafür schämte, dass es ihm galt. Dabei waren es nicht ihre Lippen, die lachten, es waren ihre Augen. Er hatte schon fast vergessen, wie sie aussahen. Das sanfte Braun, die langen dunklen Wimpern, dieses schelmische Funkeln in ihrem Blick, Gott, wie sehr hatte er es vermisst, ihr in die Augen zu sehen.

Er erwiderte ihr Lächeln und spürte, wie die Angst von ihm abfiel. Er würde hier einfach stehen bleiben. Für immer. Lächelnd, weil damit alles gesagt war. So tief im Moment versunken merkte er erst, dass sie ihren Arm nach ihm ausgestreckt hatte, als sich ihre überraschend kalten Finger sanft um sein Hand schlossen. Sofort versuchte, er sie an sich heran zu ziehen, weg von der Kante des Daches, hinein in die Sicherheit einer innigen

Umarmung. Vergeblich. Statt den zarten Körper seiner Tochter schien es, als würde er einen Fels bewegen wollen. Eine Statue aus Zement. Kühl, hart und unbeweglich. Ruckartig begann sie plötzlich, ihn stattdessen in ihre Richtung zu ziehen. Seine Hand fühlte sich an, wie in einem Schraubstock gefangen. Nichts Liebevolles lag noch länger in ihrer Berührung. Mit ganzer Kraft versuchte er sich dagegen zu stemmen, doch Zentimeter für Zentimeter zog sie ihn näher an die Dachkante.

Und dann ließ er es einfach geschehen. Kein Kämpfen mehr. Kein Ringen um ein anderes Ende. Keine Hoffnung auf Wiedergutmachung. Nichts. Als hätte jemand den Stecker gezogen. Seine Muskeln entspannten sich. Mit einer einzigen fließenden Bewegung zog sie ihn an sich heran, legte ihm beide Arme um den Hals und ließ sich fallen.

„Danke, Papa.

Für alles.

Für immer."

Ein leises Flüstern. Dann kippten sie ins Nichts.

93

Drei Wochen später

Die Regentropfen lieferten sich ein hektisches Wettrennen die riesige Scheibe hinunter, quer über die bleiche Reflexion ihres Gesichts hinweg. Die Narbe an ihrer Augenbraue war fast verheilt und auch das Farbenspiel der unzähligen Blutergüsse war inzwischen abgeklungen. Wirklich gesund wirkte das, was sie da im Fenster müde anblickte dennoch nicht. Hinter dem Glas verschwamm der Ku'damm in grauem Matsch. Vor wenigen Wochen noch hatte Ellie ein paar hundert Meter weiter unruhig auf einem Stuhl in der Sonne gesessen und versucht, über Weinreichs seltsame Witze zu lachen. Bei ihrem jüngsten Treffen hatte es dafür keinen Grund mehr gegeben. Ihre Suspendierung war eine relativ humorlose Angelegenheit gewesen. So sehr sie sich seitdem auch bemüht hatte, wütend auf ihn zu sein, musste sie sich eingestehen, dass Weinreich nach allem was passiert war, keine andere Wahl gehabt hatte.

Obwohl sich die Berliner Zeitungen in den Tagen nach jener Nacht auf dem Teufelsberg mit reißerischen Überschriften über die Festnahme des „Instagram Killers" gegenseitig versucht hatten, zu übertrumpfen, blieb in ihr nur das Gefühl, versagt zu haben.

Mit einem Ruck wurde der Stuhl auf der anderen Seite

des Tisches zurückgezogen.

„Na was gibt es da draußen Spannendes zu sehen?"

Ellie wusste nicht so richtig, wieso sie zugestimmt hatte, mit ihm etwas trinken zu gehen. Sie hätte höflich ablehnen können. Oder eine Ausrede erfinden. Sie hätte auch einfach ehrlich sagen können, dass sie ihn komisch fand. Stattdessen war ein „Ach, warum nicht" über ihre Lippen gekommen und während er sich grinsend auf den Stuhl fallen lies, versuchte sie immer noch herauszufinden, wieso. Als könnte er ihre Gedanken lesen, fuhr er fort: „Also ich hätte nicht gedacht, dass du ja sagen würdest."

„Ich auch nicht und seit wann sind wir eigentlich beim Du?"

Ihr Worte klangen härter als sie gemeint waren. Bevor ihr schlechtes Gewissen auf die Barrikaden gehen konnte, schob sie daher schnell hinterher: „Nein, Spaß. Schon ok. Du meintest, deine Freunde nennen dich Ed? Dann bleibe ich wohl besser bei Edgar."

Mit einem süffisanten Lächeln, das ihr sogar halbwegs ehrlich ins Gesicht rutschte, hielt sie ihm die Hand über den Tisch hinweg entgegen.

„Ich habe nicht viele Freunde, aber die meisten nennen mich Ellie."

Mit einem belustigten Funkeln in den Augen nahm er ihre Hand und schüttelte sie wie bei einem Staatsbesuch vor einer Horde Pressevertretern.

„Hallo Ellie. Schön dich mal nicht im Androidenmodus zu treffen."

„Im Was-Modus?"

„Na du weißt schon. Im Dienst bist du ein T-1000."

„Wovon zur Hölle redest du?"

„Du guckst nicht viele Filme oder? Terminator? Ach egal. Was ich sagen will, in unseren bisherigen Begegnungen, warst du eher so, naja, ein eiskalter Kriminal-Roboter halt. An dir ist alles abgeprallt. Wie an einer gut aussehenden Teflonpfanne."

„Ist das ein Kompliment? Oder deine Art zu flirten? Dafür bin ich nicht hier, also falls du da Hoffnungen…"

„Oh Gott, nein, ich auch nicht. Meine Frau killt mich. Ich dachte einfach, du brauchst vielleicht ein offenes Ohr. Da ist ja doch so einiges passiert in den letzten Wochen. Der Fall war krass."

„Krass ist vielleicht nicht das richtige Wort."

„Ja, aber du weißt, was ich meine. Und ich habe die Erfahrung gemacht, dass Reden hilft."

„Hm, kann schon sein, aber du weißt, dass du nicht unbedingt meine erste Wahl als Therapeut wärst, oder?" Ellie hatte geglaubt, ihre Ehrlichkeit würde ihn vielleicht aus dem Konzept bringen, stattdessen fing er an zu lachen.

„Ich wäre auch nicht meine erste Wahl, glaub mir, aber manchmal hängt der Verlauf von einem Gespräch nicht vom Gesprächspartner sondern vom Tisch ab. Und der hier ist doch deutlich gemütlicher als diese Seelen fressenden Dinger bei euch da drüben im Dezernat oder? Also was kannst du empfehlen?" Beinahe schon übermotiviert griff er zur Karte. Ellie war überrascht mit welchem Selbstverständnis er auftrat. Der Mann, der ihr hier gegenüber saß, hatte so gut wie nichts mehr mit dem schrulligen Typen gemein, dem sie vor gefühlt einer halben Ewigkeit schwitzend im Gewächshaus des Botanischen Gartens zum ersten Mal begegnet war. Aber vielleicht lag genau darin der Unterschied. Vielleicht war es die Anwesenheit einer Leiche, die bei ihm die Verwandlung vom Dr. Jekyll zu Mr. Hyde auslöste.

„So viel Weisheit hätte ich dir gar nicht zugetraut. Am Tatort warst du irgendwie immer ein ganz schön unsensibles Arschloch. Sorry, dass mir dafür jetzt keine Film-Metapher einfällt."

Falls ihre Worte bei ihm etwas auslösten, ließ er es sich nicht anmerken.

„Tja, ich stecke halt voller Überraschungen."

Mit einem Blick über die Schultern scannte er den Raum nach einer Bedienung ab. Außer einem jungen Mann, der einige Tische weiter hoch konzentriert in die Tastatur seines Laptops hackte, als hinge die Qualität seines Textes von der Härte des Tastenanschlags ab, war das Café überraschend leer. Leider war auch niemand zu sehen, der ihnen irgendetwas zu trinken hätte bringen können. Oder mehr als das. Eine kurze Unterbrechung der seltsamen Spannung in der Luft. Ein unverfängliches *Was darf's denn sein?* an Stelle des *Und wie geht es dir, nachdem du in letzter Sekunde aus der Gewalt eines durchgeknallten Serienmörders befreit wurdest?*. Ellie wusste, dass sie dem Thema nicht ewig aus dem Weg gehen konnte und eigentlich war sie ja auch hier, um darüber zu sprechen, aber jetzt war sie kurz davor, aufzustehen und zu gehen. Raus in den Regen. Zurück in die Anonymität der Großstadt, wo sie niemand mit fragendem Blick ansah, eine Spur von Mitleid und Neugier in den Augen.

Ed gab die Suche mit einem unangenehm lauten „Ist hier Selbstbedienung oder was?" auf und drehte sich wieder um. „Berlin ist auch nicht mehr, was es mal war. Ich vermisse die guten alten Zeiten."

„Ach, bist du etwa so ein früher-war-alles-besser-Typ?"

„Das kommt drauf an, wie weit man zurück geht."

Sie war sich nicht sicher, ob sie ihn richtig verstand und hoffte einfach, dass dies nur einer seiner unnötigen Witze war. Unsicher suchte sie in seinem Gesicht nach einem Hinweis, fand jedoch nur das übliche schiefe Grinsen, das sie nach wie vor nicht richtig einordnen konnte.

„Hasselberger würde mir da vermutlich zustimmen."

Die Erwähnung ihres Ex-Partners versetzte ihr einen tiefen Stich.

„Wie geht es ihm?"

Da war er also. Der Einstieg in das eigentliche Gespräch, das sie gesucht und doch irgendwie gern vermieden hätte. Die Erinnerung an den Moment, als Hasslers schwere Gestalt gemeinsam mit Konstantin über die Kante des Dachs in die Dunkelheit stürzte. Als ihre wütenden Schreie auf einmal verstummten, als hätte die Dunkelheit die beiden Männer einfach verschluckt.

„Unverändert."

„Das heißt?"

Ellie fragte sich, ob er sie aus irgendeinem Grund mit Absicht dazu zwang, es auszusprechen oder ob er wirklich nicht Bescheid wusste. Kaum vorstellbar, waren die Ereignisse jener Nacht doch nach wie vor Gesprächsthema Nummer Eins unter den Kollegen.

„Er liegt nach wie vor im Koma."

„Schädel-Hirn-Trauma?"

„Hm."

„Scheiße. Aber ein Wunder, dass er überhaupt noch lebt. Ein Sturz aus so einer Höhe, ich meine, das überlebt man in der Regel nicht."

„Das war kein Wunder."

„Sondern?"

„Er ist auf dem Täter gelandet. Ob gewollt oder nicht, aber das Arschloch hat den Aufprall für ihn abgefedert."

„Wenigstens eine gute Tat so kurz vor Schluss."

„Ja. Er war sofort tot, aber…" Sie stockte. Der Frust und die Enttäuschung der letzten drei Wochen ließen den Satz geräuschlos nachhallen, ohne dass sie die seltsame Stille, die dadurch entstand, mit den richtigen Worten füllen konnte. Nicht etwa, weil sie nicht wusste, was sie sagen wollte, sondern weil sie nicht wusste, wie. Die Wahrheit war noch zu frisch. Die Wahrheit, dass sie Schuld daran war, dass ihr ehemaliger Partner im Koma lag. Dass es ihre Eigensinnigkeit war, die ihm letztlich das Rückenmark so schwer verletzt hatte, dass es vielleicht besser wäre, er würde nicht wieder aufwachen. Mittlerweile wusste Ellie, sie hätte auf Hassler warten müssen. Er hatte von Konstantins Großmutter alles über den Dienst ihres verstorbenen Ehemannes auf dem Teufelsberg erfahren und eins und eins zusammengezählt. Doch da war es bereits zu spät gewesen. Hassler hatte recht gehabt. Er hatte es kommen sehen: ihr Ehrgeiz hatte am Ende alles ruiniert.

„Aber was? Du klingst unzufrieden. Du solltest stolz auf dich - nein, was rede ich da - du solltest stolz auf euch sein. Es ist vorbei. Ihr habt dafür gesorgt, dass es keine weiteren Opfer geben wird. Und sind wir doch ehrlich, dass der Typ nicht mehr unter uns wandelt, ist doch nun wirklich kein Verlust."

„Mag sein, aber da sind einfach noch zu viele Fragen offen. Irgendwie werde ich das Gefühl nicht los, dass da noch mehr war. Dass das noch nicht die ganze Geschichte war. Wäre ich nicht auf eigene Faust los, dann hätten wir vielleicht noch mehr Antworten bekommen."

„Antworten worauf? Der Typ hat der Welt die Schuld am Suizid seiner Freundin gegeben und angefangen, junge hübsche Mädchen zu töten, weil sie auf Instagram aktiv waren. Ich meine, wie kommt man auf sowas? Der war nicht ganz dicht. Ende der Geschichte."

Zum ersten Mal, seit er sich zu ihr gesetzt hatte, veränderte sich sein Auftreten. Da war er wieder. Der Ed vom Tatort. Mr. Hyde. Eine rohe, bissige Mischung aus Zynismus und Gefühllosigkeit. Im nächsten Moment kehrte sein Grinsen zurück. Ellie wandte sich entnervt ab und verfolgte den zickzack Lauf eines besonders großen Regentropfens am Fenster. Kurz beneidete sie diesen dafür, sich einfach treiben lassen zu können, dann erkannte sie, dass er dabei nur eine Richtung kannte: bergab. Davon hatte sie in letzter Zeit genug gehabt.

Vielleicht hatte Ed ja recht? Es war vorbei, oder? Sicherlich kein ,Und sie lebten glücklich bis ans Ende ihrer Tage', aber hey, immerhin lebten sie. Finja, Tim, sie selbst und H…

„Warum hat Hassler ihn nicht einfach erschossen?"

„Hm?"

Aus seinem Mund klang die Frage viel banaler als all die unzähligen Male, in denen Ellie selbst sie in den letzten Wochen hin und her gewälzt hatte, ohne eine Erklärung zu finden.

„Na wieso hat er seine Dienstwaffe nicht gezogen? Hände hoch, Polizei und so? Warum diese Mann-gegen-Mann-Nummer?"

Nur widerwillig riss sie ihre Aufmerksamkeit von der Scheibe los. „Tja, wenn ich das nur wüsste."

Sie wollte ihm lieber nichts von ihrem letzten Blickkontakt mit Hassler erzählen. Dieser Hauch von Erlösung in seinen Augen, während der Rest seines Körpers sich noch gegen den möglichen Abschied stemmte.

„Na er wird seine Gründe gehabt haben und wenn er wieder aufwacht, kann er uns die Frage ja einfach selbst beantworten."

Die erzwungene Lässigkeit in seiner Stimme entlarvte seinen ungeschickten Versuch, so etwas wie Hoffnung zu verbreiten.

„FALLS er wieder aufwacht. Und ich glaube, ich bin die

letzte, die ihm dann etwas über falsche Entscheidungen erzählen sollte."

„Findest du nicht, dass du etwas zu hart zu dir bist? Ihr habt ihn zur Strecke gebracht. Das ist das Einzige, was zählt."

„Eben nicht. Wir haben ihn gestoppt, aber nicht vollkommen entschlüsselt. Zumindest fühlt es sich so an."

„Ach komm schon. Wie lange willst du dich noch unnötig selbst geißeln? Du musst damit abschließen. Glaub mir, da ist nichts, was es noch herauszufinden gibt."

„Wie kannst du dir da so sicher sein? Du warst nicht dabei. Du hast ihn nicht erlebt. Ich schon. Ich war Teil seiner ekelhaften Inszenierung. Und irgendwie habe ich das Gefühl, dass ich immer noch nicht so richtig weiß, wieso."

„Was auch immer du glaubst, nicht entdeckt zu haben, Hirsch hat es mit ins Grab genommen. Lass es gut sein. Und hat nicht jeder von uns seine kleinen dunklen Geheimnisse, Ellie?"

Allmählich verlor sie die Geduld mit ihm. Es schien fast, als wollte er sie einfach nicht verstehen. „Ach komm schon. Das ist doch überhaupt nicht, was ich meine."

„Das ist mir schon klar. Aber lass mich dir eines sagen: manche Wahrheiten bleiben lieber im Verborgenen."

„Ach Herrje. Hast du das aus einem scheiß Glückskeks?"

„Nein, das nennt man Lebenserfahrung."

„Ich nenn das Schwachsinn. In meinem Job darf nichts im Verborgenen bleiben. Schon gar nicht bei den Dingen, mit denen wir konfrontiert werden. Wir reden

hier ja nicht davon, dass du im Supermarkt zu viel Wechselgeld zurückbekommen und eingesteckt hast. Wir reden hier von Sexualverbrechen, Entführungen, Mord, dem absolut Widerlichsten, wozu Menschen fähig sind. Da kann mich doch nicht nur interessieren, wer es getan hat, sondern auch warum. Die Suche nach der Wahrheit steht über allem."
Inzwischen grinste Ed nicht mehr. Seine Gesichtszüge waren ernst geworden, die Augen auf sie gerichtet, dass Ellie das Gefühl hatte, sein Blick würde sie durchbohren.
„Wer die Wahrheit hören will, sollte sicher sein, dass er sie ertragen kann. Kannst du das, Ellie?"
Bevor sie über die Frage nachdenken konnte, trat eine junge Kellnerin an ihren Tisch heran, den Kugelschreiber schon auf ihrem kleinen Notizblock aufgesetzt:
„Na, was darf's denn sein?"

DANKSAGUNG

Mein größter Dank gilt meiner Frau Julia, welche nicht nur ungewollt die Inspiration für das Setting meiner Geschichte geliefert hat (Nein, nicht für den blutigen Teil!), sondern mich in den vergangenen knapp drei Jahren immer bei meinem Traum vom eigenen Buch unterstützt hat. Nach einiger Zeit reagierte sie nur noch mit einer hoch gezogenen Augenbraue, gefolgt von einem wissenden Nicken, wenn ich regelmäßig wie vom Blitz getroffen aufsprang, um irgendwo irgendetwas hinzukritzeln, bevor die Worte mir wieder verloren gingen. Danke für alles, was du mir gibst.

Was nicht wieder ins Nirgendwo entschwunden ist, habe ich voller Freude in dieses Buch gegossen, doch wenn aus der „ausladenden Geste" die „ausladende Gäste" werden, weißt du, dass du zu viel Zeit mit deinem eigenen Text verbracht hast. Wir wurden quasi enge Freunde und wie das so ist mit engen Freunden, man sieht über manche Dinge gelegentlich auch mal hinweg. Doof nur, wenn man ungewollt über Fehler im Text hinweg sieht, weil man „betriebsblind" wird. Ein Glück habe ich mit meiner guten Freundin Nele und meiner Mama zwei erfahrene Deutschlehrerinnen mit einer innigen Liebe zum Rotstift an meiner Seite. Danke für die unzähligen Korrekturen. Wenn jetzt noch jemand Fehler findet, haben wir wenigstens alle drei versagt.

Auch wenn einige vielleicht sagen, dass bei einem Buch die inneren Werte zählen, hat mir ein Thema schon während des Schreibens keine Ruhe gelassen: Das Cover. Es musste unbedingt etwas Besonderes sein. Die perfekte Verpackung für die Geschichte, die mir so ans Herz gewachsen war. Das Buch sollte darum betteln, gelesen zu werden, noch bevor man die erste Seite aufgeschlagen hat. Ziemlich hohe Ansprüche oder? Für eine solche Aufgabe kam daher nur eine Person in Frage und ich danke meinem besten Freund Lukas, dass er sich trotz Alltagsstress dieser Herausforderung angenommen hat. Was soll ich sagen? Du hast es geschafft. Ich liebe es. Danke.

Das Buch wäre außerdem in der aktuellen Form niemals ohne die fleißigen Testleserinnen erschienen. Eure Hinweise waren Gold wert. Vielen Dank an Alexandra B., Sophie F., Michelle K., Natalie W., Anni G. und Melanie B. für das aufmerksame Lesen meiner kleinen Geschichte , lange bevor daraus ein Buch wurde.

Zu guter Letzt gibt es da noch eine ganz besonders wichtige Person. Dich. Danke, dass du dich für mein Buch entschieden, es in die Hand genommen, langsam aufgeschlagen und offensichtlich bis zum Ende durchgehalten hast. Es bedeutet mir mehr, als du vielleicht ahnst.

DANKE